红色长篇小说经典

前驱

上

陈立德 著

人民文学出版社

图书在版编目（CIP）数据

前驱：全2册 / 陈立德著. —北京：人民文学出版社，2017（2024.3 重印）

（红色长篇小说经典）

ISBN 978-7-02-012802-0

Ⅰ.①前… Ⅱ.①陈… Ⅲ.①长篇小说—中国—当代 Ⅳ.①I247.5

中国版本图书馆 CIP 数据核字（2017）第 101226 号

责任编辑　刘　稚
装帧设计　陶　雷
责任印制　王重艺

出版发行　人民文学出版社
社　　址　北京市朝内大街 166 号
邮政编码　100705

印　　刷　北京中科印刷有限公司
经　　销　全国新华书店等

字　　数　489 千字
开　　本　880 毫米×1230 毫米　1/32
印　　张　19.875
印　　数　14001—17000
版　　次　1964 年 9 月北京第 1 版
印　　次　2024 年 3 月第 5 次印刷

书　　号　978-7-02-012802-0
定　　价　56.00 元（全二册）

如有印装质量问题，请与本社图书销售中心调换。电话：010-65233595

引　　子

乌云漫卷，飓风满楼。中国，一九二六年的中国，正面临在一场大风暴的前夕。

这一年，古老而灾难深重的中国，已经是军阀混战的第十五个年头了。一九一一年，武昌新军起义的枪声，结束了"大清"皇朝二百六十八年的封建专制。当人们正高举义旗，欢呼共和的时候，那些在清室荫蔽下显赫一时的总督抚台们，一个个摇身一变，站到十八颗圆星的白色义旗下面，于是又都成了革命的元勋。只不过把"大清"的字样改做了"民国"，在先皇御赐的长袍马褂上，新添了一枚铜钱大的证章。这一次的革命火焰很快就烟消云散了；钻营投机的政客和拥兵割据的封建军阀们，用满是鲜血的屠刀，把人民推入了一次更深重的灾难中……

十五年，混乱而多变的十五年啊！中国宽广富饶的国土，就像一个失去抵抗力的"实验物"，躺在实验室的台子上任人宰割着。军阀们为了争夺地盘，扩张实力，今天联浙攻赣，明日又拥段倒冯；真个是终日炮火，遍地烽烟。这一来，喜坏了那些大大小小的外国强盗，一个个趁隙而入，伸进罪恶的魔手，用金钱和枪炮，培植起自己在中国的势力。于是，千千万万中国人的血，又变成金镑和美元，源源流进了外国资本家的腰包。正是：鹬蚌相争，渔人得利。只可怜一个偌大的中国，被他们蛀得千疮百孔；四万万勤劳的同胞，更被这长期深重的灾难折磨得痛苦不堪了。

人民要求统一，要求解放，就像大旱中的禾苗渴望甘露。从那些军阀的始祖——袁世凯在一九一一年的统治开始，人们就没有

1

停止过斗争。在城市，无数为国家前途忧心如焚的青年，冒着千难万险去寻求真理；在乡村，千千万万忍不住饥饿煎熬的农民，举起反抗过清朝的大刀，向军阀和外国侵略者展开斗争！十五年，风起云涌，前仆后继，人民在血和火的灾难中挣扎着，奋斗着。

中国，多灾多难的中国啊！难道你就能这样四分五裂地任凭强盗们宰割下去吗？难道你的人民，就这样永无止境地成为饥饿和战争的牺牲品吗？不，决不！希望是不会消失的！就在这时候，一件惊天动地的大事发生了。

就像在漫长的黑夜里，突然射出一线耀眼的曙光：一九二一年七月一日，中国共产党成立了！从此，这面鲜艳的红旗，就成了人民的希望和力量，成为了真理和胜利的象征；从此，这个新生的、充满生命力的党，就担起领导中国革命的重任。

这时，领导着中国民主革命的国民党总理孙中山，从多次失败的教训中，认识到了国际工人阶级和中国工人阶级的力量，接受了他们给予他的帮助。一九二四年一月，在广州召开的国民党第一次全国代表大会上，他正式宣布了"联俄、联共、扶助农工"的三大政策；他改组了国民党，把旧三民主义解释为新三民主义，规定了反帝反封建的政纲；并且接受中国共产党人加入国民党；决定创办一个革命的军事学校，即黄埔军官学校。这样，就形成了国共两党的合作，形成了工人、农民、城市小资产阶级、资产阶级的民族统一战线。

但是，这些伟大的转变包含着一系列的猛烈的斗争。原来国民党这个组织，成分很复杂。在改组时，里面的反动势力有的公开反对，有的则埋伏在里面，以便寻找时机，重整旗鼓。孙中山没有能够亲自领导这场复杂转变的彻底完成，他在革命发展的过程中去世了。他所多年盼望和策划的统一中国的北伐战争，成了他临终时的念念不忘的遗言。

共产党人带头举起了北伐革命的旗帜。在全中国的每一个角落,他们像火种,在人民的心中闪亮着,燃烧着。他们在为波澜壮阔的大革命积聚力量,创造条件;就像飓风掀动着海涛,准备着,来一个席卷一切的巨浪!

北伐,这是当时革命党人面临的最迫切的任务;北伐,这是全中国民众如解倒悬的迫切的希望。十几年的军阀混战和动荡分裂的局面,给人民带来深重的灾难和痛苦,也积累了无比的仇恨和怒火。一九二六年的中国,就像一座即将爆发的火山,炽热的熔岩正冲击着表面看来平静的山口;中国的土地上,到处都蕴藏着发热的烈性炸药,只要有一根燃烧的引信,便会发出惊天动地的爆炸!

在孙中山逝世后那些艰辛的日子里,革命正遭受着严重的考验。在革命根据地的广州,光明与黑暗在搏斗。代表着形形色色派系的国民党人,正为着北伐的议程在勾心斗角,一场看不见的复杂纷纭的斗争,在暗地里激烈地进行。而这时,共产党所领导的湖南农民运动已经开始发动起来了,成百上千的共产党人,正在大革命的前线和后方,在繁华的都市和穷乡僻壤,艰辛地奔走跋涉着;他们像霹雷之前的闪电,用自己的光芒,最先劈开了沉沉的黑暗……

一

万先廷终于来到了大革命的根据地——广州。

一路上,兵荒马乱,人心惶惶。从省城长沙到株洲,火车是完全瘫痪了,就连走路也不敢在白天走。那是怎样的一片混乱的世界啊!株洲、衡阳一带,天天都在开仗;到处是毁于炮火的残垣断壁,到处是一堆堆尸体、一摊摊淤血;听不见鸡叫狗咬,活着的老百姓也都完全跑光了。想到前不久在家乡时的那番激烈沸腾的革命景象[①],再看眼前,万先廷简直像在做一场最可怕的噩梦。

那些天,人们的精神是怎样的兴奋昂扬啊!就在他们那个偏僻的小山村里,也看得出革命就快成功了。万先廷永生也不会忘记,在那些天里,几千年来世世代代压抑在人们心中的仇恨和怒火,就像天崩地裂似的爆发开了。省城附近几个县的农友,都结成大队赶往省城去,跟那里的工友和学生伢们汇集在一起。几十万人,拳头举起望不到边,一声口号震得天摇地颤。这就是湖南各界的"请愿驱赵"大会。那个在湖南做了整整五年土皇上、老奸巨猾的军阀省长赵恒惕,再也耍不出别的花招了,当天夜里就带着全家逃上了日本兵舰。他的最得力的部下——驻在衡阳的一个湘军主

[①] 一九二六年初,在共产党人的发动下,湖南各界的"驱赵运动"取得胜利;但因未得到广东革命军的及时支援,暂时失败,一九二六年秋北伐军和革命人民推翻了他的统治。

1

力师,按照事先跟湖南国民党省党部①联络好的计划,宣布归向广东革命政府,进驻长沙,迎接广东的革命军出师北伐。万先廷也和乡亲们一起,兴高采烈,发展农民协会,组织了支援北伐革命军的奋勇队、担架队、挑伕队、慰问队……那时节,万先廷也和村子里所有的穷苦农友们一样,畅想着革命军打过来以后的狂热的革命景象了。

可是,他们盼到的是什么呢?广东的革命政府并没有实行自己的诺言,没有向湖南派出一兵一卒。而坐镇在汉口的北洋军阀头子吴佩孚,却更加懂得湖南在南北战争中所处地位的重要,很快就帮助另一支忠于赵恒惕的湘军——叶开鑫的队伍,重新杀回了湖南。于是,往后的情景……就是眼下所看到的这样了。

这一切该怪谁呢?万先廷不知道。看着眼前的这些痛心的景象,万先廷就想起了自己的家乡和亲人。当村子里重新被北洋兵用刺刀和枪杆占据,那些豪绅财主们又掌起穷人的生杀大权的时候,农民协会又转为艰苦的秘密活动了。万先廷是村农协的领头人物,财东豪绅的死对头,这时也就必定地成了他们所要除掉的眼中钉。对于豪绅军阀的压迫和搜捕,万先廷并不害怕。从一年多前在村子里暗地闹农协起,他就把自己的身心都交给了全体的劳苦弟兄。他觉得,要能够真刀真枪地跟那些豪绅军阀对着面斗一斗,倒是蛮痛快淋漓的事咧。

一天深夜,那个最先到他们村子里来做过宣传、领着他们暗地闹起农协的容先生容大川,从省城赶到了他们村子里。一见面他就沉着地向万先廷问道:

"先廷,你看怎样办呢?"

---

① 一九二四——一九二七年国共合作期间,共产党仍作为秘密组织,许多公开的革命活动多借用国民党党部的名义。不过在北伐军入湘前,湖南的国民党党部也还是秘密的,其主要的领导人和活动者都是"跨党"的(即根据国共合作的决定加入国民党的)共产党人。

"大叔,给我一杆枪吧!"万先廷急切地要求说,"这样躲来躲去,真要把人急死了!"

"我自己也是条光杆,哪里有枪给你?"容大川望着他微笑地说。他摸透了万先廷的性子,不慌不忙地望了他一会,才说道:"要枪的地方倒是有,就是不晓得你敢不敢去……"

"大叔!"万先廷激动得涨红了脸,"你还不晓得我!……只要有枪,是水是火,我哪里也敢去!……"

容大川轻而易举地就让万先廷上了"当"。他知道,要让这个倔强好胜的小伙子在这样艰苦的时刻,离开自己正在斗争的家乡和亲人,给他讲任何别的道理都是没有用的。就这样,万先廷带了容大川写的一封给广州党的机关的信——那其实是一张又小又薄的只写了几行字的油纸,大凤给他细心地缝在短褂的衣领里——随同邻近县区里的几个青年人,一齐向广州进发了。

回想起他别离家乡的一瞬,那是怎样的叫人激动难忘啊!那子夜的昏暗而稀疏的星光,闪烁着,正像亲人们的泪眼盈盈;那一弯蛾眉般的柔弱的淡月,映照着故乡的山村,似乎在向远行的游子倾诉自己的哀愁和伤心。万先廷早已就没有家庭和父母了。父亲的一个拜把的兄弟赵大叔,把他从一两岁抚养到如今。整整的二十个年头,他都在那间简陋而狭窄的茅屋和依山傍水的故乡山村里度过。赵大叔家里还有两个女儿,为了这几个孩子,这一对老人历尽了多少的苦难和艰辛。眼前看着孩子的手脚大了,肩膀宽了,就要远走高飞了,他们虽是心疼难舍,更多的,却又是自豪和高兴。他们从孩子的力量和眼神里,看到了自己心血操劳的结晶。大婶忙碌了半夜,热汤、热水、热菜、热饭,摆满了堂屋里的一张小方桌。油灯的火苗和神案前那一对红蜡烛的光焰跳跃着,堂屋里弥漫着一种叫人感到温暖舒适,然而又心酸难舍的别离的气氛。虽然,万先廷已经入了党,他还是按着老人的意思祭了祖——只是没有下跪和叩头。他那含着深仇大恨死去的父母要能看到孩子的今天,该会多么高兴。吃饭的时候,一家人都围在万先廷身边。大婶含着眼泪,可怜巴巴地望着他,不住声地要他多吃些。守在眼前长大的孩子,头一回出远门,一切就要靠他自己了。他要走的路又是多么远啊,远得叫人简直没法想象!那遥远的路上,谁知道他又会遇见些什么?……不去想这些吧,大婶拉起围裙揩去泪水,只是强打笑容劝他吃,似乎吃了这一顿,一路上就再也不会挨饿似的。

万先廷的心情却是异样的激动和沉重。这熟悉而亲切的山村、茅屋,围绕在身边的亲人,弥漫在堂屋里的热雾,转眼间就将越离越远了。他的内心充满着一种要开始新的生活的喜悦,又感到有些茫然若失。那滋味他说不出来,这是初出远门的年轻人所常有的心情。对着桌上的饭菜,他竭力想多吃一些,想以此来作为对亲人们的答谢和慰藉;然而他拿起筷子来,又觉得很饱,怎样也吃不下去。

别离啊,给人们带来过多少复杂的情感,留下了多少痛苦而又幸福的回忆。年轻人的心,谁不曾为它而激动;年轻人的两眼,谁又不曾为它而湿润呢?和万先廷一同成长起来的赵大叔的大女儿大凤,比别人倍加伤心。大凤是一个倔强的姑娘,她是这山村里最先一个参加农协,而且也是唯一的参加了共产党的女人。她知道先廷哥的出走,是去参加为天下穷苦工农谋利益谋幸福的事业,可是,十九岁的少女的心,那一颗朴实而纯真的心,却怎样也无法克制那第一回同最亲密的人相别时的伤痛和激情啊!只有在别离时,人们才会更深地感到相聚时的可贵和短促。大凤似乎突然才感觉到,他们在一起时说的话太少了、太少了。可是,少女的娇羞,使她在别离的时刻,反而变得沉默起来。她躲在母亲的房里,说是收拾包裹,其实,那包裹母亲在白天就已收拾好了。她却一次又一次地把包裹打开、包好,又打开,重新包过;她似乎想把那说不尽的千言万语和对亲人远行的所有祝福和嘱咐,完全包进那个小小的蓝底白印花的包裹里去。……直到过了省界以后,万先廷才惊喜地发现,那包裹里多了一双底子格外厚实的布鞋和一个绣花的小荷包。看着那精心细工做成的荷包和布鞋,万先廷便想起了大凤那勤快灵巧的双手,和临别时那一对含情脉脉的、闪着晶莹泪光的大眼睛。荷包上绣着一株故乡山里遍处都是的鲜艳的映山红;荷包里装着一个小小的纸包,那里面包着的,是一撮家乡的门前的泥土……

　　一路上,他们这一行真吃够了苦头。随处都可能碰到凶蛮的兵队,随时都可能遭到突然飞来的横祸和灾星。有一夜,他们在偷过一处北洋军的防线时,天下着大雨,四周黑得伸手不见巴掌。他们听见不远处啪啪地响起枪声,便都拼命地跑起来。跑啊、跑啊……跑了好一阵,万先廷站住缓口气。他一听,四面一个人的声息也没有,这才知道自己和大队跑散失了。他顿时像全身被芒刺扎着似的焦躁发热起来,这情景,就像做孩子时突然被亲人丢到了一个陌生而荒凉的异地,周围全闪着看不见的陌生而恐怖的眼睛。他慌忙大声地喊叫,在黑暗里摸索。可是除了瓢泼一般的大雨,和黑魆魆的山谷里传出的可怕的回声外,周围是死一般的空旷和寂静。他终于从绝望和慌乱中镇定下来,想起了衣领里缝着的那封容大叔的信,他觉得自己不是孤零零的一个人了。沿着刚才奔跑的那个方向,他知道那边就是南方,在那里,一定能够找到广东。于是他决心不顾一切地向着那个方向走。大山,跨过去;大河,游过去,总会有到达目的地的一天。就这样,辗转曲折、千辛万苦地跋涉了半个多月,他终于走到了广州。

　　从故乡那肃杀枯黄的原野,他来到了绿树成荫的广州。青郁苍翠的山,高大笔直的棕榈,一丛丛阔叶的芭蕉,这一切都是陌生而新奇的。他出来时还穿的棉袄,到了这边,连身上那件贴身的短褂也穿不住了。全身都汗渍渍的,脊梁上面火烧火燎。正午的骄阳似已带有盛暑的气焰。万先廷找到一条清澈的小溪,想喝点水。他站在溪边向下望时,不禁吓了一跳,真以为旁边还站着另一个人——他简直认不出自己来了。那溪水里映出来的,是一个又黑又瘦、衣衫褴褛、蓬头垢面的人。他看着看着,不觉自己也笑了。这个样子回到家乡,大凤准会不敢相认的,她的心该多疼啊。记得小时有一年过端阳节,村里大户赵三公从城里请来一个戏班子,在村外青龙寺的大场坪上搭台唱戏。他还清楚地记得,戏的名字叫《金钗记》。看到后来那个穷困求乞的书生做了大官,反倒要害死那个先前救了他、同他私订终身的贫家姑娘时,大凤哭了。戏没看完她就跑回家去,一天都没有吃饭。后来,她跟万先廷说,人要是永远都那样穷该多好! ……想到那些,万先廷又望着溪中的自己的影子笑了。他喝足了水,快快活活的用凉水洗了个脸,动身往市区走去。

绕过观音山,就望见广州市街。万先廷一踏上那被骄阳炙烤得发软的柏油马路时,早又冒出一身大汗了。不知是头顶的阳光,还是街道上那炽热的革命的气焰,顿时使他的心里和身上愈加发热起来。广州,这就是充满着革命活力的广州。喊着难懂的话的小贩,穿香云纱衫裤拖木屐的生意人,剪短发系长裙的女学生。这一切多新鲜!但最使万先廷激动的,是大街上那一片鲜艳的红旗。那旗帜,在他们湖南,只要查出来就要被杀头的;可是在这里,它却飘扬得那样大胆,那样骄傲自豪!还有那些斗大的红字标语,那上面写着多少年来蕴藏在万先廷内心的话,写着多少年来全中国穷苦工农的要求和愿望:"打倒帝国主义,打倒军阀!""铲除土豪劣绅,实现耕者有其田!""唤起民众,完成北伐!"……这一切像梦境,这是一个最美好最美好的梦啊!广州,在他先前听容大川讲孙中山的革命事迹时,便曾经多么热烈地引起过他的向往。今天,他自己终于在这城市的街道上走着了。他的陌生的感情渐渐消失。他一面走,一面抬头望着大街两旁的高楼大厦。繁华的街道上,黄包车、四轮马车、大大小小的汽车来往不断。清脆的轮声和"嘀嗒嘀嗒"的汽车喇叭声,响成一片,就像秋收时打谷场上的风车,嘈杂得盖住了人声。这景象，比他们的省城长沙，可热闹得多了。尽管热得满头大汗，他那顶宽边的破斗笠常常碰着行人，引起一些不满的咕噜和咒骂，可是他对这一切都感到特别的亲切；他心里有着一种说不出的自豪的情感，就像在离家多年之后，回到了已经变得崭新富饶的故乡一样。他走着，看着；突然，一件事触动了他的心：在街上那些来来往往的行人中，大多也是衣衫褴褛、骨瘦如柴、赤膊赤脚的穷苦人。他们有些拖着沉重的板车，有些挑着压弯了腰的重担，大汗淋淋地喘着粗气赶路。更令人惊异的是，还有些结一条长辫的黑瘦的女人，用一块布把孩子兜在背后，也是赤脚弓背地在烈日和重压下挣扎呻吟……这一切，使万先廷的心紧紧地收缩着。他不由得想起了，在水田里拖着犁蹒跚走着的婶娘和大凤。这情景，跟家乡的悲惨生活多么相似；然而，又跟这革命的广州，跟这满街的红旗和大字标语，多么不相称啊！他的心里顿时像压上了一块沉重的石头。正在难过，忽听后面突然响起了一阵振奋人心的口号声：

"打倒列强！打倒军阀！"

"民众起来，促请国民政府早日北伐！"

听见这口号声，万先廷的心也震撼激奋起来，他急忙又惊又喜地回身望去，只见那边丁字街口上不知何时已聚集了一大堆人。靠一家店铺的门楼前，搭着一张大方桌，一个婀娜颀长的少女站在上面。她正在讲话，围上去的人越来越多。万先廷也赶紧跟着走过去看。那少女剪着齐眉的短发，衬着一张白嫩的容长脸儿，两道弯弯的秀丽的细眉，一双乌黑明亮的大眼睛，还有那端正的微微向上翘的鼻子，两片红润细巧的嘴唇。她身穿一件高领细腰的镶着红边的圆襟白布衫，系一条黑色的百褶长绸裙，脚上是一双白色的高跟皮鞋。她的一切，配得那样的恰如其分，给人一种纤细、文雅、亭亭玉立的美感，就像一尊玲珑精巧的象牙雕刻。她站在桌上，右手拿一面红色的小纸旗，在慷慨激昂地讲着，不时挥动着手里的红

7

旗。她的声音清脆,流畅,说来娓娓动听。只听她讲道:

"各位父老兄弟姐妹们!打倒列强,打倒军阀,铲除土豪劣绅,是我们国民革命的目标!前不久,湖南省的父老兄弟姐妹们已经为了主义,赶走了那里的军阀省长赵恒惕,他们已经用自己的鲜血开辟了北伐的道路!可是因为没有得到国民革命军的支援,那刚刚到手的胜利果实又被万恶的反革命军阀吴佩孚摧毁了!那里的父老兄弟姐妹们正在血泊中奋斗,他们日夜在期待着北伐!……"

她越讲越激奋有力,白嫩的脸变得绯红,听众都被她感动了。万先廷虽然有些话还听不很懂,可也同样为会场的激昂情绪所感染,止不住一股股热血直往上涌来。他对这个女子十分佩服,心想,看不出这样年轻文雅的姑娘家,在大庭广众之中就有这样大的气魄;要是大凤有一天也能变成这样,那该多好啊!……他正想着,忽然人群里起了一阵骚动,人们纷纷慌忙地向街道两旁散开去。万先廷赶紧抬头看时,才听见一阵杂沓的马蹄声响,接着便看见前面正有五六匹高大的军马从街中心奔驰过来。那些马大约是"洋种",都喂得膘肥肉满、油光水滑,像一些养尊处优的大少爷。马上骑着的都是服饰华丽、昂头挺胸的军官,他们养得也像自己的马一样饱满红润。他们身穿合身的青哗叽军服,着马裤,头戴大帽檐军帽,脚蹬黑油油的长统马靴;身上佩戴着武装带、小手枪,腰挂银晃晃的指挥刀。他们一手拉着缰绳,一手握着皮马鞭,在街上纵情地谈笑驰骋着。

"秀才遇见兵,有理说不清。"万先廷想着,也赶紧向街旁店铺的门楼里让去。可是,忽然从那些军官中传出了一个十分熟悉、但又显得陌生的声音:

"嗬嗬,这不是万家的先伢子吗?……"

万先廷不觉吃了一惊,他转身抬头看时,只见一个军官勒马停在他面前,得意地望他笑着。万先廷顿时觉着全身发躁,起了一阵鸡皮疙瘩。那军官生着一张元宝形的又窄又瘦的凹脸,塌鼻梁,尖下巴,戴一副金丝眼镜。他笑起来脸凹得更厉害,很像一支雕刻得十分粗糙的牛角。万先廷清楚地认得,他就是自己在家乡时给做过五年长活的那个东家——赵三公的大少爷赵云亭。

"怎么,不认得我啦?"云亭少爷打着湖南腔的官话问。他得意地玩着手里的马鞭,那马也不耐烦地在原地踢动着腿脚,傲慢地喷着鼻子。

万先廷望着他,一时心绪十分复杂:愤怒、惊异、委屈、难受……但他却忍下去了,只是向赵云亭冷冷地看了一眼,转过身,头也不回地向街旁走去。

赵云亭似乎被他的沉默和轻蔑刺伤了,催马赶上几步,嘲讽地报复道:"别他妈不识抬举,小子!你以为到这边就有你的天下了?妈的,记住我那回在省城跟你说过的话:坐轿的终归是坐轿,抬轿的终归得抬轿!……"

万先廷觉得一股热血往头上涌来,他猛地站住,紧盯着骑在马上的赵云亭,眼睛里闪着一种令人惧怕的火焰。他几乎是一字一句地说着:

"你记住,少爷!我不会坐你们抬的轿子。可是,你要想再坐我抬的轿子,这生再也办不到!"

他说完,再也不理赵云亭,径自转身大步向街上走去。赵云亭呆怔了一瞬,接着清醒过来,自我解嘲地骂道:

"他妈的,贱骨头!等着吧……"他用马刺愤怒地刺着马,赶上自己的伙伴们去了。

"坐轿的终归是坐轿,抬轿的终归得抬轿!"这句话和说这句话时的情景,万先廷真是刻骨铭心地一辈子也忘不了啊!那还是去年冬月,"驱赵运动"正在秘密地酝酿着,湖南的许多老奸巨猾的官僚政客,已经嗅出空气里的火药味来了。万先廷那时还在赵三公家里做长年。一天,他奉命和另一个长年到省城去接云亭大少爷。

那时赵云亭刚从上海回来,想在省城做事,就住在他那当省议会议员的四公家里。那四公是一个团头团脑的矮胖子,光头大肚,又白又胖,很像一尊发福的弥勒佛,只是嘴上多两撇括弧一样的细胡须。万先廷他们赶到那里时,赵云亭还正跟四公在花厅里说话,叫他们把轿子就歇在花厅外头等着。在那外面,可以很方便地听到花厅里谈话的声音。

"你回去告诉你三爸,"只听四公说,"省城这边是指望不大了。广东那边既是有信,那倒是个千载难逢的好机会。如今他还没成大事,你去跟着他;将后来他要是真出了头,你不也是个开国的元勋啦!"

"就怕他玩不过共产党。"只听赵云亭闷闷地说,"听说那边赤化得厉害,只怕将来搞得骑虎难下……"

"那家伙是能成大事的!"四公肯定地说,"外国人到底耳目灵便,他们连他祖宗先人的家谱都翻到了。他从前跟孙中山挎过几天盒子炮,是个三教九流不入的家伙,不知怎么一下叫他爬这样高了!你看他如今赤化得多厉害?这里头有学问啊!听外国人说,他每回在外头捧了一顿俄国人跟共产党,喊了一阵子万岁,回来就咬牙切齿,一个人关在房里自己打嘴巴。他是在忍辱负重啊!这样的人是能成大事业的!……"接下去是呜呜噜噜的声音,大约是舔到了茶盏里的茶叶。湖南人都爱吃这东西的。

"跟你写信的这个老同学,是个什么样人?"四公的嘴巴里还嚼着茶叶,呜呜地问。

"这家伙是吃外国饭长大的,"赵云亭道,"带兵打仗狗屁不通,不知怎么一下就叫他当了参谋处长!"

"嘿嘿,"四公笑了,"奥妙就在这里!姓蒋的那家伙不简单,硬是不简单!你只要到那边站稳了脚跟,将来不愁个把师长军长不到手。"

赵云亭叹了口气:"可惜我学了这些年的法律,没派上半点用场,倒得去跟那些丘八鬼混!……"

"法律！法律值几个钱一斤？"四公忽而激愤得可观了,俨然教训道,"我当了这些年数议员,看得多了。这年月就是丘八的世界！没有七斤半①,法律顶个屁用？你看吴大帅是爱讲法律的,他手里要没捏枪把子,哪个肯按他的意思选总统？赵省长也是最爱讲法律的,按宪法省长该竞选,可他捏着枪把子,哪个又敢跟他竞？姓蒋的那家伙聪明就在这里！我要是有你这年纪,哼,我早就不当这空头议员了！我……"四公越说越激愤,往下声音又变得呜呜噜噜地,大约是又嚼起茶叶来了。

　　不一会,里头传出了"搭轿！"的吆唤声。万先廷虽然不知道他们商量好了什么事情,可是从语气里,他知道了这位大少爷是要到革命军那边去做官了。他不觉又十分疑心:难道那边就要他这样的人？那边的官就这样随便好做吗？……然而,一路上,赵云亭的兴致却显得十分好。他坐在敞顶的椅轿上,跷着二郎腿,玩着"哭丧杖"②,笑着告诉万先廷:他就要到广州去做军官,看万先廷年轻肯干,想把他带在身边去做勤务兵。万先廷没听完就火了,他好容易压抑着自己,忍住火气低沉地说道:"多谢你,少爷。你们家的'粮'我就快吃够了！……"

　　"哈哈哈哈！"赵云亭突然放声大笑起来,他皱着凹脸说道,"好小子,我懂你的意思。可你们别把梦做得太美了,以为革命就能叫你们这帮人一步登天！没有规矩,成不了方圆;世界上的事就这样安排的:坐轿的终归是坐轿,抬轿的终归得抬轿！……"

　　是啊,那一天他在说这句话的时候,多么轻蔑,多么得意！万先廷全身的血在奔腾,他几乎咬破了自己的嘴唇,才没有让怒火的冲动把这位牛角少爷连人带轿摔进山沟里去。他终于一声不响地把轿子抬到了赵家。可是,那笑声,那言语,却像钉子一样的敲进

---

① 指步枪。
② 即手杖,乡间的轻蔑的称呼。

了他的心里……

万先廷大步在街上走着。激动和愤怒的情感还在猛烈地冲击着他,使他全然没有注意街道两旁的店铺和身边熙熙攘攘的行人。他只是大步地走,脑子里想得很多,又似乎什么也没想。他大步走,似乎只想赶紧把刚才那场令人厌恶的遭遇丢得远些,更远些!……好一阵,他只隐隐约约听见旁边有一个女人的声音在喊什么人:

"先生,先生!……"

万先廷不管它,只是前走。可是那个声音却是那样固执地纠缠着他,总在耳边响着:"先生,先生!……"

万先廷终于停下了。他要看看,到底是在喊谁呢?

一个姑娘好不容易从后面赶上来,一对闪亮的眸子却正在微笑地望着他——万先廷。这不是刚才演讲的那个姑娘吗?万先廷惊异地想。是她在叫?她又在叫谁呢?

"先生,"姑娘赶上来,望着万先廷含笑喘气地说,"你走得真快……"她那对眼睛像夜里闪亮的星星。

"叫我?"万先廷惊讶地望着她,说不出话来。不知为什么,他经过许多大的风险都没有发过慌,这时却不由自主地有些慌张起来,不敢看她那双格外明亮的大眼。

"先生,"那姑娘却十分大方地望着他说,"你刚丢了一件什么东西吧?"还没等万先廷从惊疑中想过来,她就举起手里的斗笠,"这不是你的吗?"

万先廷的脸一下发热了。嘿,这样大件东西丢了,他还不知道。他接过来,拘谨地低声说道:"多谢你,小姐……"他迟疑着转身要走。

姑娘却突然放声地笑起来,白嫩的脸上便现出两个圆圆的小酒涡。她笑着说道:"'小姐',这些年我还是头一回又听见人叫哩。你是从外省来的吧?"

万先廷低着头,在陌生女人面前他总显得不自在。他想早些脱身,便点点头,简短地说:"是的,从湖南……"

"湖南!"姑娘兴奋地叫出来,并且赶上他,像听到一个早就想念的熟人的名字,关心地问,"那边的情形怎样?"

万先廷真感到窘迫了。他不适于这样在大街上同一个姑娘并着肩走,而况这样亲热地说话。她的那双大眼又是那样光彩照人,富于情感,令人不敢对视。万先廷手心也出了汗,又不好明白地向她表示冷淡,只得把家乡的情形略略述说了一些。那姑娘的情绪却是那样易于激动,她又偏爱挖树探根,从县太爷头上的顶子,直问到女人们下边的小脚,她对这一切都感到新奇有趣。她那文雅柔嫩的脸也随着万先廷的叙述变化着,时而兴奋,时而沉思;时而紧攒双眉,时而又快活地发出银铃似的笑声。万先廷真受不住,深怕她那样的笑声,招引得不少行人都看他们。姑娘却满不在乎。先前在家时,万先廷就看不惯三公家里那几个到外边读了洋书的女儿,别的没学会,就学会了打扮和装模作样,整天疯疯癫癫,撒痴撒娇。大凤和村里的姐妹们都叫她们是"洋婆子"。身边这个姑娘,虽没有那些妖媚狐气,看来倒是蛮庄重正经的,可这样放肆的言谈举动也实在叫人看不惯。他终于站下了,竭力使自己显得客气文雅地低声说道:"对不住,小姐!我还有事情……"

要不就是那姑娘眼光厉害,要不就是万先廷还不善于掩饰自己的感情,她看出来了,却并不生气地笑道:"我明白了。你是害臊了吧?看,路上这么多人瞧着,你跟一个女子走在一起,多不成体统啊!"

"不是……"万先廷被她这一顿说话弄得狼狈不堪,他想辩解,可是又说不出一句话来。

"好,我们再见吧!"姑娘微笑着,大方地伸出手来——可是又想到不适当,便把手收回去,说道,"谢谢你给我讲了那样多的事情。可到了这边,你的孔家店也该关门了。我们兴许还会见面的。

13

我姓姚,在中央党部妇女部做工作。我们是专打孔家店的!"她笑着又补充了一句,"你可要小心。"说完,笑着向万先廷点点头,转身飘逸地去了。

看她走了,万先廷才仿佛卸下千斤重担,背上的芒针也无形消失,轻松了许多。他透了口气,又对自己有些生气和懊恼。他想起在家乡时,容大叔常说他的,这不是就叫"封建"吗?这回出来,容大叔还细心地向他叮嘱,到了外边,要学会把脑筋和眼界放宽,要有革命青年的意志和勇气。唉,万先廷哪万先廷,你已经在为世界工农的主义革命了,可眼前,还怕一个女人!他不觉又想起那姑娘刚才的话,什么是"孔家店"?难道她把我当成做生意的人了?为什么那店又该是孔家的呢?……他想了一阵,也想不出。只是那姑娘的一双明亮的大眼,还生动地浮现在眼前。那是一双多么美丽的眼睛啊!她的眼,那样大,那样亮,那样传神;看到那双眼睛,他顿时感到大街上一切人的眼睛都失去了颜色,失去了光彩,像群星在皎洁的明月下黯然失神。不知为什么,这双眼睛又自然唤起了他的一个亲切的联想,使他想起了另一双同样美丽但却更加黝黑、温柔的眼睛——那是大凤的眼睛啊!哪怕在千千万个最美丽的人中间,人们仍然能够第一眼就看到自己最心爱的人……万先廷不觉难为情地笑了一下,赶紧驱赶开自己那些叫人脸红的想法。看看天色不早,便拿出走时已经记得烂熟的那地址来,向街旁一家西药房走去……

靠着一路人们用笔和手势的指引,万先廷终于找到了他要到的地点——那是一座靠近城郊的三层楼房。那边的马路都很幽静,古树蔽天,马路和房屋都显得十分荫凉。楼房的周围,用长长的竹竿编成一道道整齐的篱笆。院内也有许多高大的古树。

通过了竹篱笆里的那个门房,又走过一段两旁都是冬青树的甬道,就到了楼房的正门。

进门是一座宽敞高大的正厅。两旁有宽大的楼梯。中间悬挂着三幅大画像。万先廷认得,那是革命的领袖马克思、列宁和孙中山。画像两旁的对联是:"革命尚未成功,同志仍须努力。"下面还有一张毛笔恭楷的"总理遗嘱"。在这庄严肃穆的大厅里,万先廷止不住激动地心跳起来,就像个久别老家的孩子,又回到了他朝夕思念的慈母怀中。他恭恭敬敬地站住,打净身上的风尘,朝画像鞠了三个躬。然后便小心地向大厅左面那宽大的楼梯上走去。

上楼便见一条长而且宽的走廊,两旁的房间都关着门。他不知该找哪一间才好,犹豫地走了几步,不觉又有些心急,便壮着胆子上去推开一间房门:里边烟雾腾腾,匆忙间,只看到房里坐满了穿长衫的、穿短褂的、穿军服的人,其中还有穿裙子的女人……满屋的眼睛全都投过来看他,他慌忙地赶紧把门带上,连房里有人问他什么话也没来得及听清。这一下他再不敢冒失了。正在着急为难时,只见另一间房门开了,走出一个穿着灰布军装的女兵来。她也是大檐军帽,只是脚上打着绑腿,穿草鞋,头发剪得短短的。真有女兵啊,万先廷又惊又喜,他想起,临走时大凤还偷偷地求过他,要他到了这边,专心看看革命军里有没有女兵;她多想跟自己的亲人一起进营盘、穿军衣、背洋枪,一起到战场上流血拼命啊!……那女兵看见他的装束,又见他犹豫地站着看自己,便热情地迎到他面前问:

"同志,你来找哪里的?"

"同志!"这声音,万先廷感到多么亲热、多么新鲜啊。还是在入党的那个夜晚,容大叔向他们叫过这个庄严的称呼。他那时说,喊起它,走遍天下都找得到亲人的。万先廷立时把容大叔写的那张小纸条拿出来,递给她看。

那女兵看过,又亲切地看了看万先廷,便笑着点点头道:"你跟我来。"

她把他带到走廊尽头的一间房子里,交托给一个穿学生装,留平头,戴副深度近视眼镜的年轻人。后来才知道,那女兵姓孙,戴

15

眼镜的年轻人姓冯。听万先廷把从家乡到这边的缘由和经过都谈了，老冯就告诉他，跟他一起出来的那几个年轻人还没有到这边，又问他愿意到哪里去做工作。如今由共产党员领导和做骨干的学堂，有农民运动讲习所、政治讲习班；要进黄埔军校也行，可以保送。他又把这些地方的情形谈了一谈。万先廷牢记着出来时亲人们的焦灼期待的目光和叮嘱，一口要求让他去当兵，拿七斤半。老冯望着他那股倔强劲，不觉也笑了，便叫他在房里喝着茶等一会，走出去了。大约过了喝完半杯茶的工夫，老冯又回来了。他脸上放着兴奋的光，似乎有什么喜事来临。果然，他望着万先廷欣喜地说道：

"恭喜你，万同志。本来那个团的名额早满了，可如今为了适应北伐的形势，又要马上成立一个新兵营。袁野同志赞成你去了。"

"那个团？"是个么样的队伍呢？万先廷惊疑地想着，以致没有去管这赞成他去的袁野同志是谁。从老冯的语气看来，这个队伍似乎是与众不同的。他惊异地想着，也不好探根挖底，只是性急地问了句：

"冯同志，那我什么时间能去呢？……"

老冯似乎完全理解他的急迫的心情，坐到桌前，点点头道："我这就给你开个信。"一面打开墨盒，拿出信纸；一面仍止不住欣喜地向万先廷说道："你真运气，老弟。多少同志想到这个团里去啊！……"他一面抽出毛笔，眯着眼，仔细地在黑盒里揿着墨汁，一面又热心地向万先廷介绍：如今属广东国民政府管辖的革命军，连这回在湖南刚刚起义的新湘军在内，共有八个军；这些军里的情况都非常复杂，各自有各自的打算；而且大都是由先前几个省的地方军阀队伍改编过来的，革命的主义和思想还不十分明白，有些还完全当作是个人争权夺利的工具。因为意见不一，广东的国民政府迟迟不能北伐。根据这些情况，共产党在南方的领导机关已经派了不少共产党员参加部队做政治工作,另外,特别决定亲手组成一支完全革命化的军队,以共产党员和共青团员做骨干,吸收大批愿为革命的主义牺牲奋斗的热血青年,预备担任北伐的先遣部队,为推动北伐革命贡献一切力量。这个队伍的编制虽然不很大,可是它将要担起的责任,却是多么的光荣重大啊!介绍到这里,老冯带着自豪的语气说道:"你去就知道了,那里才真正是大公无私为主义奋斗的革命军队,那里的弟兄才全体是把一切交给了民众的优秀同志啊……"他提起毛笔来,才不再说话了。

虽只是简单扼要的一些介绍,已使万先廷对自己将要去的这支军队加倍地向往了。他的目光也随着老冯写字的手移动着。老冯的一手毛笔字写得快而且好;写好了信,他又拿过一个信封来写上了"齐营长钧启"几个大字。他一面装着信,一面看看万先廷的目光,似乎怕他不明白似的,解释道:

"你把信交给齐营长就行;这几天,团里就是他在负责任。你不知道他吧?那是个极厉害的人咧!"从老冯的语气里,万先廷也听得出来,他说的这"极厉害"里,包含着他对这个人的多少赞扬、多少热爱、多少尊敬和自豪的情感啊!他接着又说道:"他从前在总理警卫团做过事,人都叫他赵子龙,这边都有了名的。你去就看见他了。团里那些长官们也都是队伍里的优秀人才,带兵极严的。不过你也别怕他们,他们对为主义奋斗的同志也是最爱的。"

万先廷只是微笑着点了点头。他根本就没有怕的意思啊!只要那里的同志,都有为主义为民众奋斗革命的共同理想,那别的一切又算得了什么呢?打起仗来极严厉勇敢,那不也正是万先廷所最希望的吗?他接过信来,又想起了一件十分重要的事情,不觉小心地问道:

"冯同志,我那个在党的关系……"

"都在信里,我写了的。"老冯亲切热情地点头说,怕他弄不清楚,又解释道:"你放心,那个团就是我们党直接领导的,官长们差不多都是党员,弟兄们是党员和共青团员的也不少。团里虽是按革命军的编制没有设党代表①,可是团部里派了好些专门做党务工作的同志,各方面都有人负责。全团有一个党支部;齐营长就是团里的支部干事②。他看了信就会告诉你接上关系的。"

万先廷这才放了心,他把那封信折起来珍贵地放到里面那件贴身短褂的口袋里,便想动身了。

老冯告诉他,队伍还驻扎在离广州很远的一个小城镇里,需要坐船去。他又说,傍晚时有一条从那里来广州运军需品的汽船回去,要他到珠江边的一座码头上去找那位军需官。又给他仔细画好了去江边码头的路线,然后,他又问万先廷还有什么请求没有。万先廷摇摇头,站起来提着包裹斗笠就要走,老冯忽然又叫他再等一等,一面望着门口,一面又问了一些万先廷在家时的情形。万先廷有些纳闷:为什么又不让他立刻走呢?忽然,房门开了,那个姓孙的女兵匆忙地闯进来,双手捧着一个大纸包,看见他们都在,才高兴地笑着,把纸包放到万先廷面前的桌上。

"带着吧。"老冯亲切地向他道,"做饭也来不及,这点包子和叉烧拿到船上好吃。"

"不,这……"万先廷不知自己是感激还是推辞,慌忙说。他感到一股亲人般温暖的热流迅速地走遍全身。看着他们那真诚关怀的目光,万先廷便看着老冯解开包裹,把那包还冒着热气的食物包进里边去了。

"刚到就又要走了。"老冯望着万先廷,留恋而又歉意地说道,"袁野同志正忙着开会,抽不开身。他本想叫你在广州歇息几天的,可又怕你性急。这支队伍如今也是在赶时间哩,每天的操讲比

---

① 当时国民革命军在师以上的军事单位,才设有党代表编制,专门负责政治和党务工作。

② 相当于后来的支部委员。

别的队伍重几倍,早到一天就能早求到一天武装的知识。他要我告诉你,以后还会再见的。"

万先廷在这里显得大方些了,他鼓起勇气来握了握那个姓孙的女兵伸出来的手。果然,她就没有说他是"开孔家店"的。老冯一直送他到楼下的院门外边。他们热烈地握着手,老冯亲切而兴奋地鼓舞着万先廷道:

"祝你早早练成铁一般的身体、钢一样的精神,快快学好战术,为北伐的胜利奋斗前进!"

走在去江边的街上,万先廷还想着老冯的这些话,为那即将开始的新的生活振奋着。他只想早早地赶到码头,坐船到了这个急切向往的团队,去开始那营盘里的严厉而又紧张的操练,去扛上那早就梦想的乌黑发亮的快枪。先前,他听说那些关于军营里的生活都是残暴而可怕的,这个队伍里边又是怎样的呢?不管怎样,他都要走上前去;为着北伐,他预备忍受一切。他一路走一路想,已经走到了沿着江边的那条堤街上,看来码头就要到了。他便细心地看着那些停泊着大大小小船只的江边,寻找着他要到的那个码头。正走时,没留意,只听身后突然地响起了"嘀!嘀!"两声刺耳的汽车喇叭,把他吓了一跳。赶紧闪开向后看时,便见一辆黑色的乌龟壳似的小汽车嚓地从他身边冲了过去,万先廷也同时叫那站在车旁踏板上的、挂着盒子枪的护卫猛力推了一把,差点撞到旁边行人身上。万先廷站定后要赶上去讲理时,那小汽车已像野兔似的越跑越远了。

这遭遇,就像一个正吃花生米的人吃到最后,突然咬着了一颗烂的,使万先廷那兴奋的心情一下又变得愤愤难平了。他似乎看见,在那疾驶而过的轿车的后座上,十分显眼的,坐着一个穿了革命军服的大胖子,他挺胸凸肚地半躺着,像一只塞得要鼓出来的麻袋。他十分刺眼,像是万先廷在省城见过的督军镇守使之类的军阀。难道他们也跟赵云亭一样,这么快又变作革命党了?……万先廷想着,那块沉重的石头又压在了他的心上。可是他抬头向前望去,只见一座巍峨耸立的铁灰色的高楼上,挂着一幅又长又宽的红布标语,上面写着一行雄伟有力的大字:"打倒军阀!打倒帝国主义!"看到这个,万先廷不觉又为刚才的那番忧虑感到可笑了。这里哪能容得住那些军阀豪绅呢?即便过来,他们也不敢再耀武扬威的了。而且,听刚才老冯说的,北伐眼看就要开始了,这才是大快人心的事。管他那些胖子是什么人吧,反正跟自己没有关系。他想着,把肩上的包裹和斗笠用力再背得紧一些,迈着自信有力的大步,向前面那座要找的船码头上走去。

二

其实,万先廷的猜想,只有一半对了,一半却是错的。那车里坐着的胖子,固然不是什么军阀的督军镇守使之类;然而,他却跟万先廷和他家乡的亲人们所朝夕期待盼望的北伐大有关系。例如,眼前他就是为了北伐的事,要去参加一次十分秘密而又紧急的会议。那小汽车开出市街之后,便像一只闯出了猎人包围的惊兔,尽着这辆老式福特汽车的速度,沿着广州到黄埔的公路疾驰起来了。

这胖子,就是属于国民革命军黄埔学生军的一个师长范桐少将。虽然还不到四十岁年纪,范少将的体重就已经发展到惊人的地步了。在生活里,只有两种人是常葆青春、永驻红颜的:一种是永远充满着创造激情的战士,一种是终生不学无术的庸人;前者是在精神上,后者是在肉体上。我们的范少将,就完全是这样一个后者的标本。青春对他们是宽宏大量的;岁月似乎已经遗忘了他们。他们善于安排舒适的生活,就好像昆虫善于建造自己冬眠的安乐窝;他们的精神和肉体逐渐离开得越来越远,直到完全麻痹。范少将就是一个这样发福的人：他的头像一颗十多斤重的肥大的洋葱，然而那里边却找不出一个能够勤奋思考的细胞；他那蚌壳般厚大的嘴唇上，总是咬着一根粗大的雪茄，散发出恶臭的气味。将军的尊容，完全被肥胖破坏了；加上那臃肿得像怀了十几条猪崽的肚皮，不停地打着饱嗝，很容易使人想起那饱食终日、迟钝可厌的臭虫来。如果有一位画家，要想画一幅题名为"愚蠢"的画像，那着实再也找不到比范桐将军更合格的"模特儿"了。据说这位少将从小就出人头地的笨，几乎有一两年时间，他都在跟一本《三字经》打交道。后来家中见他习文不成，改而习武；反正有的是钱，总算换了一纸保定军校的毕业文书。不过，少将除了体重增加，饱嗝更响，此外却实在并无长进。他在黄埔军校当教官时，第一堂课就在台上出了洋相，他说拿破仑是奥地利的军事家。从此人们就赠给了少将一个"笨猪"的雅号。后来实在混不下去了，不得不另找一个轻松的活计。这时正赶上他们的校长兼军长蒋介石在学生军内"清党"，大批的共产党员被排挤出了这个军，大批的忠于他的嫡系门徒被安插了进来。于是，范桐少将便也在这时"荣升"了这个军的一名师长。

范少将虽是一无所长，却又有着两条绝妙的"美德"：第一是最崇拜他的上司蒋介石，而且是无条件的盲从；他所能引经据典的唯一法宝就是"蒋校长说"，这成了他的口头禅。第二是反共最坚决，这在一九二六年，不能不算是很时髦的"激进"人物了。当去年——一九二五年——的东征回师后，蒋介石暗地授意成立一个反共组织"孙文主义学会"。范桐少将便是最先发起人之一。前不久的"中山舰事件"①那天，范桐和他的师兄弟们摩拳擦掌，蠢蠢

---

① 一九二六年三月十九日，蒋介石命令由共产党员担任舰长的中山号兵舰开往黄埔听用。但兵舰开到后，他却突然宣布中山舰擅自行动，图谋不轨，是共产党人的反蒋阴谋，命令他的嫡系军队控制广州，进行了大规模逮捕。

思动,连"拥蒋清共"的游行队伍都组织好了。后来虽然由于蒋介石感到时机过早,还要靠共产党人流血拼命,把那近于疯狂的气焰又吞了下去,反装出"左"派的面孔把孙文主义学会的那些徒子徒孙们痛骂了一阵。但这位笨猪的赤胆忠心,却更加为他的主人所赏识了。

快到黄埔军校时,最先映入眼底的,便是大门两旁那两幅高大鲜艳的红字标语,赫然地写着:"真革命的站拢来!不革命的滚开去!"虽则范桐少将很明白这两句话并不是他们校长的真意,但想起他先前在这座学校里的遭遇,却总觉得有些酸溜溜的不舒服。他便总是远远地开始闭上眼睛,直到汽车戛然地顿下,把他那肥胖的身躯从座位上微微向前倾动了一下时,他就知道,已经是到达目的地了。

范桐推开客厅的门匆匆走进去。沙发和藤椅上都已坐满了人,他又迟到了。今天的会似乎特别要紧,不光来的都仅只是军和师里的主官,而且那沙发上还坐着两个不常来的贵客:一个留平头,戴眼镜,瘦小衰弱,穿长袍马褂的老头子;另一个又瘦又小,尖脸啄腮,穿西服,也戴眼镜的小白脸。照经验,这两位座上客只有在商议十分要紧的事情时,才光临到这里来的。他们两个都是蒋介石从前在上海做交易所生意时的老板兼同伙;如今又变成了他的高级谋士,在国民党里担任着重要的职位。那个老头子名叫姜仲贤,小白脸叫作王亚夫。范桐预感到局面的严重,便轻轻坐到经常同他打牌的另一个师长身边,看着正面那张大办公桌后的黑漆皮太师椅空着,他低声而紧张地向那个师长问:

"校长呢?……"

那个师长苦着脸,把头往里边的房间偏了一下。

"怎么啦?"范桐也苦起脸来,连打了两个饱嗝。

"还不是为北伐!"那个师长素来被看作是蒋介石亲信中的亲信,这次"中山舰事件"就是交给他们的那个师干的,他因此很骄傲。这时发狠地说道:"广州一直来电话,北伐请愿的人越来越多了。哼,妈的还不是那帮 CP① 分子在捣鬼!……"

这时,通里边房间的那道门突然开了。从里边传出蒋介石那恶狠狠的尖锐高亢的浙江口音:

"……不接!!!唵?……把电话撤掉,谁来的也不接!……娘希匹,全是些混蛋!……"

接着,只听"咔嚓"一声,大约是听筒被撂在电话机上了。

范桐一怔,楞着眼向两边望望:他旁边的几位师长们都紧绷着脸;姜仲贤在捋胡须;王亚夫的下巴也挂下来,发着呆;只有那个平时爱摆出斯文架子的郭凌云正襟危坐,安之若素,似乎隔房的喊声还远在千里。

一阵马靴踏的噔噔响,接着是椅子碰倒的声音——全副武装的蒋介石气冲冲地从里边房间冲出来,碰的一声带上门,一屁股就坐到办公桌后的皮椅上,呼呼出气。

蒋介石,不到四十岁,瘦挑身材,长脸、高颧骨、尖下巴;高高的鼻梁,宽宽的嘴唇;那一对眼睛,常瞪得又大又亮,遇着发怒时,那眼珠便暴起来,令人望而生畏。即便微笑的时候,他的眉宇之间也隐含着一种凶恶的杀气。他剃着光头,头顶稍尖;穿一身灰哔叽军服,马裤、马靴,扎着武装带,身板笔直,时常保持着一种过分做作的军人姿态。那时节,他还没有留口髭,动作也没有后来当了"最高领袖"那样的装模作样和老气横秋。他大声讲话,大踏步走路,大刀阔斧地发号施令;处处想给人一种精明干练和少壮有为的军人印象。然而,从他那时而无意中露出来的手脚的神经质动作,和焦急烦恼时的抓耳挠腮,便完全泄露了他心灵里的暴躁和空虚。

他在浙江一个盐商的富豪家庭里度过了少年时代,后来投进袁世凯办的保定军官速成学堂。从那时开始,他十分崇拜曾国藩。

---

① 即英语 Communist Party(共产党)的缩写。当时习惯这样称呼。

毕业时,成绩很好,被保送到日本去学军事。在那里,他一面结识了不少武士道的朋友,一面也跟当时革命党里有名的"票友"陈其美拉上了关系。回国后,没来得及给"大清"皇室报效,就赶上辛亥革命,他便转投在做了上海都督陈其美的门下,当少将团长。说是团长,不但"少将",而且无兵。他那时最大的功绩,就是替陈其美亲手刺杀了他的政敌——陶成章。陈其美死后,他的纱帽也随着丢掉,便改行到证券交易所去做投机生意。这一段经历,连那些崇拜他的传记"作家"们都只好称为"雾"或"谜"。后来投机不成,赔了老本,只好靠交易所那个大股东姜仲贤的引荐,到广东投奔孙中山"革命"。那时孙中山正在艰难中,最珍贵患难与共的朋友。这正好为蒋介石搭下了上升的阶梯。后来孙中山找到了革命的坦途:联俄、联共、扶助农工。蒋介石也从中找到了爬上阶梯的秘诀:"左倾"。从此他靠着自己的随机应变和钻营奋斗,青云直上,直到如今。

如果说蒋介石的外貌和经历还不难简单地描述,那么打开他的内心世界便远要复杂困难得多了。那从小放纵任性的教养,渴望着出人头地的权势私欲,过敏多疑的小聪明,强烈的嫉妒心和报复癖;还有曾国藩和袁世凯传下来的虚伪奸诈,阴谋权术;武士道军人生活留给他的凶暴残忍;又加上交易所狂热的赌博,十里洋场的花天酒地,流氓的无赖和霸道;暴利的欢乐和破产的痛苦……这一切交织着,混合着,使他养成了如同魔术家的手杖一般变幻无常的性格:他时而阴郁、孤独,时而又暴怒、跋扈;时而骄傲、亢奋,时而又颓丧、低沉……这一切,是那样极不协调地在他身上并存着,变换着,构成了他特有的矛盾而复杂的精神状态。

"娘希匹!"蒋介石气犹未息,愤愤地骂了一句。这口头禅是他跟那些浙江帮的流氓师傅们学来的。"这些小赤佬硬是想拆老子的台!娘希匹,逼得太狠了,翻脸就翻脸,看老子们谁怕谁!"

姜仲贤摸了一把胡子,慢条斯理地说道:

"阿伟,"这阿伟本是蒋介石在上海用的小号,交易所搭股子就用的是"蒋伟记",不过后来发了迹,人们不好再叫了,只有姜仲贤同他曾有师生之谊,一则是叫顺了口,二则是表示亲切,"小不忍则乱大谋。你忘了当初上海那帮兄弟,让你到广东来革命,是指望你成大业的。北伐——这是个大'扣子',你在这里一喊北伐,阿德他们① 在上海的腰杆子都硬三尺,外国人都抢着上门。这笔生意慌不得。两边都要下功夫,一个主顾是卖不出大价钱的。"

听了这番话,不了解内情的人会以为是在做黑市。姜仲贤这个跛老头子,起先是在巴黎卖古董,后来回上海开交易所,办赌场,说黑话吃花酒比读书写字要内行得多。孙中山奔走革命的时候,因为陈其美的关系,姜仲贤曾捐过一些钱。民国建立后,他也就变作"革命元勋"了。不过在当时,姜仲贤并没有意识到这"革命"于他有什么妙用。直到好些年后,蒋介石靠着他的介绍,爬到了孙中山左右的时候,他才猛然觉到那笔钱带来的利息,竟比他所能想到的还大得多!他虽是在赌场中学会了一些机变权弄之术,也算老马识途,却说不出什么上得桌面的话。蒋介石把他抬上中央执行委员——有时还代理主席——的位置,他一开口总离不开"清一色""凑八番";又常爱说些什么赚钱赔本之类,三句话不离本行。

蒋介石听了这番"庭训",虽觉有理,可是并未解脱他当前的窘境:为了该谁先打出去这个问题,各军已经争论好久了。认真说,他们并不是不想北伐;而且恰巧相反,几个军的首脑都是当年独占一省的土霸王,如今挤在这偏南一隅的广东,终究是寄人篱下,施展不开,也都想趁此机会,打出去做番事业,总比在这里"孵豆芽"强。可是,这些人过去又都吃过亏,上过当,怕"行动不慎",被人家连眼前的这点老本也吞掉;而况他们又看得出,姓蒋的是想把他们先推出去,试试吴佩孚的刀锋。当湖南"驱赵"胜利的消息传来时,

---

① 即上海大买办资产阶级、帝国主义走狗、当时的总商会会长虞洽卿。

蒋介石也曾慷慨激昂地表演一番,然后请湘军和滇军开赴韶关,预备援湘。可是湘军和滇军的那两位军长也并非善良之辈,从前清就开始带兵,外号都叫作水晶球,论别的兴许倒不如蒋介石,要说玩这一套借刀杀人的把戏,却比他姓蒋的资格要老得多。他们一面指出蒋介石的不怀好意,吵了一通,一面觉得这中间还有可图的余地:要是起义湘军在前面打得好,也不妨就此北伐。于是他们把军队开到韶关,借口"军实未足",观望一番。开始起义湘军还打得不错,把支持赵恒惕的湘军叶开鑫赶到了湖北。两位老将军正在跃跃思动之际,不料前方的战事又来了个一百八十度的大转折:叶开鑫在吴佩孚的援助下,又杀进来了,起义湘军不几天也丢了长沙,向南跑来。两位老将军不由暗暗念了一声阿弥陀佛,幸好没有先去捋吴佩孚的虎须。而那时,蒋介石经过周密计划,正把嫡系的黄埔军调集到广州来,发动了"中山舰事件",开始了他的排挤共产党人的"清党"计划。

　　最近起义湘军的继续败退,一个迫切而尖锐的问题提到了广东国民政府的面前:是立即援湘,开始北伐;还是让吴佩孚占了湖南,再下广东？拖延、等待、观望——现在是到必须摊牌的时候了！老将军和新将军们都慌了起来,内部的矛盾斗争更加激烈了。恰好这时,蒋介石正在趁机攫取权势;陆军总监当得不过瘾,想爬上北伐革命军总司令的宝座。不料消息传来,顿时叫那些老将军们抓住了口实,说既然"蒋同志"想当总司令,便应当作各军的模范,把自己的黄埔军调到前方,跟北洋军较量一个回合;否则,便要以辞职相挟,让他去当光杆司令了。这一军将得煞是厉害,你想,这蒋介石独揽大权,本是为了能直接调动各派系的军队,为自己的前程开路更方便,岂能接受这番挑战？况且话已出口,骑虎难下背了。他真想趁此机会打出去,在北伐中显显本事,以后不就更英雄了！……可是转而想到吴佩孚的厉害,怯懦又占了上风。这些天,广州的游行队伍整日整夜不散,"北伐"的口号喊得比打雷还响;共产党又提出好多理由,说只有早日誓师北伐,援助起义湘军,才是广东国民政府唯一的出路。那些话说得蒋介石心慌意乱,冷汗直流。他这几天,把自己的光头都几乎抓得冒出火星来,真像爬上了热锅的蚂蚁,上也上不来,下也下不去了。

蒋介石眼一飘,扫了在座的军官们一眼,也是一个个愁眉苦脸,似乎并无良策。而请来的两位谋士:姜仲贤又只会说生意经,也生不出一兵一卒来;至于那个尖嘴猴腮的王亚夫,虽然号称是留过洋的博士,其实却只不过是一个道道地地的上海小开,连点商人的本事也没有。

蒋介石的眼光,最后落在了教务长郭凌云的身上。郭凌云,虽只三十多岁,就颇显出过分的老成持重了。一副度数适中的眼镜配在他那白皙的脸上,更增添了不少儒雅的书生气质。他那两只细小的眼睛总是微微眯着,表示经常在沉思;只有在不多的时刻,当他愤怒地睁开那两只细眼时,从眼镜后射出的两道凶厉的光里,才使人能看出一些他那贪婪残忍的本性。他在日本学过军事,成绩不错,据说还得过天皇的奖章;在蒋介石的黄埔系中,他被认为是最有希望的军事人才。不过,蒋介石的逻辑是人越笨越可靠,虽然像郭凌云这类并不算十分聪明的人,只要稍稍有些棱角刺眼的地方,闭着眼也要防他几分。而况他又属于老一辈,跟日本人的关系很好,又当着军校的教务长,这就大有跟蒋介石分庭抗礼之势,也更使他嫉妒、寒心。郭凌云也深深知道这一点,他虽然觉得自己不该久居人下,却又畏首畏尾,害怕老蒋那翻脸不认人的阴险毒辣的手段,因此,除了常常表示忠心之外,也保持着一定程度的收敛。这关系,有些像猪和它身上的跳蚤,虽是天生的对头,却又是天生的难以分离。

蒋介石看了看他,显出亲热地叫他的字道:

"子廷,你有什么好办法呐?"

"我……"郭凌云早料到他会问着自己,便微微一笑,从沙发上坐直了身子,稳重而谦恭地说道,"我看,还是请仲老和延焘兄先发表高见吧。"延焘是王亚夫的字。

姜仲贤拿下雪茄,咂了一下厚嘴唇,似乎颇不以他的客气为然——又忽然叫烟呛住,激发了老毛病,他耸肩驼背地拼命咳嗽起来。

蒋介石又有些发躁了,他不耐烦地用指头敲着桌子:

"你快说啰!这里都是自己人,还用什么客气!"

郭凌云不慌不忙地扶了扶眼镜,斜睨了两旁的人一眼,脑中突然掠过一丝"鹤立鸡群"的傲意,他冷静地、字斟句酌地说道:

"依我看,北伐这一关,对校长日后的功成名就大有关系。谁要抓住它,谁就能上顺天意,下合民情。校长既然把这着棋举起来了,我看,就不妨干脆下出去!……"

"下出去?!"范桐和几个师长们同时喊出来:"我们?"

蒋介石的两只暴眼珠瞪得大大的;姜仲贤用力咬着雪茄;王亚夫伸着又长又细的脖子,青筋也暴了出来,像个等着喂食的肉麻雀。

郭凌云玄妙地摇了摇头,越发显出得意地说道:

"难道除了湘军和滇军,就再也找不到打头阵的人了吗?"他顿了一下,似乎称着这两句话的分量。"依我看,广东军跟广西军里的那些军师长,都是些好大喜功的家伙。只要校长在军事会议上来一个激将法,不比那些滑溜溜的水晶球好上钩吗?"

蒋介石皱起眉头来想了一想,觉得这话倒有些道理。其实这个办法他也是想到过的,只是觉得把握不很大。他歪过头向一旁问:

"仲老,你看怎样?"

姜仲贤闭着眼,好像和尚入了定。半晌才慢吞吞地睁开眼,晃着头说道:"这怕也靠不住。广东军本是这块地方的地头蛇,谁肯丢下现钱不要,去做赊账买卖?广西军哩,也是有地盘的。再说,那一伙人也都是眼睛长在额头上,明摆着赔钱贴本的事,他们还能看不出来?"

"您也未免太过虑了,仲老。"郭凌云受了这番抢白,心里老大的不高兴,渐渐露出些锋芒来,"广东军的老家虽是这里,可他们的将领都是些野心勃勃的人,特别是潘振山那样二杆子货,做梦都没忘掉出人头地、名震全国!要是有几个人喊他两声北伐英雄……"

王亚夫这时才尖着嗓子插了一句:"可他才是个师长呀!他们军长不答应怎办?"他的声音倒有些像女人。

郭凌云胸有成竹地冷笑一声:"你别把潘振山那些人看得太老实——都是一群恶煞神。军长又怎样?只要把他们拉动了,兵权不都在他们手里!"

"娘希匹,这家伙又有些得意忘形了!"蒋介石心里骂了一句,斜着眼瞟了一下郭凌云,又想:"不能让他太张狂,得给他个软钉子碰碰!"想着,便咧嘴一笑,说道,"子廷说的也不错。不过,"他摸了摸光光的头,走到一幅地图跟前——大家的视线也都随着转移过去,听他说,"湖南战局节节失利,这一层也不能不考虑到。吴佩孚如今正像一只刚恢复元气的老虎,谁先打出去就先碰上他的锐气。潘振山虽是二杆子,我看,他总不至于傻到这个地步!"

王亚夫吐出一口气,失望地缩回了细脖子;姜仲贤拼命咳嗽着,喉咙里咕噜咕噜响个不停;郭凌云挨了这一软棍,敢怒而不敢言地生着闷气。别的人也都鸦雀无声,好像一群呆木偶。

大约沉默了喝完半盏茶的工夫。

"报告校长!"范桐忽然一本正经地站起来:"部下听说,共产党不是刚刚成立了一个团吗!……"

"你想让他们去?"郭凌云微微一哂,似乎笑他出的主意也太笨,"你以为他们就会这样傻了?一个团成立还不到半年,又全是些连炮弹也没见过的新兵,就硬拿着鸡蛋去碰石头?嘿嘿,除非是群疯子……"

"共产党就是疯子,比疯子还傻!"范桐大声地嚷道:"你没看东征的时候,他们不是硬着碰哇?!差点连我的命也跟着赔上了呢!"

蒋介石不觉暗想:这家伙主意虽笨,倒还真有点学问的。可要是他们不答应呢?他一边想,一边急促地踱起步来,马靴在地板上"笃笃"地响,他的一只手捏成拳头,另一只手神经质地敲打着马裤,好像用指头在合着什么节拍。他的头脑里在紧张地活动,敏锐多疑的反应使他的精神亢奋、血液沸腾。

范桐的话似乎又打开了姜仲贤的生意经,他刚才拼命咳嗽了一阵,放下茶杯,喘过气来,用长长的指甲刮去胡子上的水珠,看着蒋介石说道:

"阿伟,我看这倒也是个只赚不赔的主意。共产党不是喊北伐喊得最凶吗?那我们就给他个即以其人之道,还治其人之身!"

蒋介石猛然在桌边站住,点点头,两手撑在桌上问:

"你看,要是他们也不敢去碰呢?"

"嘿嘿,妙就妙在这里!"姜仲贤笑着说道:"现在人们不是都逼着你吗?你把箭头拉到他们身上,让他们去背这笔阎王债!共产党的那班人最注重的就是个面子,你不要明说出来,先拿话探探他们的口气。"

"他们倒是提过的,"王亚夫连忙尖声道,"说他们搞军队就是为了北伐……"

"这不正好?"姜仲贤哑声笑道。看了蒋介石一眼,指点道:"只要他们松了口,你就不用慌。慢慢来下功夫,一定要他们自己先开口,要他们比我们还着急,这就算功夫到家了。你们带兵打仗的人不是知道,这叫什么以守为攻,以退为进……"

"嗯哼,"蒋介石微笑地点头,一个计划已经在他的头脑里完全形成起来,他感到高兴地望着军官们,"还有什么意见呐?唵?……"

"我看,"只有郭凌云似乎不大识相,他显得深沉地一笑道,"只怕共产党说的也只是一句漂亮话。他们不会不想到,这样的事,明明是肉包子打狗——有去无回的。"

"嘿嘿,这就是冠生园的包子——有愿买的,就有愿卖的。"姜仲贤一得意,生意经就回到了嘴上来。"好了,阿伟,你就先试试看吧。我跟阿焘还要先到中央党部去一下;今天不是总理纪念周?我还得照例带着去念完那堂经哩。"他一面笑着,一面跛着一条腿站起来,拿起靠在沙发旁边的拐杖,这就说明他觉得会议到最后结束的阶段了。军官们都起立站在原地,蒋介石恭恭敬敬地陪着姜仲贤走出去,范桐少将正靠近门边,一个箭步上去为他们拉开了门,毕恭毕敬地立正站着,目送蒋介石陪着姜仲贤慢慢向门外走去。

三

高大雄伟的庙殿似的城楼,巍然耸立在晚霞绚丽的天空里。一群群从远处寻食归来的鸟雀,欢乐地噪叫着,在霞光的映射里,亮闪闪地聚向这临江的古老建筑;然后又吱吱喳喳地噪叫着散开,落向城楼的檐顶和楼前那些两三个人都合抱不过来的枝叶茂密的大树上。现在这座美丽的阅江楼里住满了士兵。由共产党人做骨干建立起来的一个国民革命军的团队,从去年冬天成立以来就驻扎在这座沿江的小城里。

这座小城是幸运的,它看到了一支多么好的队伍啊!

每天天还不亮,营盘里就响起了嘹亮的号声;一天的操练,就随着雄壮的军歌开始了。他们唱的不是那些四眼一板的老军歌,他们唱的是一种使人热血澎湃、激情沸腾的革命的军歌。听吧,随着士兵们整齐有力的步伐,高昂的歌声此起彼伏地震响着:

打倒列强,打倒列强!

除军阀,除军阀!
国民革命成功,国民革命成功,
齐欢唱,齐欢唱!
....

不管刮风下雨,操练从不间断,歌声从不间断。他们的精神,永远像他们颈子上那一条红色的领带一样鲜艳,一样清新。这是一支多么好的队伍啊!他们在这里虽然还只是驻扎了几个月;可是带给人们的印象,却仿佛这些士兵很早就和他们的生活联系在一起,很早就和他们结下了深厚的感情。人们就像习惯自己每天的生活一样,习惯了他们营盘里那操练时雄壮的口令,齐整的步伐,震动人心的冲锋的叫喊,高昂的军歌,和那总是比时钟还要准确的开饭上操的嘹亮的号声……

一天紧张的正式操练结束了。晚课的号声还没有响起来。饭后这短暂的空隙,是军官和士兵们最珍贵的个人支配的时间。在第一营营房后边的宽大的操场上,士兵们三三两两地自由活动着。有的在玩杠子,有的在作军事体操,有的在举石锁,有的围成一圈玩瞎子摸跛子的游戏。这个团里是绝对禁止赌博抹牌的,纵使不赌钱也不允许掷骰子和推骨牌。从团长到士兵都严格遵守这铁的纪律。因此当这支队伍刚驻扎到这里时,便颇引起了所有那些老百姓的奇怪。那年月,要找一个不嫖不赌的士兵,实在要比找一个白翅膀的乌鸦还难。

在操场旁边的草地上,万先廷坐在一棵高大的柳树下,正在细心地缝补在操练中磨破了的军衣和军裤。他光着头,大檐军帽放在身边。一两个月的时间,他的变化确实不小。从体质来说,他不但变得更加结实有力了;而且具备了那种军人特有的刚强的毅力和坚忍耐劳的韧性。这一切同他那固有的、长期劳苦生活中磨炼出来的品质结合到一起,使他能够克服和忍受那些别人所想象不出的巨大困难。加以他对早日北伐的渴望,对家乡和亲人的怀念,使他在一个月的军事生活中所学到的东西,不仅普通队伍里的士兵无法比拟,就在团队的全体的军官和士兵中间,他那永无止境的求知欲和顽强认真的学习精神,也使大家感到惊奇和尊敬。

晚霞斜照着他那略显消瘦的四方脸,照着他身上的青灰布军服,照着他颈子上围着的那一条红领带。在左臂那标志着姓名官阶的方形臂章上,写着他的职务:见习排长。是的,今天他已经不是一个普通的士兵,而是这个团队里第一营的一名见习排长了。在那时的队伍里,从士兵中晋升一个军官怕要比蚂蚁登上泰山还难。即便在他们的团里,这样的破格提拔也是异乎寻常的。

这短短的一两个月,万先廷却经历了一段漫长而艰巨的路程。当然,就今天来说,那紧张而严格的军事生活,对他不仅不感到陌生,而且已经成为他每日最亲密最重要的一部分了。那早操的口令、上课的号声、点名后的口号、雄壮的歌声、慷慨的训话……那一切,是多么令人振奋和激动。可是,就在一两个月以前,那一切对他又是怎样的生疏。为了将来能在任何最艰苦的战斗中取得胜利,他们团里的训练是按着军队里最严格的标准进行的。各种操练和训话,就像一根严密的链条,一环紧扣着一环。别的先不说,就只是那吃饭限定的五分钟时间,万先廷就怎样也不习惯。固然,在他们团里,不像别的队伍那样:到钟点吃不完饭,长官就会把饭碗夺下来,并且当胸打你几拳。不过,这里从团长到士兵,都能准确地在五分钟之内吃好饭。万先廷秉性好强,到钟点他自然再也吃不下去了。起先那几天,他紧赶慢赶,也只能吃个半饱。这在平时兴许还能撑住。可在操场上,全副武装地操练半天;加以他们的课目又最重单人独面的肉搏劈刺,十来斤重的步枪加刺刀,不光要练得跟舞一根木棒那样的灵巧自如,还得练成一个人能对付两个、三个,甚至五个敌人的白刃进攻。想想这需要多大的气力!他吃的那点饭,刚练上两个回合,一身大汗就出光了。而他们上了操场,一练就得四五个钟点。饥饿、口渴、劳累、炎热,这一切万先廷都忍耐着,一声不响地在操场上苦练。得亏他从小就体质好;有几回又累又饿得心发慌,冒虚汗,眼前金花乱冒,但他终于挺住了,没在操场上晕倒下来。不过,这情形还是被他们这一连的连长高洪生看出来了。

　　高洪生是一个沉稳而细心的人,家住湖北武昌,很小就到铁路上做工。他父亲在一九二三年的"二七"大罢工中牺牲了;当时他也是工会纠察队的重要骨干,被军阀追捕,党组织安排他逃到了大革命根据地广州;不久成为黄埔军校第一期学生。这时孙中山正积极筹备北伐,实行"联俄联共扶助农工"的三大政策,得到了苏俄援助的一批武器和一组铁甲列车。他委派当时黄埔军校政治部主任周恩来负责组建一支铁甲车队,作为他直接指挥的忠实卫队。周恩来选调一批优秀的黄埔学生做骨干,高洪生也来到铁甲车队担任排长。这支年轻的革命武装,不仅保卫了孙中山的安全,还支援广州附近各县的农民自卫军,消灭了大批地主恶霸长期盘踞的封建堡垒,威名大振,被农友们誉为"孙大总统无敌的御林军"。一九二五年孙中山去世后,共产党人为推动早日北伐,又以铁甲车队全体官兵为骨干,组建了第四军独立团;高洪生担任了第一营三连连长。万先廷刚到独立团就在三连当兵;共同的主义和信仰,加上万先廷那刻苦耐劳的毅力、坚韧不拔的意志、如饥似渴的求知欲望,倍使高洪生喜爱。他虽然只比万先廷大两三岁,但经验更加丰富,眼界也更开阔。一方面他是万先廷的长官,除了每天的三操两讲要求特别严格,日常生活中也更像老大哥一样对他细心关注指点。就像吃饭这样小事,刚来时看万先廷有些不习惯,便提醒他不要太急,开始几天可以稍慢一些。但是万先廷却宁肯吃不饱,也坚决按时放下碗筷,很快也适应了全连的统一速度。时间稍长,当高洪生更多地了解万先廷后,他也更坚定地相信:这样的士兵在人生战场上永远是胜者。

　　不过,比吃饭更艰难的,倒是那些突如其来的长途急行军了。

每个士兵,除了笨重的步枪和几百发子弹,还要背负在行军和作战中需用的全部军人的行装——斗笠、小铁锹、军毯、包袱、饭盒、药箱、干粮袋、洋瓷碗、水壶、刺刀和备用草鞋。这些东西,只要有一件背挂得位置不当,就会影响行军的速度,闹得你沿路狼狈不堪。而且,他们的急行军又是格外与众不同的。万先廷先前在家时,出门赶路,总要尽量选个好的天气。可是在这个团行军,不是狂风暴雨的深夜,就是阳光毒热的中午;命令一下,跑步前进,那动作真比救火还急。有时一夜就得来回五六十里。行军的路线,都选在山路崎岖的地方。他们不走大路,走的尽是那些荆棘丛生的荒山野岭。每逢这样的急行军时,长官都跑在自己队伍的前面。团长带着一个侦探班,跑在全团的最前头。逢山过山,遇水涉水,一直到预定的目的地。尽管那是怎样的艰苦,在那炎天烈日之下爬山越岭时,汗水透过军衣,打湿了背在身上的军毯;汗珠沾湿了他们的头发和眉毛,又由头发和眉毛上贯珠般地滴下;他们的脸色晒得由红变紫,皮肤晒脱;齐膝盖的短军裤下面被荆棘划出一道道血痕,被乱石磨破的草鞋里滴出鲜血……他们仍然奋勇直前,大步开路。看到他们的那种革命的勇气和热情,谁能不精神百倍,力量陡增呢?万先廷刚到先遣团的不几天,就经受了一回这样严重的考验。

那是半夜,漆黑,狂风恶雨,天摇地动。在尖锐的紧急集合的号音中,队伍排列在瓢泼一般的大雨里。当营长检查到万先廷面前时,因为他是刚进营盘,要他留下。但是经不住万先廷的恳切请求,营长又征询了高洪生的意见,便允许他随着队伍一起出发了。

拂晓的时候,他们已经顶着风雨,跑出了驻地六十多里。一路涉过了不少小河,走过了不少泥水没膝的洼地,人人的绑腿上满是泥浆,浑身透湿。广东的春天早晚还很有些寒意。尤其是在风雨之后,士兵们又只穿着单薄的军衣。行军时,他们那紧贴着身体的湿漉漉的军衣上,还冒着雾一般的热气。可是当在一个地方停下来时,又叫人冷得牙齿打战。他们在那里停了不到二十分钟,又接到"立即返回驻地"的命令。队伍又跑步出发了。

　　万先廷的气力早已耗绝了,他只是用自己的意志和毅力在强迫着那一双腿跟着弟兄们跑、跑……他觉得自己的那双腿已经肿得又大又粗,好像不属于他的了。他记得在童年时,有一回跑北兵,也是在深夜。他懵懵懂懂,被大叔的手紧拉着直往前跑,两腿好像驾云似的,落地也没有一点知觉。现在,他又体会着这样的味道了。这无形中拉住他的手的,就是整个团队。可是,当跑到离驻地大约还有一小半路程,前面传过来"齐步前进"的命令时,万先廷就觉得全身的力量突然消失,再也支撑不下去了。试想:一夜的紧张、劳累、困乏、饥饿……这一切在陡然松弛的刹那间都冲击到一起来时,人们会怎样呢?不光万先廷,整个的队伍也显出了疲乏不堪,脸色发青,眼窝下陷,脚步变得沉重起来了。

　　突然,万先廷听到队伍前面响起了一个略显嘶哑但却依然热情有力的声音,这声音使他的神经陡然间又振作激奋起来:

　　"弟兄们!革命军哪有这样行军赶路的?我们来唱个军歌好不好?"

　　霎时间,士兵们都昂起了头,挺起了胸,有力的回答声震撼着宇宙:"好!"

　　于是,前面那个有力的声音唱出了开头两句,这是在他们团里弟兄们最爱唱的《少年先锋队歌》:

　　　　走上前去啊,
　　　　曙光在前!……

雄壮粗犷的声音应和起来,汇成一道澎湃的巨流:

　　　　同志们奋斗!
　　　　用我们的刺刀和枪炮,
　　　　开自己的路!……

　　万先廷只觉得心里一阵异样地发热,这热流迅速地在全身扩展开来,变成了一种出奇的陡然而来的力量。疲乏、劳累、饥饿、寒冷全都无形间逃开了;他感到自己的精神那样充沛,步伐那样有力,似乎前面再有十倍、百倍的路程,他也能毫不困难地直走到底。

这个领头唱歌的人,就是为万先廷、也是为全团官兵们热爱敬佩的第一营营长——齐渊。

每逢想起这些,万先廷的心里便总是充满了一种幸福自豪的情感。来到这里,他遇见了多少美好的事,多少美好的人啊。正像老冯那回在广州告诉他的:这个团里正是集中了许多革命的精华,集中了许多我们党的优秀种子。是的,这里的每一个人,从团长到士兵,都是把自己的一切交给了革命和民众的。他们没有丝毫自私的想法,他们来这里丝毫不为贪图什么。在这个团里,关饷比别的队伍少,吃穿比别的队伍差,但艰苦劳累的差事却比别的队伍多得多。他们随时预备为北伐去流血、去拼命、去牺牲。

万先廷一面缝补着军服的肘拐地方,一面想着。紧张的军事生活的磨炼,已经使他养成了对时间的格外准确的反应。只要根据太阳的光线,就能知道哪个时间里该干什么;而且不管他正在专心干什么,到时候他都会毫不迟误的惊觉出来。这时,他不觉抬头看看,便顿时发现夕阳的余光已经从城楼最高层的那一角消失了。这是说,已经到了上晚课的时候。可为什么晚课的号声还没有响起来呢?……是值日的号兵迟误了?不,这不会的。万先廷自到这个团以来,还从未遇到过号兵迟误的事。他们的号声,总是跟每天阳光的位置一般准确。难道是营里的值星官忘记时间了?那当然更不会。在他们团里,这是根本不可能出现的事情。那么,又是为什么呢?号声明明没有响过,他的耳朵不会欺骗他的。他又想到,团里安排的操课,从来都没有更改过一回的。他们团里就是这样,下一道命令,就好比铁板上钉了钉。做不到的不说,说出来的就得做。而况这又是关乎全团行动的大事;即或是必需临时更改,那也会早在下午就向全团宣布了。这变化,意味着发生了什么不寻常的事。是的,万先廷想,一定发生什么特别的事情了。

他顾不得再缝下去,便迅速插上针,戴上军帽,站了起来。他向宽大的场坪上望了一眼,这才注意到,操场上的人已经不多了。大约弟兄们也都从这反常的变化中猜测着要发生什么事,已经回到营房里去了。还有一些弟兄正在三三两两地往营房那边走;有一些还在操场上,神情显得有些诧异地互相小声探询着。万先廷正想走过去找个人问问,却见他们的连长高洪生正向他这里走来。

高洪生生得中等身材,结实粗壮,宽头大脸。从外貌看,他显得粗糙、冷漠,甚至有些笨拙。照有些星相家的说法,这种人是命里注定做粗活路的。他那一双又大又厚的手脚上布满老茧,皮肤发黑;不知是他的沉默用心过度,还是从小过于沉重的劳动的折磨,使他的相貌远比他那二十三岁的年纪苍老得多了。他走路也跟他的为人一样,稳稳当当,不慌不忙。不过,使万先廷诧异的是,在他那经常沉默的脸上,这时明明微露着开朗的喜悦。这又是为着什么呢?

万先廷疑惑地迎到他面前,行了个举手礼,立正站着问:"连长,夜里的晚课还上吗?"

"不上了。"高洪生摇摇头说,他的湖北口音还挺重。接着又欣喜地说道:"老万,我们的队伍就要开差了呢。"

这消息把万先廷陡地震动了。开差,这就是说,要打出去了!北伐就要开始了!这一天,万先廷盼望过多久,他的家乡和亲人们盼望过多久,全湖南、全中国的民众又盼望过多久啊!多少年来人们在梦里都想着的事,怎么就这样突然地要实现了?……

万先廷当然不知道,这件事的实现并不是突然的。早在他刚到这个团来的那时——甚至早在他离开家乡之前很久——这件事就已经在激烈地酝酿着了。半个月以前国民政府的一次常务会议上,出师北伐的议案被正式提了出来。蒋介石和他的谋士们"将"的这一军果然厉害,而且通过在这以前的充分准备活动,得到了各军将领们的一致支持。共产党人诚恳地答应了考虑这个提议。事情是明摆着的,共产党人不会看不出来。但他们却认真地开会、商讨、分析条件,同各方面接触。这样严肃冷静的态度,反而使蒋介石变得焦躁狐疑起来,不知共产党人手里握着什么法宝,葫芦里卖的什么药。不过十多天之后,出于蒋介石和他的谋士们的意料之外,共产党人主动向国民政府提出,立即派遣由共产党员做骨干组成的团队担任北伐先遣队,打向湖南去。

"从广州来了好多同志哩。"高洪生小声地说。他们都明白:这就是说,党的领导机关已经在为他们团队的出征进行过具体商讨了。高洪生沉默了一会,又接着兴奋地说道:"刚才,营长已经赶到团部开紧急会议去了。"

万先廷知道,连长是不轻易说话的,他说出的消息,一定是千真万确的了。这时他顾不得多想,只是性急地问:"连长,几时出发呢?"

高洪生望着他摇了摇头,说道:"不知道。"他是一个实实在在的人,他知道万先廷盼北伐盼得最急,才赶来把这个消息告诉他。虽然他已经敏锐地感觉到,出发就是这一两天之内的事情;可他平时养成了说一是一的习惯,估计中的事从不轻易说出。只说道:"团里办事你还不晓得?说动就动的。"

万先廷点点头。在他们这个团队里,全体长官和弟兄都养成了紧张果断、雷厉风行的作风。不光今天的事不能拖到明天,哪怕是头一分钟能做好的事情,也决不允许推迟到下一分钟去的。也许北伐的行动,比他们所预料的还要快得多。

"看,一定是有事情了。"高洪生忽然冷静地望着营房外面说。

万先廷抬头看时,只见营长的勤务兵从大操场上匆匆向他们走来。那勤务兵走到面前,向高洪生敬了个礼,报告道:

"三连长,营长请你马上到团部去。"

高洪生点点头,向万先廷道:"你也回排里去,要冷静一些!"他便跟勤务兵一起向营房走去了。

万先廷在原地呆站了一瞬,他完全沉浸在预料不及的兴奋和憧憬里了。故乡的峰峦重叠的山村,村外那明镜一般清澈碧绿的荷塘,那熟悉而亲切的山字脑的房屋和白粉墙……霎时间一起都涌现到面前来。在这中间,又出现了他久已渴念的亲人们的脸:大叔、大婶,还有那个结义的兄弟黑牯——他是个性子火暴、倔强的毛头小伙,十七岁,他们一块在三公家做长活的——最后,大凤的那张红润妩媚的、焕发着青春光彩的脸,和那双光芒闪闪、含情脉脉而又略带羞怯的大眼睛,清晰地出现在他的面前。似乎她也已经知道了这个激奋人心的喜讯,在向他微笑着……想起连长的话,他不觉难为情地叹了口气,决心不再想这些。一路走,一路他还这样提醒自己,可是不行。他的心又怎能平静,他又怎能片刻忘记那些曾经为他的成长饱经忧患,而今还在苦难和血泪中盼望着革命军的亲人啊!北伐,对于万先廷来说,是一个多么实际的理想;这就是他们祖祖辈辈无数先人为它流血拼命过的那个目标:土地和生存啊!说起来,这像是一个十分简单的真理:人,都需要生存;而农夫,生存就靠土地。可在世界上,就出现了这样惨痛的事实:成千上万人的生存权利和赖以生存的土地,却掌握在少数人的手里。几千年来,为了夺回自己这起码的权利,多少人前仆后继地进行了斗争。几千年来,在这条斗争的道路上,前一代倒下去,后一代接上来;多少先烈的头颅和热血,多少孤儿寡妇的惨痛的血泪……直到今天,他们才找到了这条光明宽广的出路:革命!

这一切,有谁比万先廷感受得更深刻。他们的一家——千千万万这样家庭里的普通的一家——就是这血泪写出的历史的见证。

一九〇六年(农历丙午年),万先廷刚满一岁,他就失去了父母。那年遇上大灾荒,东家逼租,官府催粮。草根树皮都抢光了。许多被饥饿熬红了眼的人,到深夜把刚埋下的死尸都扒出来吃掉。

急公好义的人纷纷在乡里揭竿而起,打贪官、劫富豪,杀富济贫。在平浏醴① 一带,哥老会、天地会、洪江会都聚集起成千上万的饥民,开仓放粮,"替天行道"。那时,洪江会在浏阳东乡起事,几天之内,集起了十几万大军,浩浩荡荡杀奔浏阳城。安平桥靠近东乡。万先廷的父亲万东昇,素日为人义气,专爱打抱不平,最受穷弟兄们爱戴。这时听到消息,他扎起青布包头,抄起一根冲担②,站到青龙寺门前的台阶上;洪钟敲响,一呼百应。他们集拢几千人,竖起了洪江会的大旗。深夜,义军打着火把,扛着梭镖大刀,头扎青布头巾,漫山遍野一条条火龙,赶往浏阳去参战。可是刚靠近县城时,就传来洪江会失败的消息,大头领姜守旦在乱军中不知下落,义军队伍死伤无数。浏阳城一片血腥恐怖,四门挂满起义弟兄的头颅。那时节,万东昇正是血气方刚,冲担一举,带着义军队伍猛扑上去,同清兵的巡防队展开了血战。那清兵都有洋枪,义军队伍经过英勇残酷的奋战后,终于失败了。万东昇身负重伤,他掩护着弟兄们撤退到最后一个人,但是他自己,却从此没有回来……

那时节,赵五公刚从先人手里接过旅长的大权。"一人造反,九族当诛"。万先廷的母亲娘家姓赵,又是"造反首领"的妻子,当然逃不脱族规家法的魔手。在一个昏天黑地的夜晚,她被五花大绑地从祠堂里拖出来,被藤条打得遍体鳞伤,颈上挂着磨盘,沉到了那条通向县城的河底。多少人含着热泪,多少人嘤嘤低泣,在火把的忽明忽灭的闪光下,眼看着那无情的波浪,抹去了水上的漩涡……

亏得赵柄清冒着性命危险,把周岁的万先廷抱到家里。那时节,他们夫妻立下宏誓大愿:纵然自己的孩子一个也活不下来,也要把这个英雄的幼苗扶植成人。是啊,为万先廷,他们耗费了多少

---

① 即湖南省的平江、浏阳、醴陵三县。
② 一种两头削尖、包着铁皮的扁担。

心血！在那些艰辛的岁月里，他们终年过着半糠半菜的生活。遇到忙月，他们都下了地，只得把孩子也带到地里。万先廷就在这样的环境里成长起来。到他两岁时，赵柄清便有了第一个女儿。在劳动和苦难中成长起来的孩子，懂事得早；他们从父母的脸色和目光里，接触到了这个残酷不平的世界。他们从小便养成了一颗善良而又倔强的心。

好几年过去了，丙午年的"造反"已经变成了遥远的故事，万先廷才头一次知道了自己真正的父亲和母亲。尽管家里穷得常常揭不开锅，赵柄清还是和妻子商议着，把七岁的万先廷送到邻村的一个学馆里去上学。他在那里读了四年。在那四年里，他懂得了许多。除了知识的增长，最使他难忘的，便是那些势利的冷眼和富家子弟的欺凌。不过，在那些岁月里，也有最使他感到欣慰和幸福的，那就是跟他一同成长起来的赵柄清的大女儿，比他刚小两岁的大凤。她已经长成一个聪明伶俐的小姑娘了。她鲜润、姣好，像一朵尚未开放的带着清晨露珠的蓓蕾。有时候，万先廷在学馆里读书入了迷，中午不回去吃饭。大凤便提着一个小圆篮给他把饭送来，看着他吃下去。有时万先廷不愿吃，她就跟他摘一把辣椒，用火烧了拌在菜里；万先廷最爱吃这样的辣椒了。他也教她认字，把从塾师那里听来的故事讲给她听。这时候，她便好奇地睁着那双黑晶晶的大眼睛；听得兴奋时，她那圆圆的苹果样的小脸上便泛起一阵阵红晕。他们忘记了自己眼前的苦难，也忘记了家庭的不幸，他们似乎觉得，一起进入了另外的一个开阔而美好的世界。

但是，生活的磨难，终于连他们仅有的这一点幸福也剥夺了。尽管赵柄清夫妇起早贪黑，勤爬苦做，收回的粮食却还是交不够一年的租子。加以数不清的苛捐杂税，他们的日子越来越艰难了。这时赵柄清已经又有了一个小女儿——小莺。让这几个孩子吃饱后，他们自己就只能吃些野菜和糠秕了。万先廷已有了十一岁，他发现这些后，便求赵大叔让他不再去上学，找个东家去做活。赵柄清看着孩子,心里也难受,却没有答应,只叫他发愤用功,不要为家里操心。

这样地又过去了一个多月。疼孩子最切的婶娘最先看出来,先伢子的精神不像先前那样的好了。而且他又好几回从外头背了米回来,说是河边三爹送给他们家的。三爹姓陈,是个好心的孤老头子,常常周济他们,因此起先赵柄清还没有疑心。可是有一夜,赵柄清听见了万先廷在梦呓中发出了痛苦的呻吟,这声音刺进了他的心里,这才使他疑心起来。第二天,他便赶到学馆去向先生探问。先生的回答却大出意外,他说万先廷已经有一个多月没来上学了。赵柄清十分震动,矛盾和痛苦绞着他的心。他又联想到孩子这些时的行为,还有那背回来的米。他又赶去问河边的三爹。三爹也说,他想送米倒有的,可是每回叫先伢子背回去,他都不要,说家里不缺。赵柄清又急又气地回到家来。他那善良正直的秉性,那对已故的结拜兄弟的义气和责任感,使他立刻联想到那最可怕的事情上。夜里,当万先廷从外面回来,赵柄清第一回变得那样严厉,责问他这一个月在外头做什么。可是万先廷仍然掩饰说,他是在上学。赵柄清便把先生的话说出来,这时,万先廷变得沉默起来,一句话也不说了。赵柄清再三追问,万先廷却只是不开口。后来赵柄清实在急了,一时气火攻心,打了他一巴掌。这时,大凤从房里冲出来,眼里含着泪,才把这件事的原委讲了出来。原来是,万先廷见大叔不让他去做活,便托邻村一个相好的同学,替他找了一个东家。他每天去替那东家放牛;傍晚,等那同学散学后,再把这天先生教的书教给他。这件事只有大凤一个人知道。赵柄清看着孩子,也难过得流出了泪水。当他脱下万先廷的衣服看时,只见他身上满是摔碰的青伤、荆棘刺破的血痕,赵柄清一下抱住孩子,望着堂前结义兄嫂的灵位哭了……

尽管赵柄清夫妇百般劝他、哄他,要他继续去上学,可是万先廷再也不去了。赵柄清只好依了他。从此,万先廷便到财主家里去做活了。他开始了独立生活。在暴风烈日中栖息,在东家的竹板和藤条下成长。少年的万先廷,像一株尚未发育成形的幼苗,过早地便挺立在荒野上,来接受暴风雨的洗礼了。

如果不是一个人——一个巨大的人,闯进了他的生活,那么他,万先廷的一生,也许会和自己的父辈完全一样,背着因袭的重担,在一次又一次徒然的反抗中,痛苦、失败、逃亡。或者被长期的深重的苦难麻木了翅膀;或者在无数先辈的血汇集成的河里流进自己的鲜血。可是,就在这时,像暗夜里突然升起的一颗耀眼的晨星,像无边无际的凄风苦雨中突然响出的一声惊雷,一个人来到他们那荒僻古老的小山村里了。

那是一个金黄明朗的初秋。这天,万先廷和黑牯都回来在大叔的田里帮忙。傍晚回家吃夜饭时,沿路就听人们传说:从省城来了一位奇怪的先生,看样子蛮正气,可是又像着了什么魔道似的,到村里就挂起一幅花花绿绿的"中堂"①,叮叮当当地敲起一面小锣,讲得舌干口燥,后尾却连一枚小钱也不收。

起先,万先廷又累又饿,对这些话倒还不很在意。到家后,听小莺夸耀说她是头一个看见那省城来的先生的,并且他们还成了蛮好的朋友。那先生多好啊,他还教小莺唱了一支歌,那歌蛮易得唱,又问得巧。唱的是:

> 为什么农夫没有谷?
> 为什么瓦匠没有屋?
> 为什么卖花女儿没花戴?
> 为什么裁缝穿不上新衣服?……

"为什么?"万先廷的心里不由猛地一动,这些话问得多有力量啊!他急忙问小莺,那先生教她唱下头的几句没有?"当然教的。"

---

① 即一般挂在厅堂正中的大幅字画。

她接着又唱出来:

> 东家抢走了农夫的谷,
> 财主住着瓦匠的屋,
> 小姐戴花穷人卖,
> 有钱的少爷尽穿新衣服……

好痛快!是什么人才敢说出这样的话来呢?万先廷的心头像被人点上了一把火,再也忍不住了。他连饭也不吃,脸也没洗,就赶往村外去找那个奇怪的先生去。

这时候,那先生正乘着傍黑人们收工回家的机会,在通往县城的那条河边的桥畔,青龙寺门口的台阶上,向人们讲演。万先廷远远就看见,门前聚集着一堆人,前头有人举着几根松明子。在红闪闪的光炬中,台阶上正站着那位先生。万先廷几步赶过去,看那先生不过四十上下,光头、宽额,从他那消瘦的两颊看来,颧骨略显得高突一些,但这一切越发给人一种开阔、大度和坚实有力的感情。他的身材中等,皮肤粗黑,穿一件老蓝粗布长褂。最引人注意的,是他那对眼睛和那双大手。那眼睛,慈祥、亲切,但却锐利明澈;那闪闪的目光,似乎连钢铁也能看透。那双大手,咳!那双大手,万先廷说不出,只觉得有一种力量,就像俗话说的,能够旋转乾坤。

他的口音不是本县人,但也像是这一带的,落音很有分量,不快不慢,这里人都听得懂。这时,只听他正在讲着:

"……农友们!要求活命,要得人人有田种,人人有饭吃,就必须打倒那些吃我们肉,喝我们血的土豪劣绅;打倒那些争权夺利,拿我们性命当儿戏的大小军阀;赶走那些在我们中国横行霸道的东洋鬼、红毛番、花旗鬼[①]。农友们,自从盘古开天地,我们的祖祖

[①] 当时老百姓对日本帝国主义和英、美帝国主义的、带有憎恨和蔑视意味的称呼。

辈辈为了活命,为了争一块田地,不知流了多少血,死了多少人!可是,他们为什么都没有成功呢?……"万先廷屏住呼吸,听他讲下去:"第一,我们全中国的工友农友,还不齐心。第二,也是最紧要的,没找到一个最好的领头的人!……"

这几句话像洪钟一样,在万先廷的心里长时间的震荡着。往下,那位先生指着挂在黑漆庙门上的、那张方桌大的"中堂",向人们讲起豪绅、军阀和番鬼佬的罪恶来。不过,万先廷却没有听进去。他只是苦苦地思索着刚才那些话。头一条倒还好懂:众人一条心,黄土变成金。可是,那二条,又是什么意思呢?怎样才算是最好的领头的人?别的不知道,他的父亲,听赵大叔说,是在远近几百里,没有一个穷弟兄不钦佩称赞的好人。他要不是最好,人们当然不会一呼百应,举他领头的。最后,他还用自己的生命,证明了弟兄们对他的信任。可是,这个先生却说,最紧要的,就是没找到最好的领头的人。倒不是为了他的父亲,他才感到这样愤愤不平。在穷人中间,像他父亲这样的人,有着多多少少啊!例如赵大叔,不也是这样的一个?可是,这个先生的话,却又具有那样大的力量,使他不由得不信……

这一夜,万先廷躺在自己那狭窄的草铺上,激动着,苦恼着。他感到浑身发热,铺板也变得格外地硬,新换的铺草变得扎人。寂静中,他听得见夜在运行。对面牛栏里,有一条老水牛慢吞吞地、有节奏地嚼着草。院墙外边,渐渐传来那打更聋老头的缓重的脚步声;接着,响起清脆的竹梆:一下、两下、三下……当!四更了。黑牯睡得正热,鼾声很甜。可是,他的头脑里响着那先生的话;睁开眼,在这狭窄黑暗的小屋里,便闪出了那双深邃而又明亮的眼睛。后来,万先廷终于忍不住轻轻爬起来,披上布衫,小心地拉开门走了出去。

初秋的夜,颇有凉意,但空气却是那么清爽、沁人。天空显得格外的高远,像用水冲洗过的一整块青石板那样的洁净、透明。

一弯新月,分外清朗;点点繁星,密布蓝天。四周如深潭一般的明澈、幽静。远处那重重叠叠的山峰,笼罩在一层神秘的、乳白色的雾里,就像一些披着白纱的亭亭玉立的少女,在幽静地沉思。近处山岗上,随着秋夜的凉风,飘散着桂花、栀子花和那些不知名的野花的香味,空气里洋溢着一种醉人的清甜。不远处那潺潺的流水,在万籁俱寂中隐约出声。万先廷深深地吸了一口气,他向着青龙寺的巍然的大殿走去。他知道,四方来往过客大都住在青龙寺的。

当他走近青龙寺那高大的红漆庙门前不远时,便听见从庙檐下传出一个沉静的声音,问:

"哪个?"

从那使人感到亲切和充满力量的声音里,万先廷一下就听出了是那位先生。可他万想不到,那先生竟会在这外头的庙檐下露宿。他急忙走上去,一面答应着:

"是我,先生……你怎么就睡在这里呢?"

这青龙寺虽是跟安平桥一起,由远近百十里路的百姓集资修起来的。可是,它的香火却一直掌管在赵氏宗族的手里。这位怪先生的行径当然瞒不过族长的耳目,赵五公当夜就派了族里的帮闲癞皮松宝给青龙寺的住持传了话:不准留这邪说胡道的外乡佬住宿。这时,那先生已站了起来,迎到万先廷面前,惊讶地问:

"这样夜深了,你还没有睡?"他看着万先廷只穿一件白布衫,十分单薄,便拉着他的手关切地说,"看,你的手这样凉。夜里湿气重,这样会冻着的。"

"不要紧,先生。我们惯了。"万先廷感到他真诚的关怀,感激地说,"我们常起这样早的……"

"这不比得做活。秋寒如虎……"他想了一想,便从放在地下的包裹里拿出一件黑布夹短褂,给万先廷披上——可是万先廷急

忙挡着,惶恐地说:

"不不,先生。我身上蛮脏的……"

那先生笑了,说道:"你以为这衣裳贵重吗?拿到当铺里,怕连一吊钱也值不了的。"

万先廷不觉也笑了。他望着他那真挚慈爱的目光,不再推托,接过短褂来披上。

他们在庙门前的台阶上坐下。那先生望着万先廷,爽快地问:"你来找我,有什么事情要说呢?"

万先廷的心情又激动起来。不知为什么,刚才在床上想好的那样多要问的话,这时却又不知道该从哪里说起了。他窘迫地沉默了一阵。

那先生似乎看出了他的窘态,亲切地说道:"随便说吧。是不是我傍晚讲的话有些不清楚?"

一句话勾起了万先廷的思绪,那些激动着他的问题又全都涌到了嘴边来。"是的,先生……"他像孩子似的望着那先生,诚实地点点头。接着,他竭力压抑着自己的激动,一口气就把那些想法和疑问说了出来。

那先生听完万先廷的话,沉默了短暂的一瞬。后来,他微笑地望着万先廷,点点头道:"你想得很好。可是,我要说的这最好的领头人,要比你父亲、比你赵大叔更好;比天下所有的最好的人还要好……"

世界上真有这样的人?这样的人又在哪里呢?万先廷锁紧双眉,更加疑惑不解地望着他。

"这不是一个人。"那先生的两眼闪着光,语气显得庄重有力地说,"可是,每一个愿意为自己穷苦弟兄打天下的人,都能够成为这样的人。"

这些话,使万先廷更加坠入到五里雾中去了。那么,这究竟又是什么样的人呢?

那先生望着万先廷那双固执探求的目光,似乎了解到,对于这个年轻人,不把一切说得明明白白,他是决计不肯罢休的。他不露声色,但却机警地向两旁看了看,然后简短而低声地向万先廷说道:"这就是:共产党……"

从此,这个巨大的人闯进了他的生活。那先生,就是头一个在他们那荒僻的山区里撒下革命种子,使万先廷永生崇敬和热爱的最亲近的人——容大川。

这一切都成为过去了。可是回想起来,万先廷却仍然像在那天深夜一样地激动。那时的情景,常在眼前,也如同昨日一般地清晰……

往常严肃、寂静的营房里,现在变得热烈、沸腾了。团部已经下达了"准备行动"的命令。士兵们都在自己的铺位上准备着行装。最要紧的一件事自然是打草鞋。他们要轻装大步赶到湖南前线去。据说那边这时又正逢雨季,沿途的艰苦是可以想见的。也许出发就是今天夜晚或者明天早上的事。在这短暂的时间里,他们有多少必须要做的事情啊。

万先廷也坐在自己的铺位上检点行李。他是见习排长,一样和弟兄们住在一起。平时,他就和全排的弟兄相处得最亲密,最受弟兄们的尊敬和爱护。今天,他就变得更加忙碌,应接不暇了。这个找他来问湖南的风习,那个要他讲他们要走的那一路的情形。还有些从东江参加来的弟兄,从来没出过省的,不知听谁说湖南人都爱吃辣椒,跑来问万先廷,那里的水会不会也是辣的。对于这些,万先廷都给了满意的回答。不知为什么,所有这些问题,不仅不使他觉得絮叨、烦琐,反而给了他一种难以说出的幸福而自豪的情感。谈起这些来,他的话也变得多了。

连长以上的军官会议还在继续着。营盘里各处的风雨灯点得通亮。士兵们都各连各排地守候在自己的营房里,等待着下一步的命令。这情景,有点像大年三十晚上孩子们的等候天亮。不过,

49

那时的心情也没有这般急切,这般热烈罢了。

军官会议刚好在吹响就寝号的时候结束。看来,今天是不会出发的了。士兵们怀着有些失望和新的期待的心情,又铺开自己的军毯,预备睡觉。果然,连长们回来,带回了明确的命令:由军需团副带领的军需官们今天已连夜赶往广州,交涉沿途的军需给养和调遣到韶关的火车运输。团部和第一梯队——一营和二营——明天正午出发。

士兵们的心又从急切中安定下来;他们可以踏踏实实地睡好这一觉,等待明天出发。可是万先廷的心,却怎样也无法再平静下来。这一天,是他多少年来所盼望的,现在一旦要变成现实了,他又多么迫切地希望它更早地来临啊!今夜有他们排里的岗哨勤务,他向排长请求,让他去巡查一遍营哨,再回来休息。排长大约也了解他的心情,便含笑答应了。

万先廷在营盘的四周巡查了一遍;回到营盘的时候,看见营部和连部的房里还都亮着灯光。他刚刚走过连部的房门口不远时,就听后面响起了连长那重重的湖北口音:

"老万,老万!……"

万先廷急忙转回来,看见连长高洪生拉开门站在门口叫他。不觉想,连长真是个细心的人,听说他从脚步声上就听得出是哪一个排长,看来果不虚传。他望着万先廷走过来,一面说道:

"我刚派人去找你,一排长说你巡哨去了。进来吧。"

万先廷走进房时,看见营长齐渊也在里面,急忙立正敬礼。齐渊亲切地笑着点头,一面指着桌旁的长凳子向他说道:"坐吧,坐吧。"

万先廷在营长对面坐下来。他看见小桌上放着一张摊开的军用地图,上面有红蓝铅笔画过的路线,大约是他们刚才研究过的,便避开目光不再去看。他知道营长是常常到连长这里来商谈事情的,他很看重连长。

这时,齐渊又微笑地问万先廷道:"怎么样?听见出发的消息了,更睡不着觉了吧?"

万先廷不好意思地低头笑了,他诚实地低声说道:"是,营长……"

"还是要睡着。"齐渊带着兄长般的劝诫口吻说,"打仗对我们来说,就像居家过日子。要习惯这种生活。"他停了一会,似乎让万先廷好好地想想这几句话。后来,他看了高洪生一眼,又用另一种口气对万先廷道:"我叫你来,是为了告诉你一件事情。"他又停下来,没有说出是什么事情,只是欣喜地望着万先廷。过一会儿,又接着说:"听说你这些时当见习排长当得很不错啊?"

万先廷更加拘谨地红着脸摇摇头,讷讷地分辩道:"我哪里会当长官啊?就跟着弟兄们学着干就是了……"

"这就很好啊。"齐渊和悦地点头说道,"我们的长官不是吃兵饷喝兵血的;我们是共产党员长官,吃苦要在弟兄们前面,享福要在弟兄们后面。我们要影响到全体的革命军都能变成这样,革命才能够成功。"

万先廷尊敬地回答道:"是,营长。"

齐渊抬起头来,郑重地望着他道:"我要告诉你的事情是这样:为了担负北伐的艰巨战斗,我们每个连还要增加一个排的兵力。刚才团部已经决定,升任你为你们那一排的正式排长……"

万先廷听到最后几个字,惊慌地站了起来,望着齐渊道:"营长,这不行!……我怎么能担得起来呢?……"

齐渊看见他惊慌的神情,不觉又望着高洪生笑了笑,向他说道:"你不是在家乡组织过农协自卫军的吗?"

"可那是农友、百姓……"万先廷急忙解释道,"这是队伍上一钉一铆的事,怎能一样?……"

"我说是一样,万先廷同志。"齐渊忽然站了起来,严肃地说,"为什么不一样呢?难道我们共产党人的目标还有两个吗?"他望着万先廷,转而恳切地说道:"我们不应当忘记,这个团是共产党领

51

导的,是真正为工农民众奋斗革命的队伍。我们的弟兄都是从穷苦的工友农友中间招来的。我们需要什么样的长官呢?难道让那些为军阀豪绅服务的长官来带领我们?难道让那些只知道贪生怕死、自私自利的人来做我们的长官吗?你说说,万先廷同志,如果我们的队伍是这样的话,你会不会这样远跑来参加呢?"

万先廷沉默半响,低声回答道:"不会的……"

"这就对了。"齐渊说,声音里流露出高兴。他停了一会,又含意深刻地说道:"我们要做的事情还非常多,担子还会越来越重。可是,只要我们明白一个共产党员的责任;只要我们敢于承担,敢于奋斗,再大的困难也不能阻挡住我们的。"他看了看高洪生,对万先廷说道:"你问问高连长,在我们中间,谁不是从什么也不懂到慢慢学会的?"他又转为感慨地说:"那时候,还没有这样的环境啊……"

万先廷感动地听着,再也忍不住了,他站起来激动有力地说道:"营长,我坚决执行命令!"

齐渊喜悦地点点头,说道:"我知道你会说这句话的。当然,高连长也会处处帮助你;有什么事情,你可以同他一起多商量一些。"

"是,营长。"万先廷感激地说。

"好了,时间不早了,你们都休息吧。"齐渊望着他们两个说,一面折起桌上的地图,预备走了。

高洪生一直在旁边默默地听着;上司在谈话的时候他是不大插言的,这时说道:"营长,你也回去休息吧。今天你比我们还要累呢。"

齐渊点点头,一面向门口走去,一面微笑地说道:"我们都要抓紧时间睡好这几个钟点的觉;往下,这样多的睡觉时间就不容易有了。"

四

　　从太阳在东方刚刚探出它那彤红的圆脸蛋时起,广州就完全沉浸在一片热烈沸腾的节日气氛里了。天还没亮,游行队伍就从全城的四面八方:从西关,从珠江南岸,从几十里路以外的乡村,潮水一般地涌向城市东郊的东校场。崭新的红旗和各色彩旗在高大的建筑物的楼顶上飘扬着,巨幅的大字红布标语在街道的半空里高挂着,家家店铺门口也都悬挂着各色彩旗和红旗。街上满眼是色彩缤纷的旗帜、衣服和工人纠察队的红色臂章、农民自卫军的梭镖上的红缨。广州,这觉醒着怒吼着的城市,变成了一座美丽的旗帜的海洋,红色的海洋。

　　这是一九二六年的五月一日。今天的庆祝大会,是由共产党领导的广东总工会和省港罢工委员会① 主持召集的。这大会,一来是庆祝全世界劳苦工农大众的节日;二来是要用广东的工农阶级的大示威,来坚定国民政府的革命信心,推动北伐革命的行进。

　　这一天,也正是万先廷他们的团队从沿江驻地到达广州,并立即开始向北伐前线前进的日子。这巨大的喜讯,将会给这节日的大会增添多么大的喜悦;会怎样的令人热血沸腾,欣喜欲狂哩!可是,说来奇怪,这样惊人的喜讯,却保守着绝对的机密。这个先遣团的出发,不准向报界或者任何人宣布。

　　这决定,又是蒋介石的杰作。是怕敌人的侦探知道这消息,会不利于前线的军事吗?傻瓜才会这么想。蒋介石了解吴佩孚,他

---

① 一九二五年上海"五卅"惨案爆发后,香港和广州的工人阶级在共产党领导下,成立了"省港罢工委员会",组织了规模巨大的省港大罢工,历时一年零四个月,使英帝国主义在政治上和经济上遭受极大损失。

对于六爻神课,比对侦探的嘴巴要看重得多。而况这时的无线电并不很发达,即便有北洋军的探子派到广东来,他要向自己的上司报告机密,得请电报局代拍电报;那样,无异于自投罗网。这决定,不过是蒋介石那复杂的心理在作怪而已。他的理由是:怕消息传播出去,一旦这个团落到敌人嘴里连个响声也没有,那岂不使堂堂国民政府的军事行动贻笑于天下。背地里,他是怕惹火烧身;照姜仲贤的说法,是这笔买卖成败未卜,他得留个喊价钱的余地。

热烈激昂的大会开完以后,队伍便分成几路举行盛大的示威游行。一路上,无数的没能去开会的人又从家里加入到游行队伍中来。几十万人的歌声、口号声、军乐声、锣鼓声和鞭炮声震动着空气,震动着天地。革命的精神,像无尽的浪潮在广州的市区奔腾汹涌着;革命的声音,像无数的惊雷在广州的上空怒吼轰鸣着。宇宙的一切,都在火焰一般的狂热的激情中,变得白热化了。

这时,在惠爱路中段的那条大马路上,过来了两个骑马的军人。他们刚从永汉路那边转过来,似乎预备穿过街道到城外的什么地方去。前面那匹铁青色的高大雄壮的马上,是一个看来不过二十四五岁的少校军官。他那标准的笔直的军人身材,略显得有些清瘦;但他那一身合体的青灰布军服,配上大檐军帽,整齐的斜皮带,和皮带前侧佩带的那一支小巧的左轮手枪;这一切,都显出一种英气勃勃、神武有力的风采。他那清癯文雅的脸,使人想起投笔从戎的书生;但他那两道剑锋一般高高扬起的黑眉,和黑眉下那一双深沉果决的眼睛,却只有那种在长期的行伍生活中磨炼得坚韧不拔、百折不回的人才能具有;加上那悬胆般的鼻梁、刚毅的紧闭着的嘴唇,更使人找不出丝毫的书生气质。他的膝盖下面打着一双黑色的皮绑带,穿着布袜草鞋的脚分跨在马肚两旁的踏镫里。他那挺直的胸脯前,系着一条红色的领带。如同那些在严格的行伍生活中训练有素的军人一样,他那双闪射着乐观自信的光芒的眼睛,总是端正而有神地注视着前方。他,就是即将出征的北伐先遣团第一营营长齐渊。

在他后面、那匹略微矮一些的短尾巴黑马上,骑着他的勤务兵。那是一个大约十六七岁、大眼睛里还带着童稚和天真的、精明利索的士兵。他们是在今天早晨到达广州的。队伍下船以后,立即开到城市东郊白云山下的一座军用车站上,预备吃过一顿饭后就上车出发。可是,这当儿发生了一点阻碍。办理补领枪械事宜的主任军需官气急败坏地跑了回来,他带去搬运枪械的士兵也都空着手,一个个气红了脸。主任军需官报告说:补给枪械的部门对他们的出发表示了极大的轻蔑,不负责任地推来推去。跑得他们两腿发酸之后,这才由一个打扮得很考究的少将批示拨给步枪五百条、子弹十万发。可是到了火药库,发给他们的,却都是一些老掉了牙的"吹火筒子",有的甚至碰坏了准星,磨秃了撞针,锈得连枪栓也拉不开。那些子弹,有的潮湿得发了霉,而且还不足数。当主任军需官严肃地向他们提出来时,那些人冷笑地嘲讽说:先委屈点吧!到了吴佩孚那边,什么好东西都会有的了。这语意双关的话,明显地表示出了对于他们团的轻蔑。主任军需官只好又去找那位少将。可是没找见,副官们说他开会去了;在哪儿开会呢?又都说不知道。从少将的房里钻出一股刺鼻呛人的鸦片烟味。这样,他们就只好先赶回来了。

团长听完报告,愤怒地沉默了好一阵。然后,他用出人意外的冷静的声音,命令勤务兵带马。说来令人难以相信,这个团队,兵员差不多相当于一个师的编制,重火器却只有两挺不算很新的马克沁重机关枪。至于步枪,不仅都很老旧,而且在训练中,还有很多人只能和别人共同使用一支。对于这个团队来说,这一次的出征,等于孤军作战,加以远离革命的后方,前途的艰险是可以想见的。假如连起码的武器弹药也不能保证,那么他们用什么去和敌人战斗呢?

经过一场复杂的交涉,步枪和弹药总算重新解决了;按照原定的数额补发,以能进行作战为标准。但是,他们出发的时间,也因此要推迟到第二天的早晨。

　　队伍都在车站附近的白云山麓露营下来了。齐渊借着这个机会,到城里的广东军军部去看望了几个老朋友。他们都是从前在孙中山的总统府警卫团里吃过粮的同事。自从四年前的保卫大总统府的战斗后,齐渊就随着队伍离开广州了。虽然也常常在这附近过来过去,可是由于战斗里的戎马倥偬,他却一直没有再到这城市里来过。今天,他怀着新的情感,注视着这座他曾经为她战斗、流血,为她的命运而忧心和喜悦过的城市。广州,别了!他,这异乡的革命者,多少年来,曾经把这里当作自己亲密的故乡;多少个炮火纷飞的日夜,他和城市的脉搏一起跳动,和城市的命运共同呼吸。而今,只是匆匆的一见,他又将为着新的革命的前途,去进行殊死的流血战斗了。此刻,在他心内沸动着的,不是哀伤惜别的情感。这种情感,在他那多年的出生入死的激烈的战斗生活中,早已随同着岁月的流逝消失了。他此刻所有着的,只是一种充满自豪和光荣感的留恋;就像一个对自己的力量充满自信的孩子,即将告别已经获得了自由的故乡,去为那更广阔、更遥远的土地的自由而战斗。

　　他们从惠爱中路向东走了不远时,便迎面碰见了从东校场会场出来的海洋一般的游行队伍。最前面是省港罢工委员会的工人大队,他们高举着一幅大字的"劳工神圣"的红布标语,以整齐雄壮的海员军乐队为前导。接着是几千人的罢工工人纠察大队,一律穿着灰布军装,戴着消防队员一般的椭圆形凉帽,红布袖章,绑腿草鞋,肩上扛着步枪,十分威武严整。他们后面,是一眼望不尽的旗帜和标语的大海,与那海涛一般澎湃沸腾着的长长的人流……

　　游行的队伍已经完全堵塞了街道,齐渊和他的勤务兵只好在路旁勒马停下了。他在马上一动不动地注视着迎面而来的人群,宛如一尊雄伟的青铜铸像。望着那一张张被革命热情所冲激涨红的脸,他的心里也感受到了一种同样的沸热的激情。"请求早日北伐"的口号声此起彼伏,"打倒列强,打倒军阀"的歌声,在人流中响亮地震动着。齐渊想:要是在这些为着神圣的大革命事业、为着祖国的未来而忧虑着的人们面前,把那件振奋人心的出征消息宣布出来,那将会出现怎样的狂热的情景啊!但是,他不能。尽管他,这个即将打响北伐第一枪的先遣团第一营指挥官,此刻与朝夕期待着揭开北伐战幕的人们,只是近在咫尺;但是,为了诺言,他却不能做到这一点。也许,人们日后从报纸上,看到北伐前线的第一个胜利的捷报时,决不会想到,创造这奇迹的,竟是一个凭着革命热血和铁的意志,敢于向强大敌人作战的一支小小的团队吧?

眼看着前面的人流无穷无尽,看来要从惠爱东路走过去已是不可能。齐渊便想退回几步,从旁边的一条小街上穿过去,然后再绕向东郊。他勒马正待转身时,忽听游行队伍里传出一个兴奋狂喜的喊声:

"磊夫,磊夫!齐渊同志!⋯⋯"

齐渊不觉一怔:磊夫是他从前的名字,当兵后就多年没用了,极少有人知道的。他向下一看时,不觉也惊喜地叫出来:

"子剑!是你?!⋯⋯"

从游行队伍里跑出一个欣美的青年。他大约二十三四岁,眉目清秀、苍白、文雅。他穿一件白色麻纱长衫、尖头红皮鞋。一头富有浪漫色彩的长发,一直整齐地披到后颈。戴一副适度的近视眼镜。白皙的脸上,那细长的黑眉和嘴角上常挂着的羞涩的笑意,使人总感觉到他身上含有些少女般的多情和柔弱。他一面跑近了,一面兴奋地说道:

"磊夫!想不到,真想不到,在这儿能遇见你!⋯⋯"

齐渊已跳下马来,把缰绳交给旁边的勤务兵,欣喜地向他迎上去。

李剑激动地喘着气,把右手上的三角形小指挥旗换到左手,紧紧握着齐渊的手道：

"你当兵了，磊夫！好抱负！真遂了你的心愿啊！这些年你怎样，一直在广东吗？……"

齐渊笑着，一面拉着他的手，走向路边骑楼下的人行道，看游行的队伍从身边走过；一面说道："是啊，这些年我一直在这边。我总是在打听你们的情形，前几年还有些消息，说你们在国外过得很好，又学习，又革命，还写了不少的诗。他们还把你的诗剪了几份寄给我呢！……"

"你都看了？"李剑掩饰不住兴奋地扶了扶眼镜，看着他问，"现在想起来真脸红啊！那是关在玻璃窗子里叫喊革命。什么绞架呀、断头台呀，恐怖得叫人发昏！你看看现在，"他自豪地伸出手臂，望着浩荡的游行队伍道，"这才是真正的革命，真正的民众大联合啊！"

齐渊微笑着点点头，说道："谈起诗来，你又要忘记一切了。"他看着李剑被汗水湿透了的白纱长衫，关切地问，"快说说，你们是哪一年回来的？"

"去年春天！"李剑道，"谈起来也真有趣，我们一块儿出国的那批同学，有好几个都走上这条革命的路了。这回一回来，就在上海做了几个月的学生工作，后来又派我们到广东，参加省港罢工委员会工作，前几天才回广州来。我实在被民众的北伐热情激动了，我想请求党把我派到军队去，恰好又逢着劳动节，罢工委员会要我先帮几天忙，这才……"

"这才又碰到了一起！"齐渊热烈地笑着说，"你回来了一年多，我怎么在报章上没发现过你的名字？你知道，我失掉了你们的消息后，一直注意着进步的报纸杂志，我知道你是不会沉默的。可是……"

"那你当然要失望啊！"李剑像孩子做了件瞒过大人的事，得意地说道，"刚回上海，我们都是让北洋政府监送回来的，用真名字谁还敢发表啊。只好一回换个名字,好在中国的字多,一天一个也用不完。那样习惯了,到这边总也改不掉了。说真的,那也真有意思,有时候写出了一首,就跟慧在一起想名字。你知道,慧她是多么想你啊!……"

"怎么,她还留在上海吗?"齐渊关心地问。

"不,也早来了!"李剑道,"我们一起过来的。她来后就在中央党部妇女部工作,一直在广州。"

"你们结婚了吗?"齐渊低声问。不知为什么,问这句话时他总有些不自然。

"没有。"李剑有些羞涩地摇摇头,说,"我们都不希望过早被家庭拖累,影响革命。再说,一直没打听着你的消息,我们结婚,还连个证婚的亲人也没有呢。……"他说着,望着身边源源走过的游行队伍,岔开话题说,"她今天也来了。看,那就是她们的妇女队伍!……"

在工人队伍后面,游行的妇女们唱着歌过来了。最前面的,是几百名十七八岁的女学生。都是洁白的紧身布衫,镶着红边,长长的黑绸裙,赤脚木屐,手里举着红绿色的小三角旗。短短的发盖,红扑扑的圆脸,喜气洋溢,看不到在她们母亲脸上有过的那阴郁哀愁的脸色。

李剑向队伍中看着、寻觅着,忽然兴奋地大声喊:

"慧,慧!……"

"嗳——!"少女的声音答应着,她从队伍的那边穿过来,跑向这里。她的身姿婀娜娉婷,也是穿着滚边的紧身白布衫,黑绸长裙,短发盖,白嫩的容长脸上泛着红——她,就是万先廷遇见过的那个少女。

她跑过来,一面掠着飘到额前的短发。李剑笑着向她道:"你看,这是谁……"

李剑话还未说完,姚玉慧早已认了出来,她惊喜地大叫一声:

"哎呀——"连手中的小指挥旗也掉在地下,张开两手,冲上去:"渊兄!……"她用双手紧紧握住齐渊的手,眼角涌出了幸福的泪水,看着,极度兴奋地看着,半响却说不出话。

齐渊像一个长兄看着幼小的妹妹似的,笑着道:"看,长这样高了,还是像个孩子……"

姚玉慧兴奋激动得似哭似笑,忍着眼泪,吸着鼻子,她擦去涌出来的泪水,可是泪水又止不住地涌了出来,一面道:"渊兄,这些年你一直不给个信我们。七年了!你把我们两个丢在外边,就像掉了线的风筝,你把我们放了出去,也不找了!……"

李剑在一旁笑着说:"七年的牢骚,挤在一块发,没个完的时候。你看,"他向齐渊道,"她在外头,处处好强,从不喊一声苦,可到了你面前,又像个孩子了!街上这样多人,也不怕别人羞,就眼泪鼻涕都来了。"

"都像你,只敢一个人躲在房子里哭!"姚玉慧仍然含着泪抢白他,但已经破涕为笑了,"这个时代,就是我们的时代!我哭、我笑,谁敢来管?!"她又亲切而情意深长地问:"渊兄,你这些年可好?这些年你都在哪里呢?……"

齐渊只是望着她微微笑着。实在的,这些年的经历,他不知该从哪里说起。这艰巨然而充满神奇色彩的七年,他的心中也有多少要向人倾吐的话啊!

姚玉慧性急地从上到下打量着他,嗔怪地说道:"你变了,渊兄!穿上这身军官的制服,在我们面前变得稳重多了。真是当兵改变了你的性情啊?……"

"你真是瞎说。"李剑在一旁道,"磊夫从前不也是这样性情吗?哪像你:总是哭一阵笑一阵的……"

"你才瞎说!"姚玉慧又撒娇地嗔道,"渊兄从前是这样的吗?啊?在家的时候……"

齐渊笑着调解道:"看你们两个,还是这样脾气。七年了,你们都还跟临走时一样,像对孩子啊!"

他们两个都不好意思地笑了。姚玉慧高兴起来,说道:"渊兄,听着这话,你就更像七年以前了!"

"七年了,磊夫,岁月真快啊!"李剑无限感触地望着齐渊,又凝视远方,回味地说道,"七年前你在海边送别我们的身影,时刻伴随着我们。想不到今天,在这条革命的路上,我们又站到了一起。"

齐渊也若有所思地点点头,说道:"是啊,七年了,多快的七年啊……"他望着面前源源不断的人流,那一片红红绿绿的大小旗帜,挥舞着,翻滚着,似乎又变成了波涛汹涌的大海;七年前的往事,也随着这滔滔不尽的海浪涌来,涌来……

那是一个明朗的仲夏。

十八岁的齐渊提着一只小衣箱,从北方来到了东海边的一个恬静的村庄里。他那时已经是一个大学二年级的学生了。十五岁那年,他就死去了父母。姐姐早已出嫁,只有一个中过举人的伯父掌管着家产;齐渊回家说不上三句话便会叫他骂起来,他是痛恨新党的。这年因为在北京闹了学潮,北洋政府对学校的迫害越来越紧,齐渊从大学出来,也不回家,便到南方来投奔他一个叔伯的姑母了。

姑父姚甫臣,是一个拥有好几处庄园和渔场的大财东,甚至连这一带的海盐也全由他一手包办。只是年近五旬,还只有一个十六岁的女儿,取名叫玉慧。这玉慧自小聪明伶俐,性情柔中含刚,老两口自然爱如掌上明珠。民国成立那年,玉慧正是八岁,这姚甫臣素日常在上海南京那些大码头跑,学了不少文明知识,更兼珍爱女儿,便特地从上海请来一位留过洋的教师,在家教女儿读书。玉慧在八岁前已跟父亲发过蒙,读了不少诗书,学起新的知识来也格外快。不上六年,她已经学起高等中学的课程来了;一口英语也讲得十分流利。不知听了谁说,又吵着要父亲到上海买来一架大钢琴,一有空便叮叮咚咚地弹,不久也弹得流畅动听了。就这样,她在这幸福而宁静的生活中,整整过去了七年。

但是,在第八年的春天,那教师的一个最小的弟弟到这海滨的村庄里来度假了。那便是十七岁的李剑。那时,他正在上海的一个高等中学毕了业,学校预备保送他到日本去留学。但他对文学的热爱,远远超过了一切。他在信上看了哥哥描述的这美丽而宁静的海湾,便忍不住要亲自来欣赏一番了。他的到来,却恰如在平静的池水中投进了一颗石子,在这海滨的村庄里激起了不平常的波纹。

这个文雅而俊秀的青年,在姚玉慧眼中,宛如美玉的一闪,深深印入了少女的心。那无形的命运是这样巧,又早替她安排了他的哥哥——她的先生。于是很快,他们就认识了。姚玉慧如饥似渴地在书房里听他侃侃而谈,什么莱蒙托夫、普希金、拜伦;什么裴多菲、济慈、歌德……啊,天底下还有这许多美好的人啊!他们那些火热的诗句,从李剑那铿锵优美的声音中传出来,久久地激动着姚玉慧的心……那些夜晚,她在床上翻来覆去:心是火一般热,耳边回响着那铿锵悦耳的声音。她第一次尝到了,那悄悄来临的,真正的少女的早春;啊,她幸福而又羞怯地感到,她是深深地爱上这个少年了——不知是爱上了那些充满激情的诗句,还是爱上了那朗诵这诗句的人……

生活的道路啊,你是如此的瑰丽美好,又是如此的多灾多难、坎坷不平。少女的初恋,是狂热而纯净的。敏感的李剑很快就觉察到了这一点。诗人的灵感,只有在纯洁的爱情中才更加真挚和清澈啊!他们用诗句代替了书信。那些渴求自由、渴求真理的字句,像箭一般地射中了少女的心,使她感到自己就像个樊笼中的小鸟,感到家庭是如此阴暗和窒闷;她要冲出,她要高飞,她要向那辽阔的天际升腾。

不久,这情形便被父亲知道了。当他察觉,这个家道中落的青年,想"拐走"自己的掌上明珠时,气得几乎连八字胡也倒竖起来了。但总算顾全了这位教师的颜面,只是在一番讽喻的暗示之后,把他辞退了。并且似软似硬地提出,要他们三天之内就回到上海去,永远不许再到这海滨的村庄来。这位老实本分的哥哥当然不晓得这祸根便是自己的老弟。但他是素知这位东家的势力和性情的,一气之下,带着弟弟连夜搭船回上海去了。

离别的瞬间,对这两个少年是多么痛苦,自不必说。但爱情的烈火,是怎能用威压和权势来扑灭的啊!虽则从这件事后,父亲对女儿的态度也一变而为严厉,不许她那样任性了。但说句不客气的话,在家庭的斗争中,少年人总是越来越心窍百出,老年人则总是越老越不大高明的。因此虽则父母防范严密,而充满着激情的诗句,也还是能冲过大海来到这宁静的村庄。玉慧的心,变得更加深沉倔强了,她接触到了外边那个辽阔广大的世界,就像鱼儿看见了大海。她已经不是一个只会弹琴撒娇的小姐了,她的心中充满了对暴风雨的向往,充满对未来、对自由的憧憬,她决定了自己的路:要做这个家庭的叛逆的子孙。

这时候,齐渊来到了。

起先,姚玉慧对他是冷漠而淡然的。看起来,这位表哥长得也倒是英武而又俊秀,但却不很笑,也不多说话,他缺乏奔放的热情,和诗一般的锐敏。来到了几天,他只是在自己的房里看书、写字,默默无声。

而玉慧的父母,却在暗暗高兴。他们正为着玉慧的事忧愁焦心,想早些寻个门当户对的人家,了却这番心事。齐渊的到来,使他们的心愿更加迫切了。论人品、论学识,这位侄儿都是再好不过的;而况他又有家产,又没有了父母,结了亲,不怕他不成为姚家的人。但一时却又不好开口。住了几天后,姚甫臣向他谈起女儿的学业,说那教师因为思家心切,回了上海,想请齐渊来继续任教,不致使玉慧的学业荒废。齐渊欣然答应了。

从此，表兄妹便一同在书房里学习了。玉慧哪还有这番心思啊，恨不能早早把这位表哥气走。但逐渐地，她觉出这位年轻的表哥，不是她早先所想的那样冷漠、那样书呆子气的；他那渊博的知识使玉慧暗自惊奇。当他发现玉慧的神情有些改变时，便也没有拘束地向她谈起许多外边的事来：从人间生活的不平，谈到工农大众的奋起；从无政府主义和乌托邦，谈到他也才知道不久的世界上那个最新最美最先进的思想：共产主义……玉慧从他的谈吐中，似乎又接触到了另一个广阔的世界，她的眼前又展开了一幅新的图景。如果说，从前李剑所谈的那一切，都像玫瑰色的云彩一般诱人，但却摸不着边际；而现在，她看到的是红色的朝霞，初升的鲜艳的朝霞，从那里已经预示出：旭日即将升起来了。

玉慧渐渐忘记了拘束，跟表哥学起大学的功课来了。她这时才知道，齐渊不光知道莱蒙托夫、裴多菲，而且也熟记着许多火热的诗句，只不过他不愿常显露出来罢了。他们融洽得跟真正的兄妹一样了。但玉慧却还深深遥念着李剑。每当想起那文雅而激情的脸时，她便忍不住望着大海，望着那在海上自由翱翔的白鸥，恨不能立刻展翅冲出这高大的厅房，冲向那海的远方。

但是，当她同齐渊在一起时，又觉得那书房变得无限美好，充满着温暖了。她就在这样幸福而又痛苦的生活中过着，一天一天。终于，她所早已希望着，而又极不希望来临的事到来了。母亲在闲谈中，半明半暗地向她谈起了同表哥的婚事。她不记得，自己当时说了什么；总之，她是那样激动地抑制住了痛苦的眼泪，匆匆跑回房去了。

在齐渊的面前，她又开始冷淡了；李剑的来信，她也一连几天没有回。少女的心啊，多么复杂而又矛盾！用什么样的天平，才能衡量出这两个年轻人在她心中占有的比重呢？

有一天，当她在书房的时候，齐渊忽然问她了：

"慧，你好像有些什么心事呢。"

她默默不答,呆呆地发着怔。

齐渊走到她身边,亲切而真挚地说道:"有什么心事,告诉我吧……也许,我可以帮助一些的。"

玉慧抬头看了他一眼,又低下头来,痛苦而倔强地摇头道:"没有,什么也没有……"

齐渊也沉默了一阵,似乎预备走开——可是他又站下,终于问:"你说没有,为什么李剑的信好几天没回?"

玉慧心中一震,抬起头来,那清澈的眸子里闪着惶悚的光,她惊问:"你知道?……"

齐渊反而显得平静了。他点点头,接着又像兄长似的说道:"你不要见怪。既然生活在漩涡里,就不能做一个旁观的人。你是个有理智的女性,要学会为自己的命运奋斗;决定了,便应该勇敢地走下去!"

玉慧默默听着,似乎从这些话里得到了启示和力量。

"你们都真诚地相爱吗?"齐渊突然问。

玉慧抬起头来,默默看了他一会,终于点了点头。

齐渊似乎并未感到意外,他默默闭着嘴唇,向窗外的花园望了一瞬,又向着玉慧说道:"你看,让我们分头去作一次恳切的请求,姑父总会答应的……"

"不!"玉慧急忙道,"阿爹的脾气很固执,谁违背了他的意志,他会使出最严厉的手段!"

齐渊沉默地思索着;一会,又问:"你想过以后生活的道路吗?"

"想过的。"玉慧坚决地说道:"在这样的家庭里我生活够了。在家是父母的财产,出嫁了又是丈夫的寄生虫!他们从来没有把女人当作一个'人'看待过。我毫不留恋这样的生活。只要是让我去为自己的理想和更多的人奋斗,再苦再穷我也不怕的!"

齐渊点点头,赞许地看着她道:"好吧。你放心,事情让我来办。"他说完,便出去了。

第二天,齐渊向姑父母说,要到上海去看望一个同学,需得耽搁几天才回来。吃过早饭便坐船动身了。

十天以后他才回来。这十天,玉慧是多么焦急难熬啊!她不知是盼望远在上海的李剑,还是想念刚去上海的齐渊,心中只觉加倍地沉重。齐渊回来了,他还是一如往常。下午只有他们在书房里时,齐渊第一次出现了活泼的笑容。

"我看见他了。"齐渊微笑着说,"是个很有理想的青年。我跟他谈了半天。"他拿出一封厚厚的信来递给玉慧。

信是李剑来的,充满了感激和兴奋。说第一次看见她的堂兄,想不到竟是一个这样美好的人……

"我对他撒了谎,说我是你的哥哥。你不会责备吧。"齐渊在一旁说。

玉慧哭了,她满含泪水望着齐渊,激动地说道:"渊兄!你、你这都是为了我?……"

齐渊略含些苦涩地笑了一下,说道:"应该兴奋,你就要开始一种完全崭新的生活了。"停了一下,又道,"飞出去吧,你们会走上一条宽阔的光明大路的。我们在那里商量好了,为你安排了一个出走的计划。就在后天晚上……"

玉慧突然痛苦地说道:"不,我哪儿也不去了!……"

"怎么,"齐渊惊讶地问,"有些害怕啦?"

玉慧矛盾地摇摇头。

"留恋家庭和父母了?"

玉慧又摇摇头。齐渊叹口气,亲切地说道:

"你又来孩子气了。生活像一片大海,只有意志坚定的人,才能到达彼岸。要是决定了,而且这决定又是对的,就应该勇敢地走下去!"

玉慧望着齐渊的脸,她觉得他比什么时候都更高大、更美好了。她多么想说:"渊兄,我就是为你,就是舍不得离开你啊!"可是少女的羞涩、自尊，每一个字都几乎有千斤重。她多么希望，齐渊此刻能向她说："慧，我是爱你的。"那么，她就将会不顾一切地扑到他的怀里去，把心中的一切都向他倾诉出来啊！但是，齐渊只是那样诚挚地看着她，说道：

"在外边，你们不是孤单的。我已经在上海托付了一些朋友，他们会把一切都安排好。这个机会很难得啊，那边的情形，到了上海就会知道的。"

玉慧完全像个孩子，在听慈父的嘱咐一般。接着，齐渊又把详细的计划告诉了她：最近，有一批学生要到外国去留学，是北洋政府的公费，李剑和姚玉慧便可以跟着他们出国。后天晚上，李剑便雇一只船来接她。两人的衣物用品也都由他在上海办好……

玉慧听了，只是呆呆发怔地望着齐渊，千言万语，不知从哪里说起。她痛苦，但又感到幸福；她希望这一天早早变成现实，又愿它只是自己的幻觉……为了宽慰她，齐渊第一次谈到了自己的过去，谈起他在学校的生活；谈起他们为了追寻真理，追寻人间不平的根源，不怕流血牺牲向军阀斗争；谈起他南下之前，在北京参加的"五四"运动，他们怎样冲开北洋军的大刀和皮鞭，烧毁了卖国总长曹汝霖的公馆……这一切，使玉慧惊讶而又新奇，想不到，表哥竟是这样一个奇男子啊！她觉得自己的血液也在沸腾，她发誓要像表哥一样地去生活、斗争！

临行的那天，玉慧虽是极力镇定着自己，也终于止不住心酸。她生活了十六年的家，虽没有更多的值得留恋，可总是睹物伤情，依依难舍啊！对于严厉冷酷的父亲，她是毫无牵挂的；只是对生身的母亲，她实在止不住惜别的眼泪了。这天的最后一顿饭，她吃得很少，齐渊便说怕她是病了，趁着月色，要陪她到海边散散步。父母自然很高兴地答应了。

他们走出村庄，沿着大路向海边走去。星光盈盈，月色依依。玉慧一路不停地回头，去望村庄中那高大威严的门楼——她的家。

最后,那门楼的暗影也逐渐地变得朦胧了……他们默默地走着。要说的话都已说尽了,只有那难言的隐衷,永远、永远地埋藏在心中……

李剑的船早已在海边等候了。玉慧拉着他的手,全身充满了勇气和力量,像一个飞出樊笼的小鸟,她顿觉这天地和大海都属于她自己了。可是当她转身看见站在后边的齐渊时,一阵隐痛和凄酸又涌了上来。

"渊兄,"她哽咽着说道,"我们走了,可你回到家里,一个人怎么说呢?……"

"我会有办法的。"齐渊安慰他们道,"反抗总会有痛苦和牺牲。这也是他们自己造成的。我不久也要离开这里了。当然要等一些时,等他们的心情平静些了再走。"他似乎怕玉慧的悲哀也引起自己的伤感,便催促道,"快上船吧。迟了会赶不上去上海的洋船了。"

小船渐渐远去了,齐渊还久久地站在那荒凉的海滩上,凝视着暗蓝色的远方。月光映着他那清瘦的身影,映着那闪闪泛光的海水,在他的脚下撞击着,发出"啪嗒啪嗒"的声响,又向那无尽的大海涌去、涌去……

"渊兄,"玉慧的叫声,惊醒了齐渊的沉思,使他又回到大街上海洋一般游行队伍的旁边来,"这些时,"玉慧满怀眷念地问,"你得到过阿爹的信吗?"

"还是在前年得到过一封。"齐渊回答道,"他们的身体都好,只是盼你盼得心切。姑母说只要你能回去,一切都可以照你的意思做;看姑父的口气,也是有些觉得后悔了。"

姚玉慧沉默了一瞬,接着又坚定地抬起头来,有些生硬地苦笑了一下道:"后悔又有什么用?这一切都是他们自作自受的。今天,我已经不属于他们所有了。我把自己的躯壳和灵魂都付托给了党和民众,都交给了为我信仰的主义和革命。我决不会再怜惜他们了。"

齐渊微笑着点了点头,又安慰道:"怜惜当然不能怜惜,如果你想写信告诉他们一个行踪,倒还不是不可以的,只要他们今天不反对革命。"

玉慧没有表示同情,只是忽然问道:"渊兄,你可以把那封信拿给我看一看吗?"

"当然可以的。"齐渊道,可是又想起来,"不过,只能寄给你了。我们立刻要开拔了。"

"开拔?"玉慧惊问,"向哪里?"

"就是你们久已盼望的北伐前线。"

"啊!"李剑惊喜地叫出来,"你说的就是……那个团?明天就开拔了么?"

齐渊点点头,向着他问:"怎么?"

"这边的同志已经答应我去了呀!"李剑又高兴又着急地说,"只是这样还赶得及吗?"

"赶得及的。"齐渊点点头道,"我们是第一梯队,后头还有队伍。"

"为什么你们这样快就出发呢?"李剑的语气里又含着惊异和担心。"难道真的是单独打出去了?"

"是的。"齐渊仍然平静地点点头,又敏锐地问:"怎么,你听到些什么传说了吗?"

李剑迟疑地点点头,思索了一瞬,终于压低声音道:"磊夫,我听好些人说,这可能是一个政治阴谋!……而且非常明白。难道我们就真的会去上当吗?"

齐渊看看李剑,又看看玉慧;他们都用期待的目光望着他。怎么向他们说呢?他们的担心当然都是对的。他想起,刚才到广东军的军部里去探访从前的那些老朋友们时,那些人也带着一种对老朋友的关切的情感,为他们这个团的孤军远征表示出明显的惋惜难过的心情,有的甚至直截地向齐渊说出来:这是明知上当的事,还要去上当,他们简直是傻瓜。有的则半嘲讽半规劝地说:不要看吴佩孚在前年栽过大跟头,要吃掉一个团在他还是易如反掌的。当然,对这一切齐渊都没有多作辩驳;他知道,有些话即便说出来,他们也不会理解的。然而现在,对着亲密的朋友和同志,他沉默了一瞬,便平静地回答道:

"不,子剑,这一切我们都考虑过的。要说危险,当然会有。任何新生的革命的事业,哪有在成功之前不包含着危险呢?但是,真正的傻瓜不是我们,倒是那些只看见敌人强大,看不见民众的力量的人。你大约也知道了,今天两湖的工农民众运动已经非常强大,他们渴望北伐,有如大旱之渴望甘霖。这就是北伐的最可靠的保证。我们的武力如果能同工农民众结合起来,即使敌人再强大,我们也能够战胜的。"

"那就好!"李剑点着头,又转为兴奋地说,"有你在,我就更有勇气了。好吧,磊夫,我们别后的一切,也等着到了一起再细谈吧。我一定要赶上你们的。"

"我在前线迎接你。"齐渊微笑地说。他看看游行队伍,又转向姚玉慧道:"慧,不再耽搁你们了。现在回去,我就派人给你把那封信转来。你的地址是——"

"中央党部妇女部。"玉慧望着齐渊,恋恋难舍地说道,"这一别,又不知相见在哪天哪时了。渊兄,我多想听你讲讲这些年在外边的经历啊!"

"我有什么值得讲的呢?"齐渊微微地笑了一笑,说道,"这七年,一多半是在战场上……其实,也没有什么好说的。你们要赶上游行大队去了!"

"好吧。"玉慧望了望游行队伍,难过地点点头,又祈求地问:"我能去送你们吗?"

齐渊抱歉地摇了摇头:"不能,慧。……"

玉慧望着齐渊的目光,理解地点点头,又不由叹了口气道:"我多想跟你们一起到前线去啊!可是……我一定会去的!"她坚定地抬起头来,齐渊看见她那双明净的大眼里含着两颗晶亮的泪珠,可是她笑着说道:"我知道,渊兄,你不会再忘记我们的了。对吗?"

齐渊像老大哥似的微笑了一下,点了点头。

玉慧紧紧握住齐渊的手,说道:"再见!祝你们……渊兄,我愿明天就能得着你们凯旋的捷报,当作你的第一封信。好吗?"

齐渊没有回答,仍显出平静的笑容点了点头。可是在他的心底却暗暗地说道,"别了,亲爱的朋友。虽然一切已在意料之中,但我们要走的路,将要比你们所想象的艰难得多。你们会看到:胜利不是容易取得的,但我们将不惜牺牲一切地去取得它。"

五

一条长长的军用列车,正沿着广州到韶关的铁路线向北方疾驰着。在清晨宁静的原野上,只有机车偶尔发出的汽笛鸣叫和车轮碰击的有节奏的轧轧声。

这一列急如星火的军车,颇引起了沿途人们的惊异。本来,住在铁路沿线的人们,这些年看军车已经看得多了。打仗的时节,没日没夜,大站小站上塞满了穿"老虎皮"的带枪的大兵。人喊马嘶,吵架骂娘。文明一些的还只是车站附近遭殃:砍光所有的树,扒掉所有的门窗来烧火,宰掉一切能够找到和能够填满肚皮的活物,心安理得地撅着大屁股在车厢旁边大便,当着女人的面脱光了衣服洗澡,骂出一些连猪八戒听了也会脸红的脏话……诸如此类。更坏一些的,那就是抢劫、烧杀,像蝗虫一般地噬光远近几十里的城镇和村庄了。可是,这一列神秘的军车却一反往常,除了机车的汽笛和车轮的轧轧声,没有一点别的声息。即便在有的车站略停一停,那也是在十分僻静的地点。没有一个士兵随便跑到车站上去,甚至没有一个人大声说话。人们只能从车窗和车门里,看到他们那一张张年轻的面孔,整齐的青灰布军服,和胸前那从未见过的新奇夺目的红色领巾。这更加引起了人们的神秘猜想:这是否就是那传说里的从天而降的神兵呢?

在列车快到达韶关的时候,第一营营长齐渊正沿着一节节车厢巡视着。由于紧急需要,一时调集不到足够的军车,他们坐的是临时凑集起来的一些门窗不全的车厢。这时,他来到了万先廷他们那一排乘坐的车厢里。

简陋的木板车厢里没有座位,车身微微摇颤着,车内安安静静。士兵们有的靠着车厢的板壁,合着眼在打盹;有的抱着枪在看书;有的人伏在弹药箱上,聚精会神地一笔一画写着字。狭小的车窗外,田野和远山缓缓移动着;近处,电线杆、树丛、小丘、野花,飞快地向后跑去。头一回坐火车的新兵们,好奇地瞪大眼睛,惊喜、激动地看着这一切。车厢一头的门旁边,一些人围坐在一个老兵周围,听他讲故事。他讲的是他们头一回坐火车时的笑话:一个司务长失手把账本掉在火车外面了,他急得要死,跳起脚来喊停车。可是哪里听得见?他一着急,拉开车门就跳下去了。幸好那时的火车还开得不很快,他终于找见了账本,并且在下一站就赶上了火车。那司务长,就是他们如今的军需副团长。他们的团里个个都是好样的。

齐渊望着他们那一张张年轻而乐观的脸,他为这样的士兵充满自豪。前方,还有漫长的艰苦途程在等着他们。尽管那里,是几十倍于他们的强大仇敌,是血与火的致命的肉搏;尽管他们知道,那命运之神带给他们的,将可能是惨痛的受伤和死亡。可是,他们面对着这一切,连眼睛也不眨一眨。只要一声革命的号令,面前就是刀山火海,他们也会毫不迟疑地大步跨进!

齐渊的目光,好容易才寻到万先廷身上。他已经是这一排的正式排长了。可是在队伍里,谁也无法把他同士兵们分别开。齐渊深深羡慕他这一点。他们的这个团队,虽则大多是共产党员和共青团员,是用革命的目标和纪律建立起来的,没有那些军阀队伍里的腐朽和堕落。但是,在军官们身上,都或深或浅地带着多年行伍生活留下的烙印。而只有他,这纯朴的年轻人,还没沾上一点旧的行伍生活的恶习,多么幸福。他不只装束和生活同士兵们一样,就连感情、动作和语言同士兵们也没有差别。唯一的,只是他穿着长裤,挂着短枪。

在营盘里,从团长到每一个弟兄,谁都知道齐渊的为人是最耿直公正的。可是认真说,对于万先廷,他却真是有些特别喜爱。从这个身材不高、略显清瘦的小伙子最初还穿着湖南山乡里的土布衣服,来到这个团时起,他就引起齐渊的注意了。这首先是那双眼睛。他的那双时刻充满着探求和创造的欲望的人眼睛,当注视着什么东西时,是那样专心;当注视着某一个人时,你就会很快地被他那火焰一般的热情感染和吸引。他的那双眼睛,黑处精神、明亮,发出钻石一般的光芒;白处诚实、坦然,就像是他自己内心的一面镜子,让人们一眼就能从那里看出他的心灵来。当然,生活里也有着许多表里不一的人:有的女人外貌如花似玉,心灵却像毒蛇一般的恶毒阴狠;有些男人也许看来完全像道貌岸然的哲学家,可是谁也想不到在他那堂皇的外表里却包藏着一个卑鄙肮脏的灵魂。但是,万先廷的眼睛,却能完全地使你抛开这些思想;当然,他更重要的是用行动。这样的人是不善于用表白的,他们最高的表白,就是行动!"初生牛犊不畏虎",万先廷就像一只这样的牛犊。他似乎永远不会感到自己面前会有难以逾越的困难。当他确认到这桩事是对的,是应当做到的时候,他就会不顾一切地去学、去问、去干,直到最后的胜利。就像有人说的,这种人身上具有着一种求知的狂热。尽管他们还有些好强、不老练、不深沉;但从他们身上发出来的火一般的热情,和那钢一般的百折不回的毅力,却可以使任何最顽强、最坚韧的敌人彻底崩溃。

齐渊还记得,他最初得到这种印象时的情景。那时万先廷刚到团里,对一切都感到非常吃力;但是他紧紧地跟随着全班,从不示弱。一天的训练就够紧张艰苦的了。连齐渊这样久经行伍磨炼的军官,都感到劳累和疲乏。可是,每天深夜,当他到各处营房查夜时,总会看到这个年轻人偷偷地在操场边上练习刺杀、掷弹,或者借着月光看书。齐渊理解这年轻人的心情,起先还装作没看见。可是好几天后,他看着他那布满红丝的眼白和发黑的眼圈,终于忍不住了。这一夜,他叫住了万先廷,并且命令他马上回去睡觉。这个年轻人见请求没有希望,只得回去了。然而,当齐渊第二回出来时,又在操场的另一角发现了他。这回,尽管齐渊在内心更深深地喜爱了他,可是也严厉地训斥了他一阵,命令他回去了。两个钟点以后,齐渊第三次出来,又看见了万先廷……当他突然发现营长站在面前时,他的脸上显出了惭愧和无可奈何的表情,他真挚而沉重地望着齐渊道:

"你惩罚我吧,营长……"

好长时间,齐渊一句话也说不出。沉默了一瞬,他才亲切地问:"万先廷同志,你这是为什么呢?"

"我得赶上,营长。"万先廷低声地说,"你要是像我这样,会怎么办呢?……"

这简单的话,震动了齐渊的心。是啊,当他如果处在万先廷的地位时,他又会怎样做呢?……但是,他依旧用不可抗辩的语气,命令万先廷回去了。他并且责备高洪生没有发现万先廷的行为。直到后来才知道,万先廷的行为,不仅没有瞒过细心的连长,并且是得到他的帮助的。

为了能赶过大家,万先廷作了多么艰苦的努力。他为着练习臂力和手劲,每夜,他都在自己床前的那一块石壁上暗暗地捶;后来,那石壁都深深地陷下了一大块……

看着这样的人,齐渊想,还有什么样的力量能够阻挡他们的前进呢?他,不就正集中地代表了他们这个团队的精神!尽管他们面临的敌人是这样强大,尽管前进的道路上满布着艰险。但是,这四千名铁的士兵,像一把坚韧的钢刀;万先廷这样的人,就像钢刀的最锐利的锋刃。这样的钢刀,什么样的铜墙铁壁不能穿透?这样的战士,什么样的敌人不能够战胜?

齐渊记得,在四五年前,看到过一位作家写的一篇小说。最后,那作家意味深长地说:地上的路,原本是没有的;走的人多了,也便成了路。那全句他虽已不能记起,可那意思,却深刻地印在他的头脑里。他当时曾经怎样的为这几句话激动啊!世界上的路,就是无数这样人的脚踩出来的。这种事,胆小、卑微、自私、目光短浅的人都办不到。他们需要探求真理的大智大勇,需要百折不回的坚韧毅力,他们还需要不声不响的献身精神。他们值得骄傲的,就因为他们永远是探求和创造生活的主人。

往往也有相反的情况,许多人,即便走在别人踏出的道路上,也会思前顾后,战战兢兢。生活对于他们,永远是狭窄的独木桥。他们因循着严格的规程处世;他们的两眼,永远只看定前边一个人的脚跟。他们总是像蜗牛似的躲在一层厚厚的贝壳里;他们的脸色,随时反映着时代的寒暑阴晴。固然,在这一生里,他们也许永远顺顺当当,也许会千百次正确无误地说话、做事,但要做起打前站、独开一面那类事,却没法指靠他们。对于这样的人,齐渊也碰见过不少,他们庸碌、自私,叫人又可怜又可恨。他们不是生活的主人,他们只是生活的佣人。他想:在今天这个时代里,多么需要像万先廷这样对真理、对革命的大胆无私的探求者啊!

这时,万先廷已经发现了齐渊的来到,他立刻站起身迎过去,向齐渊敬礼报告:"营长……"

齐渊还个礼,示意他不要惊动大家。他们便一同拉开门走到车厢外,站在两个车厢连接之间的那一块狭窄的走廊平台上。这里只有三面围着一道铁栏杆,从两旁都可以方便地望见铁路外的景色。齐渊向万先廷详细地询问了全排的情况:弟兄们的精神、开水和干粮的供给、有没有人生病,等等。这一切都得到了满意的回答。

"可是,"齐渊忽然问,"为什么你们的干粮带得太少,子弹又带得太多?"

万先廷有些发慌了,想不到营长一来就看出来,他窘迫地笑着,说道:"营长,这是弟兄们的主张……他们说,干粮一两顿不吃倒不打紧,可要是打起北洋军来,万一子弹接济不上,那就误大事了!"

齐渊心想,这明明是他玩的花样,然后才得到了全排的赞同的,可他却说成是弟兄们的主张。

"你们违背了命令。"齐渊严肃地望着他道,"为这个,我要严格地训斥你们。"

万先廷低着头,沉默了一瞬,又抬头望着营长道:"这全是我的责任,营长。请你训斥我一个人好了。"

"这么说,你到底承认了。"齐渊眼里闪过一丝难以察觉的微笑,接着又亲切地说道,"谦虚虽然可贵,诚实却更为重要。"停了一下,又问:"你报告过连长吗?"

"报告过。"万先廷这回老老实实地回答。

"这么说,应当是连长的责任。"

"不,营长,"万先廷慌忙辩解,"连长没准许这样做……"他望见齐渊那双锐利的眼睛,又感到惭愧似的低下头,含糊地低声道:"我是说,他没让我们带得差这样多……"

这一点,齐渊是知道的。在他检查高洪生这一连几个排的装备中,几乎都有这样的情形。只不过万先廷这一排里的情形更为严重罢了。他向万先廷道:"假如这全是弟兄们的主张,我还可以谅解。可是,一个指挥官要决定这样做,那就等于犯罪了。"

万先廷面红耳赤地站着,说不出话来。

"做一个指挥官,不应当光知道怎样去打敌人,还应当更知道怎样爱护自己的弟兄。"齐渊的语气变得温和地说。接着又命令道:"到韶关后,马上严格检查一下。超过的子弹全部送交输送大队;不足的干粮要立刻找营军需官补充齐全。"

"是。"万先廷立正回答。他脸上现出感激愉快的神情,想立刻就去执行。

"等一等,"齐渊道,"快要到韶关了。"其实他的来,还是为着一件更紧要的事。刚才,他到了团长的车厢里,团长的脸色,显得严峻、沉默。他们还未出发,在广州的一天里,就接到了起义湘军从湖南发来的两次告急电报。刚才,列车在前面的一个小站停下上水时,那位瘦长的老站长又把一叠刚从电话里抄录下来的万万火急电报送给了团部。那些电报就像一个垂危的病人伸给医生的双手,只重复着一句简短的话:火速赴援。根据这样的情况,团长决定列车到达韶关后,只吃一顿热食,队伍便立即出发。他们原定是要在那里休息一天的。他召来一营和二营的营长,把这些情况告诉他们。然后便要他们立即到部队巡视,切实检查好两件事:一是每个士兵必须带有充足的干粮,这一路,他们将要强行军;而且经过的地区,都是远离镇市的高山恶岭,绝大部分要靠干粮支持。二是每个长官必须完全了解自己的弟兄,如有不能经受这次艰苦强行军的,应一律在韶关留下,待身体复原后再赶到前线。他刚才在车站已打电话命令尚在广州等待出发的那部分部队,要他们立即从后面乘火车赶上来;把主力分作两批,赶上前线……

万先廷听完齐渊的话,兴奋而坚定地说道:"营长,我们全排一个留下的也没有,全都能行!"

这样的话,齐渊已经从高洪生和别的几个连长那里听到过了。他了解他们的心情,对于弟兄们的决心,也完全相信的。但是,齐渊也感到,他们对前途艰险的估计,可能还不够。这不是一件含糊的事。为了上对团长、下对每一个弟兄负责,他便决定亲自到各排里来巡视了。可是——

齐渊思索了一下,认真地说道:"这么说,我只好逐个地去检查全排弟兄了。"

"你去查吧,营长。"万先廷自信地说道,"你看了就知道的,我说的全是真话……"

齐渊走进车厢里时,士兵们不顾车身的摇晃,都精神充沛地站起来立正,行注目礼。从他们立正的姿态和注视着营长的目光里,齐渊就开始相信万先廷说的话是完全真实的了。他命令士兵们坐下。仍然挨个地走到他们的面前,询问、视察着。

逐个都检查完毕以后,齐渊望着士兵们的情绪,似乎在默默地思索什么。万先廷感到,营长一定是看出什么问题来了。他好强地想,还有什么做得不符合战斗规定的呢?齐渊没有说话,也没有流露出对什么不满意。他们走回来,到了车厢中间时,齐渊看着一个站在面前的士兵,忽然温和地问:

"你们听过长官的政治训话吗?"

"报告营长,听过。"

"那你说说,这一次北伐,决定我们战斗胜利的因素是什么?"

"报告营长……"那士兵有些发慌了,大声地说道,"是我们的一杆步枪,两百发子弹!"

周围的士兵们都静静地听着,这时差一点哄地笑了。齐渊也露出微笑,向旁边一个坐着的士兵问:

"他说得对吗?"

那士兵腾地站起来,立正说道:"报告营长,对倒是对……可光有步枪和子弹还不够,还得加上革命军人的勇敢牺牲精神!"

齐渊又看看别的士兵们:"还有吗?"

士兵们纷纷站起来立正回答,有的报告"没有",有的补充说

"还有长官的英明指挥""还有军阀的怕死胆小""还有……"

齐渊听他们说完,微笑地点点头,命令士兵们都坐下后,才同万先廷一起又走出到车厢外面来。

他们仍然站在两个车厢连接之间的走廊平台上。

"刚才弟兄们回答的问题,你也想到过吗?"齐渊一手扶着铁栏杆,亲切地看着万先廷问。

"想到过,营长。"万先廷以军人的果断回答道,"弟兄们回答的都对。可是最重要的还有两个:第一,我们有民众的拥护和支援;第二,因为我们跟别的队伍都不一样!"

齐渊用兄长般的目光看着他,赞许地点点头。接着又温和地问道:"可你还想没想过,为什么我们这个团会跟别的革命军队伍不一样呢?"

万先廷望着营长,不禁愕然了。这一点他实在从来没想到过。而且,难道这一点还用得着问吗?这是清清楚楚、明明白白的:不一样就是不一样!这个团,就是他,万先廷,和许许多多同他一样的弟兄们组成的。而别的队伍……这些情形难道营长还不熟悉?可是看看营长的目光,丝毫没有开玩笑的意思;万先廷深深知道,营长虽然对待弟兄们温和可亲,可是却从不随便开玩笑的;何况在这样面临着严酷的战斗之前。那么,他问这话的意思又是什么呢?万先廷惶惑地望着营长,惭愧而低声地老老实实回答道:

"报告营长,我没有想到过……"

"越是最靠近身边的问题,往往越容易被人忽略。"齐渊平静地望着他,启示地问道,"你再想想,为什么你当初没有进别的队伍,偏偏进这个团里来了呢?"

万先廷望着齐渊,猛地两眼闪光,他领悟到了,兴奋地说道:"营长,因为它是我们共产党员组织的。"

"这一下才说到最重要的一点了。"齐渊赞许地望着他道,"作为士兵弟兄们可以只想到一杆步枪、两百发子弹;可是对于指挥官这就不能原谅了。一定要时刻记住：保证共产党的领导，发挥共产党员和共青团员们的模范作用，这才是决定我们出征胜利的最重要的因素。"

"是，营长。"万先廷衷心感激地低声道。

"这一点，正是我们不同于一般革命军队的道理。"齐渊继续说道，"也正是我们这一次敢于孤军北上的决定的力量。"火车在奔驰着，齐渊凝视着移动的原野，感触地说道，"今天，这一种条件对于我们是多么宝贵。在别的那些革命军里，党的同志们是得不到这样的工作环境的。为了民众和主义，他们还得要克服多少阻难，忍受多少委屈啊。"

在齐渊的言语里，充满了对那些在别的军里进行艰苦工作的党的同志的怀念和关切。这种情感，万先廷是不能那样深刻地体会得到的。他望着齐渊的平静温和的脸，惭愧而诚实地说道："我没有想到这些，营长。我光是以为，自己是一个共产党员，那就一切都简单明白了。"

齐渊亲切地笑了。他知道这个年轻人的心，强烈的责任感和好胜的个性，使他勇于承认自己的错处和不足，但同时也会带来深刻而沉重的愧疚。只有懂得羞耻的人，才更懂得珍视荣誉。这也正是促使人类进步和发展的一种动力。齐渊为了使他的心情变得和缓一些，便又亲切地问：

"你常常想起自己加入党的那一刻吗？"

万先廷点点头。营长的问话使他的心里又荡起了一种幸福难忘的情感，往事激起的波涛冲开了他的压抑和沉重。他抬起头来，望着远处那移动着的开朗广阔的田野。

"人们总是在追求幸福，可是却往往不大会珍惜幸福。"齐渊语意深长地说道。停了一下，又继续说道："今天，我们党的同志还非常少，能够集中这样多的人到这个团里来，该是多不容易的事啊。"

"我一定记住你的话，营长。"万先廷低声而坚定地说。他在心里已经暗暗盘算好:到韶关吃过饭后,便立刻召集全排的党员和共青团员们开一个会,把今天从营长这里所学到的一切全都告诉大家。

齐渊又向他叮嘱了到达韶关后要注意的一些事项后,便继续到别的车厢去了。

营长走了,万先廷仍站在车厢外的走廊上。他回味着营长的话,心情不能平静。"你常常想起自己加入党的那一刻吗?"这句话问得多好！营长的话,又勾起了他那遥远而珍贵的回忆。是啊,也许营长、连长、团长和全团的党员弟兄们在这一刻里都有着自己最珍贵幸福的经历,可是都不会比他自己的经历更使他幸福和激动的。想起后来时常跟大风在一起回味这一天时的情景,他的脸上便忍不住现出了甜蜜的笑意。这时,他似乎又回到了他那一生中永远难忘的、崇高幸福的时刻。望着面前那移动的田野,家乡的山水、亲人的面影,渐渐地又连成了一幅幅活动的图画,飞快地、飞快地在眼前闪了过去……

那是一个深秋的明朗的下午。在安平桥,这个偏僻的小山村里,一切都显得生机蓬勃,一切都是那样的喜气洋溢。这已经是容大川来到的两个多月以后了。这一带闭塞的山村,似乎全都猛然醒来了。在容先生的领导下,第一个开天辟地的穷人的"衙门"——农民协会建立了,并且深深地在穷苦农民心中扎下了根子。在这里,农协已经暗地里代替了官府。赵柄清被推选当了农协委员长;万先廷当了副委员长,他又拿起父亲留下的那杆冲担,挺身站到了穷苦弟兄的最前列。他们第一次用自己的力量,向赵家"五虎堂"的财东们对着面讲理,使佃客们掀起的"平粜"斗争取得了胜利。这胜利虽不算很大,但却那样重重的震动了古老山村的人心,也震动了赵家亘古以来铁铸一般的统治。这一切,他们在从前是连做梦也不敢想的,但是,他们今天竟做了,而且竟完全做成功了！他们头一回从自己的身上,看到了一种过去所从未发现过的力量。这力量是从哪里来的呢？人们便很快地会想到那个在生活里还有些陌生,但听到时却又那样亲切贴近的名字:共产党……

这一天多么晴朗啊！山岗上,坡地里,到处是一片油光光的苍翠青郁;绿茵茵的草丛中,开遍了一丛丛的五颜六色的野菊花:红的、黄的、白的、紫的……那样的挺拔鲜艳,充满生机;它们带着清新的沁人的香气,映得遍山一片花团锦簇,色彩缤纷。

万先廷走在路上,看着这一切,他的心情也一如这盛开的鲜花一般美好。他肩上扛着一根两头尖的冲担,冲担上挽着绳子,他是大清早给东家往县城送了东西的。这时一路走,一路看手上拿着的那个油纸包;不时地还打开那油纸看一看:那里面包着一个做得很精致的红皮小本本,本子上还有一支青光闪闪的黑杆自来水笔——他们乡下都管那叫"洋电笔"。这样的稀罕物在县城里也不常见,万先廷自从在省城里头一回看见那些女学生们用这东西后,就想着要买一份这样的礼物送给大凤了。他几次进城都问了价钱——那是很贵的——这回才算攒得够了。他一路走,一路就想着大凤见了这礼物后那惊喜的情形。

走下那道山冲口,安平桥的村子就像个盆底似的落在眼前。下了山坡后,不远就是那座石桥和巍峨的青龙寺。万先廷走近石桥时,看见容先生一个人正站在桥头眺望,好像是等人。万先廷知道,容先生前好几天就回省城去了;今天回来,一定又带来了什么紧要的指示。他兴奋地加快脚步走过去,隔老远就喊道:

"大叔,你回来了!"

"回来了。"容大川也迎到他跟前,像好多日子没见面似的打量着他,微笑地说道,"走累了吧?"

"没有。这点路只当赶个小集。"万先廷一面用手巾擦汗,一面问:"大叔,有什么事要我去办吧?"

"有。你先进殿里去歇歇。"容大川说。

自从容大川头一回来到这里进行宣传后,为了在这山村里更深入地展开工作,他回到省城通过教育会的关系,弄来了一纸在安平桥创办平民教育的公文①。五公看了虽是十分气恼,可是公文上明明有省里官厅的大印,他也奈何不得;只好权且让他在青龙寺住下,日后再抓住把柄到衙门里告他。不料容大川在庙里住下后,很快就"感化"了那些小和尚和寺里烧火打杂的人;他们不光不做族长的耳目,反倒暗地里高高兴兴地为容大川做一切能做的事情。容大川就住在前面那间空阔的大殿里。那座高大的前殿,让玉皇大帝和几位龙王占去了一多半。只有在大殿靠后的两侧空着,这里也就成了农协秘密活动的地点。

他们走进殿内,容大川让万先廷坐下,放下东西,喝了两碗茶。看他歇了一会,平静下来了,却不谈什么事,只叫他一起到外头走走。

万先廷不觉有些奇怪,容先生到这里时间也不算短,可还从未见他出外散过心,今天怎的有这样兴致了?他们过了大路,往村子东边那一带小山岗上走去。一路上,容先生似乎突然变得年轻了,显得格外开朗活泼。他望着周围的景色,不光能叫出各种野花野草的名字,并且还能把它们的用途和特性一一描绘。万先廷实在惊奇,过去在他眼中的容大叔,是一个庄严高大的革命领导者的形象;却不曾想到,他知道的东西还会有这样多!他又想起自己来,从小就土生土长在这山村里,却从来没想过去关心这许多事情;他不觉暗暗惭愧。但是,走了好远,却又不见容先生谈起正事,万先廷不由暗自纳闷。

"你看,今天的天气该多好。"容大川充满着喜悦地说,他看着路旁一丛丛盛开的红山菊,又赞叹道:"这里的花开得真鲜。"

---

① 军阀省长赵恒惕为笼络人心,曾提出"创办平民教育"的虚伪口号。

万先廷点点头:是啊,天气很好,菊花也很鲜,可他为什么要谈这个啊!

"听说这儿的映山红最美了,一到春天,满山遍野一片红艳艳的。"容大川询问地望着他说。

"你会看到的,大叔。"万先廷望着山野,感到自豪地说,"听老人说,那是古时候一个女英雄的血滴在山上长出来的。说也奇怪,有钱人在花盆里怎么也栽不活,可在荒山野地里格外开得鲜美。我们这里都把它叫成穷人的花哩。"

"叫得好,"容大川十分有兴趣地说,"映山红——这名字也真有意思,真有骨气!"

是啊,这名字是好:有意思、有骨气,可他为什么又要专为谈这个呢?

又走了一阵,万先廷实在忍不住了,问:

"大叔,你找我,到底要我办什么事咧?"

"嘿,总是这性子啊。"容大川亲切地摇摇头说。"那好吧,我们就来谈一谈。"他停了一下,走着,看住了万先廷道,"还记得吗?在我刚到这里的那个晚上,你向我请求过什么?"

"那晚上?记得……"万先廷有些惊奇,他现在为什么要提起那个晚上的事来?他想起那个难忘的夜晚,心中不觉又充满激动,说道:"大叔,从那时候起,我就请求你把我也领到那条路上去。"

"后来呢?"

"后来我从没有忘过。"万先廷面容严肃地说道,"我总是用你的为人来度量我自己,觉得总差着很远。可是我想,总有一天,我会走上你这条路的。"

容大川不觉笑了:"这是说,你今天走的,还不是这一条啊?"

"不,不是这个意思。我是说……"万先廷不知怎样表示自己的心情,不好意思地低下头,顺手从路边拔起一棵草来,在手里弄着。他抬起头来道:"大叔,是我还没到那步程度。你不是常教导我：成了共产党员，那才真正是大公无私，为天下的穷人奋斗了！我呢？……不管怎么说，还是在为安平桥，再说大点，是为平江……"

容大川笑着摇了摇头，亲切地说道："大公无私，不是看你做多大事情，是看你如何来对待它。而且，大事情也是靠许多小事情积攒起来的；比方盖一座高楼，一个人能行吗？固然这里头要有领头指挥的人，可更多的还是要靠木匠和泥瓦匠，一块一块砖石去砌。我们现在为安平桥、为平江，也就是为这高楼奠下一块砖石啊！"

万先廷点着头，看看容大川，又有些失望地说道："可是，大叔，我总跟你不一样……"

容大川了解这个年轻人好胜向上的心：当他为自己树立了一个目标时，不达到它，便会感到是一件莫大的羞耻。他挚爱地问："依你看，什么时候才能够一样呢？"

万先廷昂起头来，一双明朗的大眼中，闪着热烈的火光。他坚定地说道："大叔，我早就预备了！只要为着你说的那个社会奋斗，让天下的穷人永远不再像我们这样受苦受难，就是要我粉身碎骨，我也决不皱一下眉头！"

容大川站下来，两眼也闪着热烈的光芒，说道："要是就在今天，好不好？"

"今天?！……"万先廷为这突然来到的幸福兴奋得怔住了，半晌才说："大叔，我随时……听党的！"

"从今往后，我们就是更亲密的同志了。"容大川说道，"成了共产党员，担子就更加艰难沉重。他随时要想到为党为革命工作；就像刚才说的那个女英雄，即使自己的血滴到地上，也要开出鲜艳灿烂的花来。特别是现在，我们党的力量还很小，一个人要顶几十、几百甚至几千个人用。我们的一切，也应当是完全属于党的。"

"我永远记住，大叔！"万先廷那双明亮的大眼，被激奋的泪水

85

浸润了,闪闪发光;他的声音第一次显得有些颤抖:"我从小就没有了爹娘,看着别人有爹有妈,心里就感到孤零零的难受。今天我总算找到了,大叔,我一定会对得起他们的!"

"党接收你,就是相信你。今晚上有空吗?"

"有。"

"天黑的时候,到庙里来。入党前要向党宣誓的。"

"要带些什么?生辰八字要不要写?"

"不用那些。等将后来环境好了,再填一个表就行了。"

"那好。"万先廷高兴地答应着。忽然想起了什么,又问:"大叔,这事还有别的人吗?"

容大川知道他问这"别的人"指的是谁,但为了纪律,他还不能说明,便和蔼地说道:"看,这就不像个在党的人问的了。我们党力量还很小,军阀豪绅时刻想破坏我们,有时候会因为一个人牵连到很多同志。党的纪律严格规定:党员要绝对保守机密,上不传父母,下不传儿女;如果没有工作关系,便是亲生父子,也不能随便问、随便说。这回,第一堂课就看你考得如何了。"

"你放心,大叔!党要我怎么做,我决没二话。就是赵大叔他们家,我也不会露一点风声的。"

容大川微笑点头道:"要是到该让他们知道的时候,会让你告诉的。就这样吧,你也该回去吃饭了。这是个大喜日子,我恭贺你,从今天迈出了新的一步。"

万先廷别了容大叔,在回村子的路上,还忍不住心中的激动和快乐。他似乎第一次才感觉到,人生有这般的幸福和美好!他也似乎到现在才体验到容大叔开始说的:天气多么好啊!看,苍穹是这般地高大辽阔,那颜色也格外碧蓝得可爱,山坡的野花仿佛分外地鲜美,清涧的流水也仿佛分外地欢畅……而这一切,又都仿佛是为他而特意存在的,都亲亲切切地属于他自己。他的心在复杂交错的思绪中翻腾,辛酸的往事,刚才那幸福的时刻,像波浪冲击在一起,溅起纷纷水花。

万先廷多么想把这消息第一个告诉大凤啊!可是又万万不能。他想起有一回,那是在"平粜"斗争胜利之后,大凤同他一起从家里走到青龙寺去。路上,大凤忽然低声问:"先哥,你看,我也能跟容大叔一样吗?""当然能!"万先廷不假思索地说,"没听容大叔说,外头女革命党多着哩!"大凤抬起头来,那双潭水一般深湛明亮的大眼闪着热烈的光,突然问道:"那你哩?""我?"万先廷坚定地说:"我早就想跟容大叔那样了。""也到外头跑吗?"大凤问。"那当然。"万先廷兴奋地说,"就像容大叔那样,把革命的道理告诉天下的穷人。""我也要的。"大凤羞怯但是兴奋地说,"我要把那些道理,告诉天下的女人……"是啊,那一天他们感到多么幸福啊!他们的心,就被这个共同的理想所鼓舞、所激动!此刻,万先廷想起这些,他多想有个最亲密的人在面前倾心吐露一番啊,他想要说的话太多了!他想喊,他想唱,人在独自想表达自己的心情时,总是最先想到最贴近最方便的办法的。

他回到赵大叔家的时候,走进后门,便看见婶娘坐在灶口前默默地拣野菜。他亲切地喊:

"婶娘!大叔他们都出去了?"

婶娘抬头见了他,欢喜地说道:"你回来了,伢子。给你留的饭还煨在灶里,热着哩。"她一面说,一面忙忙地站起来动手。她生下的几个男孩子都夭折了,从来把万先廷和黑牯当成亲生骨肉看待。

"你忙吧,婶娘,我自己来。"万先廷一面说,一面抢着拿起靠在灶门上的拖扒子①,伸进灶内去把罐子拖出来。又问:"大叔他们都吃过了?"

"他们父女三个都是一副脾气,忙忙地扒了一碗饭就跑了。也

---

① 一种木制的两齿耙,专为伸进灶内拖出汤罐用的。

不知什么时候变得这样忙。"她的话一向本很少,但看到孩子们在眼前时,心里一高兴,嘴也活些。她的语气与其说是埋怨,倒不如说是对丈夫和孩子们的尊敬。

"婶娘,"万先廷端着碗问,"你等会有空不?"

"穷家小户的,哪能有空啊。"婶娘叹口气道,"再说,手做惯了,闲也闲不住的。你是有么事情了?"

"不,呃,是有,也不是么大事……"万先廷犹豫着说,"婶娘,我只穿了两回的那件毛蓝短褂,你等会好不好给我找出来,我要穿它。"

"你要去哪里了?"婶娘有些惊讶地问。"伢子啊,就只这一件见得人的粗布褂子,不走人家不请客,别拿去打粗穿。做件新的再不容易啊。"

"婶娘,我是有……有点事。"万先廷望着她那期切的目光,支吾着说,"我只穿这一回,往后再也不会乱穿了的。"

婶娘生成了这样的天性,凡是不该自己知道底细的事,别人不说,她也决不再挖树探根地追问。她觉得,沉默便是做女人和妻子的高贵的德行。她这时停了手里的活路,只是关切地问:"这时节就要拿出来?"

"不忙,婶娘。"万先廷歉意而又感激地说道,"吃夜饭再拿也不打紧的。"

万先廷没有心思吃饭。他匆匆忙忙地吃了一碗,就拿着那包买来的东西找大凤去了。可是他没想到,他走了没一会,大凤就从后门回来了;那一回,她跟母亲还闹了个不大不小的笑话,万先廷是后来才知道的。

婶娘看见万先廷匆匆走出去时,不觉就有些暗暗发闷。她想:这孩子平素不是这样毛毛躁躁的,今天心里像是有了什么事;又想起刚才看着他红光满面,脸上憋不住的笑意,母亲不由心中一动:这孩子是遇着什么喜事了?可是她又想不出这到底是什么喜事。

她刚扎完了一捆预备烧夜饭的茅草,站起来用包头巾打着头发上和身上沾的草星子;大凤一阵风似的从后门闯进来了。大凤今年已是踏十七进十八的大姑娘了,出落得水蜜桃似的;额前那一排齐眉的刘海下,一双黑晶晶的大眼闪动着,更增加了她的妩媚可爱,她的美丽远近几十里都闻名。这时,她那红润的脸上喜气洋溢,像个第一次找到了食物的燕子,天真而又快活。她一面喘气,一面撒娇地笑着对母亲道:

"妈,妈呀!我求你一桩事,你答不答应哎?"

母亲望着女儿泛着红晕的脸,好像第一次看到她这样美丽似的。暗想,她总是这样快手快脚,怪不得外头人都说她比得上个男伢子啊!

"妈呀,"大凤性急地推搡着母亲的肩膀,"你说,你快说呀,答不答应啦?"

母亲也被女儿的情绪感染了,她那为苦难忧伤而布满皱纹的脸上,露出笑容,嗔责地说道:"看这丫头,又疯疯癫癫起来了。你不说出么事情,叫我怎好答应?"

"你一定能答应的,妈!"大凤把一条长长的大辫子拉到胸前,在手里弄着,孩子气地向母亲道:"我要你先答应!"

母亲迟疑地看着女儿,她那一双黑晶晶的大眼,正急迫而恳切地看着自己,那是一双多么为母亲所熟悉和信赖的目光啊,她不觉点了点头。

"你真好,妈,好妈妈!"大凤欢快地叫着,笑着,把那条大辫子顺手向后面一甩,撒开手便跑进前面的卧房里去了。母亲发怔地站着,看着,还没来得及挪动脚步时,大凤却又从房中兴高采烈地跑出来,一手端着针线筐,一手拿着一只黑缎面红花的绣鞋,后跟还有一处鞋帮子没上好。母亲知道,这双鞋,是女儿费了多少心血,积攒了多少日子才做起来的啊!隆冬腊月,她同父亲一起到深山砍柴,挑到城里卖了换几升米,有时竟能剩下几个零钱,她便小

89

心地攒起来；日积月累，终于能买到一双缎子鞋面，几子金线。她又用自己灵巧的双手，描下山间的映山红，在母亲纺棉花的油灯下，她用整天拿镰刀锄头的双手，一针一线，细细地、细细地做。她就有这样的志气，为的日后出嫁时，有双体面的花鞋穿，气死那些有钱有势的俗气小姐们！可是，自从那位奇怪的容先生到这里后，女儿便把这双快要做好的花鞋丢下了，从此便再也没有看过一眼。今天，又是来了一阵什么风呢？

"妈呀，"大凤拿着花鞋，走过来道，"是你答应过的。我要今天把这双鞋赶好，求你帮我上这只。"

母亲真如同坠入五里雾中了。她了解自己的女儿，就像了解自己的心；女儿不是那种颠三倒四的人，她决定要做的事，那就决计是应当做的。可今天，一不串亲上寿，也不逢年过节，她怎的突然要穿起花鞋来了？再看看女儿的面容：红晕满腮，恰似那三月的桃花，一双大眼放着异彩，喜盈盈的，那样甜美和谐。站在面前，她比母亲也要高些了；母亲似乎第一次才注意到，女儿长大成人了，长得是这样的鲜丽夺目，亭亭玉立；在这简陋的厨房里，正如一颗闪闪发光的明珠。母亲的思想中忽然闪过一个想法：女儿是有了心事了？

"妈，"大凤被母亲看得有些不好意思了，拿着花鞋催促道，"你快接着呀！"

母亲接过那只鞋来，看了看女儿灵巧的手工，抬头问："凤伢子，今天平白无故，要穿花鞋做么事？"

"今天哪，我、呵⋯⋯"她慌忙缩住了后边的话，却还是喜洋洋地说道，"你先别管，妈，往后你总会知道的。"她说着，拖把凳子在后门口坐下，把插在鞋底上的针拿下来，专心地理着线头。

母亲看着女儿吞吞吐吐，更有些疑惑了；她试探地问："伢子，你今天是有什么喜事了？"

"喜事？是啊，妈，今天真是个大喜日子！比——比抓周、做十岁[1]还大呢……"大凤低头专心地忙着,一边不经意地回答。

母亲的心不觉震动了一下:怪不得先廷刚才也来要新短裤穿,又都是吞吞吐吐、喜洋洋的。莫非丈夫在外头为他们做了主,定了他们的终身大事?是啊,族规那样严谨,原本声张不得,难道也怕做母亲的露了风声啊?说实在的,做母亲的也早就有这心思了:他们两个自小儿就厮扯在一起,亲兄妹似的形影不离;性情、人才都合得来,只怕是前世注定的姻缘。可这样大的事,他们竟把她瞒住了。本来,她整天又只是围着锅灶和纺车忙碌,不知外头的时局,也不晓丈夫和女儿为的什么原因。可是,母亲终究是母亲啊!女儿的终身大事,也操着自己的一份心血;她不觉有些难过了。她惊讶然而低声地问:

"凤伢子,这么说,你们真要在今天办事了?"

"是的,妈。"大凤没停手里的活,头也不抬地说,"就是今天,吃过夜饭我就要……哎呀呀!"她忽然惊觉地大叫,连忙往回收话:"瞧我又说走嘴了。妈,今天么事也没有,真的!么事也没有!"

母亲觉得事情已无可挽回了,十分歉疚地叹口气,说道:"唉,这大的事,也不早告诉一声……"这句话与其说是责怪女儿和丈夫,不如说她是自疚做母亲的无能,觉得对不起孩子们。

听着母亲的声音有些异样,大凤停了手里的活,抬头看见母亲苍老忧郁的脸,一双善良贤惠的眼中含着泪水;她十分惶恐不安了,忙恳切而焦急地说道:"妈,这事我实在不能告诉你。是归真的,妈,如今坏人到处都是,他们时刻都看着我们,我答应过……等将来能告诉你了,我一定头一个告诉你!妈,你别为我担心,这是好事,是女儿的喜事,可是我不能告诉你……"

---

[1] 当时的一种乡俗:孩子满一岁时,在桌上摆许多用具杂物,任孩子抓一样,由此预测他日后的前途,称为抓周。到十岁,又要请客吃面,以示庆祝。这是一生中仅次于结婚的两个盛典。

母亲从泪水中,模糊地看着女儿真诚焦急的脸,叹口气,安慰地说道:"我不怪你,伢子,只怪这世道。你们说不说倒不打紧,想知道儿女们的喜事,也是做老人的一番心啊!"

大凤孩子似的蹲在母亲膝下,仰头望着母亲的脸,感激地说:"谢谢你,妈。你放心,女儿已经不是孩子了,知道该怎样做人,女儿不会走错路的……"

"我信得过你们,伢子。天可怜,穷人家养的都是忠厚聪明的人啊!"母亲用手轻轻抚摸着女儿的头,看着女儿那双黑钻石一般明澈晶润的大眼,也看到了她那颗纯洁诚实的心。在她身上,凝结着母亲的多少血和泪啊!从襁褓中的毛头婴儿到牙牙学语的孩子,从下地迈开第一步到扎着双丫角的小姑娘;今天,她已然是一个十七八岁的健美的少女了。十七个难熬的岁月,十七个艰辛的炎夏和寒冬,母亲的心,哪时哪刻不是在为孩子跳动;母亲的血汗,哪点哪滴没有浇灌在孩子的身上啊!母亲用生命扶持的幼苗,终于茁壮而美丽地长成起来了。

"伢子,"母亲疼爱地轻轻道,"这世道兵荒马乱,老人们也没为你们的事多操心,对不住你们啊!照规矩,这些都该要老人们来照应的……"

"妈!"大凤听着母亲的话有些不很对题了,惊讶地看着她问:"你说的是么事呀?"

"唉,这如今了你还想瞒着!妈虽是憨笨,儿女的心事也总还看得出啊……"

"你到底说的是么事呢?"大凤更加性急地说,"妈,打哑谜真急死人!"

母亲叹气地摇摇头,庄严而慈祥地看着女儿,低声问:"凤伢子,你不是要跟先廷两个……"

"妈!"大凤羞得两颊绯红,站起来满含娇嗔道:"人家说的是正经事,可你想的……嗨,真急死人!"

女儿的嗔怪使母亲更为惶惑不解了,她迟疑地说道:"这还不是正经事么?男大当婚、女大当嫁,这也……"

"唉呀,妈,我的好妈妈!快别说了,我求求你!"大凤又臊又急又好笑,推搡着母亲道:"人家听了要笑掉牙的。我不是那桩事,我是……哎呀,真急死人了,我又没法说!这事,妈呀,我们的事你不懂,反正又不是那么回事……"

大凤一阵"这回事""那回事"地说个不停,母亲越闹越糊涂了。她望着女儿,无可奈何地摇了摇头:孩子们大了,她们的心事真叫人费猜啊!她见女儿似有无限隐衷,不愿细说,便也不再问下去,拿着花鞋做起来。

母女俩为着赶好这双花鞋,把夜饭也推迟到傍黑才做完。炒过的辣椒放在桌上都快凉了,赵柄清和万先廷才匆忙地回到家来。赵柄清今天也仿佛格外高兴,红光满面,进门就是笑。小女儿小莺不知在哪里找到他们的,她拉着爸爸的手,跳跳蹦蹦地跟着,万先廷提着她挖的满满一篮野菜。

油灯光下,全家热热闹闹地吃夜饭了。

赵柄清端着饭碗,笑眯眯地对妻子道:"你把我那件毛蓝长褂找出来,今夜里我要用一用。"

母亲不觉呆住了:看,又是一个啊!他们今天都遇着什么喜事了呢?只有她一个人还蒙在鼓里。小莺耳朵尖,急忙问:"爸,今夜里要走人家了?"

"嗯,唔……"赵柄清含糊应着,只顾很快吃饭。

小莺嚷起来:"我也要去!爸,带我也去……"

"这大的伢子了,还能去戴斗笠①。"赵柄清忙笑着道,"半夜三更,也没么东西好吃。小莺乖,今天早些在家睡,明天起得早,我带你去捉蚱蜢来喂花雀,好吧?"

---

① 乡间土话,称作客时带小孩子去为戴斗笠。

93

"好!"小莺欢呼道,"我要抓带翅膀的'杨令婆'①。黑哥说,要吃一百零八个'杨令婆',花雀就会说话的。"

"对、对,抓'杨令婆'。"赵柄清也兴高采烈地应付着,又问万先廷:"黑牯怎还没回来?"

"东家还要他做三天。"万先廷愤愤道,"这些守财鬼真刻薄,往年忙月过后总要歇几天工,今年他连气也不让你喘过来,整天推磨抬轿,一刻不停!"

母亲刚才已默默地走进卧房去,这时又空着手走出来,站在饭桌旁,说道:

"我想起来了,那件长褂不是在去年就当了么?"

"是了,大叔!"万先廷也恍然想起来道,"那是西头宏大伯过生②,三婶娘卖了家当还买不起棺材,你当了新褂子贴上的。那回不还是我们帮的忙么?"

"那就算了;都是熟亲熟人的,穿旧衣服也不碍事。"赵柄清望着妻子,似乎安慰她地说。

一顿饭在热烈匆忙的气氛中吃完了。母亲和大凤总是最后才上桌。赵柄清放下碗,就说他去的人家离得远,要早些走;他连茶也没顾得上喝,胡乱应答了几句,就从后门出去了。先廷跟着要穿那件短褂,母亲点着灯到房里去找了一下,把衣服拿出来了。她很歉疚地说,短褂被老鼠咬破了一块,这时才发现,需得补一补才成。她告诉先廷一会就能补好;便叫大凤自己先吃饭,她坐到饭桌旁边,就着微弱的灯光,一针一线地细细缝起来了。

万先廷便帮着小莺在旁边喂花雀;他心里虽很着急,但又不忍心去催母亲。今天,大凤的饭也吃得特别快,又只吃了一碗。母亲虽是低头在细心地缝衣,暗里却仔细注意着女儿和先廷的一举一

---

① 一种生长在水草中的大蟋蟀,有翅,俗名"杨令婆"。
② 乡间对死亡的吉利说法。

动。奇怪的是,他们今天都很少说话,也不笑闹了。女儿放下碗,灯也没拿,就忙忙地走进她自己的卧房去。过了一会,她又悄悄地走出来了;不过,已经换上了那件红底绿格子布衫,洗熨得干干净净,适体合身,连块补丁也看不出来;这只有在最隆重的过年过节时她才穿的。那条大辫子梳得油黑绢光,上面还插了一朵小小的红山菊——要在春天,那就是映山红了。她的脚步放得很轻——不用说,这一定是穿上了那双绣花鞋了。她走出房来,竭力掩饰着兴奋,一面往布衫纽扣上系手巾。她远远地站在阴影里,喜气洋溢地低声道:

"妈,我去了……"

往常,要是先廷吃过饭还没走,她也总要找点事情在堂屋做的;今天怎么倒要先走了? 母亲揣摸不透他们的心思,还没答话时,那边早把小莺惊动了。看见姐姐那样一身打扮,她高兴地跑去拉着问:"姐,你也去走人家了?"

"别乱跳!"大凤慌忙躲闪着,深怕她踩着了花鞋;一面道:"河那边张大婆的孙女回门,请了我去陪十姊妹的①……"

"带我去,带我去!"小莺听说有这样热闹的去处,撒娇地跳得更高了。

大凤被她厮缠着,焦急地摆脱不开;万先廷只是在一旁笑着,也不说话。幸好母亲已补好短褂,递给万先廷穿上,亲昵地哄小莺道:

"莺伢子,乖,放姐姐去吧。听妈的话,你不是天天要帮着妈做事的么?"

小莺听了,发一下怔,便放开姐姐的手,跑到母亲身边说:"妈,我听话,我不去了,我在家帮你做事。"她说完,就忙忙地从桌上收

---

① 乡间旧俗:婚礼的那一天,吃酒时由九个小伙子陪新郎,称为"十弟兄";婚后三天,新娘回娘家时,也请九个姑娘陪新娘,称为"十姊妹"。

95

拾起碗筷,端着,示威似的从大凤面前走过,进厨房去了。

母亲站起来,向女儿和先廷道:"你们快走吧,等会惹起她来,又吵得翻天了。"

大凤和先廷感激地看了母亲一眼,不约而同地向大门外走去。母亲站在灯影下,望着他们俩的背影,如释重负地叹了口气,从心底泛起一阵辛酸和幸福的苦笑……

走上了村口的大路,万先廷才担忧地想:自己跟她是不同路的。虽是在一起走,却都没有话。要是往常,大凤跟先廷在一起时,就像亲哥哥在身边似的亲密无猜;她觉得,他多么像自己最尊敬最挚爱的哥哥啊!可今天,不知为什么,另外的一种情感变得浓烈了:想起母亲的话,不觉心房便怦怦直跳,两颊也顿时有些发烧了。从旁边走着的万先廷身上,她第一次觉到有了一种异常的东西,似乎在过去从来没感觉出来的——这就是少女在初恋时,通常所最敏感的那种男性的磁力……唉,大凤羞愧地笑自己:死丫头,想得多不是时候啊!

清亮的月色,已经照见了前面的青龙寺和那玉带银弓一般的拱桥。大凤见先廷还和她走在一路,也暗暗着急,想找点什么缘故岔开他去;便回头问:

"先哥,你要到哪里?"

"我——"万先廷刚要说出到容大叔那里时,又怕她盘根问底,便忙改口道:"我到河边陈三爹家。他明天不是接我们吃寿面?我想先跟他老人家拜个寿。"陈三爹住在青龙寺后面两里多路的河滩上,一个人伴着一间孤独的草房,他靠着打鱼为生,还挑水卖给附近几家有钱而没有请长工的东家,是个豪爽乐天的老人。他那草房从前是大凤和先廷这些人常去的地方,自从容先生来后,他那里便被青龙寺的大殿代替了。万先廷想搪塞着摆开她,从庙后转一圈了再进前殿。

这一说却正合了大凤的心意,她故意惊讶地叫出来:

"哎呀,你不是要走庙后那条路了？我是走前头的,就在这块分路哩!"

"好,我不能陪你一块走了。"万先廷站下来,望着前面道,"好在今夜月色大,你一路小心些。等下要不要我去接你？"

"啊,不要、不要!"大凤慌忙摇头道,"等下回来有人做伴的。见了三爹,替我恭贺他长命百岁,明天我去拜寿!"

"好的,我就去了。"万先廷点点头,犹豫地看了看她,便往通庙后的岔路上走了。

大凤看着他在月光下的身影,一步一步有力自信地走,心中感到一阵骄傲,又有些若有所失。骄傲的是在这条革命的路上,自己走在了他的前头;所失的是,他竟不能同她一起来分享今天这生命史上最幸福的时刻了。要是他也能一起成为自己真正的同志,该有多好啊!

为了格外小心些,她还特地多往石桥那边走了一段;看看四周无人后,才又折回来走向庙门——可是,一件奇怪的事发生了:她刚走到石碑中间时,只见有一个人也从殿墙后边走出来,两人同时站住,一看,不觉都怔住了。他们由发怔转为惊喜,似乎也同时明白了一切,双方不约而同地脱口问道:

"怎么,你也是——"

下面的话谁也没说,他们那闪亮的眼睛和激动的笑容,把内心的狂喜和欢乐完全表达出来了……

他们忘记了是谁先推开虚掩的庙门,是谁第一脚先跨进大殿。只见殿内靠里边的方桌上,点着一支红烛,一个人背着身子坐在桌边,和容大川娓娓地谈话。听见门响,容大川抬头见是他们两个,笑着站了起来,背着身子的那人也转过脸来——大凤和先廷一见,喜出望外地喊出来:"爸爸!""大叔!"

赵柄清仍然是那样温和诚实地笑着,容颜比平时更焕发了。红红的烛光欢快地跳动着,殿内充满了欢乐的气氛。大凤和先廷走到赵柄清身边,他们都像第一次见面似的:看不够,笑不够。是的,在家庭的饭桌上,他们是以狭窄的亲属关系团聚一堂;而现在,他们又在一条更广阔更光辉的道路上,相遇到一起了。

容大川望着万先廷,笑问:

"怎么,还是忍不住约到一起了?"

"不是的,大叔。"万先廷红着脸申辩道,"她是说要到张大婆那里陪十姊妹的,可……"

"你不是也说要跟陈三爹去拜寿么?"大凤也有些羞怯地抢着说。她望着容大川,又道:"大叔,我先前也猜着了一些,可后来又看他装得那样像……"

"看来,我这第一堂课还考得不错。"容大川风趣地说。"在敌人的眼皮子底下办事,需要我们这样小心谨慎。好啦,现在就算都接上头了,随便一些吧。"

空气变得更欢快热烈了。他们谈了一会,接着别村的人也来了:驼五哥、老九、刘木匠、么狗。大家都互相对望着笑了,又拱手恭贺。他们都把这日子当作了一生最隆重的节日,都穿了浆洗得干干净净的粗布长褂,白线袜,青布面薄底鞋。容大川见人都到齐,便到门外看了一下,回来关上庙门。他从神坛后的草铺上,拿出了一块预备下的红旗,二尺见方,用黄纸剪了个镰刀锤子贴在左角上。他又从书里翻出一张报上印的照片:一个卷头发大胡子的外国人。他们仔细认出那上面写的是"马克思"。容大川把这些都端端正正地贴在墙上。殿内显得庄严而肃静。

容大川站在红旗下,望着大家道:

"今天,我们已经由一个普通的农友,变成一个为全世界劳苦大众谋幸福的共产党员了。我们都成了最亲密的同志!"他停了一下,似乎在衡量这后两个字的分量;然后接着说道:"同志们,上头挂着的是我们的党旗,红颜色是我们革命胜利的颜色;镰刀和铁锤,就是说我们天下的工友和农友永远一条心,打垮军阀、财东,还有洋财东!下头那相片,是我们全世界工友和农友的革命先生马克思。他是德国人,是他给我们指出了这条最光明的大路。我们入党的时候,就对着党旗和先生来起誓。请大家站起来。"

坐在方桌旁边的人都庄严地站起来,很认真地检点着自己的衣服。老九小心地问:

"老容,要对他老人家叩头不要?"

"不兴这些,"万先廷抢着说道,"当了共产党,膝盖头要硬,再不能下跪叩头了!"

"是的,"容大川点点头道,"从今后,我们再不向菩萨和财东叩头作揖了,我们要用双手来改变这世界!请大家站好,举起拳头,跟着我念誓词。"

大凤小心地剔了剔蜡烛的烛芯,红色的火苗跳动得更旺更欢了。大殿里显得异常的庄严肃穆。在那些昏暗的木偶神像下边,镰刀铁锤的红旗显得如此夺目鲜艳;这些祖祖辈辈在神像面前磕头乞求的穷苦农民,此刻宣战似的屹立在高踞宝座的神像跟前,有力地举起了拳头……

深夜,当他们从青龙寺走出来的时候,还止不住心内的激动。万先廷和大凤走在一起,静静的黑暗中,他们都几乎听得见对方心跳的声音。万先廷从衣袋里摸出那个新本子和自来水笔,递给大凤道:

"给你。"

"么事?"大凤惊喜地问,接过来借着月色一看,兴奋地叫道:"先哥,你进城买的?"

"白天我就想给你,回来又找不着;后来又当着大叔跟婶娘的面,不好意思。"万先廷喜悦地说,"这会倒更好,就送把你当作贺喜的礼物吧。"

"多谢你,先哥。"大凤充满着幸福地说。停了一会,又略含些羞涩地低声道:"我也有件东西,可这会不给你……"

"是什么?"万先廷大喜地问。

"反正,你往后就知道的。"大凤带着甜蜜的笑意说,一面加快了脚步。

"大凤!……"

"呜——"

一声汽笛的长鸣,把万先廷从幸福的回忆中惊醒。

"排长,看!韶关到了!……"

旁边的弟兄们兴奋地喊着,他抬头向外望去,只见铁路旁边闪过城市近郊的房屋、车站的堆栈和水塔,韶关到了。弟兄们都挤到窗口和车门口,惊喜而好奇地看着,热烈而兴奋地谈论着。

列车已经到达了最后一站。但是对他们来说,这里还刚刚只是长途艰苦急行军的起点。万先廷抬头向北方望去。远处,那巍峨险峻的高山,重重叠叠的峰峦,插入云表。在那低暗的天际,阴霾险恶的乌云,沉重地压盖着北方的崇山峻岭;在那些阴云密布的大山里,有着他的家乡和亲人,他们还正在军阀和豪绅的压迫下进行艰苦的斗争。想到这些,他真想插上翅膀飞到那边去啊!可是,那一片蒙蒙的无边无际的山岭,路途又是多么漫长遥远。万先廷回过头来,看见了弟兄们那一张张光彩焕发的脸,不觉又为自己刚才想到家乡和亲人的狭隘的思想脸红了;他们是来为全国的劳苦工农民众战斗的,他们是一个铁的整体。尽管前面有着千难万险、饥饿、淫雨、劳累、数不尽的山涧和悬崖峭壁,可是,跟弟兄们一起,他想象自己顿时间变成了一个巨大的人,一步便跨过那些数不尽的河流和山岭,到达了乌云重压下的前线……

六

　　接连几天的滂沱大雨，下得天昏地暗，日夜不分。
　　世界像落进了一个黑沉沉的深渊里。滚滚不尽的浓密的乌云，像从那无底深渊里涌出来的黑雾，在群山和村落的顶上织成了一道厚厚的、阴暗可怖的大网。那黑网紧紧地裹着大地，把所有的山峰都吞没了半截；它像一个魔鬼张着险恶的深不可测的大口，要把世界上的一切都吞没下去。大雨倾盆，暴风助着雨势，疯狂地翻滚怒号，似乎要用那密密的、铁豆一般的雨点把一切都击碎、冲毁。一切声音都被哗啦啦的暴雨声掩盖了。看着越下越猛的大雨，人们就会想着在那阴暗的云层中间有一道通天河决了口，洪水像被放开了锁的困兽巨蛟，在乌云中翻江倒海，永无休止了。一切都在昏暗中停顿了，大地只是一片混沌迷蒙；只有不时从云层中滚过一阵轰轰的闷雷，终于在那黑暗的深渊里闪出一道裂痕般的电光，接着便爆出一声惊天劈地的炸响。然而这一切瞬间又消失，天地又复为一片沉沉的黑暗笼罩，依旧是倾盆大雨，依旧是无休止的混沌迷蒙；只有那电光照亮大地的一瞬，长久地留在人们的记忆里，给人们带来生活的勇气和力量，带来对光明的热爱和向往。
　　就在这样一个暴风雨的傍晚，在平江南乡——安平桥一带的雨雾迷蒙的山野里，走着两个人。四周一片阴暗，一切都在暴风雨的冲击下躲藏起来了，销声敛迹了。只有这两个人，仿佛全然没有觉到风雨的猛烈，在山路上径自大步地赶路。他们都头戴斗笠，身披棕麻编织的蓑衣，赤脚草鞋，肩上背着一个蓝布小包袱和几双草鞋。他们的全身都被大雨淋湿了，草鞋和挽着裤管的腿上全是泥浆，大雨打得人睁不开眼。前头走的是一个四十多岁的中年人，他身材高大，体格壮实，一看就知是担着沉重的劳累成长起来的。多

101

年艰苦的劳动和生活,把他那能挑起千斤重担的腰和背压弯了。他的脸被山里的风霜吹打得又粗又黑,年复一年的苦难已经在他的额上刻下了深深的皱纹。他就是南乡一带的农民协会委员长——赵柄清。紧跟在后头的,是一个十八九岁的小伙子;圆头大眼、蒜头鼻、厚嘴唇,憨实纯朴。他又黑又结实,个子不高,似乎肌肉都紧紧地攒到了一起。当他平静的时候,像一尊铁打的罗汉;当他发起怒来,又像一头凶猛的小狮子了。他就是十几年前被赵柄清家收养的一个逃荒人家丢下的孤儿,后来一起跟万先廷到三公家做长活的弟兄——黑牯。

提起赵柄清的善良厚道的秉性,跟他那磕头弟兄万东昇的急公好义一样,在安平桥的百十里远近,是没有一个人不知道,没有一个人不信服敬仰的。他上无兄姊、下无弟妹,十四岁那年,就双双死去了父母。他们家世世代代都是村里大田东赵三公家的佃客。父母留给他的,只是一间遮不住风雨的破草屋,和一把磨得比巴掌还小的犁头;还有那一身祖祖辈辈越还越重的债款和田租。

好像生下来就是为了把自己的一切给予别人,赵柄清那忠厚义气的秉性,即便在万分寒苦的日子里,也没有受到丝毫的磨损。这样的人,无论生活对于他们的压力和打击多么沉重,也决不会低头叹气,怨天尤人;可是一看到别人的苦难,只要是看到了,他的心便再也不能平静——直到尽出了所能做到的一切,让那人满足了,他才能像自己遇到喜事一样地爽快舒服。善良的妻子开初是奇怪,后来触到了丈夫的心灵,她更加钦佩和尊敬他了。她的心就像和丈夫的心共着一条血脉,她那母性的爱也变得有如大海一样广阔;即使自己挨冻受饿,也会把仅有的一粟半缕毫不犹豫地拿给别人。他年轻时候曾有一次,孩子病了,是一种发痧的急症。两口子急得像火烧,家里没有一颗能卖出的粮食,没有一件值钱的家具和衣衫。最后,妻子从髻上拔下了一根包金的银钗,这是她母亲留给她唯一的遗物,也是他们这一家唯一能换钱的宝物。赵柄清拿了银钗连夜赶进城去。妻伴守在孩子的身边,等着丈夫当了银钗抓药回来。她望着孩子烧得发红的两眼,按着孩子被病折磨得乱抓乱蹬的手脚;孩子时而哭叫,时而发着神志不清的呓语,她的心啊,就像有无数只尖锐的利爪在抓搔。她的一切希望,都放在那根银钗上面;寂静的深夜中,她用自己心房的跳动来计算丈夫的脚步。她的眼前,出现了好几次丈夫回来的幻影。她尽力想着丈夫抓药回来后,孩子渐渐好起来的欢乐景象,来驱散眼前的痛苦和恐怖……多么艰难的盼望啊,鸡叫了,天发白了,阳光射进来了,最后,终于听见了丈夫的脚步声,她的心也随着希望跳得更快起来。丈夫走进来了,他的手里……啊,他却空着手。没有了银钗,也没有药……

妻子震动、惊讶,用无言的质问望着他。

赵柄清深陷的眼窝上,围着一道黑圈。他疲乏劳累不堪,痛苦地低着头,像孩子做错了事请求责罚似的,艰难而低沉地说道:

"钗子……我丢了……"

她只觉得头脑"嗡"的一声,眼前顿时发了黑。泪眼模糊中,她触到了丈夫那恳切诚实的目光,她深信丈夫的为人。但这个意外的打击,对母亲是太沉重了,她扑到孩子身上,绝望地痛哭起来。

丈夫默默看着孩子,用负罪的心情摸了摸孩子的额头,轻轻把被子拉到他身上盖好,找了根带子把磨断了绳的草鞋扎上,又默默地向外走去——到门边,他回头看了痛哭的妻子一眼,又走回来到她身边,说道:

"都怪我……我去寻点活做,先支几个钱来抓药……"

妻子忍住了悲痛的眼泪,她知道,丈夫从昨天早晨到现在,还连粒米滴汤也未进口,她想先去弄点野菜来煮汤;丈夫不让她站起来,便又匆匆走出去了。

这样的年月,穷人挣一文钱,比从富人身上扎一滴血还要难啊!赵柄清一大早东奔西问,好容易跟赶集的老板挑一趟脚,拿到

103

了五个银毫子,又紧跑着到城里抓了药,一口气不歇赶回家来——可是,家中突然显得这样地静。低矮的堂屋也在这万籁俱寂中显得又大又空了,似乎天地间的一切都已静止、凝结……他屏息着激烈跳动的心走进房中,孩子已经没有了呼吸,妻的眼泪也已经流干了,望着孩子的尸体在呆呆发怔……

从来没掉过泪的赵柄清,这一回哭了!他痛疚地在孩子面前捶打自己:"都怪我,孩子!……爹对不起你,爹害了你!……"

痛苦啊,眼泪啊,让仇恨的火来代替吧!扼杀这条小生命的,不是你们,善良的母亲和父亲!是压在你们身上的那令人窒息的生活重闸,是那悬挂着无数这样重闸的吃人的社会!

后来才知道,丈夫的银钗不是丢了。他在进城后,从当铺里当出了钱,要到药铺去抓药的时候,遇到了邻近西小村的张老实;他是个六十岁的老人,在长期的苦难折磨中,看去像过了七十的人了。他的腰背佝偻着,一身褴褛,树皮一般枯干多皱的脸上十分愁苦,两眼无神地在街上走着。赵柄清惊讶地问:

"老哥,这样晚了还没回去?"

张老实苦着脸,几乎要哭地说:"心娃病了……先生① 说再拖不过明天。我出来想挣几个药钱,跑了大半天,都嫌我年纪大,不要……"

赵柄清看着他那痛苦得麻木的脸,也感到一阵心酸。他知道,张老实夫妇俩过了大半辈子孤苦生活,到五十多岁才盼来这个孩子,看得比自己的性命还珍贵,好容易养到这样大;要是这孩子有个好歹,这一对老夫妻怕也活不成了啊!他已经不复想起自己的难处,内心完全被这一家的痛苦占据了。他又问:"你现在预备怎么办?"

张老实茫然地摇摇头,木然地说道:"是办法都想过了,只少当

---

① 乡人称医生为先生。

街磕头去讨,可这年月,讨也讨不到啊……"他低下头,似乎为自己的无能感到羞愧,声音颤抖地说道,"我怕空手回去,心娃他妈要是……"

赵柄清看着他因极度痛苦而抽搐着的脸,心像刀割一样难受。他的手伸进衣袋,触住了刚才当到的那几个银毫子,他的心也陷入了痛苦的矛盾中:这几个小小的银币,此刻竟决定着两个孩子的生死存亡啊!他刚想把钱抓出来,又想起了自己的孩子、妻的凄苦的眼睛。这一瞬间,他的心受着多么大的折磨啊……

张老实呆了一会,失神地挪动脚步,向前走去——

"老哥!"赵柄清突然喊一声,那声音连他自己也觉吃惊。他不再想,一把抓出那几个银毫子来,递过去道:"你拿着……"

"老大,你……"张老实伸过因过度激动和惊喜而显得发颤的手,想接,又急忙缩回去道:"不,你这几个也是活命钱,我……"

"别说了,老哥,要看得起赵大你就收下。"赵柄清尽力镇定地说道,"我,总比你好些;我还年轻力壮,挣得来的……"

泪水在张老实枯竭的老眼中滚动,他不知说什么好,只是直愣愣地望着赵柄清,说着:"老大,这、这……"

"快救人要紧。"赵柄清把钱塞到他手里,说道,"这点钱抓药是够的。"

"老大,这恩……"张老实拿着钱的手不知怎么放,紧抓着他道,"心娃有救了,我们一家都有救了……"

张老实千恩万谢地去了。望着他轻快走去的背影,赵柄清的心里才松下一口气来。走了几步,立刻又变得沉重了:他想起了孩子的病,想起了妻子那双忧伤期待的眼睛,他又陷入了彷徨和焦急。他想赶紧找个活路做做,兴许能挣几个钱,可已经是夜晚了……

那天,正在东边村里给赵三公家打忙月的万东昇夫妇得讯赶回来时,孩子已经草草地埋葬了。万东昇的诚实义气,跟赵柄清同样受人尊敬；可他的性情刚强耿直，更是远近闻名。这时他恼火地申斥赵柄清道：

"柄清，是你害了他！伢子病得这样，为什么不去找我？你们两个都是木头墩子?！"

赵柄清歉疚、痛心地说："大哥，不是我没想到。我知道你手里也留不住钱，比我们还艰难……"

"是人当紧还是钱当紧？"万东昇仍然恼火地说，"就是豁出脱层皮也要先救孩子啊！可你……"

责备尽管是责备，万东昇看着这情景，怎能忍受得住啊！他把他们两口子累死累活忙了半个多月挣来的一袋糙米，硬给赵柄清留下，一面恨恨地说：

"这样世道，光拿点自己的血汗钱能救活几个人？富人照样富！得拿起家伙来跟他们干，毁掉他们！……"

是啊，得毁掉他们！但是万东昇没有看到这一天的到来，终于为穷苦弟兄们献出了生命。他临死时的话，时刻响在赵柄清的耳边，像战鼓，像号角，他一想起那情景就觉得全身的血液在沸腾，感到身负着一个迫切而沉重的责任。正是这种力量，使他最先信任了那位容先生传布的革命道理；正是这种力量，使他在这荒僻闭塞、族权森严的山村里最先挺身而出，唤起农友们组织农民协会；也正是这种力量，使他在革命遭到挫折、乌云密布的阴暗日子里毫不气馁，到处奔走，坚定穷苦农友们对革命的信心。

自从起义的湘军向南败退，受到吴佩孚支持的另一支湘军——叶开鑫的队伍便连烧带抢地开了过来。村子里，那些刚失去了气焰的豪绅赵五公、赵三公，以及他们的帮闲癞皮松宝、狗三之类，又都直起腰板作威作福起来。县城里隔不几天就有北洋军出来搜山捉人，族长赵五公又指使松宝和狗三到处跟踪参加了农民协会的佃客，好捏住把柄，告到北洋军的衙门里去。南边的信息又封锁得紧，到处流传着可怕的谣言：有的说革命军自己在广东开了仗,蒋介石打死了汪精卫,死的人成千上万;有的说叶总司令带的湘军已经打进了广东,吴大帅派飞机到广东丢了三颗炸弹,蒋介石跑到俄国去了;还有的说是吴大帅自己坐飞机到了广东,在蒋介石的屋顶上转了三个圈就把他吓跑了……诸如此类,说得逼真逼肖,闹得人心惶惶。

为了揭破这些谣言,安定人心,赵柄清按着党的指示,同农民协会的委员们不分日夜,不顾风雨,分头展开了紧张的活动。这些日子里,担子最重的自然是赵柄清。他是农民协会的委员长,远近几十里的村子都要靠他照应。万先廷一走,他真像失去了一条得力的臂膀。女儿大凤,虽也十分精明能干,人人都说她胜过一个聪明的男伢子,可她到底是个女流之辈,整天在外头跑跑颠颠总有些不方便;再说,安平桥是农协的接头地点,总得有人照应,而且大凤是个女孩儿家,在这族规严厉,男女有别的山乡里,总比男人不受注意些,便让她留在了家里。黑牯虽是憨实些,但出力跑腿是信得过的,而且他知道族长捉人捉得紧后,便一定要天天跟在赵大叔身边,卫护他。赵柄清也怕他在村里容易闯祸,万先廷一走,也没得别人能管住他,便带他一起出来了。

这天,他们在一个村子里开完会,便一同回到安平桥来。他差不多有十多天一直在外头,不知道这边的情形。掌灯时分,才到了村里。四处一片漆黑,只有风雨仍然笼罩着山村。他趁空先到村里负责的几个农协委员家里去了一趟,尔后才摸回自家那熟悉亲切的后门口。赵柄清听听屋里没有声息,便轻轻地敲了几下门。

不一会,里头有了响动。大凤这孩子是机灵的,她这些天一定常注意着门外的动静。从屋里传来轻轻的脚步声,很快地,脚步声走近了,贴着门缝,传出大凤的低声问:

"是哪个?"

"凤姑!……"赵柄清带着出远门后归来的激动的低声喊了一声。

"爸！……"几乎是随着她那难以形容的快活的声音，门也一下开了。赵柄清在黑暗里，看得见女儿那双黑亮的大眼睛里闪出来的兴奋的光。

妻子在房中已听见了外面的一切，她急忙地在擦洋火点灯——但擦了几根都没有擦着，丈夫就已经带着雨中的湿气进来了。她那双习惯了暗处的眼睛，看见丈夫熟悉亲切的身影时，高兴得心都几乎跳了出来。他们在几十年的共同生活中，总是共同分担着艰难和痛苦。丈夫和孩子们的安危，使她感到比自己更为紧要，在这些天里，她在家里烧过了多少香，为在外面的亲人作过多少祷告啊！她迎上去，声音变得有些喑哑地问：

"牯娃也回来了？……"

"回来了。"赵柄清快活的声音说，"小莺睡了？"

"才睡着。"妻子一面答应，一面点亮了油灯。

赵柄清走到床前，看了看小莺；转过身来望着妻子道："这些天来，你们又跟着受苦了……"

妻子站在丈夫面前，看着他那憔悴的、黑瘦的脸，那一双低陷下去的善良诚实的大眼睛；他的短褂在山林里划破了好几处，草鞋和裤管上带满黄泥；可是他的精神还是那样闪烁，心情还是那样开朗。他变得多了，妻子暗想，她从丈夫的身上，看到了多少容先生带来的东西啊。她从丈夫的目光中也感到了一种说不出来的力量和骄傲，她用充满着怜爱和敬佩的语气说道：

"快换衣裳。看你这样子，多像丙午[①]那年从外头跑回来的时候啊！"

赵柄清爽朗地摇摇头道："那可大不一样了！从前，那是瞎跑；可如今，你看看，我们有多少人！全中国都有人像这样在跑，那该有多大力量！"

[①] 丙午年，即一九〇六年。此处意指赵柄清那年参加洪江会起义的事。

妻子似乎有些明白地点了点头,含着歉疚而又慈爱的口气道:"我是跟不上外头这世道了。你们去跑吧,别管家里;只求菩萨保佑,你们在外头的人都平安无事,我就是雷打火烧,死也闭眼了。"

赵柄清感激地看着妻子,他似乎第一次感到:妻子比任何时候都更加可爱了;他们中间有了一种更为亲密的、从未有过的新的情感,他们的心也靠得更近了。他看着妻子那饱经苦难折磨、刻下了深深皱纹的脸,那双赤诚忧深的目光,那两鬓上出现的花白的发丝;他感到过去只是顾着在外面跑,忘记了尽到一个革命者对妻子的责任。他不觉想起容先生的话来。

"爸!"大凤在门外喊道,"水倒好了……"

"去吧,"妻子道,"我替你们找换洗衣服。"

赵柄清走出房去。黑牯一到家就湿漉漉地靠在椅上睡着了,才被大凤叫醒,正在脱草鞋。灯光下弥漫着一层蒙蒙的热雾,使堂屋里显得很温暖、舒服。

洗完了脚,换上干爽洁净的衣服,全身的关节都感到松快。只是多少天都没好好歇息,困倦得厉害;也不想吃饭,只问了大凤些村里的情况,决定明天再找人开会,便忙着安歇了。

后半夜,突然响起了急促的敲门声。

赵柄清敏捷地跳下床来,几个月的动荡生活,已经使他习惯了这深夜的紧张。他没有惊动妻子,轻轻地摸出房外,敲门声还在灶屋后面急促地响。大凤也被惊醒了,她从对面房里端了灯出来,挡住要去开门的父亲,几步走到后门口,用镇定的声音问:

"是哪个?……"

"我,心娃!"一个熟悉而慌张的声音紧贴门缝说。

大凤急忙拉开后门,叫作心娃的那个青年喘着气冲进来,急问:"大叔呢?"

"什么事?"赵柄清已经到了他面前。

"不好了,大叔!"心娃看见他,急忙道,"松宝他们探到你回来的信息,找团防局报告了!扎在三眼桥那边的队伍来捉人了!……"

赵柄清的两眼,在暗夜中闪着光。他镇定地向大凤说道:"去把黑牯喊起来。"又向那青年道:"谢谢你,心娃。你也快回去吧,遇到团防就不方便了。"

"你得快走啊,大叔!……"心娃急迫地望着他,不放心离开。

"我就走的,"赵柄清安慰他说,又亲切地抚着他的肩头,把他送出后门外,谆谆叮嘱道,"快走吧,心娃!绕点僻静路,千万当心……"

心娃答应着,走一步回头一看,消失在暗夜里了。

看不见心娃了,赵柄清才进来关好后门,沉思着走进堂屋。黑牯已经起来了,正在往腰间插着一柄大斧,粗大的门杠靠在桌旁,桌上放着他和赵柄清的随身包袱,大凤正在替他们扎上几双夜里打好的草鞋。

黑牯见赵柄清进来,嗓子发哑地叫道:"大叔,走吧!"

赵柄清沉思了一下,向大凤道:"刚才我回来到几个人家里去了一趟,松宝一定看见的。他们现在怕还没得到信,我们赶紧分头去跑一趟,叫他们一块躲一躲!"

大凤犹豫了一下,恳求道:"爸,你还是先走好。你担的担子重些,万一……"

赵柄清看着女儿的眼睛,想起自己的责任;可是,一想到自己要先走,他就觉得全身的血都发热了——这种人是宁可自己粉身碎骨都不愿意撇下别人先走的;特别想起丙午年领着饥民大起义,大头领姜守旦不知去向了,下面多少人受到官府的刑杖和杀戮;可是万大哥就为着掩护弟兄们,宁肯自己送掉了性命。想到这些,使他更觉得不该为自己的安危不顾别人。他打断女儿的话道:"别说傻话了,凤姑。是同志都重要,我们是在了党的,更应该吃苦在先,享福在后!"

大凤了解父亲的心,可是她想起容先生的话和万先廷临走时的叮嘱,又感到责任的重大了。便道:"你先走,爸,这里的事让我跟黑哥去办。"

"三个人去不更快当些?"赵柄清望着大凤,几乎是恳求地说道,"快去吧,伢子。我们告诉一声了就走……"

大凤望着父亲那真挚的、期待的目光,再也说不出反对的话了,只是低声道:"好,你也快去吧,爸……"她又看了父亲一眼,拿了个斗笠,去开开后门,跑出去了。

赵柄清见女儿走了,回头看黑牯还撑着门杠在一旁发愣,便向他道:"黑牯,你到东头……"

"不,我跟着你!"黑牯斩钉截铁地说。

"你快去告诉一声:我们在东山的林子里会齐。"

远处已隐约听得到狗的狂吠。黑牯还站着不动,赵柄清像哄孩子似的给他拿下门杠,替他背上一个包袱,披上蓑衣,扶着他的肩膀向大门口走,亲切地说道:"你到东头告诉木匠叔一声了,就赶紧出村,要小心些……"

"大叔,你快来呀!"走出门了,黑牯还回头说。

"我就来。"赵柄清答应着。见他走了,便迅速掩上门,从衣袋里把几张紧要的名单文件拿出来,在灯下烧掉。他背起桌上的包袱,看了空荡荡的堂屋一眼,心里也像安静了许多:总算没把妻子和小莺惊醒。他预备要走,猛一转身,不觉呆住了——妻站在他的身后,手里拿着一件夹短褂……

赵柄清吃惊地问:"你也醒了?"

妻只默默地点点头,她那无言的目光中,含着异乎寻常的平静和镇定。

"你都知道了?"赵柄清的眼色里带着惊悸和疑惧;他深知妻子受不住打击,不愿让她分担灾难和痛苦。

妻子却只是镇定地点点头,把手中那件黑夹褂递给丈夫道:

111

"披上吧,外头还在下……"

赵柄清看着妻子那异乎寻常的镇定目光,那里蕴含着多么深厚的爱和期望啊。他接过短褂来披上,拿起蓑衣,拉开了门,又回转身来,见妻子从眼角上赶紧抹去了那两颗晶莹的亮点,他含着微笑道:"你进去吧,过不几天我们就会回来的……"

她站在门口,看着丈夫消失在雨夜深沉的黑暗里;那身影和笑容却还留在眼前,使她忘记了周围的黑暗和恐怖,一如往常送他出外借贷和找零工做的时候。

她坐在熄灭了的灯下,坐在深井一般死寂的黑暗里,不知有多少时候了。她用急促跳动的心来计算度过的时刻。黑夜的寂静是最难熬的,可是,黑暗中焦急的期待却更加难熬啊!死寂中的每一声狗叫,都像铁锤敲在她的心上,使她震动。不久,村子里的狗也开始狂咬起来了。她想着,丈夫和黑轵该已经出村进山了,大凤怎么还不回来呢?……突然,前后门上都响起了猛烈的敲击声,她惊喜地站起来,这其中一定有女儿回来了!正不知先去开哪一边的门好时,"轰隆"一声巨响,前后门都被撞倒了。暗影中,无数僵尸一般的人直挺挺地冲进来,几道强烈的手电灯光射到她脸上,在堂屋里交叉晃动。她在惨白的灯光中,只觉得这些人都是青面獠牙、狰狞可怕,她本能地闭上了眼睛……

"你丈夫呢?!"一个粗粝的声音问。

这时,她的心反而宁贴平静了。她觉到丈夫和孩子们都脱离了险境,让自己一个人来承受这一切折磨和灾难,倒是最大的快慰和满足。她低声道:

"他早不在家了……"

"躲到哪里了?!"还是那个声音。

她不再说话,只是缓慢地摇了摇头。

"你奶奶的!"黑暗中飞过来一条皮鞭,她的肩膀和胸脯上顿时像被火烫了一下。还是那个声音吼道:

"快说！搜出来了,老子连你也砍掉！"

她没有回答,也没有抚摸伤痕,只是塑像一般地默默站立着。她似乎把自己的一切都已置之度外,只要能代替丈夫和孩子们承受痛苦。她此刻唯一的思想,就是祷告上苍,让他们走得远些,更远些……

突然,房内响起了小莺的惊哭声:

"妈妈！妈——！……"

这声音震撼了母亲的心,她想起了床上的孩子,便不顾一切地向房内冲去。这力量如此巨大,以致使围在她周围的士兵们还不知所措时,她已经推开挡在面前的人,冲进房内去了。

房内的油灯已经被那些士兵们点亮,家里那架唯一的旧衣柜和大木箱子都敞得大开,里面的破衣烂衫都被扔了一地。床上的被子和垫的破棉絮都扯到了床下,被士兵们的大皮鞋践踏得散乱了。小莺只穿着一身单衣服,坐在床板上,像做了一场噩梦后还没清醒过来,号啕大哭着。母亲冲到床边,双手抱过女儿,把她紧紧地搂在怀中——仿佛那些凶神恶煞般站在房中的士兵们都不存在,这宇宙间只有她和自己的孩子。

那个提皮鞭的家伙也跟进来了。灯光晃动着,黑黝黝的影子顿时挤满了这间小房。

"你丈夫究竟在哪?!"那家伙咧开嘴,扭歪的长脸像头叫驴。

母亲默不做声,也不摇头。

"啪、啪！……"皮鞭像一条狂舞的毒蛇,在母亲身上翻腾。母亲紧缩着身子,护在女儿身上,一动也不动。小莺见到母亲这样受苦,拼命地想从她怀里挣扎出来,去抓、去咬死那些妖魔鬼怪;可是母亲紧紧地抱着她,全身都护在她的上面,使她动弹不得。

那家伙似乎终于打累了,停下手来骂道:

"奶奶的,贱骨头！你不说,他也跑不了！"

母亲的身上,被伤口烧灼得像要炸裂;每一条鞭痕,都像毒蛇的利牙噬咬着她的皮肉啊！她的血都像沸水似的在往外涌,全身的筋骨也像有人在用力地撕扯着。她咬住牙关,不哼出一声;一来怕孩子听到难受,二来也不能在这些禽兽面前示弱,给丈夫和孩子丢脸！她想到丈夫和孩子都躲开了这些魔鬼的手,想到怀里的小女儿还没有受到一点损伤,她的心舒畅了;那火辣辣的伤口处,也变得凉爽了许多,那是女儿的泪水润湿的……

"把她押出去！"那提皮鞭的家伙向士兵们吩咐了一句,便气冲冲地走出去了。

一个士兵便上来拖母亲,吼道:"起来,出去！"

母亲用力抬起身子,直起像被打断了的腰身;她一如往常地给小莺穿好衣服鞋袜,走下床来,她们紧紧地手拉着手,向房门口走去。

"妈,等等！"小莺忽然喊了一声,挣脱母亲的手,跑到床头去,她那心爱的小花雀还挂在那里;那还是先哥在家时捉了送给她的,又是爸爸编的笼子,她怎能舍得撇下它啊！她爬上床头,把鸟笼子摘下来;那活泼的小鸟也似乎感到了眼前的厄运,在笼子里不安地跳动着。小莺拿着笼子跳下来,却不料站在旁边的士兵一把夺过,吼道:

"不准带！"

"这是先哥捉的,这是先哥捉的！……"小莺跳起来喊着,她看见那玲珑的小鸟在那只粗大的手里惊恐地跳着,走投无路;她的心更急了,冲上去便抓那士兵的手臂,士兵恼怒地一掌推开她,把笼子狠狠地摔在地下,用笨重的皮鞋一脚踏上去……

小莺只觉得那一脚踏在了自己的心上,只听小鸟最后哀叫了几声,便再也没有声音了。小莺痛哭起来,不顾一切地扑上去撕他、咬他;那士兵怒骂着,把她打倒在地上。母亲心疼地从地上抱起她来,没有眼泪,默默地抱着她走出房去。

外面是死一般的静。雨还在下着,偶尔亮起一道惨白的闪电,接着响起一阵爆开的惊雷。母亲充满了勇气和镇定,坐到靠墙的长凳上,等待着承受丈夫和孩子们的厄运。可是他们又不立刻带她走,只是迟迟延挨着……

突然,门外响起了嘈杂声,只听有人大声喊:

"抓到了!抓到了!……"

"奶奶的,快带到队官那里去!……"

是谁啊?……母亲的心震动了一下,她屏住呼吸谛听着。随着嘈杂声,一些沉重而杂沓的脚步声也越来越近了;几个兵冲进来,向那提皮鞭的家伙讨好地喊:

"队官老爷,匪头子抓到了!……"

"他正到一家去报信!"另一个抢着说,"这小子,吃了豹子胆,死到临头还顾别人!"

母亲的心像陡地被提到了半空中,沉重的压迫使她喘不过气来;她觉得眼前的一切都变得缥缈而又遥远了,身子晃晃悠悠;就像从一座悬岩上失了足,向那深不见底的深渊坠落着、坠落着,而又长久地不落到地上……

"押来!"那提皮鞭的军官坐到桌后,恶狠狠地向一旁的母亲看了一眼。

几个士兵把一个五花大绑的人推进门来,母亲一见,再也支撑不住那软瘫的身体,没喊出声就靠在墙上晕过去了。小莺从母亲的身边叫着扑上去:

"爸!……"

赵柄清的目光依然平静镇定,他流露着慈祥和亲切的笑容,说道:"别怕,小莺,爸不要紧的。快去扶一扶妈妈,要听妈妈的话,别流眼泪……"

小莺从爸爸的目光中,感到了坚强的力量,她擦去涌出来的泪水,纯真地点了点头。

那个军官从桌上端起灯,走到赵柄清跟前,从上到下照了他一遍,嘲讽地说道:"真难请哪!领头闹农协的不就是你吗?领着穷鬼们闹平粜,轰咱们赵大帅下台的,不也是你吗?好大胆,想闹翻我们大帅的天下!奶奶的,你手下那些人呢?嗯?!"

赵柄清看了他一眼,平静地说道:"有话到县城去问吧,我堂客①和伢子什么也不知道,你别在这里吓唬她们。什么事有我一个人担当!"

"好!"那军官怒气冲冲地喊着,顺手往他脸上甩了一鞭子。正要再打时,只听外面发起喊来,传来士兵的惨叫声——堂屋内的人都慌了,军官也不觉一怔,待要喝问时,只见说时迟、那时快,一条黑影从门外冲杀进来。灯光下看时,这人蓬头赤足,浑身的破衣褂已经扯得稀烂,露出一身铁一般的黑肉。他提着一柄闪亮的利斧,见人就砍。那些士兵不知从哪里杀出这么个黑煞神来,早已吓得魂飞魄散,纷纷往房里和后门钻。那军官见势不好,急忙钻进方桌底下,撞翻了桌上的油灯,只听乒隆乓啦一阵响,堂屋里顿时漆黑了⋯⋯

"手电灯,快照!"这时才有人喊。

几道电灯光,从四面八方一齐射向中间。

赵柄清暗暗叫苦,大喊:"黑牯,快走!别管我,快跑⋯⋯"

黑牯不容分说,丢了大斧,上来便抱起赵柄清;刚要翻身出门时,只听"啪啪"两声,他猛地一个趔趄,几乎跌倒在门槛上——他不顾枪伤,仍然像狮子似的一蹿而起,抱着赵柄清向门外冲去。随着桌下射出的电光,又是"啪啪"地飞来几枪,黑牯再也支撑不住,像醉酒似的摇晃了几下;但他用力站稳,把赵柄清狠劲一把向外面推出去。然后撑开两腿,用两手扳住门框,铁塔也似的矗立在门口,向外面的黑暗中大喊:"别管我,快背大叔走!⋯⋯"

屋内的电灯光一齐向门外射去;但是,只照见一动不动挡护在

---

① 即妻子。

门口的黑牯。一阵雷声惊天动地地爆响起来,在闪电的雪亮的光芒中,他像一道巍然屹立在逆流中的巨大的铁闸,那样凛凛逼人,不可摇动……

黑暗愈见其浓密,死一般的寂静窒息得令人喘不过气来。母亲从剧痛的昏迷中清醒过来了,她觉出自己是躺在房里的床上;微微睁开眼看时,油灯昏黄的火苗在微弱地跳动,灯草芯发出"喷喷"的声响,好像在为这家庭的沉重不幸而太息。房里好像收拾过了,没有了刚才的零落散乱。母亲只觉得浑身酸疼,头大得像个石滚,喉咙里发腥发干;她试着伸展了一下身子,想挣扎着坐起来,一用力,床板便发出了"吱嘎"的响声……

"妈,你醒了!"旁边响起了小莺惊喜的声音。她一直坐在房门口的小椅子上守着母亲,不觉困倦地打盹了。母亲的眼也肿得呆滞了,刚才竟没有看见她。小莺跑到床边,亲切地抱着母亲道:"妈,你好一会都不醒过来,我跟姐姐都急死了!……"

母亲看着女儿圆润可爱的小脸,在她那几近于要熄灭的生命中又燃起了希望的火花,她用低哑的声音问:

"姐姐回来了?她在哪里?……"

"她在厨屋烧水。"小莺说,"那些兵一走,她就回来了。她说,爸已经叫农协的人救走了……"

"救走了?"母亲惊喜地问,身上也充满力量。

"嗯。"小莺点头,眼里又露出悲伤道:"黑哥叫他们押走了。临走打得真狠,我真恨不得冲上去咬死他们!"

母亲的眼光又低黯下来,他想起黑牯那倔强的性子,落到敌人手里不知要吃多少亏啊。小莺知道母亲是惦念黑哥了,便说道:"妈,姐姐说黑哥不要紧的,她天一亮就进城去打听。我叫她来!……"小莺说着,跳下床前的踏板,几步跑到房门口,喊道:"姐姐,妈醒了!……"

一阵因兴奋而急促的脚步声传来,大凤冲进房内喊:
"妈!……"

母亲看着大女儿,一切悲痛、喜悦、仇恨和委屈都像流水似的涌上来,又在喉咙口梗塞住了。这噩梦般短促的一夜啊,竟使她如同经历了难熬的几十年。女儿的模样没有变,在她平时那热情妩媚的孩子气中,含着坚定的端庄和毅力;她似乎这时才觉到,女儿真正当家成人了。母亲在女儿身上看到了依靠,看到了力量;她在敌人的面前,没有流下一滴眼泪,可是现在,她再也抑制不住埋藏在内心的情感了,她抱着冲到身边的女儿,不知是甜还是酸地痛哭起来……

大凤说,今天的事,给了农协,也给了父亲一个很沉痛的教训。她说,父亲去报信的那一家,正是一个前怕狼后怕虎、喜欢见风使舵的家伙。从前兴农协的时候,他也跟着闹得很有劲,出了些力;后来环境一变,北洋军又那样凶恶狠毒,他的胆子也跟着变小了,常常疑神疑鬼,犹豫不定。本来按农协有些委员的意见,应当撤他的职的;可是父亲每回找他谈时,他又是鼻涕又是眼泪,恨不得把心都掏出来。这一来父亲的心变软了,觉得没有抓住他的大过错,不好撤职。今夜里他也去开了会,和父亲一起回安平桥来。父亲到他家去喊起他来,带他一起往外跑。他们已经跑出了村口,可是那人突然呆住了,他想起刚从会上带回的一包传单还压在枕头底下,怕军队搜出来了要他一家大小的命。他求父亲等一下,他赶紧回去把那包传单拿出来。这时父亲真愤怒了——生平以来,他还是第一回这样生气;他责备那人不该把这样紧要的东西放到别处。他有心叫他别管,可是对革命的责任感和对这一家的安危又使他忘掉了自己。他又匆忙地同那人回去拿传单。可是第二回刚出村口,就碰上围过来的士兵了。那时大凤和黑牯已经同农协的几个人到了东山的树林子里,他们等了好一阵,没看到父亲来,都有些担心了。黑牯和另一个人决定趁着天黑,再摸进村去。他们走了一会,村子里就响起了枪声;又过了一会,只有一个人背着父亲跑回来了,没有了黑牯……

大凤说到这里,那双明亮的大眼中,闪着湿润的光,声音也低沉了。她又说,父亲已经带着人进山去了,临走时叮嘱她告诉妈妈不要惦记,要她早些进城去打听黑牯的下落,回来再商量搭救办法。母亲一听提到黑牯,更忍不住心酸难受。她挣扎着起来,打点黑牯换洗用的衣物;又把家里还能卖钱的东西叫大凤带一些,拿去县城卖了,给黑牯买些吃用的东西,也好在牢房里打点打点……

经过这一场挫折,农民协会的工作虽受了一些影响,可是赵柄清他们接受了教训,农协的活动越来越严密了。任凭那些豪绅的耳目再尖,也探不出什么要紧的消息来。

族长赵五公见一计不成,又生二计。借着队伍要往前方派伕,他同地方上的地保商议好,专赶那些参加了农民协会的人家派。并且硬要赵柄清家里也出一个伕。

这可把母亲作难坏了。赵柄清是不能露面的;黑牯又还在牢里。大凤一个十七八的姑娘,怎好离乡背井地去抛头露面?何况又是跟那些当兵的去做伕子,母亲更不能让她去。小女儿更不用说。她只好想着自己去,可是不说别的,光是她那一双小脚,要翻过村头那座山口都不容易啊。唉,家里再连个男人也没有了,不去又怎么办呢?

大凤可有她自己的主意。她暗暗决定了:自己去当伕子。虽然她也想,一个女流之辈,跟着那些凶横的北洋兵一起,不知要走到多远的地方去,心里有些发寒;可是,她想起先哥小时就给她讲过的"花木兰代父从军"的故事,心里又满怀着勇气,一点也不怕了。她想,当兵的也是人,我也是人,怎的就偏要怕他们?她想起先廷哥来,就觉得浑身更加有力量。她想,说不定到了前方,能得到革命军的信息,还兴许碰巧能见着先廷哥哩!想到这里,她又真

119

恨不得即刻就走了。

　　眼看出发的日子紧迫,大凤瞅个空进山里去了回,把这桩大事跟父亲商量。赵柄清也犹豫了一阵,可为了这个地区的工作,最后只得忍痛地答应了。再三叮嘱她沿途一定要小心,热冷风寒都要自己照应,一个女流之辈,更要防备坏人。幸好安平桥村里和四近的村子还有不少人一同去,其中也有农民协会的委员驼五哥,赵柄清就一切拜托给他,求他格外照看大凤一些。驼五哥一口答应了,自不必说。

　　只是这桩事,使母亲的心多么震动!想起女儿要到天南海北去抛头露面,一路上不知会遇到些什么风险时,她难过地哭了。可是又有什么办法呢?丈夫和女儿都这样决定了,她是不能再说什么的。况且她自己也没有再好的办法啊,她只愿自己的那颗心也能跟随女儿一同前去,她用那慈母的全部的爱来为女儿送行。

　　临走的前夜,母亲从清晨忙到深夜。她一个人料理着一切。大凤还赶着忙了一天田里的活路,她想到自己一走,父亲又不能常回家来,田里的重活都要留给病弱的母亲了,心里便忍不住难受。她恨不得在一天里把所有的活路都做完,直到天黑好一阵了才回家去。进门看时,厨屋里热气腾腾的,小莺在帮着烧火,母亲忙得满头是汗,做了不少的菜。堂屋里清扫得干干净净,神前焚着香,燃着一对小红烛,是预备她祭祖的。看这摆设,要照她往常的脾气,是要耍一顿性子,又得跟母亲吵一阵的。可是她今天一句话也没有说,只把这当作母亲的心意,驯驯贴贴地祭了祖。

　　吃过夜饭,母女三个又在堂屋里坐了大半夜。母亲一遍又一遍地叮嘱着,从知热知冷到那些只有母亲们对女儿才能叮嘱到的话。从这些叮嘱她又想起了先廷的出走,黑牯的被捕,母亲的心啊,她又难过得哭了。大凤又转过来安慰她,说到黑牯在牢里的情形,县城里也会有人照应;说到先廷哥的为人和性子,他到了那边也一定不会出事情的;又说到自己的那个隐秘的愿望——到那边兴许能遇见先廷哥和他们的队伍时,果然,母亲的心变得宽慰些了,她又叮嘱女儿见到先廷后要告诉他些什么事,千万不要把家里的难处告诉他,免得他操心;又要问他些什么话……好像她觉得女儿的话已经不是愿望,而是真实的一定会实现的目的似的。

直到鸡叫五更,母亲想起女儿明天要赶远路,才忍痛催促她去睡觉。大凤也知道母亲累了一天,也催母亲去睡。她们都怀着难舍难离的情感去安歇了。大凤回房躺到床上,长久地睡不着;在黑暗中,她望着小房里熟悉的一切,明天就都要分别了,她还从来没离开父母出过远门的啊!虽然在母亲面前说得那样大胆、自信,毫不在乎;可是她自己知道,这一次的出去,是到了那些豺狼群里,谁知道……她想到这些,就觉得全身的血液都沸热起来,她忍不住起身摸黑从针线筐里摸出那把大剪刀来,放到身边,才渐渐安心地睡去。后来,在朦胧中,她又觉得似乎母亲走进来在她的床边坐了很久,那样亲切而慈祥地用手抚摸着她,一滴发热的泪水滴落在她的脸上——直到后来很久,她还永远地记着这一刻,仿佛是一个甜蜜而美好的梦……到母亲又一次来叫醒她吃饭时,别离的时刻已经临近了。

大凤出发了……可是,我们暂且把女主人公的前途交给她自己的倔强和命运之神的摆布。现在,再来看一看前方军事发展的情况。

七

当万先廷和他们的团队正不分日夜,冒着连绵的阴雨,踏着泥泞的山路,向湖南前线疾进的时候,在"驱赵"运动中投向广东国民政府的起义湘军——他们已被新编为国民革命军的一个军,正在北洋军的追逼下,拼命向后败退。

到了五月下旬,湖南的战局已经万分危急了。溃败下来的起义湘军士兵,锐气早已被北洋军打掉,军心益发不可收拾了。北洋军借着吴佩孚的威名,又用了英国顾问的精神战、牛角阵,简直势如破竹,长驱大进。叶开鑫的湘军,谢文炳的粤军,方本仁、唐福山的赣军,在前边开路,猛打穷追,直打得起义湘军连招架之功也顾不过来了。

起义湘军的几个前敌将领又都是些贪生怕死之辈,这时见兵无斗志,广东革命军又迟迟不来,觉得再要"革命"下去就连自己的命也保不住了;便联名向吴佩孚乞降,并且愿意叫自己的军长下野。不料那吴佩孚正在志得意满之时,越发做作得厉害,只回了四个大字:交叶开鑫。以后,便索性连理也不理他们了。这几位败将慌了手脚,又连忙乞求叶开鑫、方本仁、谢文炳;但得到的不是一顿臭骂,便是百般羞辱。几位败将眼看逼得山穷水尽了,只得厚着脸皮,通电请赵恒惕回湘;只要北洋军不再追击,一切条件都可以接受。然而赵恒惕却只念了几句阿弥陀佛,似乎已从此放下屠刀,不问红尘了。

说话之间,株洲、衡山、攸县又接连失守,衡阳危急。起义湘军的军部退到了耒阳和郴州之间的永兴,这里隔广东已是不远了。当时,湘军的首领们十分清楚,失去了湖南,便也是失去了这个军在革命军中的地位。派到广东去求援的使者,一个个都垂头丧气地回来了,说那边的将领们只是互相推诿,陆军总监蒋介石又只是"唔唔唵唵"地敷衍一通,不拿出半个兵来。起义湘军的军长在绝望之余,咬牙下出了最后一着棋——派人把他的亲兄弟带到广州,来一次破釜沉舟的哀求,也是让他去做一个痛心的"人质"。为了应急,又在湘粤边境以重资招募了一批土匪,换上军装,号称是广东派来的援军,开上前线。

然而,土匪终究是土匪;召也容易,跑也不难;不几天便散得精光了。而派往广东去的"人质",一天、两天、三天,依旧如石沉大海,杳无音信……

湘军完全绝望了:前无退路,后有追兵,他们眼看陷入了全军覆灭的绝境!

就在这时候,这一支雪里送炭的北伐先遣队赶到了前线。

那是连绵阴雨后少见的一个大晴天,山野显得格外金黄、明亮。天空的太阳似乎因为好多天没有露面而感到抱歉似的,拼命地把它那积攒下来的光芒都倾射到地面上来,阳光也晒得格外叫人感到燥热。

这天上午,起义湘军的一支先头部队——也是撤退的殿后部队——又从安仁前线的碌田高地溃败下来。他们沿着起伏的丘陵,狼狈混乱地拼命跑着——那速度,几乎连敌人的炮弹也追赶不上。他们起义投向广东国民政府已经有几个月了,可是除了番号以外什么也没有得到,就连军旗和军服也都是原来的。不过现在,这支队伍的军旗早已不知道失落到哪里去了。天空虽已放晴,但田野上还是一片潮湿和泥泞,士兵们草绿色的军服上,混合着汗水和泥浆,一股汗臭。他们的军帽是圆形的,有些像和尚帽;实际上他们也都是些扛枪的和尚,每个人的胸前都有一块绣着黄色"佛"字的军章。因为他们先前的总司令赵恒惕是笃信佛祖的,他召来的士兵首先要到佛堂受戒,然后才算正式入伍。

溃逃的士兵们跑了好一阵,渐觉背后的枪声遥远,北洋军的怪喊声消失了。有些庆幸脱离了险境,喘息着抬起头来,擦去头上的汗水;正想坐到地上去歇一会时,忽然,一个士兵望着逃跑的方向看呆了——他呆看了一瞬,突然发疯一般地大声叫喊起来:

"弟兄们,看哪!……快看哪!……"

士兵们不看犹可,这一看,顿时也发起慌来,骚动着,叫嚷着,嘈杂不堪。

"吵什么!"一个少校军官威风凛凛地走过来,大喝一声。士兵们立刻立正站着,肃静下来。

这是他们的营长,三十多岁年纪。服装比他的士兵们稍为齐整一些,还有马靴马裤、斜皮带。胸前挂着望远镜,一手提着马鞭子,一手握着指挥刀。他的嘴巴还在轻微嚼动着。他骑马,比士兵们跑得快;又有望远镜,可以准确地知道跑到哪里才算安全;加上他命令他的勤务兵保护他的食品要比保护自己的生命还重要,因此他刚才在一束小树丛后吃饱喝足了。三杯下肚,他的心情已经从惊慌恐怖中镇定下来;庆幸又一次逃脱了当俘虏的命运。这时他站在士兵们面前,甚至显得很神气。

"营长老爷……"一个士兵小心翼翼地报告道,"你看那边!"他用手指着他们奔跑的那个方向。

"后边还怕什么?!胆小鬼!"营长大声地呵斥了他一句。不过,这也没有妨碍他拿起自己胸前的望远镜来,向那个士兵指着的方向望一望。

不料,这一望,营长的魂也几乎吓飞了。望远镜无力地从手上垂下来时,他的脸已变得煞白,嘴唇发抖,眼发直。他像发了疟疾似的,低声而急促地向后面的勤务兵道:

"快快快……带马……"

但是,已经来不及了。

这时,士兵们已经可以清楚地看见:迎面丘陵上,出现了一支青色的队伍。就像神话中突然冒出的森林,那支青色的队伍,像一条长长的翻腾着的青龙,沿着丘陵,风驰电掣般地飞跑下来。在长龙似的队伍中间,一面飘着红飘带的蓝色的军旗,在阳光下招展着……

"弟兄们!"一个士兵突然绝望地叫喊起来,"我们的后路叫北洋军兜住啦——!……"

这叫喊像一声霹雳,震动了发呆的士兵。霎时间,就像同时开动了机关,败兵们陷入了巨大的混乱:拼命向四面跑开了,漫野里就像一群被戳了窝的马蜂:有人钻进了远处稀疏的树丛里;有的就势滚到稻田的田埂下;有的人双膝跪地,抓住胸前的"佛"章呼天喊地,向佛祖求救;也有一些像热昏了的蚂蚁,本能地卧到地上,端了枪盲目射击。只有几匹没人骑的马,掀着四蹄,向远处狂奔而去……

稀落的枪声中,从远处传来了洪亮粗犷的喊声:

"别打枪!自己人——"

钻在一束小树丛后的败兵营长,像匹非洲的鸵鸟,头埋在地里,屁股撅得朝天,已经吓得半死了。他旁边那个喊叫过的士兵,隐约听见远处的喊声,又抬起头来仔细聆听了一会,便举起巴掌,在营长老爷撅起的屁股上试探了一下——然而又缩住,他很惶恐;但又忍不住了,只得性急而又尊敬地往上面轻轻敲了几下:

"营长老爷!他们在喊……"

营长老爷的屁股一耸——士兵以为他要爬起来,然而却钻得更深了,只听他战战兢兢地问:

"他、他们,喊、喊、喊什么?……"

"他们喊:自己人!"

"什么?!"营长的头刷地伸出来,脸上沾满泥土,他简直不相信自己的耳朵。

士兵又大声重复一句:"他们喊:自己人!"

"自己人?"营长弹簧一般腾地跳起来,向外冲去——走了两步,又急忙缩回来,迷惘地看着天道:

"天哪!什么自己人呢?……难道我们又变成北洋军了?……"

迎面出现的那支队伍——约摸两百多人——很快就冲到了败兵前面。

逃得七零八落的败兵们,本来预备着必然一死,就等那"咯咯"怪叫的机关枪和闪着寒光的刺刀扎过来——但终于没听到枪声,

125

也没听到北洋军那野蛮恐怖的怒骂和狂喊。有些大胆的便探头探脑从树丛后和田野里钻出来，偷偷窥视着。

什么队伍？他们一个个都那样黑瘦，但却铁一般地精悍结实。他们身穿一色的青灰布军服、大檐军帽，紧紧的绑腿，赤脚草鞋。半身都扎满子弹带，斜背着一条灰军毯，腰间挂着刺刀、铁水壶、洋瓷碗，背后都背着一把小铁锹、一个圆鼓形的小斗笠——这一切，便是他们的全部装备了。然而，最耀眼夺目的，还是他们胸前的那一条鲜艳的红色领带。他们所有的一切都是简单利落，整齐划一。从他们草鞋上的泥土和风尘仆仆的面容看来，都是经历了长期艰苦的跋涉，但每个人却仍显得那样地精神、严整，目光如电，意志昂扬。这一切给人多么新鲜巨大的力量啊！

队伍最前面，是一个身材魁梧、膀阔腰圆的军人。他有一张粗犷黑壮的圆脸，浓眉倒竖，虎眼圆睁，下巴颏上那一蓬络腮胡须，钢刷一般硬挺。看着他那宽大的额头和鼻孔，会叫人想起凶猛的狮子来。在他身后，紧跟着一个手提驳壳枪，身材不高，但却格外活力充沛的青年军官，他那黑瘦的朝气蓬勃的脸上，目光闪闪，果断锐敏；他似乎一刻也不能静止，就像一只刚长满羽翼的山鹰，时刻都在跃跃欲试，霎时间就将展翅凌空——他，就是万先廷。

在惊异和好奇中，有一些败兵小心地向他们围拢来。

魁梧的军人望着败兵们，严厉地问："你们往哪儿跑？！"他的声音也格外洪亮，锽锽震耳。

败兵们面面相觑，答不出话，其中一个大胆些的摇头道："不知道，从岳阳北边就跑起了……"

又一个败兵讨好地凑上来问："老总，你们是吃哪路粮饷的？"

万先廷自豪地答道："我们是革命军，北伐先遣队！……"

"革命军？！"败兵们又是一呆，接着便舞手跳脚、惊喜若狂地大叫大嚷起来：

"盼到了！革命军过来了！……"

"弟兄们,革命军到啦!"有些向远处声嘶力竭地喊着跑去。

像一些听见了母亲叫声的小兔,躲在树丛后和稻田里的败兵们都拍打着泥土钻出来;那些在远处田埂下和坟包后面的人,也一面找寻着刚才扔掉的军衣和枪弹,向革命军跑来。

魁梧军人望着他们的狼狈相,气冲冲问:

"你们的长官哪去了?!"

败兵们又面面相觑起来,呆了一阵,才七嘴八舌地摇头乱嚷:"不知道……"

"早跑啦!"有些愤愤地说。

"我见他钻进树林子里的……"

"营长老爷在这儿哪!"后面有败兵兴奋地喊。

还没拍净泥土的营长老爷,从后面挤过来,一面扣着扯开了的军衣;有个士兵不知从哪里帮他拾来指挥刀,在旁赶着替他挂上。他打量了魁梧军人一眼,声音喑哑地说道:

"兄弟就是,湘军三十九团二营营长王重远。阁下是……"

"北伐军先遣团二营营长樊金标!"魁梧军人不耐斯文地说道,"我奉命来帮你防守碌田高地!"

王重远扫兴地一噘嘴,哭丧着脸,呐呐地说道:

"晚了,刚让北洋军占了……"

"怎么?!"樊金标冲前一步,大吼起来,"你连半天也没顶住?!"这声音把旁边的败兵们都震呆了。

"你不知道,"王重远不由后退了一步,"他们上来有六个团,火力又猛,一色的英国枪……"

"英国枪!"樊金标愤怒地打断他,"那你们扛的都是擀面杖?!"

"风凉话都好说,老总,"王重远欺他是同级,颇有些势利眼地说,"我们起义以来,没一天不盼着北伐军!盼来盼去,就出来你们这么一个团,这也能叫援兵吗?"

樊金标被他的轻蔑激怒了,正要发作,万先廷在一旁接过话道:"营长,别跟他耽误工夫了!收不回高地,是我们全团的耻辱!"

樊金标忍住怒火,看了王重远一眼,决断地向万先廷一挥手道:"上!"

王重远慌了:刚还了魂,怕的他们又把北洋军惹了来,急忙摇手道:"营长先生,这可不是闹着玩。你们才这么几个人,也想去碰啊?……"

万先廷不理他,走到队伍面前,向士兵们大声道:

"弟兄们,高地已经丢了,我们该怎么办?"

士兵们立正举枪,洪亮地吼道:"夺回来!"

"对,革命军人有进无退!"万先廷激动地说道,"弟兄们,出发前团长讲过了:我们今天打出来,不光代表广东革命政府,而且代表着中国共产党!这是我们第一次打仗,我们一定要打胜!弟兄们有没有这个精神?"

"有!"士兵们振奋地大声回答。

"我们现在的目标:赶快把高地夺回来!弟兄们,北洋军手里有好枪,我们快把它换过来!"万先廷用力把驳壳枪一举,高呼道:"前进!"

士兵们刷地提了枪,簇拥着军旗,争先恐后地向前方冲去。

樊金标从身后一个老勤务兵手里接过水壶,"咕咕"喝了几口,一股刺鼻的烧酒味冲出来。他在胡子上抹了一把,正要跟上队伍,王重远慌忙劝道:

"营长先生,你你你、你得考虑考虑……"

樊金标转身看了他一眼,差点骂了出来。他忍住火气,轻蔑地说道:

"老兄,怕死,就回家带孩子去!"说完,看也不看他,大步赶上队伍去了。

"我怕死?他说我怕死!……"王重远激动得很可观,他转过来向他的部下找同情。然而士兵们都很冷淡,他们受了刚才那一

队革命军的感动,有些惭愧了。王重远还是很激动地喃喃说着,他向高地那边望了一眼,不知是痛还是酸:

"哼,你们上去吧:白送死!"

碌田高地是一片起伏的小山丘,地势虽不很高,可是地形开阔。这是不利于进攻的。占领这片高地的北洋军,本来是十分骄横的;他们横冲直闯地前进了这样远,已经毫不把湘军放在眼里了。在他们看来,简直成了执掌生死簿的勾魂判官,要湘军五更死,便不会留到明天的。因此占了高地后,都兴高采烈地到一块喝酒赌钱;加以天气又热,大都脱光了衣服,架起帐篷来睡觉。却不防陡地杀过来一支生力军。前面的阵地上顿时一片混乱,士兵们抓起骨牌当子弹扔,光着身子端起枪跑,有的已喝得醉醺醺的,把炸弹没拉火就丢出去;那情形实在很可观。不一会,这混乱就变成了逃跑,一盏茶工夫,他们都跑到高地的主阵地上去了。

于是,主阵地上的北洋军吹起了紧急集合号,赶紧组织火力,把下面那片开阔的坡地封锁起来。

先遣团第二营的突击队集结在北洋军的前沿阵地上。说是阵地,其实很难看出;因为北洋军打仗历来是不大挖战壕的,而况在追击的时候。不过,他们的团队在进攻中,也并不需要战壕。他们全团的官兵,在操练中都严格地按着最复杂的情况培养战斗精神,准备进攻时不仅不蹲在战壕里,而且在枪林弹雨中连头也不低一下;冲锋时他们是决不弯腰的,这就要求每一个士兵动作上的无比勇猛和迅速。他们认为:这样做,首先就在精神上战胜了敌人。

这时,二营营长樊金标同万先廷站在一个隆起的土丘上;队伍在一旁待令出击。

经过二十多天艰苦的急行军,万先廷显得更加坚强有力了。虽然他的皮肤在沿途的日晒雨淋中变得更黑,那英俊的四方脸变得更瘦削了;可是他的两眼仍然是那样炯炯有神,举动仍然是那样果断利索,他那充沛的精力,似乎变得更旺盛了。

万先廷已经从第一营调出来,他现在是二营六连的代理连长。在行军的半途中,六连连长感染了严重疟疾,被送回后方了。第一营是主力营,要从他们中间调出一名军官来;虽然在所有的排长中,齐渊最舍不得调出的就是万先廷,可他还是向团长第一个提出了万先廷的名字来。就这样,万先廷被任命为二营六连代理连长。

起先,万先廷对这新职务是很惶恐的。他虽然没有像当排长那一回明白推辞,可是总怕拿不下来,他向连长和营长恳切地请求,能不能派别人去。但是,齐渊突然问他:

"什么是我们团队的精神?"

"永远前进,决不后退;不怕一切困难!"万先廷毫不犹豫地回答。

"看,你已经说服了自己。"齐渊微笑着向他道,"不是永远前进吗?去执行命令吧。"

在行军途中,万先廷开始执行新的职务了。虽然是"不怕一切困难",然而困难终究是不少的。从排长到连长,增加了几倍的负担;这对于刚开始军事生活不久的万先廷来说,实在感到吃力。但是,他时刻记着在家乡办农民协会时容大叔教导的话,不懂就向别人请教,顽强地学,顽强地问。他也记着来到团队后所学到的一切,记着从营长和连长身上学到的那些可贵的东西。当他同全连的弟兄建立了日益亲密的感情时,他也终于渐渐习惯和熟悉自己这新的岗位了。

今天这第一仗,对他,对他们全连,都是一次严重的考验。多少天来艰苦努力的成果,要在实地的战斗中见功夫了。尽管在操练中,每一个弟兄都是那样顽强、刻苦,成绩优异;但是,在实战中,在炮火纷飞的战场上,他们还能不能同样地镇定和顽强呢?而况他所在的第二营,又是全团较薄弱的一个营,不少弟兄是出发前不久才补充进来的新兵。虽然在行军途中,新兵们在老兵的教导下,也表现得很顽强出色,但是,在艰苦的战斗面前,结果就很难预料了。

樊金标举着望远镜,向高地上望了一会,便拿下望远镜来,对万先廷一挥手道:"干吧!"

"是!"万先廷敬了礼,跑回到队伍前面来,向担任冲锋的三个排的排长问:"预备好了吗?"

"报告连长,都预备好了!"排长们立正回答。

万先廷大步走到弟兄们前面,他们全都持枪立正站着,一动不动,面孔庄严地紧绷着。万先廷在队列前站住,向士兵们道:

"弟兄们!马上要冲锋了;显我们这个团的本事,见我们操练的功夫,就要看这一刻上不上得去!"他稍稍停了一下,接着道:"第一排跟我先上!吹冲锋号!"

激昂的冲锋号声,响彻了整个高地。

万先廷转过身去,举起驳壳枪,大喊一声:

"弟兄们,跟我来——!"

高地上北洋军的枪声也响了;他们大约追得太猛,前面只带着轻武器,除了步枪,只有一两挺手提机关枪,他们在高地前面组成了一道火力网。万先廷带着队伍猛冲上来,刚冲进火网地带,枪弹从身边"啾啾"地飞过,他一心只想抢上高地,也顾不了去害怕;突然,他听到后面有人大声叫着:"连长,连长!……"他回头看时,见是瘦小的一排长在他身后,大声道:"队伍没上来!"

万先廷这才注意到,跟在旁边的只有十多个人,大部分新兵都在火网那边卧倒了。万先廷又气又急,向一排长道:"卧下!我去把他们带上来!"他说完,又急忙向下边跑去。

新兵们都卧倒着,惶恐地看着上面射出的密集的枪弹。万先廷跑到他们身边,大声道:"起立!"

听到命令,士兵们一下都站起来。

这时,一个副官跑了上来,满头大汗,发着火,向万先廷道:

131

"营长问,怎么偏带新兵最多的这个排?要是冲不上,就赶紧换别人!"

万先廷急红了眼,顾不得多说,向他道:

"你报告营长,不用换人,我们一定能冲上去!"

那副官跑下去了。万先廷举起枪,红着眼指着上面道:

"弟兄们,谁记得我们团的精神,快跟我——"他拼出全力,用他自己也不相信是他自己的声音大喊,"杀——!"

新兵们端着枪,也大喊着"杀——!"跟随万先廷向上冲去。这时在火力网上边的老兵们也一跃而起,端起枪连声大喊着向高地上冲去。一时喊声震天,枪声也随着噼噼啪啪地骤响起来。

高地上的北洋军本来就缺少预备,又加以没有战壕依托,看见这一支生力军,来势凶猛,早慌了手脚。抵抗了一阵,便开始动摇了;后来见冲上来的士兵都不怕死,雄赳赳地端着枪,挺着腰,叫喊着,冒着枪弹只顾冲锋,再也沉不住气了;不知是谁先发一声喊,阵地上的北洋军便都稀里哗啦地拼命向后跑起来,一直跑到远远的碌田墟去了。

万先廷带着队伍一口气追到高地的最前沿。遵照团部的命令,他们预定在这里消灭北洋军前锋部队的主力。第二营一面挖掘战壕,巩固阵地;一面立即向团部报告。很快地,后续部队也按照预定的部署,到达了指定战线。新的战役就要开始了。

八

已经是正午时分,阳光的曝晒也格外炙人。几个服饰华丽的起义湘军副官,从山坡下爬上来。接着,出现了一乘由卫士们簇拥着的绿呢小轿。王重远跟在轿子旁边满头大汗地走着。

纵横混乱的战壕和弹坑上空,淡蓝色的硝烟正在消散;火药爆炸后留下的硫黄味和烧焦的门板、破军衣的糊臭,还弥漫在阵地上。

一面蓝色红飘带的军旗,在高地中央骄傲地飘扬着。

陆续开到的先遣团预备队士兵们,三五成群地坐在一起休息;有些在喝水抽烟,有些在擦拭武器,谈笑着。那簇拥着小轿的古怪行列走上高地时,颇引起了士兵们的好奇,他们十分有趣地注视着,小声议论。

小轿停下来了,两个副官恭敬地站定两旁,掀起轿帘。王重远在轿门前报告:

"团长大人,到了!这就是碌田高地……"

胖墩墩的汤团长,靠了两位副官的帮忙,好不容易从小轿里挤出来。他浑身是肉,胖到像个陀螺。他穿着一身草绿色的绸礼服,肥腴的肚皮紧绷绷鼓出来,像是用气筒打起来的——圆凸到了这种程度,似乎如果再多打一下,立刻就会爆炸。他胸前也有一个佛章。指挥刀在粗短的马靴上磕磕碰碰,差点拖到地上。他下来便摘下镶了红穗的军帽,拿手绢在光油油的脑门顶上擦汗——那脑门的亮,简直能与太阳争光。旁边的马弁赶快撑开了太阳伞,罩住他;两个拿了大鹅毛扇的马弁,一左一右地用力摇起扇来。

汤团长苦着脸,向四周打量着,问:

"叶团长在哪里?嗯?他会跑这么远来吗?……"

"那些弟兄都这样说的,团长大人。"王重远毕恭毕敬道,"他们的团长打起仗来,总是往前头跑。"

"那你快给我问哪!"汤团长哭腔哭调地说道,他累得极不耐烦了,"真见了鬼,跑这样远啊!"

"是,团长大人。"王重远点头应声,向休息着的士兵们跑去。

汤团长迈开肥胖的短腿走了两步,看着战壕交错的地势,惊叹地摇头道:

"奇怪,真奇怪!他们怎会这样快就攻上来呢?"

一个挟皮包的副官道:"团长大人,听说他们这个团在广东就格外特别的。他们虽是挂着广东军的番号,可是他们的大小事情全都自己做主,连操练的规矩都跟别的队伍全不一样的!……"

"唔,"汤团长想了一想,忽然又神秘地问,"你知不知道,他们都是信哪路菩萨的?"

"团长大人,"副官也同样小声神秘地说道,"听说他们根本不信菩萨,他们是属共产党的……"

"啊?"汤团长不由倒抽一口冷气,合掌顶礼道:"阿弥陀佛,罪过罪过!……"他还想说什么,只见王重远已经回来了,急忙迎上去问:"怎么样?……"

"团长大人,"王重远有些沮丧地说道,"他们说,他们的团长还在前面。"

"还在前面?"

"是的,还在前面……"

汤团长苦着脸,望望头顶的烈日,望望前面漫无止境的山路,无可奈何地说道:"好,再走走看!"

这个不平常的行列又走了很久——虽则那距离并不很长,但对这些连火药味都极少闻到的白手套军官们说来,就长得惊人了。加以头顶的烈日曝晒,脚下拖着厚重的马靴,简直像烧红的烙铁烫着肉皮。汤团长坐在小轿里,不停地摇着黑油折扇,也还止不住咻咻地喘气。最苦的则还是那两个抬轿的士兵,汗水雨一般地顺着脸流下来,滴到湿透了的军衣上。他们的脸色通红,小轿沉重地随着他们的脚步忽闪着,像抬着一个压碾的大石滚。

一路上,他们也碰到不少从火线上下来的先遣团士兵。有的押着俘虏,有的背满了枪支,也有些抬着用绳索编起来的担架床,上面躺的重伤号。他们每遇到一个,从没放走一次询问的机会;可是每一次的回答,都只是简短的两个字:前面!到底这"前面"在哪里呢?然而路过的人又都很忙,谁也没工夫替他们算个准确的里程。只有一个士兵——也许是个军官,因为他穿着马裤——很自信地告诉汤团长:他们团真正的"前面"是在武昌;而现在的每一个"前面",都只不过是暂时的。并且好心地说:要赶叶团长,就得快些走,如果像他们这样走法,怕直到武昌也赶不上的。

这实在太荒唐了!副官们一路擦着汗水,一路就愤愤地发起议论来。

"还走!"一个苦脸的副官拉开汗湿的硬领,想灌点风进去,"再往前走,就到北洋军跟前了!"

"有什么办法呢!"另一个比汤团长瘦不了多少的红鼻子副官,哭丧着满是油汗的脸说,"这是军长的命令,一定要我们团长亲自去见他们团长,面谢……"

"这个先遣团到底是些什么人呢?"有个人打断矮胖的红鼻子副官,问,"打起仗来这么硬。听说他们昨天一夜还赶了一百五十多里山路呢!……"

"啊?我怕这是他们瞎吹的!"另一个副官惊异而不相信地摇头,"我听军部的赵副官从广州回来说,他见过蒋总司令亲手练出来的队伍——黄埔军,那在广东革命军里是独一无二的,可也没听说有这样厉害过。如今没听说,怎么又陡然出来他们这么个厉害队伍了呢?"

"听说他们根本就不住在广州的!"那位矮胖的红鼻子神秘地说,"说这是蒋总司令特为布下的一着杀手棋,他把他们一直藏在一个什么地方,谁也不知道。要不到了这个地步,他才不会狠心把他们派出来呢!"

那个副官佩服而赞同地点头,又十分惊讶地问:"那么说,蒋总司令也真的是共产党?"

矮胖的红鼻子点头道:"可不。你就看我们湖南,如今有本事的,哪一个不跟共产党沾边?"

"可我听说,今年三月蒋总司令还大抓过共产党的人呢!"另一个副官奇怪地说。

"这怕是北洋军造谣的。"矮胖副官说,"我听赵副官说,他就听过蒋总司令演讲,说他一口一声'亲爱的共产同志',你听这口气,他还不是共产党么?……"

"唷!"那个苦脸的副官忽然捧着肚皮,像就要临盆的女人,喘着粗气叫起来,"再走,我、我可要受不了啦!……"

忽然,跟在轿旁的王重远兴奋地大喊起来:

"看,那不是叶团长?!"

"哪里?"副官们像囚犯听见了赦令,急忙踮起脚问。汤团长也从轿内伸出了圆溜溜的头。

当真,在远远的前方出现了一群人,看得出前面是几个军官。在人们簇拥着的中间,有一个身材高大、步伐稳健的指挥官。他一路走,一路还用手向周围指划着,似乎在向军官们讲着什么。后边还有勤务兵牵着马。

"这一定是他了!……"副官们欢呼雀跃地说。

汤团长赶紧令小轿停下,从轿里挤出来,用手绢揩干脑门顶上的油汗,接过金晃晃的军帽来戴上,又伸手向副官道:"快,给我!……"

副官慌忙打开公事包,从里面拿出几张印得很精致的信笺,双手奉上去道:"这是军长的贺电,这是团长大人的欢迎词,这是……"

"来了,团长大人!"王重远声音有些发抖地说。

汤团长接过信笺,看看前面,干咳了一声,又看副官们都肃然了,才向王重远递了个眼色。王重远立刻腰骨笔直,向前面走来的那群人跑去。

高身材的指挥官大约二十六七岁,两眼明朗深邃,举止沉着稳健。王重远跑到他面前不远,敬礼大声报告:

"团长大人!湘军第三十九团汤团长特来拜望……"

没等王重远的话说完,汤团长鸭子踩水般地摇摆着从后面赶上来,连奔带笑地接过他的话:

"团长阁下,兄弟非常……"

高身材的指挥官被这突然的举动弄怔了一下,又向跟在自己身边的军官们看了看;一个副官模样的人会意,连忙跨上前去,向汤团长还个礼,说道:

"团长先生,你误会了,这是我们的第三营田营长。"

汤团长像个被戳了一刀的皮球,顿时泄了气,劳累和疲乏一齐往上涌来,再加眼前的尴尬和羞惭,他真想大骂王重远;可是又不好开口,他只狠狠地看了王重远一眼,把伸出了的手缩回来,装着到裤袋里掏手绢。

高身材的三营长似乎并未介意,他带着真诚的笑容,走上来打破了这尴尬局面。他先伸出手来,用很重的南方口音道:

"团长先生,谢谢你这样远赶上来。我们团长正在前面部署战斗,没有亲来迎接,请你包涵。"

汤团长不自在地一笑,同他握了手,问:"营长先生,你们前面现在怎样?"

"北洋军正在碌田圩一带集中,一场大进攻就要开始了。"三营长以惯有的细致稳重的语气说道,"团长决定,就在这一带阻击敌人,消耗掉他们的主力;最后,再乘胜反击,投入全部兵力。我们就是……"

"唔、唔,那、你们团长到底在哪里?"汤团长惶惑地问。此刻,什么反击阻击,包围突围之类对他实在太遥远了。他只想早些找到这个奇怪的团长,就谢天谢地。他怕这位好心的营长,又不厌其详地说出什么题外的话来,急忙又加了一句:"我是问,贵团长的临时指挥部……"

"团长现在不在临时指挥部。"三营长仍然和蔼可亲地说道,"我们全团的军官都养成了一个习惯:战斗的时候,所属的部队在

137

哪里最艰苦、最紧张,他就应该在哪里出现。"

"那么,他现在在哪里呢?"汤团长急促地问。

"在第二营。"三营长返身遥指前面,说道,"哪!就是这高地的最前面。"

汤团长和他的随从们一齐顺这位营长的手指望去。可是那里,除了依旧是炎炎的烈日,再就是一片漫无边际的丘陵荒山——阿弥陀佛!……

告别这位好心的营长后,汤团长和他的随从们又走了好久。他们在崎岖不平的高地上迤逦前行,像一群拖了重镣的苦役,足足拉了几十步长。

最苦的,当然要数肥胖沉重的汤团长了。往下这一路,不光轿子不能坐,就连马也没有骑的。可怜的团长,从娘肚里出来双脚就极少沾地的;而今天,为了这个该死的先遣团,这个怪人一般的叶团长,竟要他走这样艰难的山路了!他苦啊!那灼炙的阳光,也仿佛故意在刺射他那肥胖的未经风霜的脸,白嫩的皮肤晒得像煮熟的龙虾,豆大的汗珠滴下了又冒出来,他不停鼓着腮帮喘气,摇摆着头,嘴里喷出了白沫。

至于那些随从副官们,更是怨声载道。他们骂山路,骂太阳,骂王重远……而最后,又都不约而同地谈到了这个闪电般出现的先遣团,和他们的古怪的团长。他们拼命地揣摸、推测、创造着想像中那个严厉而勇猛的人物。有的见了刚才那位营长就已经是与众不同,猜想他们团长的威严就更不用说了;有的则很嫉妒而不平,说这个团长决计不会到这样远的前线来,这样只不过是想摆摆官格。

最后终于连发议论的精神也没有了,只剩下喘气的份。幸而前面的地势渐渐又开阔平坦了些,他们一步一哼地走,然而姓叶的却还没有见。

挨了不少骂的王重远走在最前头,他的烦恼更多。这一天的遭遇,实在也太离奇。首先,他没想到,自己还能在刚刚败逃下去的路上走回来;那支先头部队,闪电一般来到,又闪电一般前进了。他见过那个横眉怒目的第二营营长,那个顽强果敢的青年军官,那些脖子上围了红领带的兵……可是他们的团长呢?他又是个什么样人?想到这里,他不由深深喘了口气,用手抹了一把脸上的汗水,抬头向两旁一望——这一望,他不禁要惊呼出来!从高地的右边,几匹快马朝他们这个方向疾驰而来。前面,正是一匹闪着耀眼光泽的白马,那马上的骑者,气宇轩昂,也似乎格外与众不同。他很快便联想到刚才问路时,一个小身材的士兵曾提过一句,说他们团长骑的就是白马。他的心霎时一亮:对!就是他,一定是他!他急忙转身,向拖在后面的汤团长,得意忘形地大喊:

"团长大人,快看!叶团长!……"

拖得快要抬不起腿的汤团长,听了这声音,比在沙漠里遇见了泉水还有效;短腿紧跨儿步赶上来,眯着眼仔细看去,果然是三匹快马向这里驰来。王重远在他身边,兴奋而带些讨好地说道:

"团长大人,前面那一定是叶团长!他们团里只有他是骑白马的……"

后面的随从副官们也围了上来。汤团长回头一看,见自己的这帮人个个歪戴军帽,斜扣衣钮,有的还只穿着袜子,把马靴扛在肩上,像下乡收了账的当铺伙计。他眉头一皱,提了提马裤,顿时振作起来道:

"快!都给我整理一下,别那么一副打败仗的样子!"

副官们这才顾得互相一望,不觉为各自的尊容好笑了,但又笑不起来。赶紧穿马靴的穿马靴,系武装带的系武装带,忙碌起来。

"快!站好队,放精神些!"汤团长又小声急促地催着。一面紧盯着越跑越近的那三匹马,用手绢不停擦着光脑门上的汗珠。

三匹马越来越近了。

前面那匹白马上,果然是一个身材颀长,英俊勇武的年轻指挥官。高高扬起的黑眉下,那一双闪闪发光的大眼,射出智慧逼人的光芒。他修饰齐整,但毫无造作。后面的马上,是两个年纪轻轻、精神焕发的勤务兵。

汤团长接过副官递来的贺笺,悄悄向王重远道:

"你先去报告,别又错了!……"

王重远又一次整了整军服,看看全身都无懈可击后,这才按着洋操教练的动作,跑上去,迎住恰好到了前面的白马,敬礼报告:

"团长大人,我们湘军第三十九团……"

骑在白马上的军官一勒缰绳,跳下马来,走近王重远……

汤团长横扫了站得笔挺的副官们一眼,听见有人在小声议论:

"天哪,他可真年轻啊!……"

"真像武曲星!瞧那天庭,多饱满!"

"看他走路,那步子多猛啊……"

他干咳了一声,副官们顿时肃然。他向那个挟皮包的亲随副官问:"你说,我该称他仁兄,还是老弟?"

"这、这……"副官顿时结结巴巴地涨红了脸,最后灵机一动,说道:"团长大人,你最好……最好还是称呼他团长先生,这样,都不吃亏……"

只见王重远和那军官已向这边走来。没错,汤团长一颗心落了地,当真是他!他为自己的过分小心有些好笑,刚想笑,却又觉得不妙:往上提了不止一次的马裤,又在顺着圆滚的肚皮滑下去;他赶紧把身子一挺,装着手指紧贴裤缝立正一站,顺手又把裤子提了上来。

这时,王重远陪着那个军官走近了。汤团长尽量自然地笑着,迎上去,热烈地伸开双手:

"团长先生,久闻阁下……"

王重远急忙几步蹿到他身边,低声痛苦地说道:

"团长大人,他不是团长,他是第一营营长齐渊。"

汤团长愤怒地怔住了,脸上红得发紫;他真想赏给王重远当胸一拳!正在进退不得时,倒是那个年轻军官——齐渊走上来,向他敬了礼,热情地笑着道:

"团长先生,我们非常欢迎你。"

汤团长满肚子火气,也不好发作了,讪讪地笑着同他握手。在这个营长面前,他再看看自己的王重远,简直像火鸡比天鹅。

"你们团长到底在哪里呢?"他苦着脸问。

"在前面。"齐渊用皮鞭遥指前方道,"我正从他那里接受了命令,要回去部署战斗。"

"前面的情况怎样了?"汤团长担心地问。

"暂时还很平静。"齐渊简短果断地说道,"敌人把前线的主力都调上来了;他们预备以正面进攻为主,同时向两侧迂回。现在黄茅铺那边也开始行动了。"

"你们怎知道得这样清楚啊?"汤团长十分惊讶地问,他打了这多年的仗,一直是糊糊涂涂的。

"有许多是老百姓报告的……"

"他们的话也能信啊?"汤团长更惊惶了,"那会有奸细的!……"他热心地提醒。

"不,团长先生。在敌人那边他们才作'奸细';"齐渊微笑地说道,"在我们革命军这边,他们是最好的耳目。"

汤团长的脸有些红了,连忙支吾地点头:"我知道,我知道……可这敌人,他们来头不小啊!"

"看起来是这样。"齐渊很轻松地说,似乎在谈邻居的事,"可是我们不会让他们讨便宜的。"

"不,营长先生。"汤团长激动地说道,"你们要吃大亏的!他们人多势众,可你们才……"

"决定战斗胜负的,主要不是人数和武器,而是看他的目的和士气。"齐渊仍然耐心地说道,"敌人的情况,我们都仔细研究过了;

141

团长先生,没有把握的仗,我们团长是决不打的。"

汤团长仍然很激动,他知道这个团要惹怒了北洋军,说不定连他现在的驻地也保不住了。便急忙道:

"可这件事干系不小!贵团要出了事,我们也……"他做了个无法理解的手势。

齐渊看出了他的意思,在友军面前,他知道不便说出超越职权的话,便委婉地说道:

"团长先生,有些问题你见了我们团长,他会向你谈得更仔细的。"

"那——贵团长到底在哪里?"

"就在这片山地的前面。"齐渊说道,"你们朝这个方向一直走就会看到的。"

汤团长望望远方,又望望齐渊和他身后的白马,满腹疑问地说道:"听说贵团只有一匹白马的,那你这是——"

齐渊看看他的眼色,又回头看了看后面的白马,明白了他们误会的原因,便微笑地说道:"是的,团长先生。我的马在刚才的战斗里受伤了。现在为了快一些赶回去,便骑了团长的白马。"

"哦——"汤团长这才恍然大悟地舒了口气,但听他带笑说起自己的马受了伤,又不觉惊讶而钦佩地打量着他,似乎想从他那镇定自若的神态中找出那种为自己所不能理解的东西来。

"团长先生,"齐渊客气地望着他道,"我因为军务在身,不能多奉陪你们了。再见!"他接过勤务兵递上的缰绳,一跃上马,举手敬了个礼,撒开缰绳,三骑马又像来时一样,箭一般地向远方飞去了。

九

炮声隆隆地响着,时断时续,像夏日中午的闷雷。

这年月,在中国的一般军队里,大炮还是很稀罕的宝物,要到师部才配属有炮兵营的,而且也还只是几门一个人就能扛起来的小炮。北洋军便强多了,大多是英国人和日本人送的"礼物"——美国人这时还正在争取送"礼"的权利——其中也偶尔有几门汉阳兵工厂的出品,但那炮弹却不多。

北洋军的大炮阵地,就在碌田圩背后的那一片小山丘上。碌田圩,是一个几十户人家的小集场,圩周围有一片开阔平坦的场地;再往外,便有一块一块的稻田,地势也渐渐高上去。圩的南头有座石头筑的门楼。革命军的前沿阵地,就紧对着这门楼,在圩南边两里多地的高地上。

沿着高地的前面,挖了一条长长的战壕;第二营的士兵们,正在壕沟中守戈待命。他们从高地上看下去,远远的碌田圩后面,北洋军正在大队大队地调动,一列一列穿着蓝色和草绿色军服的队伍,正在向圩子旁边的场地上蠕动。看来,敌人在预备着一场猛烈的进攻了!

在战壕的正中一段,在那些沿着壕沿排列着的士兵们中间,有两个并肩站得最拢的。左边那个上了年纪,他的身材十分高大健壮;结实的双肩上,有着一张淳朴亲切的脸,饱经风霜的脸上闪着黧黑的光彩,前额和眼角上那深深的刀刻一般的皱纹,记下了他大半生忧患的经历;在他那敦厚的嘴唇上有着一束浓黑的农民式八字胡,这两撇胡子,为他增加了慈祥和自然的可亲可敬,也增加了一种喜气洋溢的幽默与风趣。他的一切都显得十分宽大厚实,身材不用说;宽大的脸,宽宽的鼻梁,宽大的手脚。他的举动也很适合身份:稳重有力,不慌不忙,有条不紊,似乎即使一场大火烧到眉毛跟前,他也会用那双宽大的手掌毫不费力地扑灭。因而,他的一抬手、一动嘴,也总是能给人以完全信托于他的力量;这种力量,是只有那些在苦难中敢于同命运作斗争的人才会具有的。他有一个与他的身份恰如其分的名字:刘大壮。

刘大壮是一个挖煤工人；在这以前，他还当过很长时间的兵。前线，对他说来，不算什么了不起的地方。他那双挖煤的粗糙有力的大手，从前拿惯了枪；在煤矿上，他也跟工人弟兄们一起，向军阀展开过斗争。然而今天他不能很轻松，他是个班长了；十几个弟兄要靠他来照应。这时候，他站在战壕里，把枪搁在靠右手的沟沿上，一面不慌不忙地往旱烟锅中装着揉碎的烟末，一面看了紧靠身边那个使他最不放心的新兵一眼。

新兵名叫陈欢仔，不过十七八岁，有着一张小小的尖脸，深深的眼窝和高高的颧骨，使人一眼就看得出他是个广东人。由于第一次来到战场——而况那双手还是刚放下锄头，拿起步枪——他很为紧张不安。他的两眼茫然地四下看着，闪露出新奇而虚怯的目光，似乎战场上笼罩着许多神秘的东西，会突然之间从四面八方跳出来。他不安地把枪移动了一下——这枪，是班长刚从敌人手里缴来的新汉阳造——他看看远远的碌田圩，又转头望着刘大壮道：

"看，班长，他们越来越多了！……"

"没什么，"刘大壮没停下装烟的手，轻松地说道，"多了，目标就更大呗！"

陈欢仔不说话了，他不很懂这话的深意。过了一会，他又忍不住去望远处。那里，北洋军的指挥旗四面八方招摇着：红的、黄的、蓝的，交杂一起，叫人眼花缭乱；调兵的号声应和着，此起彼伏，一队队北洋军正向着碌田圩前面的平地隐隐蠕动。陈欢仔不由回过头来，低声问：

"班长，北洋军那样多，你说我们能顶住吗？"

"顶住？什么话！"刘大壮把含上的旱烟杆拿下来，用手抹了一下嘴上的八字胡，教训着说道，"咱们这个团出来，可不是为着'顶住'。咱们得打他个落花流水，叫他们知道革命军是什么样儿的！"

"可是，北洋军……"

"怎么,有点害怕了?"旁边响起了个热情亲切的声音。他们回头看去,连长万先廷站在后面。

万先廷正在检查士兵们反击敌人的准备工作。从刚才夺取高地的战斗里,他感到了一个严重的问题:真正看一个士兵的勇敢,是在同敌人相距的几十公尺之间;而这种勇敢,又要看士兵的精神状况来决定。他从自己的切身体验中感到:并不是每一个新兵都怕死的。当他们明白了为什么而战斗,明白了战胜敌人的崇高意义时,他们身上就会产生出一种不怕一切的力量。他想起了在火车上齐渊教导的话:他们的团队是由共产党领导的队伍,首先要发挥共产党员的作用。他产生了一个想法:应当在战斗前,对新兵作点精神动员工作。他满怀热情地决定去向营长提出这个主意。

这时,他看着陈欢仔有些畏怯的目光,笑道:

"别光看敌人,得多看看我们自己。敌人样子蛮凶的,可是刚才我们一个冲锋,他不就垮啦!"

"这话不假,连长。"刘大壮立正着说,"越是样子装得凶的,越草包!这样东西就是欺软怕硬,就怕揍!"

"你是看得多见得广,老班长。"万先廷在刘大壮面前,总掩饰不住自己的钦佩和尊敬,要在班长前面加个"老"字。"等会打起来,还要你多照应点。"

"瞧你说哪儿去啦,连长。"刘大壮很喜欢这个强悍敏捷的年轻人。按他的年龄,如果有家室的话,兴许孩子都要比这位上司大了;但他却从心底佩服这位刻苦而顽强的连长。每逢看到他为着一个问题,那样专心而苦苦地思索时,他的心也会为他着急、难过;然而,当看到他终于找到了办法,问题迎刃而解时,他也便像是自己得到了奖赏一般的快活。他在这些日子里看到了,这个年轻人有着超出年龄的气魄和毅力。他做事那样果断准确,从不想到自己的利害;虽然有时也会粗心遗漏,但他立刻便会勇于认错、改正。刘大壮看着他这些天来变得更为消瘦的脸,那布满红丝的然而依然闪闪有神的两眼,疼爱地说道:"你也回去休息一下吧,连长,看样子,北洋军快往这边进攻了。"

万先廷点点头,拍了拍陈欢仔的肩膀道:"打仗的时候,好好学着点。别发慌,我们都是头一回干,就在这下比比看吧!"他说完,看陈欢仔不好意思地憨笑着点点头,便叫他们稍息,自己又往战壕那一边走去了。

"老是闲不着,闲不着啊!……"刘大壮望着他的背影,感叹地摇着头,又含上了烟杆。

北洋军的炮弹还是断断续续的响着。碌田圩的后面,队伍不再移动了,看来正在做着冲锋前的预备。万先廷一面看敌人,一面检查士兵们的战斗准备。不一会,他走到了营长的那段战壕里。樊金标站在壕沟里,总是那样火气冲冲的。他那魁梧的身子高出了沟沿半截,也不弯腰;这时候,谁要是提出什么请他注意,那无疑是自讨苦吃。他目不转睛地看着敌人,两眼火辣辣的,不住抽着烟。

樊金标是走着另一条道路成长起来的军官。他出生在一个穷苦的佃农家庭里,从小便下地担起了远远超出他年龄的重活。他的母亲死得很早,父亲和哥哥都是倔强而执拗的人。早年失去了母爱的樊金标,从那时起,就逐渐养成了火暴的性格。他们敢于跟同村的老财恶斗,挺身不认输。在那样社会里,他们这一家岂能容身得住?尽管他们爷儿三个都是铁罗汉一般的好庄稼手,一年累到头,也还是交不够财主的地租。他们三个男子汉苦做一年,不够吃穿不说,还得欠东家一大笔债。这个账谁能算得服气?!樊金标的哥哥二十多了,还连媳妇也没法讨。这年父亲狠了狠心,决定给老大娶门亲,一来多个帮手,二来家里有个女流之辈,也好内外照应。娶亲就得要钱啊!他们想求东家开开恩,今年少要几颗租子,来年多给他们打些短工。不料狠毒的东家却借故报复,说他们既有钱娶亲,便该有钱还债!秋收打场那天,派了个账房先生带着一帮打手,到他们家去守着,说怕他们赖租,要随打随交。这口气哪里叫人受得下,樊金标跟他哥哥一怒之下,把那作威作福的账房先生打得抱头鼠窜,鼻青眼肿地逃了回去。那账房添油加醋地一番报告,东家早已恨透了这三个眼中钉,立时集合了全体家丁打手,把樊金标一家团团围住。父子三人再也按不住心头怒火,冲出门来与这些打手混战。可终于是寡不敌众,他们打得筋疲力竭之后,父亲和哥哥都被他们捉住,只有樊金标一人冲出来,翻山逃走了。

　　附近存身不下,他只好远走高飞。那时光樊金标虽还只有十八岁,就已经长成一个魁梧结实的大汉了。他在外地流浪了几个月,给有钱人家看坟,到码头当苦力,进县城做轿伕。但每个地方都干不了几天。他生性刚直,看不惯就骂,骂不好便打。在那样的世界里,他恨不得用一双拳头把一切都砸碎!他想念父亲和哥哥,想念那个门前有两棵大槐树的家。于是他又偷偷跑回家乡。在一个夜里摸到他的家门口时,竟使他完全惊呆了:他的家,除了门前那两棵高大的老槐树外,只剩一堆烧剩的残砖断瓦了。他又打听父亲和哥哥的下落,才知他们被捉后,便遭受了一顿非人的毒打,第二天送到了县衙门。东家还怕他们会出来报仇,用几千贯钱贿通了县太爷,把他们问成打家劫舍的江洋大盗,钉上重镣打入了死囚牢。樊金标听了,没有咒骂,没有眼泪,他的拳头捏得骨头直炸,胸口像火山一样要爆裂!他默默站了一会,走了。半夜,财主的厅房起了大火,要不是打手多,东家的狗命也险些不保。这夜里,樊金标又逃走了。他辗转流浪,跑到四川,投进了蔡锷的讨袁护国军。

　　十几年的军队生活,他始终带着切骨的仇恨。在军阀的队伍里,他吃尽了皮鞭和火棍[①]的苦头。他那颗倔强不屈的心,也更加

[①] 在当时的军阀队伍里,每一连的连部门外都挂着两根半红半黑的军棍,称为火棍。

变得铁石一般坚硬。他的脸上永远没有笑容,他从自己的经历中只看到一个人生,这就是仇恨!他习惯了皮鞭和火棍的军队生活,他幻想在这生活中找到出头之日,以仇恨还仇恨,他即便死也瞑目。十几年的军队生活,多少难以忍受的折磨,他都倔强地承受下来了。他由士兵当了班长,参加了四川军阀的混战,两次重伤没有死。连年的战争,在混战中死去的士兵成千上万,军阀的实力大减;但又要挂着庞大的编制,吓唬别人。樊金标也经过排长,最后当了连长。四川的混战结束,他们的军队开到云南。在那里,又参加了云南和广西军阀的战争。他们打进了广西。随着军阀的扩张,他又升了营长。不久以后,云南军阀又趁陈炯明叛变广东革命政府、逼走孙中山的机会,趁势向广东扩张;他们打着"拥护孙大总统回粤"的旗号,浩浩荡荡杀进了广东,樊金标又参加了这场战争。他们打败了陈炯明。打进广东后,庆功行赏,比樊金标后进的许多人都升了团长、师长一级,可是樊金标不会吹捧嘘拍,不喜官场应酬,依然还是个两杠一花的营长。

但是,在这里,却发生了他一生中最大的变化。

这一年——一九二五年的二月,樊金标奉命率队去警卫广州郊外的一座兵工厂。他在那里,每天除了操练士兵之外,别无差事。不知不觉地,他和工厂的人们有了交往。因为看到队伍上用的步枪,从一个小筒子在工人们的手里转来转去,最后终于成了一根乌油锃亮的新枪,他觉得很有趣。从这些人中间,他想起了十几年前家乡的劳动生活。工人们大都热情而豪爽,起先很有点怕樊金标,慢慢地也摸住了他的性子,逢着他到车间来看时,也敢跟他搭搭话,摆摆家常。这中间,一个将近五十岁的老工人,在全厂也是以倔强执拗闻名的牛脾气,却同他结成了好朋友。他们短不了几天就要凑到一块,几斤好酒,边喝边谈。谈到过去伤心的地方,樊金标又不免想起十多年没有了讯息的父亲和哥哥。有一次,老工人忽然问他:

"你为什么没参加国民党？"

樊金标喝得已有了几分酒意,他愤愤地挥挥手道:"参加了又顶个蛋用!咱们军长从前当军阀胡作非为,现在做了国民党还不照样?!就冲着这帮人,我也看不惯!"

"那你怎么还跟他们在一块共事啊？"老工人也借着酒意,半真半假地问。

樊金标叹了口气,端起酒碗咕咕喝了几口,红着眼道:"是啊!我还得跟那帮乌龟王八共事!只要有一天能报了仇,什么军长、什么师长,全去他妈个蛋吧!"

"唉,"老工人摇摇头,关切地说,"跟那帮人一起,你的仇哪天报得了啊!……"

樊金标默默沉吟了,他难过地抹了一把络腮胡子,不说话,端起酒碗又咕咕喝起来。老工人知道触着了他的心事,便站起来支开话头道:"好了,再喝你就要大醉了。我厂子里还有点事,改天再谈吧。"他告辞走了。

这一夜,樊金标翻来覆去,怎的也睡不着。不是酒热闷躁,是老工人的话,在翻搅着他的心。

第二回又到一起时,喝来喝去,话头又到了报仇的事上。这回,老工人异乎寻常地给他讲了好些古人复仇的事,什么荆轲刺秦王、聂政杀韩相……最后,他忽然庄重地问樊金标:"世界上,是穷人多还是财主多？"

"那还用问,财主他娘能有几个!"

"既是受穷的人多,你要是联合他们一起去报仇,不就准能成功了!"

樊金标沉吟了半晌,又摇头道:"好是好,可人多心不齐,谁有这样能耐!"

"有!世界上有这样能耐的人。"老工人微笑着说道,"他们把别人的仇也当成自己的一样,他们为了替天下的穷苦人报仇,宁愿自己粉身碎骨！"

"谁?!"樊金标抓住他,连酒也碰洒了。

老工人只是看着他,狡黠地一笑道:"慢慢你就会明白的……"

是的,他慢慢明白了:这些人就是共产党员！在以后的那几个月,他同老工人更密切了;常常一口酒也不喝,直谈到深夜。虽然,他还没有懂得什么深奥的道理,但一切为穷人、为世界的无产阶级革命,打倒所有的军阀和财东,他是全心拥护的。他愿用自己的一双铁拳,跟穷哥们一起粉碎这个不平的世界！后来,他就成了一个共产党员。

不久,由党组织的这个团队要向湖南前线出征了。为了适应艰苦的战斗,根据党的南方军委的指示,他们的编制临时又扩大了很多,还缺乏一些有实战经验的军官。党征求樊金标的意见,樊金标没有说第二个字,他把所有的一切都扔给了他那个营的营副,只带着一个跟随他多年的老勤务兵于头,两身光杆来到了这个团。

此刻,当万先廷走到他身旁时,他仍然一动不动地猛抽着烟,似乎身边根本没有别人。

万先廷看了看远处的敌人,又看看瞪着大眼一动不动的樊金标,终于小心地说道:"营长,今天好些弟兄都是头一回打大仗。团长部署战斗的时候,要我们格外注意做好精神动员工作,你看……"

樊金标半晌不答话,也不看他。他们两人都是刚刚认识不久,就凑在一起了。说真的,他有些看不起这个乳臭未干的连长,他觉得他没有在残酷的战斗中真刀真枪拼过,军官也当得太轻易。这时候,他更觉得万先廷小心得有些过分了。

"营长……"万先廷想要重复一遍。

"听见了！"樊金标粗暴地打断他。"打仗就打仗,不是卖狗皮膏药！这儿没有演讲台,说几句漂亮话,就能挡住炮弹了?!"

万先廷知道他的脾气,仍然温和而固执地说道:"漂亮话挡不住炮弹,这也要看什么队伍。齐营长说过,我们这个团是靠共产党的力量来打仗的,跟别的队伍不一样……"

"不一样,还能把步枪倒过来扛?!"万先廷那几句没轻没重的话,刺伤了樊金标,他带着明显的轻蔑道:"这是打仗,不是带孩子,没那么多婆婆妈妈的工夫!"他斩钉截铁把手一劈,算作结论,又把头转向正面。

万先廷感到失望了。他看了看,沉重地转身走开——走了两步,又毅然走回来,坚决地说:"营长……"

"你还有完没完!"樊金标发火地吼起来,"仗都快打响了,你还在这儿啰唆什么?!"他说完,气呼呼地回头去看下面。过了一会,他觉到万先廷还站在旁边,又转头斥道:"还不回去?"

万先廷委屈而沉痛地望着他,想说什么——但看到他那严厉的目光,看到旁边的士兵们都惊奇地望着这边时,他不愿再影响人们的注意力了;便忍住痛苦敬礼答道:

"是!"他默默转身,走回去了。

北洋军的进攻果然开始了。最先是在碌田圩的门楼顶上,升起了一面半蓝半黄的三角指挥旗;接着便响起了尖厉的号声——大约五六支铜号齐奏着,这中间隐隐响着有节奏的洋鼓声。于是,一列由大约两百人排成四方块的队伍,开始从圩子旁边移动了。

这时,炮声也比先前稍稍稠密些,有的就差不多落在士兵们防守的战壕前后,掀起一片烟雾和碎土。

俗话说:"老兵怕号,新兵怕炮。"刘大壮还是若无其事地吸着旱烟,他津津有味,不时舒服地眯起眼睛来,用大拇指按一按吱吱发响的烟锅——这时,他那布满皱纹的脸,便实在像一幅庄严的木刻了。站在他身边的陈欢仔,可有些发毛了,他看着远处移动的敌军,惊惶地叫起来:

"班长,看!北洋军开动了……"

"听那号音我就知道:一个连!"刘大壮眼睛还眯着,说道:"别慌,等他走得近近的再打。"

忽然,一颗炮弹在战壕的前面不远处猛烈爆炸,掀起一片泥土。陈欢仔慌忙把头埋到沟沿上。刘大壮拍去撒在枪上的碎土,惋惜地用衣袖擦拭着,嘴里唠叨了句什么。他又有条有理地抹去沾在两撇八字胡上的土末;一面轻轻替陈欢仔拍去身上的泥土,一面亲切地笑着道:

"起来吧,小麻雀,脑瓜子钻到地里,当心叫人家掐住了脖子。"

陈欢仔抬起头来,用力把身上的尘土抖了一抖,又用手在脸上抹了一把,望着刘大壮傻笑了。

刘大壮又指点他:"当兵吃粮,第一要记着枪。看看进土没有……枪,就是军人的第一生命。"

陈欢仔赶紧把一双手在衣服上擦了几擦,拿起枪来,也学着刘大壮用袖子擦拭着。

北洋军的方块队伍,已经向高地大步过来了。他们的步子迈得很有力;号声没有了,只有铜鼓单调而急促地敲打着,合着脚步,给人们带来了迫压和恐怖。——这大约就是英国人教练的精神战。

陈欢仔看得目不转睛:随着那枪声,敌人气势汹汹地迫近着。他的心有些发慌,咽了一口唾沫,紧握住步枪的手里都渗出了汗水。他望望刘大壮,急促地说:

"班长,打吧!……"

刘大壮顺便地看了敌人一眼,"还远着哩,"他往沟沿上磕着烟灰,不慌不忙道,"咱们出发时带的弹药可不多,路还长着;看清了鼻子眼儿,一颗也白费不了。"

陈欢仔又把握枪的手捏得更紧些,去看下面的北洋军。这时候,随着第一队的后边,第二队第三队都跟着上来了;丛林一般的刺刀,在阳光映射下闪着白光,刺刀中间还夹杂着一些大大小小的蓝黄色三角旗,弄得他有些眼花缭乱。北洋军一步步走近高地,他的心也随着那越来越响的步伐"扑扑"跳动着。他回头去看刘大壮,只见老班长还在若无其事地装旱烟。咳,什么时候了啊!他还那样慢条斯理地弄着那根磨得发亮的烟杆。陈欢仔又赶紧看下面,北洋军的前队已经接近高地了。只见前面两个指挥官把刀往头顶上一举,铜鼓便像羊腿乱蹬似的急促乱敲起来,端着枪的北洋军便一窝蜂似的怪叫着往高地上冲来。

"班长!……"陈欢仔紧张而焦急地喊叫了。

刘大壮刚点着第二袋烟,只听战壕的那一边传来樊金标那粗犷愤怒的大喊:"打!"

刘大壮以出人意料的麻利动作,把旱烟杆往沟沿上一搁,端了枪射击起来。

沿着高地的堑壕里,顿时响起了激烈的枪弹呼啸声:"呴!""叭!""咕咕咕……"水压重机枪像伤风病人用沉重的鼻音吼叫着;手榴弹也一个接着一个猛烈地爆炸。这时,搁在沟沿上的旱烟杆,还慢悠悠地冒着烟;一缕青烟在激烈的爆炸声中缭绕,自信而骄傲地缭绕着……

陈欢仔一面紧张地射击——他不知子弹是否打中,一面看着继续往上冲来的北洋军,惶恐不安地叫:

"班长,北洋军不怕死!……"

"别说话,快打!"刘大壮两手不停,准确而敏捷地推拉着枪栓;他打出一枪,嘴里便轻轻数一个数——那猎物是必倒无疑的。他全神贯注地射击,即使北洋军的炮弹在堑壕前后爆炸,密集的枪弹从头顶嗖嗖地窜过,他依然动也不动一下。这时的一切,全然贯注在枪上,就像平时贯注着旱烟杆一样。

北洋军把这次进攻当成了孤注一掷,他们拼出了全力。虽然前排的士兵在枪弹中一排排倒下,可是后面的督战队依然逼着士兵们源源跟上,跨过前面滚下来的尸体,端着枪向上冲去,一面哇哇地怪叫。

陈欢仔在慌慌忙忙地射击。他不时转头向两边看,激烈的枪炮声和北洋军的怪叫声交织在一起,恐怖地震动在战场上。北洋军像一群发了疯的狼,冒着枪弹和死亡奔跑而来,陈欢仔还从未见过这样恐怖的情景;敌人的炮弹越来越密,不停在堑壕上爆炸,他的心更慌了。这时,只听堑壕的那边,传过来一声尖锐刺心的惨叫:

"啊——!血!……"

"北洋军上来啦——!"又一声绝望的叫喊,有人爬出战壕向后逃走了。

陈欢仔被喊叫声震动了,他急忙向那边望去:几个新兵已翻出战壕,没命地向后面跑去——陈欢仔的心几乎跳到了喉咙口,他身不由主地喊了声:"班长,弟兄们都撤了!……"近处一声激烈的爆炸,盖住了刘大壮回答的声音。陈欢仔顾不得再问,一翻身爬出战壕——他猛地一愣,似乎觉到了什么,又冲回来拿了枪,转身跟在那些人后面拼命跑去了。

"回来!……"刘大壮喊了一声,又急忙转身向北洋军扔出个手榴弹,端起了枪。

樊金标暴跳如雷地站在战壕上,挥着手枪,在奔跑的新兵们背后怒喊:"回来!快回来!!!……胆小鬼,再跑,我枪毙你们!……"炮弹在他的旁边爆炸。

北洋军趁着气势,一窝蜂涌上了高地。革命军的阵地失去了指挥,士气更动摇了。北洋军凶猛的攻势占据了主动,眼看高地的第一线就要溃散了……

这时,万先廷看见情况危急,再也顾不得多想,猛地从战壕中跳出来,举着一条步枪,因激动涨红了脸,他拼出全力高喊:

"共产党员们!快站上来——!"

炮火爆炸中,士兵们纷纷从战壕里跳出来。万先廷望着冲到

前面不远的北洋军,是刺刀见血的时候了!他果断地大声命令:
"上刺刀,退子弹!"

在他们团队的训练中,这两个口令永远是连在一起的。为了显示士兵们的英勇和决心,显示白刃战中的机智和技术,他们规定在拼刺刀中枪内不准推子弹。在一刹那的响声中,士兵们都退出了子弹,安上了明晃晃的刺刀。这时,北洋军已经冲到面前了……万先廷爆发地大叫一声:"杀——!"就端着刺刀扑进了敌群。

刀枪的闪光、铁器碰撞发出的"乒乓"声、激怒混乱的喊杀声、被刺中的短促的哀叫声、脚步跳动声、急促的喘气声……这一切交织着,整个阵地上展开了一场激烈的白刃战。

万先廷对付着两个北洋军。他那双在劳动中磨炼出来的有力的手,再加上在团队里学到的灵巧的技术,使他在两个高大的敌人面前也能应付自如。他的两眼闪着仇恨的怒火,看着面前这两个凶蛮的北洋军,过去的一切仇恨都涌了上来;此刻,以小而言,瞬间就会决定个人的命运,决定着你死我活;就大而言,这战斗决定着北伐的进程,决定着千千万人的生活和命运。想到这些,他更觉浑身充满了力量。他用力地拨开这一支枪,又挑开另外的一支;这样格斗了一会,他想,拖延下去只会对敌人有利,要赶紧消灭他!他一面继续招架,一面慢慢向后移动,那两个敌人只顾逼上前来;万先廷招架着,积聚着力量……他突然用全力挑开左边一个敌人的刺刀,大喊一声,迅猛地向他刺去;那敌人惨叫一声,倒下了。右边的那个敌人也慌了,正待转身,恰好暴露了正面,万先廷叫喊着一步赶上去,从背后刺中了他。他还没转过身来,只听得背后一声哀叫;他转过身去,只见一个敌人倒在地上,刘大壮站在旁边,他似乎毫未感到疲乏,总是显得那样乐观幽默,他抹了抹八字胡,望着地上的敌人轻蔑地说道:

"这些强盗,正面打不过,尽想着偷偷摸摸捡便宜!"

"谢谢你,老班长!"万先廷感激地说,他喘着气,用袖子擦了一把汗水,又望望高地下面道:"敌人又上来了!"

"上来吧,"刘大壮在一丛灌木上抹去刺刀上的血,说道,"这才是显真本事的时候呢!"他的衣服也全湿了。

万先廷转身望望两边,士兵们都仍然屹立在战壕上,有些头上和身上挂了彩的,也巍然不动地端着刺刀;虽然有一些弟兄倒下去了,可是更激发了士兵们的仇恨。他们准备着迎接一场更激烈更残酷的战斗。

突然,有个声音惊异地叫起来:"连长,快看!"

万先廷向高地远处的碌田圩望去,只见那里的敌人突然混乱起来;接着,传来了激烈的、越来越近的枪声。这下,正在向高地冲来的敌人也着慌了,半路上扭转屁股就往回跑起来。

万先廷兴奋得大喊起来:"弟兄们,第一营的弟兄打过来了——!"

在士兵们的欢呼声中,万先廷跑到站在前面的樊金标身边,报告道:"营长,我们追吧!"

樊金标望着那边,也露出兴奋的目光,他又回头看了一眼万先廷,说道:

"一营提前动作了,这可打乱了团长的部署!……"

"营长,"万先廷热烈地说,"一营提前行动,是为了支援我们。现在要不追上去,一营的弟兄就要受孤立了!"

樊金标犹豫了一瞬,终于决心道:"好,追他娘的!"

万先廷兴高采烈地跑回来,掩饰不住兴奋地向号兵命令道:"快,吹追击号!"

雄壮欢悦的号声响起来。万先廷丢下步枪,顺手抽出驳壳枪来,向后一挥手道:

"弟兄们,追呀!"

顿时喊声大作,士兵们像一群出山的猛虎,向碌田圩的敌人扑去……

逃下阵地的新兵们奔跑着。他们的脸因过度的紧张和劳累变得苍白,他们的心还没有从恐惧中清醒过来;只是互相跟在一起,身不由主地跑、跑……

陈欢仔拖着步枪,跟在大家后面,他的心完全被恐怖占据了,只是跟着前面的人,合着他们的脚步,看着他们的后背,不顾一切地跑。跑啊、跑啊……突然,随着一声"站住"的大喊,前面的脚步猛地停下了!——他惊讶地抬头看去,不由倒吸了一口冷气,两腿也顿时像被钉子钉到了原地。

骑在白马上的齐渊,屹立在他们前面;后面跟着几个持枪的勤务兵。他那因疾驰过急而显得发红的英俊文雅的脸上,这时也变得阴暗、严峻;一双明亮的大眼里闪射着钢铁一般坚定凛然的光芒,令人不敢正视。

他刚才回到侧翼部署了兵力,等待着按照团部命令的时间开始发起反击;他一面注意着正面阵地上第二营对北洋军进行阻击的情况。后来,他从望远镜里看见了二营阵地上发生的动摇和混乱,有一部分人向后逃跑了,北洋军趁着机会冲上了高地的一段阵地——情况已经万分危急了,齐渊一面派副官去向后面的团部报告,一面果断地命令立刻开始向敌人的两翼反击,支援二营消灭暂时得势的敌人,扭转整个战场的局面。他看着队伍投入反击后,又立刻骑马从一边抄过来,赶上了逃下阵地的新兵。

这时,他严厉地、一动不动地望着新兵们。新兵们都不知所措地呆呆站在那里,惶悚地望着屹立在面前的齐渊,等着那来不及预料的灾难。

在这凝结了一般的空气里,紧张沉默了一瞬。这沉默中预示着风暴和雷霆的骤发。

但是,齐渊却只是平静地说道:

"你们听见了吗?弟兄们都在战斗!可你们——这算什么呢?……"

他那明亮的目光扫了新兵们一眼,然后从马上跳下来,望着进退两难的新兵们,有力地问:

"你们说,现在该怎么办?"

新兵们好像从一场大梦中渐渐清醒过来,面面相觑地对看了一眼;突然,他们中间有一个几乎是带着痛哭的声音震颤着叫喊出来:

"弟兄们,我们该死!……快回去啊——!"

最后那句他是振臂举枪高呼出来的。他的声音震撼了每一个新兵的心;都感到热血上涌,全身沸腾,都纷纷转身跟着他跑起来。他们激动地跑着,就像刚才从前线的战壕里跑回来那样,争先恐后,拼命向前;只是现在,他们有了新的目标、新的意志,全身都充满了新的勇气和力量。这时候,无论是枪弹、刺刀、敌人的喊叫,都不能使他们害怕和动摇了。他们勇猛地奔跑着,冲向战斗激烈的前线。

当前方打得最激烈的时候,后面有个地方,也争论得最为热烈。这就是汤团长和他的随从副官们。

他们顺着齐渊的指引,硬着头皮向前线走了不远之后,便听见了越来越响的炮声;这时,连地皮也似乎在震动了。有几位从来没到过离火线这样近的副官,神经突然衰弱起来,腿也开始发抖。他们哀求着请求团长转回去,并且举了一百多种理由,证明那个"姓叶的"绝对不会在前线的。汤团长又哪里不愿回去啊?可他一想好不容易走到这里,再转回去,如果叶挺真又在前面,日后谈论起来,那他汤团长还怎样见人呢?转去是不行的。况且,他又想,反正那姓叶的也决不会真在火线上的,说不定他就在前面不远,咬咬牙磨到了,也好一劳永逸。这一来,那几位副官顿时像喉咙里塞了把胡椒,实在呛不住,但也无可如何,只好胆战心惊地拖着走。

没多远,前面的战斗便像是特意欢迎他们,劈里啪啦地打起来了。起先汤团长还挺着滚圆的肚皮一步一摇地走,后来枪弹和炮弹的爆炸愈加激烈起来;更为可怕的,是还有几颗流弹从他们头顶上呜呜地怪叫着飞过去,这下汤团长打起了转转。他一看,那几位副官早已顾头不顾腚地钻进了一条北洋军挖下的浅沟里,他气得鼻子里要冒烟。转了几转,幸靠王重远和另一个大胆的副官把他连抬带拖,推进了一个大炮炸开的弹坑里——他感激得几乎要当面告诉他们:回去每人提升一级。这时,远处还隐隐地传来了北洋军哇哇怪叫的声音,他想这一定是北伐军垮下来了,自己和副官都要变成北洋军的俘虏,真是冤哉枉也。他觉得浑身软瘫瘫地,又急又气又懊恼。他忽然想起了自己是"佛门子弟",便合掌闭目,口宣佛号,又默默向"我佛如来"许了愿:要能脱得此难,除了年祭的三牲供品,还额外捐赠灯油五百斤……

似乎这祷告生了效,不久,喊声渐渐消失,枪声也稀疏而且遥远了。汤团长怕自己还在梦中,他闭着眼咬了一下舌尖:浑身一抖,赶紧缩回去,嘴里疼得不住"呼呼"地呵气。他知道这是真的了,便把滚圆的身子向坑边爬了两步,头朝上伸去,侧耳仔细听一听——

"团长大人!"这声音把他吓了一大跳,竟至于连坑边的泥土也带落了不少。他抬头看时,原来是王重远已经爬到了上面。打败仗总是他殿后,胆子也磨炼得大了些。这时,他更像个凯旋归来的勇士,兴奋地说道:

"团长大人,枪声全停了!……"

汤团长又仔细聆听了一会,确信枪声真是全停了之后,才向王重远伸出胳臂:"来,帮一帮……"

于是,王重远在坑上拖,那副官在底下托,好不容易才把石滚一样肥重的汤团长拖到了上面。

他一面拍着军服上的土,一面茫然地问:

"这,到底是怎么回事?……"

"我也不知道,团长大人。"王重远愁眉苦脸地摇摇头,他大约也是刚爬出来,"刚才好像北洋军要打过来,可现在又连一点动静也没有了……"

汤团长振作了一下,见那几位副官还钻在沟里,好像冬眠了。他生气地走过去,用脚踢踢他们的屁股,喝道:

"胆小鬼,快起来!"

那几位副官偷眼一看,见团长又神气十足,料定没事了。一个个爬起来,脸上白一块黑一块,像掉了漆的泥胎。汤团长郑重地合了一下掌,说道:"你们都要谢老佛爷。刚才是我佛显灵,打退了北洋军。"

"阿弥陀佛……"副官们合掌顶礼。

"团长大人,我们现在——"王重远望着汤团长,作了个模糊不清的手势。

汤团长把马裤往肥腴的肚皮上提一提,望着这突然沉寂下来的战场,也不知该怎样办了。正犹豫间,忽然那位矮胖的副官喊起来:

"团长大人,看,那边又有人来了!"

都向他指的方向望去,果然见有十多个人,迈着急促的步子走来。看得出都是两个人一前一后,抬着什么,步子很沉重。

"这一定是叶团长!"那矮胖的副官首先发现了他们,自觉很有功,更显出聪明地说,"他那不是坐的椅轿?山路骑马太颠,况且我们这里的椅轿又是最好的,连吴大帅都说过它平稳、富于诗趣……"

而王重远却不很有"诗趣",他已经挨够了骂,怕的又闹出误会来。想起望远镜还没丢掉,便急忙抓起来望去,看了又看,这才拿下来,向汤团长失望地说道:

"团长大人,那是伤兵……"

"伤兵？伤兵坐轿子？"那矮胖副官顿觉很失望而又不平了。

"伤兵么？"汤团长也惊讶地说。他一把抓过吊在王重远胸前的望远镜，看了看又放下，惊疑不定地说："这到底是怎么回事啊？仗打完了……"他摸了摸光溜溜的脑门，又自言自语道："他们真把北洋军都打垮了？"

"团长大人，他们从火线上来，一定晓得叶团长的！"王重远献策说。

"不错，"汤团长犹豫地点头，"嗯，会知道的。"他终于下定决心，"快上去问问！"

抬伤兵的士兵们走得很快，汤团长这一行人摇摇摆摆还没走多远，他们就迎头走上来了。十几个士兵抬着几副临时扎起来的担架，还有几个是老百姓。奇怪，汤团长想，他在湖南打了几十年仗，军队到哪里，老百姓不是跑得精光，就是关门闭户不见人影，而这个团一到这儿，怎么就找到老百姓帮忙了？这一定是用枪杆子抓来的！他想：嗯，一定是！

然而，又出现了他意想不到的情形：跟在担架旁边的几个士兵，上前要换下抬着担架的老百姓，那老百姓却推拉着，怎的也不让，士兵们便笑容满面地跟他们拉扯在一起。汤团长惊讶得发怔了：这军纪成何体统啊！……

正当他们在一堆拉扯不清时，王重远走近去问：

"弟兄们，你们从哪里来？"

其中一个士兵上下打量了他一眼，大约知道他们是起义湘军的，便和气地说："从前线，从高地前线来。"

汤团长从一边凑过来，也顾不得团长的"官格"了，急忙插话问："前面怎样？仗还在打吗？"

"还在打，可越打越远了。"那士兵的脸被炮火硝烟染得黑黑的，自豪地笑着，露出两排洁白的牙齿。

"你们叶团长在前面吗？"王重远紧接着问。

"在!"提到团长,他的精神兴奋焕发,两眼闪出明亮的光,他像谈到自己最亲密最尊敬的人那样说:"他一直在前线,你看!"他指着旁边那个用绳索编成的担架说,"打得最激烈的时候,他就那么迈着大步往前走,腰也不弯;他还亲自帮我们把重伤号扶到床上的……"

这时,那几个争着换担架的人终于换过来了,一个矮小的士兵向说话的人道:

"班长,走了!……"

"好。"说话的班长答应着,望着汤团长他们,抱歉地笑道:"哦,对不起,我们……"他举起手来敬了个礼,退了几步,急忙转身跟上担架走了。

"这是个什么队伍啊?……"汤团长望着走去的士兵们的背影,困惑而愤然地说,"官不像官,兵不像兵!可他们打仗倒真又这样能行……这究竟是些什么怪物呢？阿弥陀佛!"

在高地的前沿上。激战之后,遍地是倒得横七竖八的尸体,遍地遗弃着北洋军的旗帜和枪支,在拼杀中撕碎的军服的残片,被刺刀戳穿了的洋鼓滚翻在地上,炮火的硝烟和战壕上燃烧的浓烟弥漫在一起。烟尘中,刚从后面开上来的预备队的士兵们正在清扫战场。

远处,还传来断续的枪声和隐约的喊杀声,投入反击的部队正在追击敌人。

这一场猛烈的反击,完全出乎了北洋军的意料。冲上高地和冲到了高地前面的敌军,都完全被第二营的反冲锋和第一营反击队伍包围消灭在阵地下边。第二营带着被激发起来的强烈的仇恨和愤怒,以猛虎下山之势,一直向敌军汇集的碌田圩扑去;从后面赶上来的新兵们也加入了冲杀的行列,他们带着新的力量和勇气,使队伍里陡地又添了一支生力军。北洋军抵挡不住,慌乱起来,接着后面的士兵全都动摇了。俗话说:兵败如山倒;不到一盏茶的工夫,在碌田圩集中的敌人便如鸟兽般地向后溃逃了。

齐渊站在刚刚激战过的高地上,望着远远向北伸展开去的战斗,心里有一种无法说出的轻松欣慰的情感。在那紧张艰苦的操练中,在那艰险崎岖的急行军中,人们就期待着这一天的到来。多少日夜的奔波劳累,多少弟兄的汗水心血,终于在今天的胜利的喜悦中得到了补偿。尽管在出发前,他对弟兄们的力量和决心都是完全信任的;可是在没有与敌人接触之前,这种信任总叫人觉得不踏实啊。今天,对他们全团的第一次战斗考验,终于胜利地通过了。从今天的战斗里,他看到了党的工作在弟兄们身上所发生出来的实际力量;在决定性的时刻,那些作为全团骨干的共产党员们,表现出了多么高贵的勇敢和不怕牺牲的精神。正是他们,把全团铸结成一个铁的整体;他们用自己的大无畏的革命精神,影响和带动了自己身边的弟兄们。

这第一次战斗的考验,也使齐渊看到了,艰苦的训练生活对于战胜敌人有多么重大的意义。他回想起在广东练兵的那些日子,对弟兄的要求是多么严格啊!根据党的决定,为了在极短的时间里练出一支战斗力极强的队伍,他们经常是不分白天黑夜,不顾日晒雨淋,长官和士兵一起,在操场上操练、射击、摔、打、滚、爬。为了把全体官兵磨炼成能忍受任何艰苦,能战胜任何困难,他们在冬天不发被褥,不垫铺草,一人只是一条薄薄的军毯;他们偏在狂风暴雨中急行军,偏到荒山野地里去露营……多少割裂的伤口平复了又裂,多少蜕去的皮肤蜕了又生。仅仅几个月,每一个士兵都变得又黑又瘦;然而,他们的身体也都结实得像铁罗汉一般的了。齐渊感到,艰苦的训练,不只是练出士兵的本领,也是练出士兵的意志和精神。只有意志坚定、精神顽强的人,才能不怕一切、信心百倍,才敢于战胜任何最可怕的敌人。

第二营出现的一些新兵们的胆怯后退,也引起过齐渊的深思。在那危急的一瞬间,如果他们还继续向后逃跑的话,他会毫不犹豫地拔出枪来,对他们执行战场的纪律的。然而,他从那些新兵们的行动里看出来了,他们的逃跑行为,只是由于在一种没有经历过的激烈和残酷的战斗中,突然出现的惊慌和恐怖所引起的。如果在那时,有一种力量能够恢复他们的勇敢和镇定,能够让崇高的荣誉和责任感代替怯懦和恐惧,那么,结果就会完全是两样的了。

齐渊能够理解这些新兵的心;他自己也是从这样的道路上走过来的啊!或许,自己那时所表现出来的过敏、脆弱和迷惘,比这些从乡村里投进队伍来的淳朴的年轻人们还要严重得多吧?他还清晰地记得头一回参加战斗时的情景,那是怎样的恐怖和慌乱啊,那就像在脚下爆炸的、地震般的炮弹,那就像从耳边飞过的骤雨般的枪声,那骇人的殷红的鲜血,那中弹临死前的可怕的惨叫和挣扎……一切都似乎包围着他,向他逼近,向他狞笑,他在恐怖中沁出了满身大汗,觉得在那样的环境里似乎连一刻也生存不下去了。然而,是一种什么样的力量使他咬牙经受了这一切?使他从慌乱中恢复理智,渐渐生出了在当时连他自己也难以相信的无畏和勇气?这就是他那渴望为革命、为民众寻求希望和出路的决心,这就是他那立志忍受一切痛苦、把自己变成为一个文武双全的革命者的决心。正是这些,才使他在那一瞬间面对着卑怯和勇敢作出选择;才使他的两腿没有退后,也没有停下;才使他忘记了死的恐怖,忘记了一切感情的侵扰;只有一个思想:杀死敌人,争取胜利;只有一个意志:前进、前进,只能前进!

生活里,许多事情都在说明这个真理:意志退后一寸,软弱前进一尺。这种尺寸的距离,也正是人们在生活和事业上有高有低的分野。齐渊相信自己团里的每一个弟兄,如果能够让他们懂得这一点,他们是一定可以战胜惊慌和恐惧的。因为他们都已经明白了自己作战的目标和意义啊!记得在团队出发之前,党的南方军委曾分析他们出征的条件和形势,除了谈到两湖工农运动的蓬勃发展之外,还特别强调用革命的目标和党的主义激发弟兄们的士气和精神。军委当时指出：要时刻记住，我们的出发不只是代表广东革命军，而且是代表中国共产党；必须依靠党的力量，依靠工农民众，依靠全体共产党员的模范行为，才能够得到胜利。齐渊在这次战斗以前，专门开了共产党员的会议，使每一个党员都能在战斗中发挥鼓舞弟兄们的精神的作用。从今天战斗的情况看来，他们这个会议是有很大的意义的。

这时，高洪生带着一个勤务兵从高地下面走上来。他的驳壳枪插在武装带上，上身的汗湿还没有干，脸上也有汗水和尘土，他的大檐军帽上被弹片毁了一块。虽然经过了激烈的战斗，但他的脸色依然是那样深沉、稳重，走路也正如他的为人一样，步步踏实有力。他走上来，向齐渊敬礼报告道：

"报告营长，第三连全部结束战斗，已经在碌田北面集合，等待命令。"

齐渊走上去同他握手，亲切地看着他，一面喜悦地说道："弟兄们辛苦了！"

在第一营的几个连长中间，他是最喜爱这个勤恳沉默、善于思想的高洪生的。他那一双深沉的、像海水一般含蓄莫测的眼睛，和他那宽阔的前额，带给人的印象是朴实、智慧而深沉。他和齐渊虽然在性格上并不十分合得来，出身和经历也都完全两样；然而他们那种互相倾心的了解，那种真诚无间的友情，却已远远超越了普通的上司和下属的关系。这时，齐渊又问道：

"你同右翼的一二连都联络过了吗？"

"联络过了。"高洪生回答道，"我们都同时在碌田圩那边会合的。后来，樊营长命令我们退出战斗去休息，把追击的任务完全交给二营担负；我们就遵照命令停下来了。现在，二连长正在碌田北面的湾子① 里照应大队，一连长指挥着一部分队伍到四处搜索逃

---

① 即村庄。

散的敌人去了。"

"你们做得很好。"齐渊点点头说。他知道,在这三个主力连长中间,其余两个人是十分尊重高洪生的意见的。本来团部在战斗前的部署是,在反击胜利后要由他们一营担任追击的;而追击显然是扩大战果的有利时机。高洪生他们能够这样独立地处理情况,毫无委屈地服从二营长的命令,这是使他感到十分满意的。他停了一下,又说道:"还应当给每一个弟兄讲清楚,我们要争的是最艰苦最沉重的担子,不是俘虏和缴获的数目。"

"我们已经商量过,由各连分头向弟兄们讲了。"高洪生说。接着,又感到欣喜地说道:"二营的弟兄们追得真猛。万连长带着六连在最前头,那股冲劲简直像插了翅膀一样,北洋军想逃脱可真难呢。"

齐渊也感到欣喜地微笑道:"他今天是憋足一口气了;你想他的性子,能受得了吗?"停了一下,他又思索地说道:"我倒担心他一追起来会什么也不顾,离开大队太远了。樊营长命令他们追到哪里就停下的?"

高洪生思索片刻,摇摇头道:"我没有听到。樊营长也憋了一肚子火,恐怕顾不得这些了……我也总有些担心,来的时候同二连长商议好了,让队伍随时做好出发准备,如果接到二营要求支援的报告,就立刻出发。"

齐渊眼里闪着兴奋的光芒,望着他道:"做得对。"他想了一想,向旁边一个副官问道:"这里还有马吗?"

副官回答道:"你那匹马让欧副官骑到团部去了,这里只有两匹刚缴过来的……"

齐渊果断地命令道:"你立刻骑马到团部去,把二营追击的情况报告团长。再请示一下:我们想把队伍再往前靠一靠。如果团长同意的话,你再赶到碌田北面的小村里报告我。"

"是!"副官敬了个礼,立刻向一边跑去了。

齐渊看副官走了，便向高洪生道："我们走吧。"他们一同向高地下面走去。一面走，齐渊一面问道：

"新兵们今天有害怕的吗？"

"有。"高洪生爽直地回答道，又转为高兴地："可是先前打过仗的弟兄们都有准备，给他们壮着胆。有些弟兄还编了几句顺口溜：别看敌人样子凶，就怕咱们往前冲；刺刀尖上出好汉，直捣武昌立战功。大家念得挺顺嘴，新兵们也跟着念，胆子也壮起来了。"

"哦，编得不错。"齐渊喜悦地说，他望着高洪生问："这是谁编的？"

"这……"高洪生明明是个不习惯撒谎的人，犹豫了一下，支吾着说道，"不知道，反正……那么一念，大家就都念起来了……"

齐渊在心里笑着，没有说话。他知道这肯定是高洪生自己想出来的了。高洪生的性子就是这样，让他做那些不声不响的事情，他会做得那样精细，那样圆满；可要叫他做什么出头露面的事，他简直就会慌得连方寸都乱了的。他似乎是天生出当无名英雄的人。每逢这样时候，齐渊也不再去揭他的"底"。反正高洪生也知道，营长的眼力是敏锐的。他们彼此心照不宣。

后来他们的话题又转到今天的战斗。他们都在思考着：如果二营的情况真像他们估计的那样，应该怎么办？……

十

这时候，第六连的追击正越来越猛，越来越远了。

在碌田圩的高地下面，刚刚开到的北洋军预备队被那些从高地上逃下来的败兵一叫一冲，便也陷入混乱，闻风溃逃了。他们不知道革命军有多少人，只听得前后左右都是枪声和喊声；当官的骑马坐轿，在前面跑得快，后面的士兵们失去了指挥，更是仓皇混乱了。一路上你推我、我撞你，跌跌绊绊，有些竟把自己的人也当成了革命军；他们顾不得还枪，只恨爹娘少生了两条腿，拼命向攸县逃去了。

胜利了的士兵真是锐气难当。在高地前面的战局扭转之后，万先廷便带领队伍冲进敌群，加上第一营和特别大队的两支生力军，士兵们更是如虎添翼，在敌群中横冲直闯起来。万先廷带着队伍很快插过了碌田圩，他们把后面的敌人丢给第一营，便一直向前方追去了。

这一路，他们简直是在同敌人赛跑。一路上，无数的伤兵和跑不动的敌人跪满路旁，士兵们却根本没工夫去管他们；跑过跪着的敌人身边时，就连枪栓也来不及下，只是把他们举过头顶的步枪，一脚踢进稻田里，就算作俘虏了，喝令他们自己到后面集合。士兵们谁也不愿落到后头，谁也不愿掉下追击的行列。刚才还被恐怖笼罩过的陈欢仔，这时完全被胜利的喜悦激动了。他看清了北洋军不过如此，在声势浩大的行列中间，他感到自己充满了从未有过的勇气和力量。他端着枪，紧跟在刘大壮身边，不顾一切地追击着敌人。

从碌田圩到攸县，沿途四十多里；他们赶过了无数溃散的敌人，冲垮了十几次北洋军仓皇的反扑，在太阳偏西的时候，追到了攸县城边。要不是城南横着一条大河，万先廷和弟兄们一定会以同样的速度追过县城，追向北方的。河上，架着一道用木船连接起来的浮桥。北洋军的士兵们拥挤着，喊叫着跑上浮桥，争先恐后地向县城跑，有些被挤落在河里，挣扎着。紧跟着追来的万先廷跑到桥头，看见一河之隔的攸县城时，才猛地想起：攸县城不是今天进攻的目标；他想起在全团军官会议上，团长命令在高地前面击溃敌人主力后，追击到碌田圩北面五里多路的那个小村子会合。而他，竟冒冒失失地带着部队跑出了这样远！他心中一震之后，便赶紧转身，向冲下桥头的队伍命令：

"停止前进！……"

像汽车猛一下地刹车，冲过来的士兵都在倾斜的河坡上停住了；后头的还在陆续跑了上来。陈欢仔端着枪，冲得正起劲，看也没看停下的人，楞着头笔直向浮桥上冲去。刘大壮赶紧在后一把拖住他：

"嘿，还往哪跑？"

陈欢仔回头奇怪地看他："往哪？追呀！"

"你呀，没长耳朵？"刘大壮慈祥地摇摇头说，"军令如山倒。快跟我回来吧。"

陈欢仔着急地看了看河对面，蛮不情愿地走回来，无精打采，咕嘟着嘴唠叨："追也不让追……哼，趁热打铁该多好！"

刘大壮拉他到河边的一块石头上坐下，疼爱地替他整好帽子，掸着军衣，边说道："别唠唠叨叨的，命令就是命令，队伍上的事不像在乡下种地那么随便，这里头有学问……"

陈欢仔不说话了，可还是气鼓鼓的，抱着枪，噘起嘴望着河对岸。刘大壮又在河边集合了全班的人，仔细数了人数，又挨个检查了他们的武器和军容，安排他们都休息好了，这才又回到陈欢仔身边，挨他坐下来。一面抽出插在皮带上的旱烟杆，一面细心地嘱咐陈欢仔："绑带打得还紧不？脱下草鞋看看，把水泡挑挑……"

这时，万先廷带着几个排长从河边上走过来。他跑了这样远的路，脸上虽然灰尘仆仆，举止仍显得十分朝气蓬勃，两只眼睛仍然是那样明亮有神。他的驳壳枪插在武装带上，手里拿一幅自己画的地图，望着刘大壮笑着问：

"老班长，人都到全了？"

刘大壮以他那异乎寻常的敏捷动作，腾地从陈欢仔身边站起来，剽悍地敬一个持枪礼：

"报告连长，一排三班完成战斗任务，等候新的命令！"

"谢谢你，老班长！"万先廷兴奋热烈地握住他的手，说，"有你这两下子,我们追到天边也能把敌人抓住的!"他又向站在旁边的陈欢仔笑道:"怎么样,第一堂课上得够劲吧!"

陈欢仔不好意思地低头笑了,又抬起头来望着河对岸,脸色庄严地说道:"报告连长,请你快下命令,我们打过河去!"

万先廷笑着点点头,说道:"着急了,啊?"其实他自己也有这样的心情,他转向刘大壮道:"老班长,我就是为这桩事来向你讨教的。你看,"他指着河对岸,"北洋军正在乱着,趁现在还有浮桥,我们一下就能冲过去!……你说,这仗能不能打?"

"这……"刘大壮抹了抹八字胡,又庄严地咳嗽了一声,说道:"我看,连长,打呢,是不用费多大力气的。只是,团部的命令……"

"是的,难就难在这里!"万先廷点点头,沉重地说道,"团长要求执行决定是很严格的,对违抗命令的人,从不会宽恕!可是现在……"

"报告连长!"一直盯着对岸的陈欢仔忽然叫起来:"北洋军要拆浮桥了,他们在斫桥上的船板呢!"

万先廷凝视对岸的地形有顷,向军官们道:"看,北洋军想先走一步了。要是让他们拆掉了浮桥,我们再打起来不光伤亡会多,时间也会拖延很久!"他望着军官们犹豫的脸色,又向刘大壮道:"老班长,你说说看!"

"呃,我想……"刘大壮郑重其事地摸着胡子,那举动像个将军在决定部队的命运;他本来想说点什么,可是多年严格的行伍生活告诉他,战斗的时候只有服从命令,不能说出超越自己职责的话。这位连长虽是一片好心,可是营长和团长又该怎样啊!他犹豫了一阵,歉疚地笑着说道:"我说不好……连长,我们等待命令!"

万先廷也看出了这一点;排长们意见也不一,最后又都是"等待命令"。这时他的心真有些急躁了,他多么需要像在农协时商量事情那样随便啊,争得面红耳赤才好哩!可是这也不能怪他们,"军令如山倒",而况纪律又是那样的严,在战场上只有"服从"啊!

他烦躁地吐了口气,竭力不露声色,他向河边走了几步,苦恼地想着。河对岸似乎还传来北洋军用斧子斫桥板的声音:咔嚓！咔嚓！……每一声都像斫进了他的心里。也许,只要他在这里集合好队伍,带回到团长指定的那个小村子去,也就没有这些烦恼了。然而他能这样吗？他能眼睁睁地看敌人把这座唯一的浮桥拆掉,等到敌人缓过气来,利用这样险要的地形布起防来,让无数弟兄的鲜血流进河里……不,不！一个共产党员,怎能因为怕负不起责任,就想到逃避呢！哪怕纪律再严,军令再重,也要照一个共产党员的责任那样去做。容大叔不就是这样说的么？……可是这是军队！他不由想起了团长讲过的一个故事:从前英国有两个上校,在前线带兵,上司给他们的命令是防守阵地。可是有一次,他们看出了敌人的弱点,决定主动出击;这一战他们大胜了,当捷报传到统帅部的时候,因为他们都违抗了军令,立刻被执法处逮捕,最后都被判处了死刑！想到这里,他不觉浑身发热,身上像陡然生出了无数芒刺,心也跳得快了。可是,当他又想起容大叔,心里又明亮坦然起来:这里可不是英国！要是容大叔在这样情况下,他会怎么做呢？他一定最先想到别人,想到同志们！……是的,想到这里,他忘掉了一切,感到为刚才那样的"怯懦"害羞:当你把个人的一切全都置之度外的时候,还有什么可以使你害怕的呢？照一个共产党员应该做的做吧,打吧！即便打完了会送到执法处,会判处死刑;只要弟兄们少流血,死刑就死刑吧！他决定了,毅然转身,向排长们走去……可是,另一个想法又冒出来,光是自己一个人想通了不够啊,如果大家想不通,不是也会影响战斗吗？他想起早先容大叔的教导,想起齐渊的话:处处要依靠党的力量！这正是我们团跟别的革命军不一样的地方。应该把这个想法,先向每一个共产党员讲清楚,然后再通过他们,把这道理告诉每一个弟兄;这样不就是发挥了党的力量了吗？他想着,走到排长们面前,把刚要说出的命令改作低声的吩咐:

"同志们,马上把各排的党员叫来!"

全连的共产党员,在河岸上一个僻静的地方集合了。除了连副在照管队伍,各排排长、班长和一些老兵都来了。万先廷向大家简短地谈出了自己的想法,要他们以党员的身份谈谈各自的意见,不必拘束。大家都十分兴奋,觉得这决定也说出了自己的心里话,都表示坚决拥护,并且都要求共同来分担责任,把这件事当作第六连党小组的决议。不到五分钟,他们的商议就圆满结束了。

最后,万先廷兴奋地向大家说道:"太好了,同志们!大家马上回去整理队伍,简单向弟兄们讲一下道理。五分钟以后,开始冲锋!"

大家都兴奋地敬了礼,向自己的班排跑去。

刘大壮正要离开,万先廷喊住了他。

"等一等,老班长。"万先廷一面从军衣胸口袋里拿出一个小日记本来,又拿出铅笔,说道,"请你马上回营部去一趟——就是碌田北面那个小村子。"他一面蹲下来,把本子搁在膝头上匆匆地写,一面说,"到了团部,你不要把责任归到大家身上,这全是我一个人决定的。团长问起来,你只能这样回答。记住了吗?"

"可是,连长……"

"不要'可是'。这是命令!"万先廷写完了站起来,从日记本上扯下那张纸条,递给刘大壮。

刘大壮小心地折起那张纸条,又问:"连长,要是团长问起战斗的情况呢?"

"问起战斗,"万先廷兴奋起来,坚定地望着对岸,说道,"你就这样报告:我们已经抢占了浮桥,并且一定会永远控制住它!"他望着刘大壮的眼睛,似乎是问:懂得这意思吗?

刘大壮从他那坚定的、永远充满信心的两眼中,感到了必胜的力量。他"啪"地立正,大声回答:

"是,连长!"

这时,河坡上传来小勤务兵的声音:"连长,连长!……"他们抬头望去,只见小勤务兵领着十几个年轻农友走过来。万先廷向他们迎上去。

"报告连长,"小勤务兵持枪敬礼,兴奋地说道,"这些老乡都是农协来的,是自卫军队长……"

万先廷兴奋地"哦"了一声,赶紧向刘大壮道:"你走吧!"他几步冲上去,同农协的那些同志握手。他们都背着从北洋军手里缴来的枪,个个红光满面,精神抖擞。万先廷拉着他们的手,倍感亲切地说道:

"来得太好了,老乡们!来了多少?"

"哪!"一个三十多岁的人指着河坡下面,那一片五颜六色的衣服,大大小小的红旗,足有二三百人。他要求道:"我们跟着追了这一路。长官,快打过去吧!我们虽没打过仗,还能呐喊助威哩。"

"就要打了。"万先廷感激地看看他们道,"你们来得正是时候。走,我们到底下再去商量一下。"他们一起向桥头的队伍走去。

队伍成冲锋队形集结在桥头上,像一根楔形的钢锥。他们在经过长途的追击后,虽然面容上都显得有些疲劳,风尘仆仆;可是人人都迫不及待地望着桥对岸,一个共同的意志鼓舞着他们:夺取浮桥,为全团打开前进的道路!

万先廷同瘦小的一排长从队伍后尾匆匆走上前来。他一面安排了农协派来助战的自卫军;一面检查了全连弟兄们的冲锋准备。士兵们高昂的求战情绪,更鼓舞了他打好这一仗的决心。他现在才真正感到:艰苦的训练生活给战斗带来多么巨大的保证。他走到队伍的最前面,站在连接浮桥和岸边的跳板上,向对岸望去。那一边,惊魂未定的北洋军还正在混乱中;大部分军队都逃进县城去了。一些散兵游勇分布在两边的河岸上;封锁桥头的士兵看来只有两百多人,有一些正在斫拆着浮桥上的船板,有些人正在从倾斜

173

的河坡上往桥头抬着一箱一箱的弹药,看来挺沉重。万先廷看到,这正是发动突击的好机会。他用力地做了个手势,岸上布置好的一挺轻机枪立刻"哒哒哒"地向对岸射击起来。趁着敌人正在慌乱,万先廷举枪大喊一声:

"冲啊——!"

士兵们喊杀着持枪向浮桥上冲去。预先布置在两岸的农协自卫军,也一齐摇旗呐喊起来。顿时河上如千军万马,广阔的河面也发出了汹涌的回响。

北岸的北洋军在一阵慌乱之后,终于稳定下来,在桥头组织了火力;两挺轻机枪炒豆般地响起来,步枪也连续地脆响着。只是斫桥板的士兵被撂倒了十多个,剩下的也连滚带爬地逃回岸上去了。

万先廷带领着冲锋的队伍,冒着密集的枪弹向对岸猛冲着,一面用驳壳枪向对岸射击。在快到浮桥中间时,只觉几颗子弹从他跑动的两腿左右穿过去,像暴风推动的雨点似的撞在裤腿上,小腿上也忽然像被红炭烫着似的灼热了一下。"负伤了?"他想,"不过如此!"这思想瞬间闪过去,他顾不得多想,此刻只有一个目的占据了他的头脑:"冲过去,占领浮桥!"

可是,当他们冲过浮桥中间时,情况又危急起来。北洋军看见冲来的这股队伍来势凶猛,连枪弹也挡不住,一时都吓住了;这时,有些北洋军便把停在浮桥两边的装运煤油的船只烧着起来,霎时间火焰冲天。万先廷带领队伍接近桥头时,浮桥也升腾起一片燎人的火舌了。岸上的北洋军把弹药箱、木板和一切可以燃烧的东西都扔进桥头的大火中,火势越来越猛了。

万先廷在桥头的大火前面,也稍稍迟疑了一下,一个可怕的思想掠过脑际:冲进去,全身就会燃烧起来!可是,争夺浮桥对整个战局的作用激动着他;多少人的生命,此刻就决定于他的一个行动了。他想起齐营长从前讲过的:有时候,指挥官哪怕一分钟的延误,也会给整个战斗带来不可挽回的损失!这时,桥头的火焰已经像凶猛的野兽向他们扑过来,狞笑着张牙舞爪;岸上有两门小炮也开火了,炮弹在浮桥两旁的河里爆炸,溅起一道道高大的水柱。万先廷觉得浑身发热,血液全都涌上了头顶:"不能迟延!"他觉得一切别的想法全都变成了可耻,只有这个:"不能迟延!"霎时间,他就被这个思想控制着,产生了一种令人惊奇的力量,他举起枪来用尽全力大喊了一声:

"弟兄们,冲过去!……"

一切都发生在一瞬间:士兵们以超人的勇猛,跟着连长,跟着那招展的军旗,箭一般地冲进了炽热的火焰中……

十一

各营都结束了战斗,在碌田北面的一座小村子里会合了。

顿时,这个冷落偏僻的小村变得热烈沸腾起来。全团的士兵们都严格遵循着出发前宣布的纪律:不入民房,不扰民宅。队伍全都分布在村子四周休息。他们在树下和小土岗上埋锅做饭,这使周围弥漫着一种香喷喷的、只有军队中特有的大锅饭的味道;在那些缭绕的炊烟和土产黄烟叶的辣味中,士兵们休息了。他们是多么疲乏啊,从出发以来,他们就没有好好睡过一夜;有时还得忍受着口渴和饥饿,忍受着日晒雨淋。现在都睡熟了,他们就躺在被烈日烤得发烫的土地上,枕着步枪和仅有的那一条薄军毯,一个紧挨一个地躺着,睡得香甜而寂静了。

在村子里,却又是另外一番景象。村头设立的武器收集站上,就像逢集的市场,显得格外热闹。一捆一捆的步枪、轻机枪、水压重机枪、圆筒迫击炮,从各个方向源源不断地送到这里来。其中还有肥壮的战马、掉了棚顶的小轿、军官的绶带和指挥刀,五颜六色,离奇古怪。经手清理的军需官们忙得不可开交,他们被围在里三层外三层的武器和人群中间,连汗水淌下来也顾不得去擦。他们嘴里报着数,手上记着号,有几个专为在一旁分类唱名;那高亢拉长的声音交织在一起,很有些像忙碌的酒馆。村口上,许多人来来往往,忙碌地奔走着;他们有的挑着粮食和弹药——从敌人那里得到的补充;有的背着枪,有的骑着马,都是那样匆促而精神抖擞。还有那些俘虏们,他们从村子里源源不断地经过,已经编好了队,由不多的几个士兵押解着,他们颓丧地拖着缓慢的步子,一个跟着一个。世界上,恐怕只有敌人的俘虏是永远共同的,似乎不论历史如何变革,武器如何进化,他们都永远注定了那种一成不变的类型:肮脏、低沉、灰溜溜的。北洋军的士兵们身材都很高大,而在身材不高、黑瘦结实却精神振作的革命军士兵们面前,都似乎短了大半截。他们在走过村子时,好些孩子们在路旁用惊奇的眼光望着,当看出这些俘虏都是北洋军后,孩子们便欢呼雀跃了。因为刚才还那样威风凛凛、神气十足的"老总"们,此刻突然变得像一群夹尾巴的绵羊,真正是大快人心!他们有的一边跟着队伍跑,一边吱吱喳喳地叫喊人们出来看;有些大胆顽皮的还向俘虏们扔石头——这却被旁边的革命军士兵们止住了。

  第二营营部临时驻在村北头的一座小庙里。那其实该是一座道观,那里边供着一位鹤发童颜的老道士——据说是三清教主元始天尊。观里的两个道士在几个月以前就被北洋军赶走了,虽然在赶他们的时候,两个道士苦苦地稽首哀求,并且提起吴大帅还亲自召见过他们的老祖张天师。然而那些北洋军对于张天师,似乎不如他们大帅那样地尊敬,骂了一顿"敲你奶奶"之类的话后,又奉上皮鞭和枪托,那两位道士终于变作了"出家人"。

  小道观已经被拆得破烂不堪。大门早已卸掉,就像老道士张着缺了门牙的嘴。神像歪歪倒倒,"天尊"的鹤发也将近拔光。革命军来到后才稍事整理了一下,进门处摆了一张方桌、两条长凳。桌上,一大半铺着地图,另一边放着一只磨得发亮的洋铁军用水壶,两个白底蓝花的粗碗,大约是刚从老百姓家里借来的;一个碗里盛着酒,另一个碗里盛着半碗切得很齐整的五香卤牛肉。旁边还放着一个样式挺老的、看来年代也十分久远了的大怀表。

营长樊金标站在桌旁,一脚踏在凳子上,一手托着下巴,俯身看着铺在桌上的军用地图。他看了一会,紧绷着脸抬起头来,转身大喊着一个副官的名字,命令他即刻到团部去报告情况;一面又喊着勤务兵,要他赶快收好桌上的东西,他要到村子附近的几个连里去看看。这时,熟悉他的军官们都深深知道,营长是因为第六连的问题在恼火了。

在团部,从团长到每一个军官也都在担心着失去了联系的第六连。战斗已经结束好久了,部队都已按照预定的地点集合整理完毕,甚至连担任预备队的新兵营都从后方赶到了,可是单单二营的第六连没有消息。根据各方面的情况看来,他们一定是在追击中遇到了意外的情况。究竟是什么意外呢?是遭到了北洋军的埋伏和反扑?还是又遇到北洋军的大队援兵,他们主动开始了阻击?要不,就是临时出现了有利于我军的变化,指挥官机动果断地采取了行动!团长仔细分析着这部分队伍在前方可能遇到和发生的情况:他根据战斗前和战斗中间掌握的情报来看,前两种可能都不大。因为他早已从侦探和老百姓的报告中,详细把握了北洋军的实力和动向,就像对于自己的部队一样了如指掌。最大的可能倒是第三种了。他想起第六连,便想起了万先廷。认真说,他是喜爱那种机敏果断、善于思想的军官的,万先廷正是这样的人。这样明了主义和革命目的的战士,只要上司有命令,他们会把个人的一切都置之度外,奋斗直到最后的胜利。但是,一个严格而善于把握战局的指挥官,却怎能仅仅满足于假设和推断啊!团长在接到从前方来的报告后,便立即派遣齐渊率领两个连,赶上前去相机支援。而第一营又去了好久,前方还没有传来准确的消息,这就更叫指挥官放不下心了。

为了让大家在经历了激烈的战斗后恢复一下体力,团长命令:除留下少数值班的参谋官、副官和传令兵外,团部其余的人都分头去休息。本来,李剑是希望自己留在团部值班的;一来他总是想能为团里多做一点事情,二来他也打算用这样的机会来熟悉一些军事上的知识。可是副官处的军官们都知道,他才到团里不久,还没有习惯这个团队的紧张而艰苦的军事生活;他的体质又弱,今天这第一次激烈的战斗,对他显然是更为紧张艰苦的。大家都一致地坚持要他去休息;争执了一番后,李剑忽然意识到军队命令的作用,也就不好再过于执拗了。

　　的确,这是闪电般的紧张战斗的一天。虽然李剑的大部分时间都是跟随团部在火线的后面,可是这一天里他所见到和遇到的一切,就已经使他感到眼花缭乱,应接不暇了。那初次面临战斗的心情,用什么才能够准确而恰当地表示出来呢?也许,有点像病人在动手术之前的不安和胆怯吧?然而,不,这远不是他的全部复杂的心情。他的心情,实在连他自己一下也难说得明白啊。可是,这一天所给予他的,却又是多么丰富,多么深刻啊!……战斗,已同他结下了新奇而美好的感情,虽然他自己也知道,这种感情还是带着浪漫的幻想的色彩,还是极不深刻;可是仍然使他兴奋和激动,因为那可怕的不安和怯懦,终于被他远远地抛在后面了。

　　想到这些,他就想起了在今天的战斗里见到的那许多可敬可爱的长官和士兵,想起了那许多永生难忘的、动人的事情。虽已劳累不堪,可是他的心情激动,怎么也难以安静地休息下来;后来,他向副官处的主任请准了假,决定趁这个难得的战斗的间隙,去看看在这小村庄周围露营休息的弟兄们。

　　时间虽已下午,那偏斜的阳光依旧散发着炎热的余威。被烈日蒸烤了一天的大地,火一般发烫;一切都是热的,只有时而拂过的微风轻轻摆动了低垂的柳枝,才给人一丝清爽的凉意;但那微风瞬间逝去,一切便又静止在躁人的闷热中了。

李剑戴着斗笠,在村外静静地走,他深恐惊动了在烈日下酣睡的士兵。天多么热,连地下都是火烫的。村外那一片起伏的漫坡上,完全被横七竖八的士兵们躺满了。他们有的睡在垂柳如丝的树荫下,有的就躺在毫无遮蔽的坡地上,用斗笠盖住脸,遮挡曝晒的阳光。李剑轻轻走着、看着,忽然停在一个熟睡的士兵身边;那是一个不满二十岁的小青年。他躺在露天里,头枕着军毯,怀里紧抱着步枪,在炙人的烈日下,他睡熟了。他的斗笠是在战斗中丢失,还是给了别人?他的军服全被汗水湿透,脸庞被毒热的阳光晒得通红,汗水顺着脸颊流下来,浸湿了被烈日烤焦的泥土;可是,他睡得却那样香甜,那样宁静,就像在母亲摇篮里的婴儿。李剑长久地看着他的脸,心中浮起了一阵异常激动的情感。他多么为这样的士兵自豪和骄傲啊!他曾经看过许多描写优秀的士兵的书,也听过许多名将带兵的故事;可是像这样的士兵,他还从来没有见到过啊!他看到了,革命的精神和纪律在这些普通士兵身上所产生的力量。有了这样的士兵,还有什么样的事业不能做到,还有什么样的敌人不能战胜呢?……他想着,犹疑了一下,终于摘下自己头上的斗笠,轻轻用树枝撑在那士兵的头上,看看没有惊动他,便怀着一种像做了一件应该做的事情那样舒坦的心情,绕过他继续向前走去了。

当他走到二营的露营地时,看见在远离开熟睡的士兵们的地方,一棵不大的树下,坐着一个弟兄。他左腿盘着,右腿撑起,俯着上身,双手伏在撑起的膝盖上,正聚精会神地埋头写着什么。李剑十分奇怪,便向那里走去。

那士兵正是在专心写字。他一笔一画,仔细而又吃力地写着。他的精力全集中在那支铅笔和自订的小纸本上,以致有人走过来他也全未察觉。那安详而专注的神态,仿佛身边不是战场,而是一所宁谧安静的学堂;甚至连李剑也暗暗惊奇,他的这心境,跟眼前的气氛该是多么不协调啊!这时,他大约被一个什么生字难住了,他把笔尖在嘴里舔了一下,又用笔杆顶住嘴唇,深深陷入了沉思。李剑站在他背后,看到那本上的字,大小不一,歪歪扭扭,但是却用力很重,一丝不苟。忽然,他想出那个字了,提起笔又写下去。李剑看着、看着,看他把那字写别了,忍不住笑着叫出来:

"嘿!打仗的仗该是人旁,你写成拐杖的杖了。"

那士兵猛然一惊,抬头看时,见是个军官,慌忙支撑着站了起来,举手敬礼:

"报告长官,第二营……"

"稍息稍息。"李剑连忙客气地说,他还没有习惯这样严格的军队生活,看到人家这样地恭敬,自己也很拘束。他望着士兵,奇怪地问:

"你为什么没有去睡觉呢?"

"我,我是想……"士兵以为他是专为来检查队伍的休息的,发窘地说道,"报告长官,我是想把这点写完了,就去睡的。我们有这么个毛病,一天不写完这个,就像丢了什么,再也睡不着觉!"

"你写的什么呢?"

"战斗日记。"士兵显得随便活跃些了,他见这位戴眼镜的长官也似乎挺爱这个。"这是我们连长的主意,真好!每天,从连长到伙伕都要写的;见什么记什么,做什么记什么,又方便又好记,每天都能学不少字哩!"

"你们连长是谁?"李剑感兴趣地问。

"报告长官:二营六连连长万先廷!"士兵充满尊敬和自豪地挺起胸脯,大声回答。

"怪不得。"李剑心中一动,不觉想起来到这个团队后,听到的许多关于这个连长万先廷的事情。特别是他那顽强好学、孜孜不倦的精神,听了更是令人十分感动。看着眼前这个士兵,他不觉暗想:"怎样的连长,就有怎样的兵啊。"

李剑虽然觉得感动,但却又不很能理解,他不觉带些疑惑地问：

"你们为什么这样好学啊？"

"为什么？"士兵惊愕了，他还从来未临到过这样的问题，他微笑了一下，不在意地回答道，"反正，都是为革命，不是为自己！"

这句简单的话，使李剑的脸红到了耳根。他觉得这句话问得太不好了，感到非常后悔。他掩饰地微笑了一下，显得亲切地又向那士兵问道："这么说，你们连长是完全用自己的习惯来要求你们了。"

"不，报告长官，"士兵郑重而自豪地说道，"我们连长可累得多了。每天晚上他检查我们睡了，自己还看呀写呀，有时候一整夜就连灯也没熄过。就是出发这些时来，他又哪天好好休息过？……"

"哦，他真的这样拼命啊？"李剑惊讶地问。

"可不！……啊，不！报告长官，我说反了，那全是些没有的事，真的！"士兵发觉自己说走了嘴，赶紧着急地挽回，"那都是我胡说八道，我们连长可从没有过……"

"没什么，没什么。"李剑笑着摇头说。士兵那真挚而诚实的情感，引起他一种出自内心的亲切和敬佩的感情。他安慰地低声问："怎么，你们连长不让你们说这些吗？"

"是的……"士兵不好意思地点点头，脸上显出尴尬的微笑。他犹豫了一下，又用尊敬的商量的口气问道："长官，你能够不把这些事报告给营长和团长吗？"

"我一定！"李剑毫不犹豫地回答说。他忽然又想起什么，问道："你们第六连不是打到前面去了吗，你为什么还在这里呢？"

"真倒霉，长官，"士兵变得颓丧地看了看下面，说，"追击的时候，我挂彩了。偏偏又在腿上！连长非逼着要我留下，要不，我爬也得爬着跟上的！"

李剑这时才知道，他的腿上负了伤。可他竟忍痛站了这样长时间啊！李剑这才注意到，他那因流血过多而晒得蜡黄的脸上，滚

181

动着大粒的汗水,上身的军服也汗湿了,看来伤势很不轻。可是严格的军事习惯,使他站在长官面前,竟连眉头也没有皱一下啊!李剑是又感动,又难过;他生气而又着急地说道:

"你,你为什么不坐下呢?……快坐下!"

"没什么……"士兵仍然微笑道,"就那么一点点……"

"快坐下!"李剑焦急地说,他还没有习惯用命令来对待士兵,只是看他不坐下,急得想按下他来。

"没什么,长官……"士兵还是微笑地望着他说,只是不肯坐下。

正在李剑着急为难,无法可想时,忽然那士兵望着前面,眼里闪出又惊又喜的光芒,低声叫出来:"班长!"

李剑也急忙回头看去,只见一个身材高大、全副武装、带着战场上明显的痕迹的士兵,从大路上急步向这边走过来。他大约有四十多岁,脸上有深刻的皱纹,嘴上留着两撇浓黑的八字胡。李剑从他那装束和行动上一眼就看得出来,这是一个老练的、富有经验的士兵。同李剑站在一起的那个士兵看着,不觉兴奋地大声叫出来:

"班长!……"

刘大壮抬起头来。他虽是那样匆忙,动作仍显得那样的机警、老练和稳重。他眯着眼认出叫他的士兵后,便加快脚步走过来,一面也用兴奋的、带点责怪的语气叫道:"老谢!你怎么没到救护队去?……"

叫老谢的士兵迎着走来的班长,敬了个礼,没有回答,只是急忙问道:"班长,全连都回来了?"

"没有……"刘大壮擦着汗,匆忙地说。他看见有长官站在旁边,恭敬地敬了个礼。李剑这才看到他全身都汗湿了,短军裤下面的绑腿和赤脚草鞋上都满是泥土,他那宽大的脸上又黑又红,不停地喘着气。

老谢望着他,惊讶地问:"班长,你是从前方跑步赶回来的?……"

刘大壮点点头,急问:"咱们营部驻在哪儿?"

李剑心中一动,似乎明白了什么,也急忙问:"你是第六连……?"

"报告长官:是。"刘大壮立正回答。

"团长刚才正为你们担心啦。"李剑兴奋地大声说。他似乎一下子也为团长摆脱了沉重的忧虑,冲到刘大壮身边紧紧握起他的手,热烈地问:"你从哪里回来?"

"报告长官:从攸县。"

"太好了!先跟我到团部去歇一会。"李剑激动地望着他说。他真想紧紧地拥抱这个士兵,把此刻全团的心情告诉他。

刘大壮感激而坚持地说道:"报告长官,我有任务在身。连长命令我要马上赶到营部。"

"那好……"李剑也被他那紧急的心情感染了,来不及多问,匆忙地说,"我来带你去。"他们离开老谢,一同急忙地向村子里走去。

打了胜仗,樊金标心里还窝着一肚子火。他怎么能不窝火呢?今天在激烈的战斗中,开始时不少新兵逃下了阵地,差点使战斗遭到严重损失;后来虽然又都自动赶回了前线,可这样行动终究是丢了二营的脸,丢了他樊金标的脸!要按早先的脾气,等打完仗他一个也饶不了他们。可后来他把这情况报告给来到前线的团长,奇怪的是平时像钢铁一般严厉的团长,这时却没有动怒;只是说他已经得到了一营长的报告,士兵们能够从惊慌中镇定下来,是很好的,不必再追究他们。樊金标当然也不好再说什么。

而现在,第六连也失去了联系。团部已经几次派人来问他们的情况,可他能回答些什么呢?他已经派出了好几名勤务兵和副官,分头向敌人溃退的方向和他们可能走错的道路去寻找,然而派出的人又都没有回来。老实说,他对六连这个刚刚提拔起来的代理连长实在不能放心;要说当军官嘛,他确实还太早了一点,连战场上的规矩也都不懂,光想玩些新花样,谁知道他会玩出些什么事来啊?要真的出了事,他拿什么向团部交代呢?他倒不是担心自己的干系,脑袋掉了碗大个疤,个人算得了什么?他是想到,这回全团总共才出来这么些人,要是头一仗就让他一下交代了二百多个弟兄,他当营长的不光对不起上司,也对不起全国盼望北伐的民众和把这样重大的担子付托给他的共产党啊。他越想越窝火,真想亲自带着队伍赶上去看个究竟。可是团长又说他们今天打得太艰苦了,要让他们抓紧时间好好休息,并说他已经派第一营齐营长带队伍赶上去了。唉,这个乳臭未干的小娃子,给全团招来了多大的麻烦啊!

他喝了几口闷酒,就心情烦躁地走到村子外面,去看在那里露营的队伍。他做事总是那样匆忙干脆,喜欢亲自检查一切,看到了不顺眼的就即刻着手纠正,也毫不掩饰地把一切愤怒和不满发泄给部属。在那里,刚好让他撞见了几个没有躺下睡觉的士兵,他立刻大发雷霆,直到那几个弟兄当着他的面躺了下去,这才消了火气。就在这时候,一个副官跑步来报告他,说第六连派人送信回来。他又惊又喜地大骂了一声什么,就急躁而匆忙地甩开大步赶回营部来了。

这时,刘大壮正端着一碗饭在桌旁狼吞虎咽。他们从一早到现在还没吃过东西,刚才他又拼命跑步赶了几十里路,真是饿极了。营部的人趁找营长的工夫,给他盛来满满一大碗米饭,他也来不及感谢,端起碗小扒了两口,就大口地吃起来了。樊金标人没进来,声音就先闯进来了:

"人在哪儿?六连怎么样?……"

刘大壮急忙放下碗筷,利索而精神地上前立正,向闯进来的樊金标敬礼道:

"报告营长,这儿有连长的信。"他说,把那张因一路拿在手里、已经被汗水湿透的折叠的纸条,双手递过去。

樊金标一把接过来。他虽识些字,却不很精通;纸条又是湿的,被他弄破了,他又性急又费力地把那张字条凑在一起念完,脑门上也憋出了汗水。这时,他那一直积压在心中的担心和怒火就都一齐爆发出来。他一把捏住字条,冲到刘大壮的面前,怒问:

"怎么?!你们都跑到攸县去了?!"

刘大壮立正站着,可仍然不慌不忙,他恭敬地解释道:"报告营长,是这样……"

"什么'这样'!"樊金标勃然大怒道,"你们这是在打仗吗?简直像撵野鸭子似的!……"

他往下不知还要说出些什么愤怒的话来,幸亏这时团部的一个副官匆匆走进来,一面敬个礼道:

"樊营长,团长命令!"

"什么?"樊金标火气未消,瞪眼看着他问。

副官说道:"请你们在十分钟之内,作好出发准备。请你带几名副官和勤务兵,骑马先赶上团长……"

"团长在哪儿?"樊金标性急地问。"六连有报告来,他们打到攸县去了!……"

"团长知道了。"副官回答道,"团部已经接到了齐营长的报告,他亲自赶到前面去了。临走时要我向你传达,今天全团会合宿营的地点,改到攸县。"

"是,立刻执行!"樊金标闷声闷气地回答一句。

"樊营长,我走了。"那副官敬了个礼,转身又匆忙地走出去了。

樊金标立刻大声地喊起来:"于头,于头!快带马,跟我先到各连去!……"

刘大壮心中感到喜悦,他走过来热情地请求道:"营长,让我来给你们带路吧?"

"你带什么路?"樊金标瞪眼看着他,"想累死啊?老实待在这儿,吃饱喝足再走!"说完,看也不再看他,提起马鞭子就大步走出去了。

矮胖乐呵的勤务兵于头,全身背满了大大小小的东西,从后面赶出来,匆匆忙忙把小半碗酒放到桌上,好心地劝刘大壮说:"来一点吧,老哥子。这东西解乏的……"说完,又匆匆忙忙地跑出去赶营长去了。

刘大壮只来得及向他感激地笑笑,可是他看着桌上的酒和饭,再也无心吃下去了;一种对自己的连队和弟兄们关切的感情,完全盖过了眼前的疲乏和饥饿。他想了一想,便背起枪来,决心去找着第一批出发的队伍,赶回攸县去。

这时,村外已响起了各连的紧急集合的号声。

十几分钟后,第二营的队伍都顺序出发完毕了。沸腾的小村又沉入了荒凉和寂静。

可怜的汤团长,和他那些拖得筋疲力竭的随从副官们,也正在这会儿赶到了村前。

他们着实吃了苦头,白皙的皮肤都变得通红了,像一个个煮熟了的大龙虾。他们一路上怨声载道,尾随着先遣团的脚步,紧赶慢赶,赶过了高地,追到了碌田圩,可又都失望了。最后才从一个押俘虏的士兵口中听说,队伍已经在前面的一个小村子里会合了,并且要在那里驻扎一夜。这句话着实产生了极大力量,好像耗干了油的灯捻儿又添进了湿润的油。他们咬紧牙,像翻越一座泰山那样地走完这几里路,终于到了村前。

他们一路就预料,这个驻扎了几千人的小村,几里路外就该听到人喊马嘶,一片喧腾。果然,在隔一座山头的时候,他们虽未听得这般热闹,却传来了几处应和的号声,还有隐隐约约的口令声。这使他们更其愉悦了;到达目的地后的快活景象激动着他们。终于走到了村头,可是又奇怪,那想像中热闹的幻影全消失了!难道是眼花?还是鬼使神差地走错了路?刚才还应和着号声和口令声的村子突然变得寂静了。他们像进入了一座被隐身法罩住的迷魂阵,一切都茫然而又可怕。那个团在哪里呢?

村头的树下,只有几个拖鼻涕的小孩子在捏泥枪,嘴里唱着刚学会的《打倒军阀》歌,也奇怪地看着他们。

王重远被派到村子里去寻找。趁着随从们没把椅子找来,汤团长向一个看他的小女孩问:

"喂,刚才的队伍在哪里?……"

"走了。"小女孩怯怯地说,退了两步。

"到哪里去了?"

"不知道。"小女孩一双大眼惊疑地看着,摇摇头。

别的孩子们也围拢来了,其中一个癞痢头的胖孩子说:"我知道的!有个老总对我说,他们是要到攸县,打北洋军!"

"攸县?"汤团长两眼瞪得溜圆,眼珠似乎要弹出来,那模样把孩子们都吓呆了。

"团长大人,请坐!"两个随从把一张靠椅抬在他身后,恭敬地报告说。

"攸县?天哪!……"汤团长颓然长叹一声,一屁股跌坐在椅子上,半天说不出一句话来。

然而,王重远回来了。他身后还跟着三个军人,都是大檐军帽,青灰布军服,绑腿草鞋,脖子上围一条红带子。汤团长心一跳,猜着了八分,不觉迟疑地站了起来。

王重远几步蹿到他面前,欣喜地报告:

"团长大人,这是叶团长留下的副官,专为等候我们的。他带有叶团长的信咧。"

"哦、哦!……"汤团长喜笑颜开,总算有了着落。

为首的那副官走过来敬礼,恭敬地说道:

187

"团长先生,我们团长本预备在这里恭候大驾,因为前方临时又有了新的变化……"

汤团长急忙插言问:"怎的?北洋军又反攻了?要不要紧啊?"

"不要紧,团长先生。"那副官说道,"我们团长有信给你,上面说得很清楚。"他说着,把一封信双手递给汤团长。

汤团长接过信来,忙忙地展开笺纸来看时,那上面写着几行简短明确的话:

汤团长阁下:

  欣闻远道来访,不胜感动之至。适接前线报告,敌向北远窜,我军已控制攸县。据此,我已令全团赶赴增援,未能恭候大驾。阁下远道劳顿,枉屈之至;慰问之意,我谨代表全团深谢敬领。贵团如能进驻砾田一带,巩固攸县,使我团得免后顾之忧,对全局亦可作极大贡献也。

  专此致意

最后面,是一个草书的签名:叶挺。

十二

战斗结束了。攸县城就像一缸被搅浑了的水,开始慢慢从混乱中安定下来。

当第六连抢占浮桥北岸后,又遭到了城内敌人的多次反扑,但是又都被万先廷和士兵们打回去了。农民自卫军扑灭了浮桥上的大火,又从附近的村子里挑来了米面蒸成的馍馍和米粑;但是,士兵们没有命令,都连一口也不吃。争执一番后,万先廷才决定由特务长统一购买一些,分发给各班。这一来,士兵们的精力更充足了。

不久,齐渊带领的第一营赶到了。万先廷向他报告了情况后,没有时间多说,齐渊命令他们这一连留在桥头,处理俘虏,同团部联络;肃清城内敌人和部署新阵地的责任由第一营担负。齐渊下达了命令后,便指挥队伍,继续向城内追去了。

齐渊的意思是明明白白的,这就是说:第六连的战斗勤务已经结束,应当休息了。尽管万先廷再三请求担任追击,可是他得服从命令。刚才在那场大火里,万先廷腿上负了点轻伤,这他倒并不介意,只是把突击排的衣帽都烧得很破烂了;这对一向要求把队伍弄得整整齐齐,军容搞得干净利索的他们这个团来说,实在不合格的;纵使是在战斗的时候。怕叫团长见了,会要严加申斥的。万先廷就是这样的性子:为着团体的事,哪怕是再小的地方,他也是决计不愿意落在别人后头的;这拿他们乡俗里的话来说,就叫"争气"。所以过去,每逢连里有什么事情做得不大好,不如别人时,他就总喜欢用这句说惯了的话来鼓动大家:"弟兄们,我们要争气!"士兵们都了解自己连长的性情,他们也养成了那种为团体争气的上进心和自豪感。

万先廷根据情况,命令一个排押送俘虏,一个排修整浮桥,突击排就在河岸上休息,修补衣帽。各排按照命令去执行后,万先廷不觉打了个呵欠,他这时才真感到疲乏和劳累了。他的小勤务兵在一旁劝道:

"连长,你真该去睡一会了。"

"去睡?"万先廷看了他一眼,"事情还多着哩。你看,眼前哪一桩事不比睡觉紧要!"

"可你实在太累了!……"

"打呵欠就叫累?"万先廷笑着说道,"你真太不懂事,睡觉睡足了才打呵欠的。你看戏台上唱戏,一醒来总要先打一个呵欠,那不是明明告诉人睡够了。"

这话把小勤务兵逗得笑起来。万先廷又道:

"走,我们去看看浮桥修得怎么样。等会全团都要来了!"他们一起向浮桥断口的地方走去。那里正在拆换烧坏了的船只和桥板。

可是,他刚到那里,一个士兵急匆匆地找到了他。那士兵报告说,有一个俘虏官,死赖着不肯走,看样子是对抓住他还不大服气。士兵们按军纪又不能打他,只好来报告指挥官了。

"什么样的官?"万先廷问。

"是个肥头大耳的家伙。"那士兵说道,"肩章上好几道黄杠杠,他说他是上校。"

"你去报告齐营长,请他处置吧。"万先廷说。

"齐营长没工夫,"那士兵说道,"他说报告你就行。"

"我就行?"万先廷不觉有些作难,暗想:看到从前那些以杀人为乐、以打仗为儿戏的军阀,他就恨不得亲手一个个宰了他们。现在却让他去跟那帮家伙打交道!转而又一想,这帮家伙当了俘虏,还在装腔作势,想在穷人面前作威作福,叫人越想越气愤。"一定要把他压下去!"万先廷想,"既是齐营长看着行,那就一定能行。要给革命军争这口气,也给穷人争这口气!"他想着,便果断地向那士兵道:

"好吧,走!"

正要走,小勤务兵在一旁提醒道:

"连长,你换换衣服吧!"

万先廷这才往身上一看:军衣上烧得大洞小眼,衣襟和袖子上也有一块块烧糊的痕迹:实在该换了。

"不,"但是他说,"跟他们用不着!"

他跟着那士兵走到河坡上一间孤立的小房子前,那俘虏就坐在门前的一块大石头上。万先廷在近处打量他一眼,果然肥头大耳。万先廷不觉想起家乡的那些财东和豪绅来,心中自然地浮起了一阵愤怒的情感。那俘虏两腮长满胡子,穿一套质料很好的黄军服,胸前挂满勋章绶带;他那虚胖臃肿的脸上带着强作的骄矜和镇定;但从那茫然的目光和无目的的动作中,又可以看出他内心的怯懦和空虚。

万先廷走到他面前时,他瞟了一眼,又装作没看见似的把眼光移到别处去。万先廷站到他面前,竭力压抑着愤怒,平静地问:

"你有什么事?"

"我要见你们的最高指挥官。"俘虏的两眼仍望着别处说。

"我就是最高指挥官的代表。"

俘虏又看了他一眼:"我要见他本人。"

"他没工夫。"万先廷看着他说,"今天俘虏很多,我也没多的时间。"

俘虏不说话,也没看他。

"站起来!"万先廷提高了声音说。

俘虏只是看了他一眼,仍然坐着。

"站起来!"万先廷突然大喝一声,这声音是压抑的仇恨和愤怒的爆发,严厉凛然,以致那俘虏不禁战栗了一下,抬起头来,触着那双光芒逼人的眼睛,他身不由主地慢慢站了起来。

"告诉你!"万先廷严厉地说道,"我来这儿,不是因为看你是上校!你现在是革命军的俘虏,我是看这个才来的!你们喝老百姓的血喝够了,今天还想在我们面前逞威风?"他向一旁的士兵命令道,"把他带走!"

那俘虏强作的骄矜和镇定彻底崩溃了,他机械地挪动脚步,走了几步,又突然鼓起勇气转过身来,急急忙忙要求道:"长官,代表先生……我是想问问你们,只想问一个问题……"

"问吧!"

"我听说,你们这回来的只是一个团,"那俘虏仰着头,观察着万先廷的神色,一面道,"可我决不相信!我带兵二十多年,经验告诉我:你们这全是假话!要不,我敢拿这颗首级来打赌!"

"你的脑壳一点不值钱。"万先廷鄙夷地说道,"你以为自己很懂军事,可就是忘了:打仗的输赢不靠武器,也不光靠人数;是看他们为什么打仗,为谁打仗!"

俘虏佯装地:"我是军人,这个我不懂……"

"你不懂?你装傻!"万先廷愤怒地说道,"为什么打仗你们明白得很!你们那些金山银山、田地房产哪里来的?就是打仗打出来的!你们拿穷人的血汗和性命当儿戏,只要自己能得到富贵和名利!看,"他转身指着不远处被北洋军烧毁的断垣残壁,和那一摊摊鲜红的血迹,说道,"那是些什么?你们干的那些事,还有一点点人的心肝吗?"万先廷越说越激动,声音也提高了,"你们根本不是人!就因为这个,我们才来打仗,我们才来革命!"

俘虏被这一席话,说得冷汗直流,不敢抬头触住万先廷的目光,最后,他颤抖着声音问:"代表先生,你们,会怎样的惩罚我?……"

万先廷看着他,压抑着愤怒说道:"照我的意见,你们全都应该枪毙!"

"长官!"那俘虏全身发软,再也顾不得身份,膝盖弯曲着,哭丧着脸哀告道,"要是我知罪,你们能不能留下我这条命?……我上有高堂老母,下有六个孩子,他们全都没人照应!……"

万先廷鄙夷而愤怒地望着他:多么奇怪的世界!一面是杀人不眨眼的刽子手,一面却还是有母亲的儿子和有孩子的父亲。正是这样的人,他们用别人父母的鲜血染红着自己的衣冠袍带,去荣耀自己的祖宗父母;正是这样的人,他们用别人的儿女的血肉,去饲肥了自己的后代子孙!这些永远只想到自己的卑鄙的小人啊,不正是他们干出了许许多多"无心的"损人利己的事情?!然而,他们却总装着华丽高贵的外表,道貌岸然的举动;正是他们,用自己的虚伪和无耻在毒化着这个世界。想到这些,万先廷真恨不得用自己的双手,在一夜之间把所有这样的"人"全体地铲除干净!

可是,现在,他不能。他望着俘虏,用力地压抑着自己的愤怒,低声地说道:"你放心,那只是我自己的意见。可惜你是被革命军俘虏了。"他转向押解的士兵说道:

"带走吧。"

那士兵押解着俘虏向河坡下走去。万先廷仍然充满着激动和愤怒地望着那俘虏的背影。小勤务兵在一旁庆幸地向万先廷道:

"唉呀,连长,刚才你的脸色好怕人。我真担心你要跟他动拳头哩!"

"唉,"万先廷叹口气,拿出手巾来擦着手心攥出的汗,一面说道,"叫我在战场上打他们倒容易,可这样地跟他们打交道真难哪!你看,"他把攥满汗水的双手伸给小勤务兵,说道,"我用了多大力气才把这对拳头收住啊!"

小勤务兵天真地笑了:"怪不得,齐营长说你准能行呢!"

"走吧,该去补补衣服了。"万先廷看看身上说道,"等会全团的弟兄们要到了,看着实在太丢人!"

当叶挺和樊金标骑马赶到攸县时,天色已经是黄昏了。叶挺马不停蹄,直接赶到县城北面的第一营去。樊金标得到允许,先去看第六连。

在刚修好的浮桥上,士兵们川流不息地来往着。夕阳在西边天上还露着一块尚未收尽的霞光,血红血红,鱼鳞一般地绚丽灿烂。那光芒也映在河面上,给那浮桥和士兵们身上都披了一层剪影似的、幻丽的色彩。

河坡上,驻满了露营休息的士兵。他们结束了城内的战斗后,便立刻各自撤出到一营长指定的露营地点。在沿河倾斜的河滩上,第六连的士兵们整齐地架着枪,摆好军毯,按着班排集中地坐在一起。有的架着篝火,吊着水壶在烧开水;有的借着晚霞的光,在专心地缝补被炮火毁烧了的衣帽；有的就围在一起兴高采烈地讲述今天的战斗。河边上也坐满了人，有的在洗澡洗脚，有的在洗衣服；他们的倒影映入晚霞朦胧的河水中，在那辽阔高朗的天空的衬托下，显出一种激战后所特有的热闹而又宁静的景象。

万先廷和刘大壮那一班的士兵们坐在一起。刘大壮还没回来。士兵们围成一圈，坐在自己的军毯上。旁边也生着一堆火，他们用洋铁饭盒在火上煮粥。万先廷脱了上衣和帽子，只穿着一件从家乡带出来的粗蓝布短褂，头上是剃光了又长起来的头发；这时看他的上半身，便完全像个农夫。他一面低头在缝补军衣，一面跟弟兄们说说笑笑。本来，他的军衣和军帽都有人抢着要为他补，可是万先廷说，他自己的手艺说不定还比他们强些，只把军帽交给别人了。他跟弟兄们是很谈得来的。士兵们这时的谈话，正集中在陈欢仔身上。他这头一回上战场的复杂的转折，成了他们全班最有趣的话题。这时的万先廷，早把违反战斗命令夺取浮桥的事忘到九霄云外了，他正在兴致很高地听弟兄们谈话。

在缝补军衣的时候，不知怎么没小心，一件东西从上面的口袋里滑落了出来，刚好被陈欢仔手快捡着。

"哎呀，好漂亮的荷包！"陈欢仔拿起荷包来看着，惊呼道。又顽皮地说起了广东话："顶呱呱！……"

万先廷急忙停了手中的针线，又着急又不好意思地望着他，深怕他把这件最宝贵的东西弄脏了。可是又不好说出来，关于家里的这些事他在队伍上很少讲过，特别是跟弟兄们，总有些害臊。这时他真有点不知怎样办好，只是难为情地微笑着看大家。

如果刘大壮能在这里的话，他那双饱经世故的眼睛当然能一眼看出连长此刻的心情。但是，陈欢仔却根本想不到这些；围着的人也都因为被这个漂亮的荷包吸引了，没有去留意连长的微笑里流露出来的神情。他们一面抢着围上来看，一面迫不及待地在手里传送着，看得仔细的人便发出衷心的赞美和惊叹。陈欢仔热烈

地要求道:

"连长,这是从哪里买来的?真是顶呱呱!你告诉我吧,在哪里买的?……"

虽然在旁边有懂事的人一再用眼色阻止他提这样的傻问题,可是也许因为天色已近黄昏,也许陈欢仔此刻心思完全在荷包上了,他根本没有看见。

万先廷听着这个新兵的孩子气的问话,只觉得又好气又好笑。他还没有答话,旁边一个弟兄逗趣地问道:

"陈欢仔,你要这样的荷包做什么用呢?"

"送给班长!"陈欢仔不假思索地回答道。接着又显得很不满地说:"他的那个烟荷包补了好几层,早就该换了!……"

万先廷听着他的话,也被他对班长的那种真挚的感情感动了。他怎么回答他呢?说这样的荷包是没有地方能够买到的吗?那该会使他感到多大的失望啊。他只好用沉默的微笑来代替回答了。这时,荷包已经从最后一个人的手里传回到他的面前来。他接过荷包,为自己刚才的心疼感到惭愧;他看见弟兄们在拿它的时候,都格外爱惜,格外小心,有的还特意擦干净了手才接着。当然,他们只知道这一定是连长最心爱的物件,却不曾知道,在这荷包里包着的,是一颗怎样的情长意重的心啊!

他想起了大凤在那个难忘的别离的夜晚,向他说过的那些短短的然而却又是千言万语难以代替的话。他记得那一夜分手的时刻,已经是鸡叫二遍了。他别了婶娘,同大叔、黑牯和大凤出村走向通往省城的大路。黑牯背着他的包袱和斗笠,只顾在前面闷头走路;大叔同他一路慢慢地走,一路还商谈着村里的工作;大凤默默地低着头,跟在最后。天清如水,残月似钩,在已将泛白的远方的天际,只有那颗金色的启明星显得格外明亮,似乎在为远方的游子指引路途。万先廷偶尔回头向后看一看时,每次都触着了她那双潭水一般深沉、钻石一般明亮的目光;但是当她触住了万先廷的目光时,又立刻迅速地低下头去了。唉,这倔强的心事深沉的姑娘,她的情感是多么令人难测啊!

在快要到达通往省城那条大路的山口时,大叔便喊了黑牝一起先回去了,让大凤多送先廷一程……他俩仍然是默默地走着,从山坡下一直走到通往省城大路的山口,都没有说出一句话来。是啊,有什么更准确的言语,能够表达出他们当时那深重的难舍的情感呢?他们就在那道山口上的一棵老松树下默默地站着,直到第一片拨开黑暗的朝霞映照在他们的身上,他们才从这幸福的沉默里惊醒过来。大凤只是低声地说道:

"你走吧……"

他走了。那一刻,他的心绪多么慌乱,他的情感多么激动;头一次离家远行的年轻人啊,有什么能比那最后的一眼更令人酸痛难忘呢?在从那山口到通往省城大路的一段路程,万先廷不是走,而是跑着下去的——他不敢想大凤在和他别离时的情感,他不敢看大凤这时的脸色和眼睛——只是快快地走,快快地走,早些把这一刻过去……当他已经走到山坡下的大路,终于忍不住回头向山口上看一眼时,出乎意料的是,大凤仍然站立在那棵伞盖般的老松树下,那样坚强,那样镇定。通红的朝霞从她的身后射出来,在绚丽的天空上,把她和高大的松树溶成了一体。这一瞬,给了万先廷多么巨大的力量;这一瞬,永远地、永远地留在了他那最深刻最美好的记忆里……

这时,忽然从浮桥上传来一个熟悉的、火气冲冲的喊声:

"六连长!"

万先廷一下就听出来,这是营长的声音。他急忙站起来,把手里的荷包塞进裤袋里,赶紧披上军衣。

"连长,你的衣服还没缝好呢!"陈欢仔着急地说。

一句话提醒了万先廷,他看看军衣毁损的地方太多了,说不定还得去见团长,实在太不像话,便急忙向弟兄们道:

"快,给我件好点的军衣!……"

很快地,他从一个士兵手里接过上衣来穿好,戴上军帽,一面扣着衣扣,系着武装带,一面飞快地向桥头跑去了。

樊金标在桥头等他,看样子憋着一肚子火。万先廷跑到他面前,精神抖擞地行了个举手礼:

"报告营长……"

"你干得好哇!"樊金标劈头怒斥道,也不顾旁边和路过的士兵,"翅膀硬了,你以为打仗也像赶集逛庙会啦!"

"营长,你听我报告……"

"我早听过了!"樊金标愤怒地打断他,挥动着那只没负伤的右手,"我问你:战斗以前命令怎么下的?!"

"结束高地的战斗后,要我们追击到碌田北面那个小村子,跟第一营和特别大队会合。"

"那你呢?!"樊金标质问道,"你到哪儿会合了? 你带着队伍跑到这儿来,谁让啦?! 干得好哇,全团都跟着你跑了几十里!"

"营长,"万先廷望着樊金标,还想说清楚,"当时我本来不想打,可敌人……"

"他请你打了! 啊?"樊金标吼道,"你也知道团长的脾气,他从没饶过违抗命令的人! 你——"他举起拳头,在万先廷面前威胁地晃了晃。

这时,不远有人小声道:"看,团长! ……"

一群骑马的人沿着通往城里的那条大路奔驰过来。聚集在桥头和周围的人都开始散开。在桥头两旁休息的第六连的士兵们,都暗暗为连长担心。他们知道,团长对执行命令和纪律是极为严厉的;任何情况下,他把一切困难都估计到,也充分听取部属的意见,但一经决定,就决无更改,他是从不容许部属在执行命令中讲价钱的。有些人便开始悄悄商量,用什么办法,把连长的责任共同担待下来。

团长已经在河岸上下了马,同随行的人沿着通向浮桥的大路走过来。他的旁边是齐渊,后面紧跟着李剑,还有另外的几名军官和护兵。他在北门外,看了第一营迅速布置好的防线,又听齐渊报告了攸县的战斗和北洋军败退的情况。虽然他的脸色仍一如往常那样严肃,不露声色;然而熟悉团长的军官们都从他那明朗的目光中看出了:他对这一切显然都十分满意。

他们刚近浮桥时,万先廷便迎上去敬礼:

"报告团长……"

"不用报告,我全知道了。"叶挺站下来,点点头说。

"团长,我违犯了命令。"万先廷沉重地低声说道,"请求团长处罚。"

叶挺的两眼中现出和悦的光,他看了旁边的军官们一眼,问道:"你想要什么样的处罚呢?"

"团长,"樊金标在一旁,明明是想为他开脱地说道,"刚才我狠狠地骂了他一顿,他已经认错了。"

"认错?"叶挺看着他问道,"不,樊金标同志,我看该认错的不是他,而是你和我!"

"怎么?"樊金标惊异地,"我?"

"是的,樊金标同志。我们又容易想起过去了。"从叶挺的声音里,听得出他也有些感动,"为什么光看后面呢? 我们不是军阀队伍,不需要像机器那样的指挥官! 今天,民众在盼望我们大步向前,早日解除他们的痛苦;谁依照这个命令就是对的,反之就错!"他停了一下,似乎在回味这几句话的深意,接着又向万先廷道,"我感谢你,万先廷同志,今天的战斗,你指挥了全团,也指挥了我。这一点,我也不是很快就明白的;齐渊同志帮助了我。当我看了这里的形势后,就更加了解了你这个行动的意义。现在,我特地代表全团,为这个胜利感谢你!"

他伸出手来,万先廷激动地用双手紧紧握住,不好意思地说道:"不,团长,这本来是大家商量着办的……也要靠这里农协老乡们帮助。这全是他们的功劳。"

"好好休息一下吧。"叶挺说道,"你光顾向前冲,连干粮也没让弟兄们吃好,这一点是要记过的。"他又转向樊金标道:"一定要让他们休息好。"

"是,团长。"樊金标立正回答。

"我们再看看浮桥。"叶挺说着,看了看军官们,便踏上了桥头的跳板,向浮桥中间走去。在桥上来往的官兵们忙闪到两旁,立正向团长和军官们敬礼。

他们走到浮桥中间。向两旁望去,宽阔的河面上,水色茫茫;晚霞业已收尽,天色正在暗下去。朦胧中,更显出这河岸的险陡,如果没有这道浮桥,要想在短时间里攻克这座县城是很难想象的;而且还不知要付出多大的代价。

叶挺站在浮桥中间,看着周围的地形,若有所思。齐渊正和李剑等几个副官站在浮桥边小声谈话。樊金标一口接着一口地吸着烟,火光时明时暗,映红了他那总是火气冲冲的脸。万先廷也跟随着来到了浮桥上,此刻望着北方,望着岸上县城巍峨的轮廓,望着那还被敌人盘踞着的遥远的家乡;他更感到今天他们责任的重大。这里正是他们久已盼望的北伐前线,离他们不远的地方,还是军阀的世界;他们时刻可能受到敌人的进攻和反击。那边的军阀说多就多,而他们从广州出发的就是这一个团!面临在强大的敌人面前该怎样办呢?想到这里,一股热血便往上涌,一种强烈的责任感和荣誉感激动着他;他忽然觉得,要是把此刻激动着自己的这股力量传达给全团的弟兄,那该多好!……

"你们看,"团长说话了,"这座桥成了我们唯一进退的孔道。现在,我们前面有强大的敌人,后面有千千万双眼睛:民众等着胜利,朋友等着捷报,还有一些人,等着看我们的笑话。"他忽然问齐渊,"你说,当前对我们最紧要的是什么?"

"决心和信心!"齐渊果断地回答说。

"是啊,"叶挺沉思地说道,"这一点现在是更加重要了。用什么方法,叫每个弟兄都能很快明白这一点呢?"

万先廷听着他们的对话,突然觉得心头一亮,再也忍不住了,他勇敢地向前跨了一步,大声道:"报告团长,我有一个请求!"

"说吧。"团长的声音仍然平静地说。

"为了表示我们只进不退的决心,我请求:拆掉浮桥!"万先廷一口气说出了冲击在心中的想法。

这句话似乎在每个人心中都引起了激烈的回响,霎时间都沉默着。团长也仍然未动声色,似乎在等他继续讲下去。

万先廷本来觉得意思已经完全说明白了,可是心情一激动,又接着说下去道:"让每一个弟兄,都了解指挥官的决心,我们只有一条唯一的道路,这就是向北!就是党提出的:直捣武昌,饮马长江!让老乡们看到,北洋军打过来,我们会跟他们同生死共存亡!也让那些敌人跟看热闹的人们知道:不管敌人再加多少兵力,我们也只会前进,决不后退!"

瞬间的沉默后,叶挺向齐渊和樊金标问道:

"你们看呢?"

齐渊毫不犹豫地答道:"我觉得,这是一个大胆有力的行动!"

樊金标担心地问:"老百姓干吗?"

"只要革命军需要,老百姓没有不愿意的!"万先廷热烈自豪地说道,"等革命成功了,我们要在这里造起大桥来!"

叶挺略略沉吟后,向李剑命令道:

"李副官,马上去通知参谋长,要他从特别大队派出一百个人来,立刻把浮桥拆掉。并且把这个决心,通知各连,告诉到每一个弟兄!"

"是。"李剑立正答应,同一个传令兵转身走去。

"现在,你该去休息了。"叶挺转向万先廷,心情不无愉快地看了他一瞬,然后转过身去向齐渊和军官们道:"我们走吧!"说完,向留下的军官们回了个礼,便大步向桥头上走去了。

万先廷站在那里,望着团长和齐渊他们的背影,直到在朦胧中远去。他回过头来,感激地望着樊金标;不知为什么,他此刻觉得心里挤满了很多话,想找个亲人痛快地说说。

"还看什么?"樊金标望着他,似乎早憋了一句什么话,这时问道,"这件军衣不是你的吧?你的军衣啦?"

"军衣……"万先廷慌忙答,"还在班里……"

"于头!……"樊金标喊起来,提高了声音:"于头!"

"到!"矮胖的乐呵呵的勤务兵于头,像从桥板下钻出来似的突然出现在他们面前。

"去把六连长的军衣拿来,"樊金标命令道,"给他补一补!"

万先廷恍然大悟,感激地说道:"营长,不用,我自己能行……"

"别啰唆!"樊金标干脆地说道,"团长怎么说来着?你给我睡觉去!"

"放心吧,六连长。"于头乐呵呵地说道,"等你睡一觉起来,衣服就放在你枕头上了。准保跟裁缝店的活儿一模一样!"他说完,眨眼就跑了。

"回去睡吧,"樊金标没改变脸色道,"我要是再看到你乱跑了,当心!"他威胁地扬了扬拳头,转过身去,大步流星地径自向桥头上走去了。

万先廷望着他的背影,心里想笑;他觉得,跟前的一切,就连营长那怒气冲冲的声音和动作,也似乎变得格外美好亲切了。

十三

夜色悄悄地降临了。经过一天战斗和忙碌的士兵,都已在河边上露营下来。全城的百姓也在极度的兴奋和狂热中渐渐平静下来,预备迎接一个新的革命的早晨。

李剑的工作也已经结束了,他回到了副官们的住处。虽然一天的紧张战斗使他的全身就好像要散开了一样,可是他的心情还是激动而又亢奋,不能早早入睡。他们副官处驻的房屋,原是一家茶馆。茶馆老板是一个热情义气的四十多岁的汉子,他是本城有名的学问家兼花鼓戏爱好者,最喜欢看《说岳全传》,常常说,如果岳元帅在世,天下就不会如此大乱了。不过,今天他见了这支队伍后,又说革命军实在要比"岳家军"还更严明和神勇得多了。他坚持着要把自己的卧房让出来给革命军住,可是他们又哪能答应?争让一番后,好容易才把茶馆老板的一番好意谢绝了。茶馆的后面有一座临河的水阁,里面刚好摆下一张方桌,是先前的雅座。为了不影响别人,李剑提了一盏风雨灯到这水阁里来,想静静地回忆一下这些天的从军生活。

水阁正临河面。一轮金黄的满月,被河水反映着,格外温柔明亮。密匝匝的繁星在月光下失去了光辉,天空宛如一片澄碧的湖水,和平而宁静。李剑对月凝思,心潮起伏。他站在水阁的窗口,凭窗遥望,想起古人的许多吟诵月光的诗句,可是都觉得与眼前的境界不大相称。他忍不住回到铺前去,把自己那支最心爱的白管玉笛拿过来,站在窗前低低地吹起一曲来。这支玉笛是他在上海就带着的,在异国的日子里,他们就把它当成是最亲密的祖国和故乡的声音。玉慧还特为它精心地做了一副丝线的穗子,格外素雅好看。从广州出发以来,一路上他都是随身带着的。他那轻柔动听的笛声,在月光下的河面上荡漾着;他的心也贯注在这诗一样意境的笛声里,暂时忘记了这前线的面临大敌的险境……直到后面响起问话的声音,他才猛地从沉醉中惊醒。

这是茶馆老板看过革命军演的文明戏以后回来了。他热情地问候李剑,问他为什么还没有安歇。后来又兴高采烈地赞颂今天的文明戏演得好,革命军真是文武双全,他由此又谈了一阵"岳家军";后来又关心地问他要不要开水,得到回答后,这才客气地躬躬身,打着呵欠,回到房里去了。

李剑这才感到,夜已深了。明天还要准备新的战斗,他得赶快写好给玉慧的信;便回到桌前,把风雨灯捻得更亮一些,摊好信纸,抽出自来水笔,略略凝思了一瞬,便俯首写了起来:

慧:
　　此刻,你再也想象不出,我是在一个怎样的地方给你写这封信的吧?……

写下这两句,李剑又不由得把头抬了起来,凝视着窗外。近处的河边上,露营的士兵们都已进入了梦乡;只有一堆堆将熄灭的篝火,还闪着暗红的余烬。街上人们来往的脚步声也已稀少了,四周一片寂静;寂静里,偶尔传来一两句简短轻微的口令问答声。这就是前线的夜。

在河对岸的远方,月色朦胧中,是重叠的巍峨高耸的群山。在那些群山中的险峻崎岖的小路上,留下了士兵们前进的足迹,也留下了他自己的艰苦的足迹啊!想起赶赴前线的急行军的那些日子,李剑就简直不敢相信,自己是怎样同士兵们一同走过来的。对他说来,那是一些怎样令人激动和难忘的日子啊!

前头房里,传来茶馆老板长长的像纺车拉线时一般的鼾声;这鼾声更衬出了深夜的宁静。河水静静地流着,在清澈的月光映照下流向远方;李剑的思路,也变得遥远而又遥远。他凝视着桌上风雨灯的光炬在玻璃灯罩内跳动,这一个月的复杂而又丰富的经历,又鲜明生动地在他眼前呈现出来。他提起笔来便流利地疾书下去:

　　……这一个月,对于我是怎样的丰富难忘啊!呵,实在是太丰富了!……

感谢副官长的周密安排,使我能在团部刚要从韶关出发时赶上了他们。不过,磊夫率领的第一营已经同第二营先头动身了。我们在当天傍晚的时分就离别韶关,向着北方那莽苍崎岖的湘粤道上前进了。

李白曾说:蜀道之难,难于上青天。可是,在这粤北湘南的山道上,也真不亚于蜀道的艰难了。有时翻越一座大山,就要费去大半天的时光。而这样的大山,在我们的面前却又是重重叠叠,无穷无尽。加以凄冷的狂风、连绵的淫雨,我们的军衣和一切携带的用具几乎整日整夜都是湿淋淋的。从广州出发时,每个弟兄都只带了一条薄薄的军毯和一套单军衣,士兵们还都穿短军裤,走起路来倒不觉得,可是一到深夜露营时,那是怎样的寒冷啊!尽管这样,士兵们却没有一个埋怨的。他们都只是希望早日赶到前线,拯救出在军阀残酷折磨下的无数同胞。他们高唱着军歌,在狂风和淫雨里前奔。一路上,许多军官都是把他们的马匹让给生病的士兵骑;他们自己同大家一样地走路,而且总是走在最前面。我们饿了用自带的干粮充饥,渴了饮山涧里的泉水,每天以一百多里的行程大步前进……

他停下笔,想着,那艰苦的行军道上,出现的那许多使他激动得忍不住涌出泪水的事情:那些士兵,那些在平时看来粗鲁、愚钝、头脑简单的士兵,在真正的最艰难的时刻,在每个人自己都顾不上自己的时候,他们表现出来的那朴实真挚、关怀体贴的情感,是多么令人钦敬,令人吃惊啊。有时在干渴得口舌发苦的正午,他们为了让别人喝到水壶里仅剩的那一口水,互相争吵得面红耳赤;有时在暴雨下漆黑险峻的山道上,为了搭救一个失足跌下山崖的弟兄,有多少人抢着从险陡的崖坡上跳了下去……正是这些,坚定了李剑的刻苦的意志,支撑着李剑的疲惫的体力;在那些日子里产生出来的力量,使李剑今天回想起来,还觉得奇怪。想到这里,他又激动地写下去：

慧，在这短短的一个月里，我尝着了军队生活里的苦味和甜味；认识到了那里在被人们又恨又怕又看不起的军服里面，和粗糙黑瘦的皮肤里面的，革命士兵的可敬可爱的心灵。他们的谈话是粗鲁的，他们的表达友情的举动也是粗鲁的；可是，他们却有一颗怎样的朴实美妙的心灵啊！那美妙，又不是世界上所有的语言能够形容出来的。在他们中间，当然没有那些在布尔乔亚和小布尔乔亚们中间看惯和听惯的温文尔雅的谈吐、彬彬有礼的交际、和娓娓动听的辞令；同时，这里也完全没有那个社会里那些虚伪的眼泪、浮丽的词藻、悭吝的施舍、和包藏在铜臭和地位里的冷暖炎凉的人情。这里有的，只是一双时刻预备着为弟兄们的危难和不平而伸出的强有力的手，和一颗豪爽的赤诚的心。

当然，他们之可敬可爱的精神又远不只是这些。他们最足以使人钦敬的，是那种大无畏的镇定的革命牺牲精神。这种精神，是只有那些明了目标、明了主义、明了人生之崇高责任的士兵才可以有的；我们这个团队就是养成了这样的士兵的集体。他们虽然明明知道这目标隔他们还十分遥远，可是他们却甘愿像愚公一样的努力从自己的面前做起。所有的革命军的队伍中，只有他们的饷银最低，生活最苦，军纪最严，担子最重；可是，他们却用雄壮的军歌来战胜千万次艰苦，以高昂的奋斗来挑起百倍的重担。在他们面前，我为自己过去那一切的颓废的思想、衰弱的神经、无名的悲哀、消极的精神感到羞愧。我已经决心将那苍白的过去当作死灰一般的深深埋葬在我行进过的崇山峻岭间，快乐地踏上为创造人生之乐园的革命士兵的艰苦的征途。我知道，我们的前途布满艰险；正像磊夫说的，我们就像是一个闯进了满是毒蛇猛兽的巢穴的、孤单而勇敢的猎手，只有靠着自己的大胆和机智，才能不被敌人吞噬,并且全部消灭他们。但是,我们也并不祈求侥幸,我们的生命早已交给了终生信仰的党和主义,我们的鲜红的血液都时刻地预备着为千百万痛苦的民众而流尽。慧,在这样的光荣的行列里,在这样的可敬爱的同志们中间,我还有什么犹豫和动摇呢?我将永远同他们一起,别了亲爱的朋友,割断一切的牵挂,向这血路上前进!……

写到这里,李剑的脸上不觉浮起了一丝骄傲的微笑;他的感情激动,血液沸腾。的确,此刻如果眼前拦阻着刀山火海,他也会连眉头也不皱地跟随着全团的弟兄们跨进去的。他想起了裴多菲和拜伦的那些产生在火热的战斗里的诗句;他决心以他们为榜样,在中国这大变革的时代里写出光辉绚烂的诗篇来;纵然需要付出自己的鲜血和生命,但那些战斗的诗句,必将作为这伟大时代的凯歌,万古长存。想起这些,他又兴奋地继续写下去。他详细地写到了赶到前线时的第一仗——碌田战斗。他以钦敬的心情,写到了团长、齐渊和万先廷,写到了他在碌田北面小村外遇到的那个受伤的士兵,写到了那许许多多在火线上奋勇争先的弟兄们。随着那些生动的回忆,他的笔下时而紧张,时而轻松,时而激昂,时而沉重。不过,为了怕玉慧对前线的他们过于担心,他更多地写了一些令人激动的和有趣的事情。后来,写到驻扎攸县时,他的心又沉重起来。他不觉想起晚饭后同杨副官出去办一件事情时,经过城里的一条街上,见到几乎每一家的门前都站着一两个搽胭脂抹粉、打扮得妖娆风流的女人,她们向过路的人招手、调笑,有些甚至大胆地不顾羞耻地跑出来把路人往屋子里拉去。看着这许多堕落风尘的妓女,李剑难过地想:在她们那强作出的妖媚和欢笑后面,该隐藏着多少惨痛辛酸的血泪啊!在苦难生活的压逼和折磨里,妇女是双重的受难者;当她们的父亲或者丈夫受到权势者的欺压和凌辱后,唯一能够发泄的对象,就是她们;当她们的父亲或者丈夫被租债催逼得无路可走时,唯一能够抵偿的,也是她们。多少无辜的妇女,在她们还没有完全懂事的时候,就被推入了火坑。这一切是谁之罪?当然是万恶的金钱的社会;但是,隐藏在人们头脑里的那个对妇女的传统的观念,却是一条更为难以铲除的根。即便在作了革命根据地的广州,不也还沉沦着数不清的这样的烟花女人?而这个偏远的县城,又只不过是灾难深重的中国的缩影。李剑怀着激愤的心情,在信上写下了看到的一切。最后,他写道:

> 慧,当看到这许多在堕落的生涯中忘记了羞耻的女人时,我的心是多么悲痛,多么愤怒啊!可怕的倒不是这生活本身,而是在长期的苦难中被这种生活麻醉了的人们的头脑。这正是我们的多灾多难的祖国的耻辱的标记!啊,让革命的火焰快快地在全国烧起来吧!让全国的妇女同胞们早早地觉醒起来吧!我想,要是你也看到了这样的情形,你的心情一定会比我感到更加难过而激动的……

李剑一口气写完了信,装好;又把一路上写下的几首短诗装到另一个信封里,封好了信,这才觉得完成了一件大事。他看看表,已将近午夜一点了;他想立刻安歇,可是头脑里却反而更清醒、亢奋,难以入睡了。他便收好东西,捻小了马灯,轻悄地走到外面去。

河街上已无行人,月光昏黄地照着,显得分外宁谧、寂静。李剑信步踱去。只隔他们两家人家,就是团长的住房。那是一座古老的、宽大些的房屋,团长住在隔着天井的第二进。大门是敞开着的,门口站着卫兵;通过低声的口令的问答,那卫兵认出了是团部的副官,便恭敬地沉默了。隔着里面的天井,李剑看到团长的房内还亮着灯光,在小纸窗格上,映着两个人的身影:一个是团长,一个是齐渊。李剑知道,从夜晚的军官会议结束以后,齐渊就被团长留下来了。这时,团长站在靠里边,齐渊坐在靠窗的桌前,他仍然保持着军人的端正仪容。看样子,他们正在仔细地研究什么。这一路上,他们的担子该多么重啊。李剑想起今天在浮桥上万先廷和齐渊说过的那些话来,想起齐渊那似乎永远不知道疲倦的旺盛的精力,他的心底不觉又火一般地发热了。

李剑正要从门口走开去,忽然听见门里传出一个轻微的还带些童稚气的喊声:"李副官!"

李剑惊讶地站住,望见从门里走出一个士兵,正是一营长齐渊的勤务兵小杨。

小杨还不满十七岁,可是枪法和操练在全团都已是出名的强手了。他的家大约是东江,家里的人早就一个也没有了,六七岁就被一个马戏班子带了他到处流荡,长大些后,他受不住班主的苛待,便跑出来自己找生路。他跑过了不少队伍的招兵处,都嫌他太小,不要。后来这个团成立,专为一批穷苦的流浪儿童组成了一个特务队,小杨正好赶上了机会。这孩子为人机灵、诚实,没几个月就当了班长;后来,又被派作了一营长齐渊的勤务兵。

"李副官,你也还没睡啊?"小杨亲切地问。

李剑微笑地点点头,望着团长房里的灯光,低声问道:"你们今天还要回前面去吗?"

"要回去的。"小杨也低声说,他带着骄傲的夸耀的语气,"你不知道,他一天也不能离开弟兄们啊。李副官,"他忽然又用一种尊敬的口气问,"听说你是到过好几个外国的?"

李剑望着他的神气,微笑地问:"你听你们营长说的吧?"

小杨只是笑了笑,没告诉他,似乎已经从他的话里肯定他是到过外国的了,又进一步问:"是坐很大很大的大洋船吗?"

李剑微笑地点头,还不大明白他问话的意思。

"那些船是我们中国的?"小杨热烈地问。

李剑似乎有些明白他的意思了,低声道:"不,是外国的。"

"我们中国有没有吗?"

"没有。"

"一条也没有?"小杨失望但却又希望地问。

李剑望着他默默地点了点头。

小杨难过地叹口气,又接着充满信心地说道:"我们总会有的!是不是?营长说过,只要打垮了军阀,打倒了洋鬼子,打倒了那些洋奴买办,我们中国就什么都能做的了!……"

李剑望着他那稚气的脸和他说话时那双明亮闪光的眼睛,奇怪地暗想:这个平时看来只是勤快、腼腆、不大会说话的孩子,在这样的时刻,他却怎么突然会有这样一些遥远的想法呢?便玩笑地问:"怎么,你是想将来到外国去玩一玩?……"

"不,外国有什么好!"小杨诚实而认真地说。一瞬间,他决定不了要不要把自己那隐秘而坚决的愿望告诉李剑。迟疑了一下,他终于有些不好意思但却自信地低声道,"李副官,等革命成功了,我就想去学开大洋船;开我们自己的!……"

也许,换一个地方,换一个时刻,换一个人说出这样的话来时,李剑只会当做随口谈出的难以达到的幻想,一笑置之的。可是,对于此刻小杨说出的想法,他却只有惊异、敬佩,并且完全相信他是能够达到的。

"李副官,你说学开大洋船是很难的吗?"

怎样回答呢?李剑点了点头。

"可是,再难也难不过我们这个团的人。是不是?"小杨认真地说,笑了,"李副官,那时你要再去外国,就不会再坐洋鬼子的船了!坐我们自己的,好吧?我来开!……"

李剑望着小杨那稚气的脸,不觉也衷心地笑了。对于这个年轻的士兵,他知道得还不多,他只是想起了有一回到齐渊的营部去,偶然走进他们勤务兵住的屋子,看到小杨拿出一个十分珍贵的小纸盒来,里面装着好些从书画上剪下来的大洋船,从带桅帆的到有两三个大烟囱的,还有许多大约是他从哪里看到后自己画下来的,画得非常认真细致。那时李剑以为这是他的孩子气的好玩,并不在意。后来他们熟一些后,碰到了一起,小杨又好几回向他问一些算术题的算法；那些时，李剑只看出他是一个讨人喜欢的、机敏尽职的小勤务兵，却想不到他的心底还深藏着这样遥远的愿望。这一切与眼前的小杨联起来，李剑顿觉得这个黑黑的、瘦小的孩子更加可爱了。他正想说一番鼓励的话，只见小杨的两眼突然望着门里，低声地说道："营长要出来了！……"

李剑转身望去，果然见齐渊正从房里的窗前站起来。小杨说道："我去叫醒护送营长的卫兵。"说完，他向团部旁边的一座大房子走去。这时，团长的房门已经开了，听得见他们还在一面说着话，一面走了出来。李剑站在河边的一棵大树的阴影下看着。他们走到大门里的天井时，站下了，大约是齐渊坚持着不让团长送出来。他们又站着说了几句话，团长终于跟齐渊握了握手，回到房里去了。

齐渊在门口跟卫兵还过礼，大步地走了出来。他全副武装，皮绑腿，脚下是一双布草鞋。他的武装带上一边挂着小手枪，一边带着一个小皮图囊。他的精神总是那样充足旺盛，他的步伐总是那样勇武坚定。李剑向大门那边迎了两步，齐渊看见是他，亲切而欣喜地问道："子剑，你还没有睡？"

李剑微笑地点点头，走近他面前，看着他，关切地低声问道："你们现在就要赶回去吗？……"

齐渊点点头。他们一同向河岸边走了几步，齐渊望了望头上的天空和前面的河水，又望着李剑微笑地问："睡不着吧？"

李剑点点头，轻声说道："是啊。"

齐渊站在旁边，默默凝视着在金黄的圆月映照下的河水，沉思着。李剑看了齐渊一眼，突然想：此刻齐渊在想些什么呢？是刚才同团长研究了他们当前的处境，使他感受到了面临着强大敌人所带来的压力；还是因为他们第一营身当前敌，随时可能承受令人难以想象的猛烈而艰巨的战斗，使他感到肩上担子的沉重呢？不知为什么，李剑突然对这个亲密的朋友产生出了一种强烈的同情，希望在这样的时刻,自己能助他一臂之力——哪怕只是能给他一点点安慰也好啊。

但是,齐渊却只是平静地收回目光,望着李剑,微笑着用一种使他吃惊的悠闲声调问:"子剑,你刚才是在家写诗了吗?"

李剑对这个问话实在感到太突然,太措手不及了,他只慌忙点点头。接着又掩饰自己的窘迫似的微笑着,平静地嗯了两声,竭力不让齐渊看出他的惊讶和意外。

齐渊似乎并没有注意这些,他只是很感兴趣地问:"你写的是前线的情形吗?"

"是的。"李剑点点头,他的心情又变得激动起来。便讲述起今天在小村外看到士兵们露营的那一切,特别讲到了那个腿上受伤还坐在小树下吃力地练习写字的弟兄。他的短诗里有一首就是专门为这个弟兄写的。诗的题目就叫作:"知识——敞开人类心灵的窗户……"

"知识——敞开人类心灵的窗户。"齐渊听着,感慨地低声重复道,"好啊,这句话含义很深,很有力量。是的,只有孜孜不倦的人,才更懂得生活和战斗的意义。"他沉默了一下,又接着说道:"可是,这句话也并不全是对的。知识,只有为那些纯洁、诚实的人所掌握,才能发出奇异的灿烂的光彩;对于那些险恶卑劣的心灵,知识只不过变成了他们伤害人的暗箭和毒液。今天,在我们的生活里,还有多少这样的人;他们戴着道貌岸然的面具,披着各色各样学者的外衣;他们自以为知识渊博,精神崇高无上,可是——如果他们还能够懂得羞耻的话——实在应该愧对那些像你今天所遇到的这样的人。"

李剑听着,感动地点点头。齐渊这恳切而诚坦的心胸,使他感到惭愧,他低声说道:"是的。我写出他来,也正是出于这种心情……只是,我恐怕没有写好。我觉得,自己还有许多地方不如他们。"

"当你熟悉他们后,你就会更加热爱他们的。"齐渊充满感情地说。他沉默了一会,又感触地说道:"子剑,你有没有想过,一个真正的诗人的责任？我觉得,诗人的责任,就是要让人们从心灵上懂得什么是美,什么是丑;唤起人们更深刻地热爱光明和美好,更坚定地向黑暗和丑恶斗争。"他转望着李剑,眼里闪着激动和喜悦的光芒,亲切地说道:"你开始得很对,子剑。写出这样的人吧！让一切胸怀远大、刻苦好学的人永远骄傲和自豪;让那些目光如鼠、不学无术的人感到惭愧和羞耻。"

李剑从齐渊的话里感到了他那种出自衷心的、为自己的朋友发出的激动和喜悦,也感到了对自己的道路充满了无比的信心和力量。他真诚而感动地低声道:"是的,磊夫。我要竭尽全力来写这样的人,我要和他们战斗到底,哪怕用自己的全部心血。"

"你一定可以做到的,子剑。"齐渊鼓励地说,他又满怀着深厚的感情说,"应当先了解我们的弟兄。"他特别加重着"我们"两个字。"应当先了解我们的弟兄是些什么样的士兵。"说到这里,他沉默着,似乎在回味着自己这句话里包含着的复杂而深刻的意义。他望着李剑那似乎还有些迷惑的脸色和目光,便说道:"一个美好和崇高的目标,对于手握着武器的士兵多么重要。"他的一双大眼里闪出激动的光来,又接着低声说下去道:"人,最可怕的是头脑的麻木;握着权力越大,这种麻木的结果就越加可怕。士兵,是手握着武器的人,当他们变成为麻木的工具时,这结果——"齐渊停顿着,他似乎也觉到了自己情感的激动,沉默了一下,又平静地说道:"当然,麻木并不是白痴;它是一条牢固的锁链。它的可怕,就因为人们在被它锁住的时候还以为是理所当然的。要摆脱这个,往往比我们变革这个时代还要艰难。"

李剑仔细倾听着齐渊的话。他知道齐渊的这些话里,包含着对自己的团队和弟兄们的深深的钦敬和热爱。今天,这群以共产党员为骨干集合起来的士兵,正在开始摆脱自己身上因袭的恶习;

这行军的一路上,李剑就已经被这种朴实可贵的力量感动了。他们懂得的革命理论并不多,他们还不能算作全新的革命的队伍;但他们正像目前在中国进行着的革命一样,他们是从旧时代跨进革命的行列里来的、在今天所有的革命军队伍中摆脱旧的束缚最勇敢的一支军队。

这时,马蹄声在河街上响着,小杨牵着两匹马走到了他们这里,敬礼报告道:"营长,卫兵们已经准备好了。他们都在街口等着。"

齐渊看看李剑,说道:"我们走了,子剑。"他沉默了一下,又低声地,"要是给慧写回信,替我问候她。"说完,便接过缰绳,跨上那匹高大的铁青马上去,举手说声"再见!"便向月光下的河街那边奔去。嗒嗒的马蹄声渐渐去远了。

李剑怀着一种难以说出的复杂的情感回到住的地方去,他一面还反复地思考着齐渊那些简短的话里包含着的深刻的意思。进屋后,他立刻在那首短诗后面添写了几段,又激动地在自己的日记上写下了长长的几页。

于是,他便幸福而愉快地入睡了。在梦里,他觉得回到了广州,在胜利欢腾的大街上骄傲地走;他那身刚穿上时还很有些不好意思的粗布军服,也似乎变成了荣誉的标记,他微笑着,高高地昂着头……

十四

生活带给人们的遭遇,有时是多么不平啊!

就在这同一个星月皎洁的夜晚,对于另外的许多人说来,却是多么的黑暗、沉重;充满着多少令人窒息的苦难和辛酸的眼泪啊!

已经是后半夜了,大凤和几十名跟她一样被拉来的伕子,还挑着沉重的弹药和行李，被北洋军用刺刀和皮鞭押解着，催赶着，在山路上疲惫而艰难地行走。他们是今天清早从醴陵南边的一个小湾子里动身的，带着他们的那个队伍，本来预备开到安仁县那边去；据那些北洋军说，过了安仁就是耒阳、郴州，再往那边去就要到广东的省界了。那些北洋军只是催他们走快些、走快些；一路上又热又累，北洋军把自己的东西全都压在他们的担子上，不许歇息，好几个同伴就这样又累又渴地倒在路旁的稻田里。北洋军也不顾他们的死活，拿皮鞭和枪托猛打他们，吼他们起来，可是他们在痛苦地翻滚和哀嚎了一阵后，就再也没有气力挣扎了。当北洋军丢下他们继续往前走时，他们就连喘气的声音也渐渐微弱了。大凤含着辛酸的泪水，强忍着肩膀和腿脚的疼痛前行。幸亏一路有驼五叔的照应，他宁可自己压得面红气喘，也竭力让大凤的担子减轻一些；在北洋军的面前，他们一路都是父女相称，驼五叔处处卫护着她，真像卫护自己亲生的女儿一般仔细小心。当他们走到了离攸县城还有好几十里的路程时，就遇见了从那边跑来的一个什么赣军的探子，说前面的队伍在碌田墟那边遇上广东军的队伍了，战斗十分激烈，看来完全不像这些时来一直被他们追赶的湘军。那个带队的北洋军长官却并不怎样在意，命令他们的队伍又继续前进。一路上，那些北洋军粗野而满不在乎地骂着广东军，许多话听也听不懂，不过从他们张牙舞爪的神色上看得出来，他们对广东军的出现并不恐慌，倒反而觉得是什么好东西送上门来了似的。大凤的心中倒感到一阵难以抑制的喜悦和激动，她觉得往前多走一步，就离这打出来的救苦救难的革命军更近一步了。她的步子不再感到那样的沉重和无力，肩上的重担也不那样使她格外吃力和疼痛了。她多么希望这样一直往前走，快些走到正在激烈战斗的碌田墟那边去啊！只要能让她看到那些日日盼、夜夜盼的革命军队伍一眼，她就是被革命军的炮火打中了也是甘心情愿的啊。从她离别家乡跟着队伍出发的这一路来，他们天天往南走、天天往南走,前方的枪炮声越来越远、越来越远,她的心却感到多么的痛苦啊! 革命军打过来的希望也随着这越来越远的枪炮声变得更加遥远了。她多么希望,有一天革命军能像神兵似的突然间从他们的前面杀出来。而现在这样的时刻终于来到了;他们一步一步地赶往激战的前线。她完全没有想到火线上的危险,只是急不可待地往前赶去。革命军啊,你们快些往前打吧,快些往前打! 狠狠地往前打,不要怕伤着了这些老百姓。如果她万一被炮火打伤了,有人要问她:要了却什么最大的心愿才能闭眼? 她就会回答:只要能让她看见一眼先廷哥,看见他当上了革命军,端着长枪在战场上冲锋;只要能让她把家乡的亲人们对革命军的盼望的心情告诉了他;那么她也就会心满意足地带着幸福的笑容在先廷哥的面前闭上眼睛啊! ……

又走了一程以后,他们就遇见了不少从前方退下来的北洋军的伤兵和败兵,一个个衣帽不全,灰尘仆仆;据说是碌田墟已经丢了,现在广东军还在往这边追赶。可是,大凤他们这一路队伍的那个北洋军长官抓了几个败兵盘问一阵,就说他们是从前方开小差跑回来的,还扰乱军心,当场就绑起几个,吹起杀人号,把他们砍倒在路旁的田野里。队伍又继续往前走,说是今天到攸县城再说。可是还没等到攸县城,就听见远远地响起了激烈的枪炮声和冲锋号声,这时北洋军才显得有些惊惶不安,纷纷地猜测和议论,看那方向正是攸县城那边。果然,没有多久,大队溃散的北洋军就从那个方向逃跑过来了,这边的北洋军还来不及问清原因,就被那些溃散的队伍一下冲乱了,接着也就慌慌张张地跟着向原路上往回奔跑起来。大凤本想趁混乱之际向攸县城的方向跑去,可是押他们的那些北洋军,虽则叫败兵也冲得发慌了,可是对他们挑的这些东西倒看得挺紧,一路都盯着他们。一直跑了好几里路,天也黑了,人也累了,奇怪的是革命军却没有从后面追上来。不过后来她又想,革命军打了一天的仗,赶了一天的路,也都累了,该休息一下了。但是,他们的这个队伍还在山路上走啊、走啊,从天黑后匆忙吃了点夜饭开始,一直又走到了现在。

现在,大凤可真是累了,肩膀压得发烧发疼,腿也走得又酸又软了。她多想能够找个地方舒舒服服地躺一躺,哪怕就是放下担子坐一会,她也能感到格外的轻快和舒适啊!此刻,她的头脑里该有多少杂乱的思绪需要安静地清理一下啊!

终于,在一阵激烈的狗咬声中,他们的队伍进了一个不小的湾子。顿时,拍门打户,鸡飞狗跳,人喊马嘶,吵架骂娘……静静的湾子里变得天翻地覆起来。这些时来,大凤对这些声音也渐渐地听惯了,她学会深沉地把这一切仇恨默默记在心里。押解他们的北洋军把他们这些伕子带到村头上的一座大房屋里,连人带担子都锁在里边。黑夜中她也不知道这里是个什么所在,只觉得厅堂十分高大,屋里有一股长久没有住过人的阴湿返潮的霉味。在这些伕子中,只有大凤一个人是女流,每到一处歇息下来,驼五叔总是先替她安顿个僻静牢靠的地方;能够找到婶子大妈做伴的,就竭力让她到这样人家去。驼五叔为人忠厚正直,很受同伴们的爱戴,凡事就自然地成了他们中间的领头人。大家把他的事也当成自己的事一样;对于大凤这样一个年轻女子敢于出来在这群豺狼中间行事的勇气,他们更是钦佩,因此平日也都把她当作亲人一样看待,处处帮助和卫护她。人们进屋放下担子后,虽则都已劳累疲惫不堪,一倒下去就会起不来的,可是还有好几个人同驼五叔一道,摸着黑探看这房子的情形。大凤站在担子旁边,刚把斗笠摘下来,擦着头上的汗水,打去身上的灰尘,一双明亮的大眼竭力想从黑暗中看清这厅屋中的情形时,驼五叔已经走回来了,带着喜悦的声音向她说道:

"凤姑,后头有一间住人的小屋,堆着东西。快跟我去吧……"一面说,一面拿了放在担子上的小包裹,同大凤向里面走去。路上他又说道:"你知道这是个什么地方?是这里大姓的一个祠堂咧。"

"祠堂？"大凤不觉惊讶地问了一声，顿觉得周围有了一种阴森森的感觉。

驼五叔说道："你看，前头那个黑处就是供祖宗牌位的神龛。好大一片哟，只怕跟你们安平桥那个赵家祠堂也差不多大咧！……"

大凤听了刚才驼五叔的话，心中想起了许许多多的事情，只模模糊糊地听见五叔在说什么，她低声地"嗯"着。他们已经摸到了后头那间小房外面，驼五叔从烟袋里拿出火石和纸媒来，嚓地打着了火，照着进去。大凤才看清了这是一间极小的厢房，大约是先前看祠堂的人住的，现在堆着东西，还有一副搁着的铺板在那里，上头垫着稻草。驼五叔帮她安置好了，又叮嘱道：

"你歇着吧，凤姑。不要怕，我就在这外头，有么事只要敲敲这板壁我就晓得了。"他看着大凤把包裹在铺上放好，又向房里看了一遍，才带上门走出去了。

大凤这时才真正感到困乏和疲惫，觉得全身的骨节都快要松散了。她走过去插上门，又拿一件布衫垫在铺上，把那把随身带着的剪刀压在当作枕头的包裹底下，然后在铺草上躺了下来，身上顿感到说不出的轻快和舒适。

大凤啊，大凤，你快快地入睡吧；让那甜蜜的梦境，把你在白天所带来的沉重的劳累和疲乏一扫而光；让那甜蜜的梦境，把你送到一个你所久已憧憬的幸福美好的天地中去吧……

然而，当她一个人安静地躺在铺上，却反而渐渐地变得没有睡意了。一天的遭遇，一天的思想，都像被风吹起的水波似的，一个接一个地向她脑海里涌来。这些日子里，她经历了多少在家乡生活了十几年也没有经历过的事情。一路上，多少旅途的风险，多少可怕的遭遇，都靠着她的机警和倔强，终于熬过来了。她出来时随身带着的那把剪刀，这一路都没离身；别人说笑，她沉默；别人睡觉，她醒着。她心里早就盘算好了，真遇着北洋军向她行蛮时，能跑就跑,万一跑不脱,就拿这把剪刀刺死敌人,同归于尽。这一路,也亏得驼五叔和一起的那些同伴们照应,这也给了她勇气,给了她力量,使她生活在那些粗野蛮横的北洋军中间,并不感到孤独无靠。有好几回遇到危急的情况时,也亏得驼五叔和同伴们的帮助和庇护;他们宁可自己忍受侮辱和打骂,也不让大凤受那些野东西的委屈。当然,在这些日子里,一个更强烈的信念鼓舞着她:那就是她明了自己的生活,都是为着一个远大的目标,都是为着革命。当她想起父亲在家乡为革命工作而忙碌奔走的高大的身影,当她想起先廷哥离开家乡时那坚定的、满怀信心的笑容时,她就深深地感到,自己也是和他们所投身的事业紧紧联系着的。想到这些,她就更加充满信心,充满力量,充满勇气。

有人说:温室里培植出来的名花,虽然婀娜多姿,却有着先天的娇弱,经不起风暴的吹折。然而这名花的幼苗如果生长在野地里,终年受着大地的孕育,风霜雨露的滋润,承受那无情的风暴的袭击;这样地生长起来的花朵,便会格外美丽、鲜润、茁壮而又坚韧了。假如我们也来荣幸地做一回天才之后的傻瓜,用鲜花比拟少女的话,那么大凤便恰好是一个这样的姑娘了。

房顶上有一片亮瓦,从那里透下来一线洁白的月光,正照射在大凤的脸上。她那椭圆形的面庞,虽则经过这些天的日晒雨淋、劳累奔波,变得憔悴了,可是依然有着她那朴素的明丽和妩媚,那双深湛明亮的大眼在月光的映照下,显得更加纯洁有神。她凝视着房顶的亮瓦,凝视着从那里透出来的洁白的月光,想起刚才驼五叔告诉她的话:这里是一座祠堂,不觉心里又打了一个冷战。祠堂,这个可怕的字眼,跟她的生活有着多么重要的联系啊!那一切,虽然早已成为过去了;可是对于大凤说来,那一切又是深深铭刻在心头,永远不会成为过去的。

她听着外面传来的人们的鼾声,在这难以入睡的宁静中,过去那一些艰苦的、宝贵的生活,又显得那样清晰而亲切地在她的眼前涌现出来……

大凤虽不过十九岁,却是从狂风暴雨的生活里成长起来的。生她的那年,正是赵柄清参加洪江会起义失败后最艰难的一年。那时,赵柄清的结义大哥——万东昇夫妻遗下的孤儿也只两岁多。家里常常断粮;刚生下大凤不几天的母亲便把奶分给他们两个吃。有时奶水不足,母亲便只好先让先伢子吃够,然后让自己的孩子喝一半米汤。等大凤到了三四岁,万先廷便能够领着她到处去跑了。有时赵柄清和妻子在田里活路忙,中午不能回家落屋,没工夫照看他们,便任他们自己漫山遍野去跑。稍长大些,他们就开始帮着父母在田里做活了。在烈日炎炎的盛夏,他们翻山越岭挖野菜、寻药草,贴补家中的不足;在大雪纷飞的隆冬,他们顶着刺骨的北风,攀岩上壁地砍树、劈柴,连手脚也冻裂发僵了。在这样的环境里,大凤自小便知道了生活的艰难,也养成了她那不怕风、不怕雨的倔强勇敢的性格。

还在她六岁那年,母亲依着传统的习规,要给她裹脚。她拼死拼活地不依,把裹脚布撕成了碎片片,赌气跑出去了。父亲焦急地寻找了一整天,直到半夜,才在离村十几里路的一道山涧旁边找到了她。

回到家里,母亲难过地说道:"伢子,姑娘家长成人了,一双大脚,人家不光要骂娘老子没家教,就是找婆家也难啊!"

大凤鼓着小嘴,赌气地说:"就偏不找!长大了我自己做,自己吃,不靠人!"

母亲无可奈何地叹着气。还是父亲明白伢子的心,劝解道:"就依她自己吧,人家要笑就让他笑去。伢子的事父母总不能跟一辈子的,长大时就看她自己的造化了。"

在那样的境况里,豪门财主的冷酷,穷人家亲邻的相帮相近,也使她养成了强烈的恨和细腻的爱。在万先廷进学堂时,她已经懂得怎样像对哥哥似的体贴爱护他了。在她之后,母亲还生过几个妹妹和弟弟,可是都没有养活;到她过了十岁时母亲才生下那个小妹妹——小莺。大凤便完全担起了大姐姐的责任。母亲因历年的劳累,身子虚弱,大凤便抢着去做一切杂事:抱妹妹、洗衣服、烧热水……她做的那些家务事,连母亲也不觉在心中暗暗惊叹。

到十五六岁,少女成了型,大凤便出落得一表好人才了;远山近水,都知道安平桥有这么一个花尖似的好姑娘。有时候,大凤随父亲挑柴到城里去卖,沿路的行人,都不由自主地要回头多看她几眼。多少骄傲的小青年在她的面前倾倒!说媒的人去了又来,来了又去,都被她顶得面红耳赤地出了大门。做母亲的又太老实,连几句婉转谢绝的话也说不出来;幸而托媒的人太多,媒人也不敢得罪这个家门。那时,"五福堂"里最有田产的赵三公,也有不少儿女;可是一个个都像是女娲娘娘用泥巴做的,十分粗糙。几位千金都是又矮又丑,似乎刚到五六岁时就长得停了板,像一些砍得过早了的树桩桩。几位少爷倒是高大些,五官却又不很端正,而况尖脸啄腮,像个闹别扭的匠人凑凑合合捏成的。据说几位少爷都看中了大凤,然而他们又是同族同宗,不便提亲,三公便借着一年的大灾荒,要赵柄清把女儿送到他府上当丫头。赵柄清岂是那样的人?他告诉来人道:"要死我们一家死在一起,请三公别再操心!"

大凤自幼便跟父母学着做活,更兼心灵手巧,到十几岁时,田里家里的活就无不得心应手,娴熟精通了。小时又有先廷教她识字、看书,她是个好学求进的姑娘,学起来也格外用心,到先廷退学时,她已经把他带回的书学完一大半了。在家里,她是个娇憨顽皮的孩子;到外头,她又是个精明能干、聪慧好强的姑娘。后生子们有事无事都喜欢在赵家门口晃来晃去,看得眼红:一朵好鲜花,不知落到哪个有福的人家啊!

容大川到安平桥来传播革命的道理后,大凤就是第一个去听他秘密讲话的女子。那时节,容大川在这里,还是借着办"农民识字学堂"的名分。到晚上,上"学堂"的人都到青龙寺的前面那间大殿里去,听容大川讲打倒军阀、打倒土豪劣绅的道理。而从容大川刚来的第一天起,他就变成赵家"五福堂"的眼中钉了。族长赵五公找着三公之流商议了好几天后,便决定先拿大凤开刀。

赵五公的这条计是十分厉害的。他知道要说那些穷人在办什么会,又没抓着什么凭据,要说起来怕会输理。而以严厉的族规来处置大凤,不仅名正言顺,而且还能起着"杀鸡吓猴"的作用。

依照这山里祖祖辈辈传下的族规,女人是不准在外抛头露面的,特别是没出嫁的姑娘;要有谁违犯了这谨严的族规,轻则用刑,重则处死。近些年来,虽则"咸与维新"的思想也波及了这荒僻的山乡里,然而这思想却又似乎只限于富人们专有。三公的几位"树桩桩"和尖下巴少爷,都到省城去读洋书,或者到外国去当"番鬼"了,然而穷家小户的姑娘,却还连下田进城也算作不守三从四德,大逆不道,更何况进学堂了。

在这山村里,大凤又是这样一个受人瞩目的姑娘,当然更逃不过人们的议论。因此五公的愤怒颇引起了一些族人的同情,姓赵的又是这一带的望族。于是,大凤进学堂的事,便引起了一场轩然大波。

这晚上,大凤照例要到青龙寺的学堂去。她因为帮母亲做活,走得晚了些。先廷本来想等她一起走,然而她又是十分好强的,说自己不怕,让他们先去了。大凤帮母亲把家里的事安置归一,便提个灯笼赶出门了。

村中到青龙寺虽不很远,中间却要经过一段很僻静的树林。那林子白天也总是阴森森的,一到天黑,就更叫人毛骨悚然,胆小些的男人都不敢单身往这里走。据说在从前,有几个女人在这里被谋杀过,至今冤魂不散,还徘徊在周围找替身;有的人夜里还听到过哭声,这大抵是些添油加醋的传说。这时天已黄昏,一切都隐入冥冥之中,隔远些便看得不很分明了。大凤虽是好强,一个人走在这里,终觉有些胆怯。她一面走,一面小声哼着容大叔教他们唱的新山歌,竭力不去看那两旁阴森森的林子,只顾昂着头走。可是刚走到林子中间,只听旁边林中飒飒一阵响,蓦地从路旁跳出两条影子来,挡在她面前……

大凤不觉一惊,仔细看时,两个都是本村的族人:一个瘦长得像钓鱼竿的是族长的侄孙狗三,另一个是专跟地保帮闲的癞皮松宝。她问:

"你们做什么?"

狗三的头像个压瘪了的臭虫,涎皮赖脸地说道:"大妹子,听说你跟男人们一样,也读起洋书来了啊?"

"是读了,你管得着!"大凤胆子壮起来了。

"族公还管不得!"癞皮松宝短粗肥壮,像个鼓肚蛤蟆,气汹汹地说道,"你以为吃了洋教就敢翻天了?识好歹的,快给我滚回去!"

"偏不!"大凤气愤地说,"吃洋教又么样!"

"么样?"松宝狞笑一声道,"家有家法,族有族规!五公亲口吩咐过,哪个要敢违背三从四德,就绑到祠堂去背磨盘①!"

狗三在一边装好人道:"五公的脾气你也晓得,他是个铁面包公。大妹子,我们总还是同姓骨肉,把好话说在前头,要不然……"

"我们就动手!"松宝恶煞神般地抢着说。

"你们反天了!"大凤理直气壮地说道,"清平世界,朗朗乾坤,你们动手动脚,看哪个到祠堂背磨盘!"

"哟,正经哪!"狗三大嘴一咧,嬉笑着道,"谁不晓得你跟万家那野种明来暗去……"

"放屁!"大凤气得浑身打颤了。

"你还嘴硬!"癞皮松宝道,"没工夫跟你多念经,你回是不回?"

---

① 按封建王法,族长有生杀之权;但规定处死方法不能同官府一样砍头,只能用鞭打、绳吊、背磨盘沉水等。

"不回!"大凤道,她想从路边绕过去。

狗三拦到路边两臂一横,像个十字架:"大妹子,瞧你嫩得要出水,我真不忍心下手……"

"砍脑壳的,我喊了!"大凤怒极地说。

"喊吧!"松宝说,"五公还正要召拢全族的人公议呢,谁敢救你!"

"还是回去吧,大妹子,"狗三扬扬得意地说,"绑进了祠堂,当哥子的想救你也救不成了。"

"啊喂——"大凤真的高声叫喊起来。

"狗三,快动手!"癞皮松宝从褂子里拿出一根麻绳。狗三一把抓住大凤的胳臂,大凤用力一挥,把他那细麻梗一般的手挣脱了。可是松宝粗壮力大,又一把捉住了她,正要拿绳子捆绑时,只听前面路上传来一个粗犷的喊声:

"大凤——!"

大凤听出这声音是黑牯。远远看去,一个红红的火点移动着向这里走来;她心中一阵欣喜,像在茫无边际的大海中突然看见了小岛,她高声回答:

"黑哥,我在这里——!"

狗三和松宝听是黑牯赶来,早吓得魂不附体,他们都尝过黑牯那铁一般的黑拳,不敢再当面领教,便慌忙收起绳索,一面回头骂着:"你等着,妈妈的!……"一面向黑暗中溜走了。

大凤轻松地透了一口气,她迎着黑牯的松明亮处走去。不一会,便看到他那愣冲冲的身影,她感到异常亲切地叫了一声:"黑哥!……"

"你做什么磨到现在?!"黑牯气呼呼地责备道。

大凤听起这责备的声音也觉格外亲切,走近他道:"刚才松宝跑狗三来了,他们要拦我回去。"

"松宝?这癞狗日的!他在哪块?"

223

"听到你来,溜跑了……"

"拿着!"黑牯把松明递给她,说,"我追上去,砸扁这两个舅子!"

"你又来了,"大凤不接松明,说道,"追上去又要惹祸。还是听大叔的话,先忍一忍。"

"哼,你们老是叫忍,忍,还忍到几时!容大叔不是都说穷人该造反么?真刀真枪也要砍翻他一大片,几个拳头算什么?!"他赌气地说着,但也没有去追,拿着松明径自前面走了。

第二天,刚吃过早饭,赵柄清就被族长叫去了。约摸有顿饭工夫才回来。看着丈夫一往开朗的面容上笼罩了一层阴影,妻子便预感到发生了什么严重的不幸。她从来不善于过问丈夫的心事,倒是丈夫遇着为难的时候,总要先跟她商量的。但这次却没有,他只是心神不定地问了问大凤。他听说大凤已经和黑牯、先廷下田去了时,便拿了镰刀和扁担赶去了。

原来,五公把赵柄清叫了去,便大肆咆哮地把他训斥了一番。说他家教不严,败坏了赵氏的门风,并且屡教不改,竟敢抗拒族长的严命,触犯了族内最重大的律条。后来,他严厉地吩咐:回家后,立刻把女儿看管起来,明天召集合族在祠堂公议,决定处置办法。

几千年因袭的族权,对人们的威压是多么重啊!在神圣严酷的族规下面,多少人在惨厉的刑罚下含恨死去。而最严酷的惩罚又是加在妇女身上,只要族长动一动嘴,便立刻背着磨盘沉下河底,无情的波涛便永远吞没了那些姑娘和寡妇的青春。人们都知道,要是犯的事进了祠堂,那就好比一脚踏进了阎王殿,再也没有出来的指望了;许多犯了事的妇女想到这样的结局,又想到那临死之前受人们的尽情的羞辱,便悄悄用一根绳索,自己结束了生命……

这一切,赵柄清知道得多么清楚。眼看着自己的女儿也要轮到这样的命运了。这里的人们虽然已经在容先生的开导下开始觉醒起来,可是这祖祖辈辈铁一般牢固的族规,谁又敢大胆去触犯啊?恰好容先生这天一早又有急事上省城去了,没有个出谋划策的人,赵柄清更感到焦急沉重。

夜晚,他们一家长久地在堂屋里坐着,心急如焚地商量:去,还是不去?

"万万不能去,大叔!"万先廷激动地说道,"进了祠堂,命就不是自己的了!……"

是啊,赵柄清怎能不知道!可是,不去又怎么办呢?

"爸!……"一直坐在角落黑处的大凤,这时忽然说话了,她红着脸,激动地说道,"我去!……"

"你去?"万先廷和黑牯都大惊地叫出来,赵柄清也出乎意外地惊讶地望着她。

"我去!"大凤重重地说,她的黑亮的大眼里含着两颗晶莹的泪珠。她激动地说下去:"容大叔不是说过,在我们这偏僻闭塞的山村,要让农友们都清醒过来,第一步就得挣开捆住我们手脚的族规?……可是靠哪个来挣呢?再说,穷人家哪个又不恨死了族规?哪个不是听见了打锣进祠堂就胆战心惊?就是你怕我、我怕你,迈不开这头一步啊!……如今就让我来闯一闯吧!闯得过,算我的时运好;闯不过……也不亏爹娘养我,大叔教导我一场!"她急促地说完,便站起来跑进自己的房里去了。

这一席话,说得万先廷也只有敬佩。赵柄清是知道女儿的性情的,事情就得这样决定了。母亲除了流泪,更说不出别的话来。最后,万先廷又想出个主意,明天他同黑牯约合几个相好的小伙子,在祠堂外头暗暗埋伏好,万一事情危急,就冲进去把人抢出来!赵柄清也只好点头,不过这总是最没有办法时的下策,服不住人心的。

那一夜,大凤整夜都没有睡着。她想起明天将要发生的一切,心里充满了仇恨和激动,也有一种莫名的胆怯……

225

她记起了,还是在很小的时候,从祠堂的门缝里看见过一次开审的情形——因为女人非经特许,是不准迈进祠堂门槛的。那一次看到的情景,不知怎么,总会使她想起那可怕的鬼怪故事里阴惨森严的阎罗殿来。那杀气腾腾的殿堂,冰冷严厉的族长,族人们的怒骂和吼叫,还有那孤弱无靠的女人凄厉的哭声……都在她那幼小的心灵里打下了深深的烙印。一想起来,心就恐怖地紧缩到一起,耳边便响起了那哀怨凄楚的哭声。明天,自己不就要亲身去重演那悲惨的景象么?……可是,她想起了这些日子里容大叔讲过的那些道理,心中又复充满了力量和勇气。她听容大叔讲过那位革命女侠秋瑾的故事,她曾经暗暗立志要做一个秋瑾那样的奇女子,要为自己的姐妹同胞们争权利,争生存,争平等!她整夜想着明天将要进行的斗争!……

第二天,刚吃过早饭——他们这一家哪里还吃得下饭去啊!——便听到了远远而来的锣声,癞皮松宝扯着破锣一般的大嗓门叫喊着,要赵氏宗族的人快进祠堂。他从赵柄清家的大门外走过时,叫喊得特别的得意,锣也敲得特别响。

到该走的时候了。赵柄清和大凤要出门时,小莺从厨屋赶出来,拉住大凤的衣襟,要姐姐也带她去——她以为他们是有什么好事去的。母亲的泪水再也抑止不住了,她走回厨屋去暗暗啜泣起来。大凤硬着心肠,看了看被万先廷哄住的小莺,转身昂起头,像一个初次出征的战士,跟着赵柄清一起向前走去了。

像怪物张着黑洞洞的大嘴,阴森的祠堂又打开了。

赵柄清和大凤走进去时,祠堂的两厢已经坐满了人。紧靠着供满了一排一排灵位的神案前,摆着两张围了大红桌裙的方桌,桌后放着几根紫檀木太师椅。上首正中,坐着族长赵五公——像个人干:铁青干瘦的小脸,满布皱纹,像一个风干的乌枣;戴一顶平顶青缎瓜皮帽,那件非重要日子不穿的黄缎套褂,套在他那干瘪瘦小的身上,活像一具刚从古墓里爬出来的僵尸。一条细长的白发辫子拖在脑后——这是他对先朝皇恩的唯一的最宝贵的纪念,扁平的鼻梁上架着一副老花眼镜,从那上面透出狼一般凶厉的目光来。他的身后站着狗三和癞皮松宝。在他两旁,一字坐了几个白发白须的老头子,也是一色的闪光黄缎马褂,也是五公一般多皱的脸——他们都是族里的望门大户,才有坐上席的资格,其中自然有三公之类。这时,有的正端着茶盏,在舔被开水烫热了的碗沿;有的则半闭着眼,一手捋着稀疏的白胡须,似乎想拔下几根来。这其间还有扁胖得像个南瓜的地保凌木官——他是唯一不属于赵姓的。以下才坐满了合族的男男女女:男人坐东厢,女人坐西厢。

赵柄清父女走进阴森的祠堂,族人们中间顿时响起了一阵喊喊喳喳的议论,还夹杂着叹息。他们站在台阶下,只见方桌前面摆满了刑具:积满了淤血的大板、勒颈子的粗麻绳、长了青苔的磨盘……那上面,有多少冤魂死鬼的血泪啊!他们鼓起勇气,叫声:

"五公公……"

赵五公从眼镜边上射了他们一眼,那目光能使人打寒战。他转头向旁边那个白胡子最长、半闭着眼的老头子问:"三哥,就开堂吧?"

那老头子没睁眼,也不开口,只把头点了两点。

赵五公微微抬了抬手,厉声地叫:

"先把人绑起来!"

这一声震得人们心一跳。狗三和松宝好似听了圣旨一般,抓起粗麻绳,如狼似虎地冲下来。

"慢着!"赵柄清伸开宽大的两臂,护在女儿前面,说道,"五公,皇上杀人,也要先问个罪名。我孩子犯了哪条家法,哪条族规,请五公明察明断。要是这样不明不白就乱杀乱砍,上能对得起祖先,下能服得住族人吗?"

在赵柄清凛然的声色中,狗三和癞皮在两边僵呆了。族人们紧张地沉默着,静等着即将爆发出来的雷霆暴雨。

赵五公真没有料到,他那稳如泰山的族长威权,竟会在这个素日里老实厚道的穷佃户面前受到损害。他的下巴气得索索发抖,颤巍巍地耸起肩膀,半晌才竭尽全力在桌上猛拍一下,怒吼道:

"混账!你、你你你……反了?!"

"五公,"赵柄清语气又转为和平地说道,"俗话有:杀人偿命,欠债还钱。罚也要罚得本人心服口服。五公是知书达理的人,王法比我们懂得多,犯了哪部哪条,再请族中的叔公伯爷们定罪,不也显出五公的贤明么?"

祠堂里静得像座坟山。赵五公透过老花镜,向两厢扫了一眼——竟没有一个起哄助威的,他知道赵老大的声名在人们心目中的力量,这时大家也都被他的话说动了,开不得口。他气得发昏,然而又没有办法;只好顺水推舟,装出宽宏大量地说道:

"好,好……问了罪,也好叫她死而无怨!我问你,一个黄花闺女,不守妇道,乱到庙里出出进进,跟些不三不四的人混在一起,你做老子的说说,这算不算违犯族规?是不是败坏赵氏的门风?!"

"五公,这桩事我还正想要请教你呢。"赵柄清道,"皇上退位了十几年,国号也改了民国;外头人人都知道,如今王法也改了,都兴男女平等,父母平等,就我们还不晓得。五公比我们见识广,难道也没听说?"

"不要你多说!"五公喝断他道,"今天审的是你女儿,叫她说话!回头处置了她,再来议你家教不严的罪!"他转眼望着大凤,厉声问:"你说,你知不知罪?"

大凤沉默着,不回答。她刚才踏进祠堂的门里,看到这番声势时,心中还交织着焦急、感伤和畏惧,此刻她的心里反而又变得平静了。她有多少愤怒要在这里发泄,她有多少话要对这两厢的男男女女讲啊!可是,一时她却反而说不出一句话来。

沉默了一瞬,人们都屏声息气地等待着。

"凤姑!"五公更加威严地提高了嗓音,声音也变得更尖厉,"我在问你:你知不知罪?"

但是,大凤还没有回答。两厢的人们都紧张、惊异;连赵柄清在一旁也不觉有些焦急了。

"妈妈的,你哑了?"癞皮松宝在一旁助威地推了大凤一把,吼道,"五公公在问你话!"

"你素日不是一张伶牙俐嘴吗?"五公望着她,露出阴森的冷笑,"怎么今天倒不敢开口了?"他得意地望望两厢的人们:"她这是知道有罪……"

"我知什么罪?!"大凤突然爆发地开口了,眼里含着抑止不住的泪水,"你才有罪!你们才有罪!你们在这里吃过多少人?喝过多少血?你们再也抖不了几天威风了,革命是一定要铲除你们的!……"

人们再也想不到她说出这一席话来,都被她那大胆无畏的语气惊呆了:有的敬佩,有的痛快,有的担心。赵五公也未料得及,他激怒地拍了一下桌子:

"你!……你好大胆!你个伤风败俗的丫头!在外不守族规、不守妇道,进了祠堂还敢顶撞祖宗神灵!你、你晓得这罪名有多大吗?!"

大凤这时反倒什么也不怕了:再大的罪吧,也不过千刀万剐!她只觉得心里塞满了愤怒的千言万语,她要不顾一切地向他们倾泻出来,死也死个痛快!她激动地大声问道:

"么事叫不守族规、不守妇道?如今天下都在变了,只有你们还在这里装聋作哑!我们穷家小户上不起学堂,幸喜省城里来个先生在庙里办义学,才去认几个字,这算什么丢丑卖乖的事?要说这也算伤风败俗,三公公的几个少爷小姐都在外头念洋书,吃洋教,跟洋鬼子来来往往,你怎么不把他们弄进祠堂来背磨盘?我倒要问问:你当的是有钱人的族长,还是穷人的族长?!"

这些话,更说到了人们的心坎里。连赵柄清也没有料到,他的女儿在这样森严可怕的大庭广众面前,还能有这样伶俐的口齿和巨大的勇气;可是他又更加担心,这样激烈地顶撞下去,往下会出现怎样的结果。

这时,五公早已气得青筋暴出来,脸涨得通红,他做了几十年的族长,在这里处死过上百的人,还从未遭遇到这样的对手。他浑身发抖,指着狗三和松宝厉声大叫道:

"还站着干什么?!这样的孽种,快给我拖到河边去!……"

狗三和松宝从两旁冲过来就抓大凤,赵柄清正着急地想上去护卫——又怕引起公愤。可是,当狗三和松宝正气汹汹地拿着麻绳冲到身边时,大凤突然从布衫里抓出来一把明晃晃的剪刀——顿时把狗三和松宝吓得向后退去。

"叔公婶娘们!"大凤紧握着剪刀向两厢惊恐嘈杂的人们喊道,"我没做过对不起族人的事,死也要死个清楚明白!就在这祠堂里,折磨死过多少人?有些姐妹临死还哭喊着,来世变牛变马,也再不托生妇道了!叔公婶娘们,都是人生父母养,妇道就不是人么?不,是这些有钱人压服我们的,不是我们的命不好!……"

五公看着她手里明晃晃的剪刀和愤怒的脸,早已吓得乱了方寸,不知该怎样办才好。历年以来,他办人还从未遇见这样势仗的;在那些人面前,只有他能像狮子样的怒吼、咆哮,两厢的人便粗气也不敢出一声;那些被处置的人更如同绑进了屠场的羔羊,除了嘤嘤哀泣之外,便再也说不出话来。可是眼前,他竟预料不到会出现这样的局面,连连急促地说道:

"凤姑,祖宗神灵在上,你、你敢造反?!……"

"穷人说几句话就算造反,那你们害死那样多人又叫什么?!"大凤理直气壮地说道,又转向两厢的人,"叔公婶娘们,这里的祖宗神灵不是我们的,是有钱人的!穷人要活命就得革命!……"

"天诛地灭!"五公哆嗦着跳起来怒吼道,"你敢说出这样无君无父的话!……"

大凤不管他,全身血液沸腾着,大声喊道:"亲人们,不准我们革命的就是他!"她用手指着五公,"外头的世道早在变了,可他还拿千年万代的老规矩来压住我们!亲人们,要革命,就得先闯过这一关!"她几步冲上前去。这时五公见势不好,急忙转身,却被她一把揪住了脑后的那条花白的细辫子,像抓住了一条就想逃走的老鼠尾巴。

这个突然而大胆的举动,可把人们吓坏了。赵柄清也惊惧地叫着:"大凤!……"

五公缩着身子,双手护着脑袋,他转过脸魂不附体地叫:"你你你,你敢行凶!……"

"我就要革命!"大凤愤怒地说,"拼着一身剐,看你们还能把我怎么样!"这时狗三和松宝只是在旁边拿着架势,看着她手里那锋快的剪刀,不敢近前。大凤热血直涌,全身充满了革命的勇气,她举起剪刀,只听咔嚓一声,五公顿时觉得天旋地转,他用手向脑后一摸,眼前发黑:这比掉了脑袋还可怕,他那条六十多年来从没离开过头顶的最珍贵心爱的细辫子没有了。他软瘫地跌坐在太师椅上,像孩子失去了最珍贵的东西似的呜呜地哭起来。

祠堂里变得一片混乱,狗三和松宝在一旁跳着、叫喊着,可是那些穷苦的族人们见了大凤这惊人的举动,又是钦佩,又是发呆,也有许多人惊恐和叫骂着,想冲上去抓这无法无天的姑娘……在嘈杂和混乱中,大凤已手执剪刀冲向门口,正好万先廷和黑牯带着一群外姓年轻人冲进祠堂,保护着大凤向外逃去。等到地保跑回去纠集了一些人赶来捉拿时,大凤早已被先廷和黑牯他们护送着躲到外村去了。

五公在家里足足躺了半个月。他真恨不得把这个丫头亲手千刀万剐,方才解恨。可是被剪了辫子的事,又不好到衙门去告状,如今官府是不作兴这个的,他哀叹世道的沦落。要想再开祠堂,他已经在族人面前弄得威信扫地了,只怕好些人这回还会站到赵老大父女一边的。他只好含恨在心,等待时机。

不料大凤的这举动,倒着实对这山村的革命活动是一次大大的推进。人们看见一个后生子——并且还是个妇道人家——竟有这样的胆量,冲犯祖祖辈辈奉为神灵的族规,并且没遭到什么报应,觉得这"革命"实在有力量。况且她讲的那些道理,又都是穷人压在心里多少年都不敢说的话,句句动了人心。于是,更对青龙寺里住的那位先生增加了尊敬,夜里去听他演讲的人也越来越多了。后来安平桥就在容先生的筹划下,暗暗正式成立了第一个穷人自己的"宗祠"——秘密农民协会。

大凤成了农民协会的委员。后来又同父亲和先廷哥一起参加了共产党。村子里,跟着她闹革命的姐妹们也渐渐多起来,她们大都是些年轻的姑娘家;虽说革命军还没过来,她们明地不敢闹得怎样凶,可是也都懂了不少革命道理,处处跟男人讲平等,暗地做革命的事:不缠裹脚、不怕出头露面、帮着受男人欺负的女人吵架……村里许多男人和古板的女人们都暗暗叫她们是"赤化姑娘"。革命的火焰在这古老偏僻的山村里,虽是暗暗地,但却是越来越大地燃烧起来了。

是啊,如果在那一次"驱赵运动"胜利的时候,广东的革命军能够趁势向这边开过来,那么他们家乡的革命气势又会变成什么样了呢?他们也许早就结束了这种黑暗苦难的生活,开始扬眉吐气的革命斗争了。可是现在,他们的家乡还浸沉在深重的苦难和黑暗里。她走了这么长,今天,才终于听到了广东的革命军打出来的消息,他们哪一天才能够打过来?哪一天才能够来到自家那偏僻的山乡呢?想到这些,大凤的心情十分激动,全身发热。她真想能告诉革命军:快来看一看这边老百姓对革命军的盼望吧!他们是不是知道呢?如果他们能够听得见的话,她一定会对着南边大声地呼喊:革命军啊,革命军!你们快快地打过来吧!这里的老百姓会把一切力量都贡献给你们的啊!

那一线从房顶上射下来的月光还是凝然不动,小屋里还是一片宁静。大凤觉得自己躺在铺上已经很久很久了,而夜色却依然深沉。她的头脑里思绪越多,心情就越是烦乱,躺在铺上就越是睡不着……谁能告诉她,现在离天亮到底还有多久呢?

这一夜为什么这样漫长啊!

十五

当前线的第一个震动人心的捷报传到广州的时候,已经是几天以后的事情了。那时光,队伍上还很少有带无线电台的,而且电话也很稀罕;军用电报也要靠地方电报局拍发。而那些电报机又都是垂垂老矣,时常短不了个"三灾六病";即便好的时候,那电报转来转去,也走得比后来的平信还慢。

然而,慢尽管慢,那封简短的告捷电终于还是被电报员的两个指头弹出去了。如此这般,经过一番周折,又终于飞向广州,飞遍了全国。

用什么样的笔墨,才能形容出当那些电波变成一个个方块字在报纸上出现时,人们惊喜振奋的心情呢?那是一幅多么动人的画面!人们历年盼望的幻想,竟在如此突然之间变成了现实,而且比原先人们所能想象的还要惊人!这消息像春雷,震撼了广州,震撼了全国的人心。

全广州都沸腾了。从清晨起,鞭炮和锣鼓声就最先打破了寂静。大街小巷,人们争相传告;连那些素日里除了失火,总要睡到太阳晒着屁股的人们,也被这消息振奋了,披着衣服跑到街上来;大街上,一片木拖板的踢踢踏踏声。早上总是冷清清的街道,今天一反往常:到处是游行演讲,奔走相告的人群,连交通也为之阻塞了。

这时,有一辆我们熟悉的黑色的老式轿车,从欢腾的人群中缓缓开来。街道上拥挤的人太多,黑轿车像乌龟一般爬行着,时行时止;站在两旁蹬板上的卫士,不停地吆喝,用手推搡着两旁的人群;车内也不住声地鸣着喇叭。可是这一切,都被那欢腾的锣鼓声和口号声压盖下去了。

车内,靠司机的旁边,坐着一位三十开外的中校:白净脸,戴一副度数不很深的金丝眼镜,高高的鼻梁下留着一道短而齐整的口髭——这就是国民革命军范桐少将那一师的参谋处长丁铭九中校。这位啃英国面包长大的皇家陆军学院的学生,即使在自己的乡土上,也还时刻骄矜地保持着那副英国绅士派头的军官姿态:军服熨得笔挺,手上常戴着一副洁白的手套,当然也没忘在军服的胸口袋上,挂一条金晃晃的表链;只可惜他那副尊容是中国"土产",这使他常常很悲哀。处长先生是漂亮的,他最大的本领,便是在不同的季节,用不同的服饰把自己打扮得无懈可击。他出生在一个笃信天主教的家庭里,大约从耶稣降临到中国的那一天起,他的祖父——也许是曾祖父——就已经是一个虔诚的教徒了。从此他们这一家算成了半个英国国土,都有了一个"美丽的"英国教名;到丁铭九中校时,名字叫作了马丁·亨利。这位马丁先生实在也很马虎,到中学时中文的程度还不及一个三年级的小学生。据说他那时正热恋着一个女同学;那时光当面谈的风气还不很盛的,都是书信来往。这位小马丁也写了不少捧得肉麻的情书,论人品那是绝无问题——他照出的照片,拿到国际博览会上也会得奖的——然而,那信却又一封封地退回来了,是拆过的。马丁先生莫名所以,苦闷之余,最后只好拿着信去请教老师。不料老师一看,却哈哈大笑起来:原来他把姑娘都写作了姑妈,于是"亲爱的姑娘"也变作"亲爱的姑妈"了。这件趣事被人们传为笑柄,马丁先生的"向姑妈求爱"也成了一时佳话。然而马丁终究是马丁,不久他就成了一位老马丁主教的干儿子。这位老主教回国时,除了搜集的不少古董财宝,还带回了一点殖民地活的纪念品,这就是小马丁。后来,保送他进了贵族的威灵顿公学;这以后又是皇家陆军学院;再以后,便是现在的马丁——丁铭九中校了。

靠在后座左首的那位上校:三十五六岁年纪,身材正直健壮,面貌温厚和平;举止间,显得诚实而又稳重——他就是他们师的参谋长辛志诚。他旁边,占了一大半位置的那位肥头大耳的胖子,我不说大家也会明白,就是大家早已见过面的范桐少将。他时刻不放过闭目养神的机会。如果不是他那肥厚的嘴唇上叼着的一根粗雪茄还在冒着烟,人们会以为他是睡着了的。

这时,他们正要到东山去参加一个盛大的军事会议。这个会议包括了国民革命军在广州地区各个军的师一级以上的全体军官。这是由国民政府的军事总监、即将上任的国民革命军总司令蒋介石召集的。这个会议是因先遣团的碌田大捷引起的。这胜利,使得那些在先遣团出征时还以为是"肉包子打狗"的将军们精神奋发了。有些很后悔,有些甚至很嫉妒;觉得这光荣似乎本来应当是属于自己的。有些便幸灾乐祸地扁着嘴说,这不算什么,他们碰到的并不是吴佩孚的嫡系北洋军,这样的胜利只不过是侥幸而已。蒋介石兴奋得很。虽然姜仲贤再三告诫过他,他而今已经是大人物,要学会"卖关子",不能随便开口的。可是他冲动起来总又忍不住,天文地武,说出些没有伦次的话来。一个多月前他对香港的报馆记者还肯定说"国民政府五年内无力北伐",今天他又在报上喊起"三年完成北伐"的豪言壮语来了。

车内,丁铭九笔挺地坐着。他时刻留心是否有妙龄女郎在偷看自己,然而却又没有见。辛志诚正双手展开一张登载着先遣团捷报的报纸,聚精会神地看着,温厚的脸上露着喜色。

丁铭九索然地从窗外收回目光,摸了一下熨得笔挺的衣领,向后座的范桐冷笑一声道:

"师长,看!这些人简直要疯了!"

范桐半睁开眼,气鼓鼓地皱起眉头,又挪动一下肥笨的身躯,用那种胖子特有的混浊的粗嗓门道:

"哼,这下,共产党又露脸啦!"

正在低头看报的辛志诚听见这话,不觉抬起头来看着他们,不以为然地说道:"先遣团隶属广东军,是国民革命军的一个建制,怎么能扯到共产党身上去呢。"

"广东军!"范桐轮他一眼,瓮声瓮气地说道,"谁不知道这个团是共产党的黄埔军校?他妈的,那儿才真正是'CP'的老窝呢!"

辛志诚望着范桐气得发紫的脸,真不明白他为什么对共产党有这样刻骨的仇恨。而他又究竟是自己的上司,便只是讪讪一笑道:"共产党又有什么不好呢?总理在世不也很器重共产党员?再说,人家诚心合作,一切为了北伐,他们的胜利不也就跟我们的一样么。"

"一样!"范桐更火了,吼道,"差得远!我们是黄埔军,是蒋校长的!威震湖南的应该是我们!"

"我真不懂,"辛志诚也有些不满地说道,"当初湖南的局面那样危急,在广东的好几个军没有一个挺身而出。可今天人家打了胜仗,我们又这样不舒服……"

"得了!"范桐愤然打断了他的话。他无法反驳这些义正词严的道理,只好恼羞成怒地说道:"别再给你的同学做宣传了!"

对持正不阿的辛志诚来说,这样的话最刺伤他的心了。十多年前,他和先遣团团长叶挺在武昌的陆军预备学堂同过学,后来又一起成为保定军官学校的学生。在革命的道路上,他们走了不同的路了:叶挺加入了共产党;辛志诚成了一个国民党员。

这时听了师长的话,他感到委屈而且伤心。对于同党同军的人来说,他总觉得更是一家人,抱着更诚挚的感情来对待的,可他们偏又这样不识好歹。他们这样的愤怒不仅仅是对先遣团,也是对党内的全体共产同志啊;不知为什么,他觉得这些共产同志再亲热,也终归是客人,是"帮忙的",需得比对"自己人"更客气些。于是,他忍住不快,恳切委婉地向范桐说道:"这又是什么宣传呢,师长。今天共产党也是在为总理的主义流血拼命,也就是我们的同志。对自己的同志,即使宣传又有什么不好?"

"'同志'！"范桐讥诮地学了一句——他要是懂得辛志诚的心意,就不算是范桐了——又向丁铭九道:"瞧他喊得多亲热！共产党革起命来连亲娘老子也不认,别看你跟他同过学！"

"不,"辛志诚郑重地说道,"别的我不敢说,可叶团长的品行我了解,他决不是那样的人！"

"嗨,我好心的参谋长先生！"丁铭九在前面笑里藏刀地搭腔道,"这年头,人太老实了可总要吃亏的啊！我们在英国就学过这么一句名言:除了上帝,最好只相信你自己……"

辛志诚鄙夷地看了他一眼,不屑再听下去。这位处长如今吃着中国的饭,却总还是念念不忘英国;说不上三句便要提起"我们英国"如何如何,似乎自己的鼻子也陡地长高了三尺。每逢这时候,范桐总是竖起耳朵来听,而且不住嘴地啧啧赞叹,羡慕得几乎要掉口水;而辛志诚,却只感到一阵难以名状的厌烦和恶心,为他们的毫无民族自尊心而痛心和羞耻。老实说,他一向对丁铭九那种两面三刀的阴险嘴脸看不惯;丁铭九也总有点害怕他那正气凛然的两道目光,就像老鼠怕见明亮的太阳。

辛志诚不再说话,又低头看起手中的报纸来。丁铭九碰了一鼻子灰,自觉没趣——但他又是永远会自嘲自解的,便装着若无其事地向范桐问道:

"师长,昨晚上胜负如何?"他问的是范桐的牌运。

提起胜负,范桐烦躁起来。"他娘的！"他粗野地嚷着。把那支熄了的雪茄咬到嘴上,打着火吸了一口,才接着道:"昨晚上你不在,他们全他娘整人！打了八圈连一个满番也没凑上,后来就连成对的牌也都碰上不了——真惨！他们全赢了不少,就苦了我一个,娘的!"

丁铭九的脸上做出了一个恰如其分的抱歉的表情,似乎为昨晚师长输了钱而感到自咎;他赔着笑道:"昨晚上英国新来了几位教友,有一个还是在威灵顿的老同学,不去简直不行。"

范桐笑得肥肉都打起颤来,眼也眯缝着问:"听说还有个小娘儿们,前天刚一到,连 T.V.宋① 都请过她的客!"

"是的,"丁铭九忽而骄傲神往得可观了,"密司露薏丝·汉特劳斯!"他流利地说了一句英文,又接着道:"是武昌教区大主教的掌上明珠,刚从伦敦到香港。她那一口中国话说得真动听!……"

"她不是还要去汉口?"范桐十分着急,似乎为这颗"明珠"不能留在广州而万分遗憾。

"她想早些见到她的父亲,可是偏偏咱们这条破铁路又老不通车!"丁铭九几乎有点悲哀,好像很对不起英国人的样子。"可要在英国,那铁路真比蜘蛛网还密!别说火车,就是飞机,嘿……"他说起英国来,如数家珍,往下他索性说起英文来了:"In England, oh, indeed!...in their country, even dogs live in civilization."②

范桐干傻着眼,一个字也不懂。这位肥胖发福的师长,就连对中国字来说,除了几十块麻将牌背得精熟外,别的都不很了然。这时,他表示十分热情地说道:

"请她跟我们一起走吧,我们要出发,会有专车的,路上也保险。她愿不愿意?"

处长似乎想了一想,又表示非常难过,摇着头道:"她等不及了。明天她就搭英国商船到上海,从那边走水路到汉口去。"

"唔……"范桐咬着雪茄,十分黯然沮丧。

"密司露薏丝很喜欢广州。"丁铭九赶紧安慰地说,"昨天她吃

---

① 即宋子文。T.V. 是子文两字的英文缩写。
② 意即"在英国,啊,那真是……在人家那里,连狗都过着文明生活"。

龙虎斗,一连说了三个'OK'！……我托她带了封信给汉特劳斯大主教——他是我干爷马丁主教的师弟。我还是在皇家陆军学院听他讲过神学,一晃都八年过去了,真快!"

"这回你就能见到他了!"范桐用肥厚的手在他肩上重重一拍,似乎也想沾点英国人的光,得意地说道:"将来到了武昌,别忘了把那位鹭鸶小姐……"

"露薏丝小姐!"丁铭九急忙更正,笑着道,"那当然的,我们……"他还要热烈地谈下去,旁边响起了司机的声音:"报告师长,到了!"

处长这才急忙转身看去,车子已停在黄埔军校驻广州办事处门口。辛志诚最先走下车去,他长长呼出了一口气——刚才车内那些谈话,使他厌恶得透不过气来。

在那间宽大的客厅内,满屋都是红光满面、马刺闪闪的革命军高级指挥官。他们三五成群地聚集在一起；有的螃蟹一般叉着腿倒在沙发上,有的端着茶盏在细细品茗,也有些站着围成一圈,吞云吐雾,侃侃而谈。嘈杂的谈话声中不时传出低沉的嗟叹和高亢的大笑,就像一首大交响曲中不时出现的打击乐。

范桐、辛志诚和丁铭九走进来,先同站在走廊上和院子里的一些军官们寒暄了一阵。辛志诚走进客厅一瞥,欣喜地走到一个忠厚庄重的将军面前,恭敬地敬礼问候道：

"你好,方军长。先遣团出师告捷,这真是贵军的无上光荣啊!"

"哪里哪里!"将军真挚地笑着,仁人长者之态可掬,连连拱手道:"这也是全体革命军的光荣。"

这将军就是先遣团所属那一军的副军长方维镇。他四十多岁,有一张长长的平易近人的脸,眼角的皱纹又给他增添了慈祥可亲的长者态度。他的嘴唇微微突出,鼻子很高很直,上唇有一圈淡黄色的不加修饰的胡髭；这不但不使他显得威严,相反地,配上他那忠厚的笑容,更显出了他的好脾气。他对一切人都没有多少偏见,甚而至于对敌人,他也相信"人之初"是"性本善"的。在生活中他除了应做的本分事外,其余一概不愿涉及,更不想深究。他认为世界上的一切是早就安排好的:工人做工,农人种田,军人打仗,政治家们管理国事;各安其职,各修其德,则天下太平矣!他讨厌党派纷争,他不理解这些人有什么难以解决的事,因此他自己是坚决避开这一切。出于这种目的,他尽力想把大事化小、小事化无,人们都喜欢称他为"好好先生"。

这回先遣团的出征,他真捏了一把汗。固然因为,这个团隶属他这一军,团里的许多军官和弟兄都是他过去的老部下、老袍泽;虽然这些人大都信仰了共产党,可他们和他还有着蛮好的感情。然而,这还不是最主要的;老实说,在出发前他就并不赞成这个决定。当然,他并不是感到了这中间会有什么阴谋或者暗算之类,因为他觉得,在自己的同事们中间去怀疑这样的事,阿弥陀佛,那简直罪过!但他感到,这是人们的自私,这是几千年传统恶习的遗留,他又无法反对。他想提议让广东军全军出发,而他又只是个副军长,除了军事总监,他还得听命于军长,而这两方面又各有各自的算盘;再加上手下那几位师长又都是独当一面的人物,对于军长和总监的话都还要骨头里挑刺,他这个老老实实的副军长自然更不在话下了。由于这些原因,他的那个提议只在"嘿嘿"一笑后便完了事。

但是,先遣团为他争回了这口气!先遣团的胜利也使他觉得光彩。出征时,多少人对他为那个团说话而加以冷嘲热讽;而今天,态度都大变了,有的嫉妒,有的奉承,都夸他有远见。他也无心去计较这些。他只是从心里为先遣团感到高兴,为那些创造了奇迹的老部下和老袍泽们感到高兴。

说话之间,只见范桐大大咧咧地走过来,抱拳拱拱手,嚷道:"恭喜恭喜,方军长,先遣团打胜仗啦!"接着又稍放低了声音,说道:"不过你对这个团可要多防着点,共产党一有了本钱,就不会再认你们是老乡啦!"

"这是什么话,范师长!"方维镇听出话中有音,忙正色道,"你我都是革命军人,何必又把问题牵涉到党派关系上去呢?"

后面的丁铭九十分见机,他知道这位军长人虽老实,却很有些古板,在他面前闹臭了名声,那是很不好挽回来的。忙悄悄拉了拉范桐的衣角,接过话头,满面堆笑地说道:

"当初还是方军长有远见啰!说真的,这个团能够出发,哪一点不是靠广东军帮助?不过,贵军可从未因功自居,军长的厚道为人真叫人钦佩啊,钦佩!……"

"惭愧惭愧。"方维镇谦逊地连连摇头,笑道,"老实说,我们实在对不起这个团。虽说名义上隶属敝军,可我们并没有尽到责任;想起当初他们孤军出师的情景,简直叫人痛心啊!"

"现在可是一鸣惊人啦!"丁铭九赶紧岔开话头。他怕这位好好先生翻起旧账,连他们蒋校长当初来这一手的老底也和盘托出;忙显得知己地问:"方军长,听说这一回全面开辟西部战场,军座要亲自担任西路军前敌总指挥了?"

"这还得要军事会议来决定了。"方维镇真挚地一笑说,"我自知年衰才浅,力不胜任;可是敝军的军长又荣升为参谋总长,担起坐镇广东后方的大任;敝军的责任落在维镇身上,也只好义不容辞,滥竽充数了。"

"哪里哪里!"丁铭九竭力逢迎,"方军长德高望重,挂印理所当然!以后还望多多关照、多多指教。不知虎驾订哪天启程,也好到车站恭送。"

"不敢不敢,"方维镇老老实实地感激地摇头,"现在湖南大局已定,各军都一致同心协力,誓师北伐。只要今天会议一定,敝军就能兼程北上了。"

"铭九一定到车站恭送,一定……"丁铭九躬躬腰说;他见范桐

241

早已抽身向另一些军官走去,忙向方维镇点着头,脸笑得像朵花儿:"军长太忙,少陪,少陪!……"边说着,退了几步,急忙跟上范桐去了。

范桐鼓着一肚子气,想找个投合的人发一顿牢骚。可是迎面碰到了广东军的主力师长潘振山和他的参谋长——一个独眼的、瘦小得像具僵尸的、秃顶干瘪的老头子。范桐总有点怕盛气凌人的潘振山,特别是他那张死不饶人的硬嘴。他立刻热情地抱拳喊起来:

"哦!久违久违,潘师长……"

短小精悍的潘振山,结实得像块顽铁。他是属于广东实力派那一类的将领;为人高傲,性格暴躁,打起仗来也颇有一股猛劲。在他四年前还是总理警卫团中一个营长的时候,有一次他带着队伍到广西某地去执行命令,回来时被桂系军阀包围了,要他们接受改编,否则便要全部消灭。士兵们都是总理的忠实卫士,岂肯背叛;潘振山也受不了这"最后通牒",一气拒绝了。他们在军阀的重围中激战了一天一夜,恰好广东的大队顺西江西上,桂系军阀见势不妙,急忙撤围而逃了。潘振山也带着队伍回到广州。从此,人们便给了他一个"猛张飞"的绰号。潘振山得意非凡,这一段战斗,也成了他毕生最大的骄傲;他可以藐视一切地说:他,潘振山是靠汗马拼出来的!他看不起共产党,认为他们是靠"政治"混饭吃;他也看不起国民党,虽然他自己早就是一个国民党员;在他看来,他的加入,只不过是为了证明他是这个时代最"先进"、最"优秀"的一分子;至于别的那些国民党人,不值一顾,使他有如鹤立鸡群。他没有任何政治信仰,只永远为着一个上帝,这个上帝就是他自己;"我",这就是他心目中衡量一切的标准。对于范桐这样的笨蛋,他甚至连正眼也不愿看一下的。但近年来,范桐在黄埔军荣任要职,成了黄埔系统的台柱,论地位论官衔都不在他潘振山之下;而况还有更优胜的一筹,这就是他的身后有即将上任的总司令蒋介石,北伐军的大权逐渐有黄埔系领先之势,这使得姓范的也胆壮了,就像暴发户家中的狗,主人一得势,奴才也敢于狂吠起来。而潘振山,为了礼貌,也就不得不偶尔应酬。

潘振山看见范桐到了面前,便也抱拳还了个礼,肌肉紧绷的青脸牵动了一下——便算是一丝笑容,说道:

"几天不见,范师长又发福了啊!"

范桐听不出话中有刺,呵呵大笑道:

"还是潘师长福大!红光满面,一定是胜利的先兆,胜利的先兆!"

丁铭九赶紧看看潘振山紧绷的小青脸:毫无反应。他知道什么客套捧场之类的话,对冰冷无情的潘振山不会有什么兴趣。

"多谢范师长恭维!"潘振山冷冷地说着,脖子上像装着夹板,头昂得高高的。他不管对什么人,头和眼都是朝上的;就连他头上那顶软塌塌的大檐军帽,也总是舌头朝天。他冷笑一声道,"我们一无派系,二无靠山,只好自己靠枪杆子到战场上去拼了!"

范桐一对眼瞪得像鹌鹑蛋,似乎听出了些暗示自己,忙道:"潘师长,有气可别往我们身上使!广东军出发,是你们自己请求的;我们也不是在后方贪生怕死,我们也想上前啊!要不你可以问蒋校长……"

"我没有说到贵军,范师长又何必这样着慌呢?"潘振山得意地打着官腔道,"至于问蒋校长,那可不敢当了!潘某一生靠枪杆子吃饭,还从不会走路子……"

"自然,自然。"丁铭九怕再闹下去,范桐下不了台,赶紧转守为攻,满面堆笑,显得贴己地说道,"潘师长的正直为人谁不知道?不过,蒋校长也决不是那样喜欢趋迎奉承的。说起来总都是一家人啊!潘师长,听说这次扩大西部战线,要把先遣团拨给潘师长指挥了?"

"到底是铭九兄消息灵通,"潘振山皮笑肉不笑地说道,"比我们知道得还早!"

"师长,这个团可不大好带啊!"丁铭九摇着头,又十分贴己地说道,"你知道吗,听说他们团里大小事全得共产党说了算!你想,他们能把你这位师长放在眼里吗?"

潘振山勃然变色,正要发作,秃顶干瘪的老参谋长急忙插嘴道:"那也没什么,处长先生,我们上为大本营效忠,下为全国民众尽力。于人于己,问心无愧,又何愁别人不服呢?"

丁铭九知道,这老家伙是个尖刻的对手。在外面,他也是有名的铁嘴师爷,潘振山的智囊,忙悻悻地笑着说道:"我们这是一片好心,参谋长先生;这就叫:害人之心不可有,防人之心不可无啊!"

"不错!"范桐正在一旁点雪茄,忙拿下烟来大声道,"共产党比军阀还厉害,你就得先想办法治他们!"

老参谋长仍然是那样不紧不慢,阴冷地笑着说道:"多谢你们一片好心,范师长。不过,我们一非嫡系,二无野心,也用不着多打别人的算盘。"

"是的,是的⋯⋯"丁铭九见话不投机,趁势拉一拉范桐,向门口道:"师座,看,王师长也来了!你不是正有事情找他吗?"

"唔?"范桐转头看看从那边门外走进来的几个高级军官,又愣着看了丁铭九一眼,见他使动眼色,才恍然大悟,连连点头:"唔,对,对!我正要找他!"说着,向那边大步冲去。丁铭九在后面依然彬彬有礼地招着手:

"潘师长,失陪,失陪⋯⋯"

老参谋长见他们走远,望着潘振山冷笑一声道:

"夜猫子进宅,无事不来!哼,自己斗不过共产党,偏想叫别人去鹬蚌相争!"

"烂仔!"潘振山轻蔑地望着他们的背影,用广东话骂了一句。"要都像他们这帮笨蛋,共产党怎么会服气?!"他坐到一把古式的黑漆檀木椅上,端起放在净几上的细瓷茶盏,忽然又想起什么,仰

244

起头来问:"参谋长,那一批武器补充齐了没有?"

老参谋长抬起青筋暴突的细手,摸了一把干瘦精光的小脸;他那手瘦得像两只晒干的鸡爪,脸也小得像鸡头;十五年前,战场上的一颗流弹正好飞进了他的左眼,又从鼻梁上钻了出来,从此,那里就蒙上了一个斜着的黑眼罩;这更增加了他的阴森和可怕。他的外貌干瘪可怜,他的思想却恶毒阴险。看着他那衰老僵硬的身体,和那呼吸里的死亡临近的气息,人们会感到他所关心的应当是自己的棺木和葬仪。然而,对于"心有余而力不足"的潘振山说来,他却是一条不可缺少的右臂。他虽然只有一只眼,可是师长心里想些什么他都看得明明白白。这时,他阴冷地一笑道:"总司令还没上任,他手下的人就先耍起花枪来了。拨给我们的枪支有一大半是旧的,好些还都生了锈……"

"岂有此理!"潘振山勃然把茶盏一放,站起来道,"他们真敢欺负到我姓潘的头上来了?"

老参谋长眨动着那一只多皱的小眼,仍不动声色地说:"他们说现在军队增多,武器又很难买……"

"刚从俄国运回来的那批新枪呢?都留给他自己的队伍看大门了?"潘振山愤愤打断他的话,厉声问。"哼,别以为我姓潘的也跟共产党那么好欺负!"他断然命令:"你现在就打电话回去问问,要是枪支还没有办好,马上来这里报告我。"

老参谋长明明猜得到他的意思,却问:"师座,你是想……"

"我要在会上当众问问他,"潘振山火辣辣地说,"到底是他的那几条枪贵重,还是我手下那些兵的血和命贵重!"

这时,从大厅里面的门里走出一个军服笔挺、马刺雪亮、佩戴着上校官阶的军官来。他立正地站在大厅中间,向着厅内的将校军官们高声说道:

"诸位,军事会议就要开始了!校长敬请各位到会议厅出席!"

短暂的寂静之后,大厅里的人群顿时又发出一阵嘈杂的嗡嗡声,像蜜蜂搬家。马刺闪闪,皮靴笃笃,那些将校军官们各自结伴,三五一伙,移动着脚步。有的沉默思索,有的不停地逗笑打趣,高谈阔论,纷纷向那两扇大开的内厅门里走去。

十六

只经过半天时间,高级军事会议就顺利地结束了。一切争执都在"立即誓师北伐"的口号下统一起来。这是谁都可以料到的:这些年来,粤军、湘军、滇军……都挤在广东这块地盘上"孵豆芽",实在也憋屈得够了;那些将领们从前都是各霸一方的堂堂封疆大吏,如今虽时过境迁,有的连做梦的时候,梦见了当年独据一省南面称王的威风,醒来就辗转反侧,唉声叹气,一夜也睡不着。谁都早想出去伸展一下手脚啊!只是心里都像有鬼似的,谁也不敢先迈出那第一步。而现在,第一步终于迈出去了!而且得到了那样惊人的成功,这使原先胆子最小的人也跃跃思动了;加以这些时来,大批共产党员在各军进行政治工作,使那些古老衰朽的部队也渐渐滋生了战斗的朝气和生命力,充满了一片沸腾的革命热情。这一切,又被先遣团的出师大捷激动起来;就像一座因年久潮湿而接近于失去作用的火药库,在阳光和烈火的烘烤下又变得干燥了、发热了;一根威力强大的引信点燃了它,使它终于能发出惊天动地的爆炸!

被认为在全体革命军中最有战斗力的广东军担任西部战线的主力,即日开拔到湖南同先遣团和起义湘军会合;另外的一支广西军,也开始从桂林一带出发,加强西部战线的力量。起义湘军的军长被任命为西部战线总指挥,广东军副军长方维镇为副总指挥兼前敌总指挥。即将上任的革命军总司令蒋介石为了表示北伐"决心",毛遂自荐地任命自己为东部战线的总指挥——虽然连他自己也不知道，这个战场究竟能在哪一天开始——并且当场宣布，由他的黄埔嫡系学生军，担任东部战线的主力；老湘军和滇军也配属到东部战线指挥。这个战场的路线是：由湖南出江西，经浙江，直捣上海、南京。他把自己放到这一路，是经过周密考虑的。一来，西部战线的矛头，正是北洋军阀的盟主吴佩孚；且不要说他手下几十万精锐善战的北洋军主力部队，也不说他拥有数十员纵横南北的猛将，就单说这北洋军阀的主将吴佩孚，只要熟悉这几年各系军阀间混战历史的人都知道，这家伙可不是好惹的。想当年皖系势力统治全国的时候，他就以自己的一个师从湖南直捣北京，七天之内就把皖系打得一败涂地，再难重振。后来又东向江浙，西到川陕，北退奉军于关外，南伏湘军于岳阳，真个是节节胜利，所向无敌，威震中原。前年的直奉战争，他算栽了个跟头；可是要没有手下的大将在后方倒戈，当时谁都算计到胜利是属他这一边的。可就是遭到那样的惨败，他也没含糊啊；要叫别的将领，早心灰意懒，下野出洋了。可他宁肯在军舰上住了几个月，也不低头；直到重新收拾力量，东山再起。单靠这一点，就已经够叫人闻风丧胆了。再看这短短的一年多来，他又恢复了多大的力量？凭他的本事，打广东军那是完全足够了；更何况这次吴佩孚北上，同奉系首领张作霖握手言和，组成了强大的直奉"讨贼联军"，这简直又是如虎添翼了，谁知道会碰出什么结果来啊！二来，东部战场是他姓蒋的老家，也是他的发祥之地和后台老板们集中的地方，他得把力量留到那里。从另一方面说，他的这办法也是两全其美的；光要别的军去跟吴佩孚拼命，自己坐在后面收利钱，谁肯服气？尽管你喊一百句"拥护共产国际"，一千句"共产同志万岁"，不拿出一点行动来，谁又肯相信呢？然而吴佩孚又决计碰不得，怎么办呢？幸而，老天爷给他安排了这个孙传芳。孙传芳号称九省联军总司令，统兵二十余万，虎踞江东，独树一帜，这可是个威名显赫的劲敌了吧？然而明白底细的人都知道，这位九省联军总司令只不过是一架西班牙的风车，外貌威风罢了。九省之中,有八省半都是属于各个地方军阀的,他们就像战国时代封藩的诸侯,各有自己的政府、议会、军队。孙传芳的命令行不出江苏,而真正能听这位大帅直接指挥的,只不过是上海附近的两万五千到三万名之数的士兵而已。蒋介石心中有底,如果西部进展神速,他就从东线打去,那些一盘散沙的地方军阀,反正有奶便是娘,只要许给他一个与原职相当的官衔,让他们保持原有的地位和实力,何愁不势如破竹、望风归顺!这一来,既可显出他蒋介石对北伐的行动有力,身担前敌重任;而且将来要是正式就任了总司令,别的军要不服气,要请他做革命军的"模范",也能趁此把他们的嘴封住了。这样的安排之后,蒋介石颇沾沾自喜了,他似乎又回到了在上海交易所当经纪人的时代,那一套买空卖空的手腕,倒不想在如今派了这样大的用场。

广东军兼程北上,六月底到达攸县,同先遣团会合了。在这一段时间里,先遣团已经得到攸县和醴陵农协组织的帮助,把北洋军的部署、兵力和阵地等各方面情况都完全掌握好了;并且制订出了周密的作战方案。经过军部军事会议的研讨,前敌总指挥方维镇立即批准了这个方案。当天发出了进攻湘赣铁路上重镇——醴陵的命令,由先遣团担任正面主攻;潘振山主力师的一个团和另一个师的两个团担任两翼的支援配合。

一九二六年七月三日的早晨,先遣团全团的士兵都已经在自己的驻地束装待发了。副官和军需官们紧张忙碌地奔走着,传达命令,筹集物资,到处呈现着一片开动前的热烈忙乱的景象。

第六连代理连长万先廷奉命来到了第二营营部。这一回,第二营又是主攻。他感到格外高兴。刚到门口,就见营副同团部的杨副官正谈着从屋里边匆匆走出来,后头跟着几个号兵和勤务兵。他同营副和杨副官互相敬了礼,简短问候两句,就匆忙走过去了。万先廷一进门,就闻到屋子里有一股刺鼻的酒气。他明白,营长在打仗以前总喜欢喝一点的;这大约是他从滇军里带来的老习惯了。说也奇怪,万先廷虽然常常看到他喝酒,而且喝起来总是大碗大碗的,可又从来没有见到他醉倒过。这大约也是他唯一能够在他们团里保留这老习惯的原因吧。副官和书记官们正在旁边的几间屋子里各自忙碌着。营长的勤务兵于头,矮矮胖胖,岁数挺大,也是胡子巴碴的。他光着头,坐在一张矮板凳上,正从容地摆弄着一大堆手枪零件,大约是刚擦了枪。他老是乐乐呵呵的,从来不跟忧愁照面。你看他外貌邋邋遢遢,像个摆烟摊的小老头;做起事来可神出鬼没,心眼长在额头上,就是天塌下来,他也能找到个空子溜出去。他抬头见万先廷走进来,身子没动,只是好感地笑着向他眨了眨眼。万先廷总看见他在忙;可他又总是轻松自在,炮弹落在脚前也不慌乱。

"报告营长,"万先廷立正敬礼道,"第六连代理连长万先廷奉命来到!"

樊金标光着头,络腮胡比头发还长,只穿一件粗布汗褂;跟下身的马裤和绑腿一比,一半像军官,一半像庄稼汉。他站在屋子中央的方桌旁,右脚踏在一条长凳上,正俯着上身在看地图。他转身望望万先廷,点点头,然后又自顾去看地图了。

万先廷知道营长的脾气,走到桌旁去,等着。

樊金标仿佛身旁没站着别人似的,皱紧眉头,仔细地在地图上寻找着什么。那模样,就像在找一颗掉在地下的绣花针。好一阵,他才找到了那个地方,高兴地往桌上捶了一拳:"嗯,他娘的,躲在这儿!"他一只手拿起红蓝铅笔往那儿去画,一只手得意地摩挲着下巴上的络腮胡子。这时大约总是他最高兴的时候。

"操他窝窝,这些画地图的,真该砍脑壳!"于头从不放过这样发表议论的机会,他嘴巴里不干不净地带着口语道,"哪怕千把户房头的大庄子,叫他们一画,也比蚂蚁大不了多少。操他窝窝的,他们画了就存心不叫人看——就怕你看得见!"

249

"你他娘的,就是一个庄子画得碗口大,你也准保看他不见!"樊金标故意气他似的抢白道,语气里充满着友好,"守着地图在跟前,你几时看一眼了?"

"敲锣卖糖,各干一行,营长。"于头仍然乐呵呵地说,"都看地图就能把北洋军看跑呀?这就叫:没有烧饭的头陀,就没有念经的和尚。"

"哼,你他娘就是光说不练——嘴巴戏。"樊金标不无亲切地责备说。他的眼睛仍未离开地图,一面摸着搁在旁边的那个军用水壶,摇一摇,喝了一大口。那里头的酒已经不多了。

万先廷在营长面前不敢笑。他看着桌上的地图,只见中间那个用蓝铅笔画着的粗大的圆圈内,印着两个黑字:醴陵。一支长长的红箭头从攸县直伸过去,这大约是他们第二营的主攻路线了——但那箭头却在醴陵南边的一个地方停下来。万先廷仔细看时,那地方的三个小字是"泗汾桥"。在那两旁,有着许许多多用蓝铅笔画的,代表着北洋军阵地和火力点的标记,密密麻麻一大片。这一切,预示着在那里将有一场艰苦而激烈的战斗。万先廷看到这些,他的心不觉又已经到了那炮火纷飞的桥头,耳边又响起了激昂的冲锋号和弟兄们的动人心魄的喊杀声。二十多天没过战场的生活,他的手和脚都已经有些在发痒了。

"呆着干吗?"樊金标不知什么时候已经直起了身子,望着他问,"都准备好啦?"

"报告营长,都准备好了!"万先廷立正回答,又急不可待地加了一句,"就等着你下命令了。"

"哼,只要是革命军,谁下命令还不一样?"樊金标并没有理会他的兴奋的情绪,咕噜着,"军人嘛,讲的就是个服从……"

万先廷听着营长的话,不觉一怔。他是个精明人,听着这话里似乎含有些别的意思,急忙问:

"营长,怎么,你要把我们留下了?"

"'留下',人再多点还不够用哩!"樊金标望着万先廷那又转为惊喜期待的目光,却说出一句更叫人泄气的话来,"不过,这回打主攻没你们的事。"他挥挥大手,挡住万先廷要讲出来的话,说道:"团长命令,把你们六连拨出来,交给一营齐营长指挥。"

"营长!"万先廷着急地大声道,"为什么单拨我们下来?全连的弟兄盼了这些天,好容易盼到主攻了,可又——难道我们上回……"

"上回是上回!你嚷嚷什么?"樊金标不耐烦地打断他道,"上回你们还没有打够?"他斩钉截铁地,"军人嘛,就得服从!你倒是个连长了,还那么一脑袋的庄稼汉子脾气!……"

要不是于头在旁边大声嗽嗽喉咙,樊金标动了火气还不定会说出些什么话来的。不过,万先廷已经摸熟了营长的脾气,他们几个连长都不仅把营长的发怒当作是一种独特的亲切的表示,而且在平时谈话中,都把它当作自己营长值得自豪的爽直的特征。每逢这时候,万先廷就一声不响。

"报告!"这时门外整齐地响起了两个年轻有力的声音。万先廷一听就知道,那个四川口音的是四连长卢德铭,山东口音的是五连长鲁兆生。

卢德铭也只有二十一二岁,精悍活泼,有着四川人那种特有的机敏灵活和乐观幽默的性格。他心地单纯,社会经历不深;早先是个出名的调皮和爱闹事的学生。在故乡的中学里带头闹罢课时,顽固的督学闭门不见学生代表,好多人都聚集在门口等候,讲演、喊口号,卢德铭却悄悄跑到后边去放起了一把火,吓得督学光着脚从窗口里跳了出来。被学校里开除后,他就辗转跋涉地来到广州投进了黄埔军校。严格紧张的军事生活,并没有改掉他的诙谐和爱闹事的性格。他大胆、纯真,喜欢打抱不平。好多次他为这个被教官关禁闭、罚站。可是,这并没有妨碍他在毕业的时候,成为一个操讲兼优的学生。鲁兆生大约二十四岁,是一个标准的山东大汉；他身板高大,肩膀宽阔,手脚粗大,可是却有一张大孩子似的天真而红润的圆脸,那脸上总带着真挚而亲切的笑容,似乎总相信一切都是跟他一样纯真而美好的。他们三个连长平时相处是极好的；万先廷刚到第六连当代理连长时,得了他们的很多帮助和照应。而他们,也从万先廷那复杂而又丰富的生活和斗争经历中,认识到了许多过去所没有认识到的事情。

"六连长!"卢德铭一看见万先廷,就兴高采烈地叫起来。虽然在营长面前,他还收敛了许多,只是打趣道："今天又来得这样早,朗格又想把打醴陵的差事也都抢走啊?"他说话还带着蛮重的四川口音,很有风趣。

"你也该让我们去练一练功夫哟!"鲁兆生也笑着说,"上回叫你们打了个够,我们连的弟兄都眼红了,天天都在问什么时候出发哩!"

从这个团成立的第一天起,他们的训练生活里就贯穿了一个最主要的内容:培养弟兄们对敌人的强烈仇恨,时刻渴望着投入战斗。经过了碌田的一战后,士兵们认识了敌人,也更加感到了自己的勇敢的威力。这使后面那些还没有上过战场的新兵,一个个更加跃跃欲试了。

"你去吧!"樊金标向站在一旁的万先廷道,又叮嘱："一营长对部下要求是极严的,到那儿可要当心些。"

"是!"万先廷立正敬了礼,转身要走。

"等等!"樊金标忽然在他身上发现了什么,叫住他。"于头,"他喊,提高嗓门,"于头!……"

"营长。"于头又像突然打地底下钻出来似的出现在樊金标面前,他那两边鼓出来的肥脸蛋红喷喷、乐呵呵的,好像刚才往嘴里塞了什么滚热的东西。

"把我那双力士鞋拿出来,给六连长。"樊金标简短地命令说。

"营长,我不要!"万先廷慌忙说,看着自己脚下那双破草鞋,

"我有新的,是忘了换!……"其实万先廷是说了点假话。驻防的这些天,他在街上发现了一家书铺,他从那里借了不少书去看;加以连里的事情一忙,就没有工夫打草鞋了。他的勤务兵又是到湖南后刚从新兵营补过来的,手还打得不快。这样,他在出发以前才没有换草鞋。

"别那么推三阻四,婆婆妈妈!"樊金标仍然板着脸说。于头已经很快走到后边去了。

"怎么,"鲁兆生惊讶地向万先廷问,"你们当真的不跟我们一起行动了?"

"主攻是没有份的了。"万先廷微笑着向他们道,"祝你们胜利地打进醴陵。"

卢德铭却向他调皮地眨了眨眼,说道:"团长把你们摆出来搁倒起,不定要派啥子大用场哩。"

这时于头已从后边走出来,拿着一双新的蓝帆布薄底力士鞋,笑嘻嘻地递给万先廷。

"换上再走。"樊金标看也不看他说;又向卢德铭和鲁兆生道:"你们坐下,看这儿!……"

万先廷遵命换上鞋,拿着那双破草鞋还舍不得丢;可又没法带,只好给了于头烧火。他走出营部,怀着有些委屈的心情,赶到第一营去。可是一踏进齐渊的房屋,那里的空气就使他的委屈和不平一扫而光了。

"看,我们的闯将来了!"万先廷一进门,齐渊就愉快地迎过来说。

战斗前,齐渊的心情似乎显得格外轻松,就像刚跟人下完一盘象棋一般。他从一个斯文的大学生到完全习惯这战斗频繁的士兵生活,是经历了一段十分艰巨复杂的道路的。

万先廷按着军规敬礼,作了报告,就被齐渊安置到桌旁坐下。这时一营的三个连长已经全到了,其中就有万先廷从前的老上司——三连长高洪生。他仍然是那样沉默、谦逊,坐在最角角上,拿着自己用竹管做成的烟杆吸黄烟。万先廷知道,他虽然不大爱讲话,可有时说出来的话,对营长的决定有着很大的影响。

齐渊的房子里很清静,靠铺板的两张围椅上堆满了书;这是他军中最珍爱的伙伴。多少年来,他的那口装书的旧皮箱里总是塞得满满的。不论战斗行军多么紧张忙碌,他每天总要留出一点看书的时间;这种习惯也在他的部属们中间留下了深刻的影响。这时,二连长的手里正翻着一本书,大约遇见了一个有趣的问题,跟自己的同事们愉快地谈论着。不知为什么,万先廷来到这里总感到有些像回到了老家一样的感情。他打量一下屋内,正像齐营长的为人,一切都是那样干净利索,简单齐整,没有一件使人感到多余的东西。只有左首的壁上,挂着一幅用玻璃框装着的色调鲜明的水墨画,都是一株十分莹洁而鲜润的菊花,在天蓝的衬底上,那样自信而茁壮地挺立着。万先廷第一次去晋见齐渊时就看到这幅画了,这明明是他最心爱的一件东西。万先廷总有些好奇,他好几次都想问一问这原因,可又不知怎么,总有点不好意思。

"你来得正好。"齐渊站在桌子的上首,望着万先廷说道,"刚才我们还在谈到,说这回把你从主攻营抽出来,恐怕你这个打惯了冲锋的,一时还受不了呢!"

"不,营长,"万先廷惭愧地笑着说道,"弟兄们都说,能跟着你一块打仗,就是光看管俘虏我们也情愿的。"

"嘿,没多少天,学油滑了!"齐渊望着几位连长,笑道,"还记得刚来的那时候吧,'长官,你发给我一杆枪吧,只要打军阀,叫我干么事都行!'我叫你去当见习排长。'什么?你说笑话吧,长官!我怎么能当官呢!'你瞧现在,满口官腔啦!"

这句话把大家都逗得笑起来,万先廷回想起那时候的情景,不觉也不好意思地笑了。

"说实在话,总有些不舒服吧?"齐渊坐下来,倒了一杯茶递到万先廷面前,像逗着自己最小的弟弟似的微笑地望着他问。

万先廷不好意思地看看大家,终于点了点头。

齐渊得意地大笑起来,笑声感染着大家。谁也不会想到,这个在战场上那样果断坚定的指挥官,此刻竟会有这样顽皮热烈的情绪。

等万先廷休息了一会,喝过一杯茶后,齐渊便宣布军官会议开始,传达团长的命令了。这时,刚才洋溢在他们中间的那种热烈欢快的气氛,又变为了宁静和严肃,他们都聚精会神地听着。屋内只有齐渊那不高的,但是果断有力的声音。他的话,使桌上那张用红蓝铅笔标了各种符号的军用地图,变得生动活泼起来。

"……主攻方向是在正面的泗汾桥。这道大桥是通向醴陵的门户,也是醴陵南方的咽喉。敌人在这一带防守非常严密。夺取大桥、正面向醴陵攻坚的任务,由二营和三营的弟兄们担负。我们的任务,是从主攻方向的左翼,沿着攸县——生田——朱亭一线,牵制敌人株洲方面的部队。更重要的,是防备敌人可能由这一线袭击我主攻部队的后路。朱亭是北洋军在株洲南面一个重要的据点,地势险要,进可以攻,退可以守,敌人把这里倚为通向株洲和长沙的屏障。如果我们牵制得好,就可能把敌人在株洲的队伍大部分吸引到这里来;这样,就可以解除敌军对我主攻部队的严重威胁。当然,敌人牵制过来的越多,我们自己的担子就会越加沉重了。"

听到这里,万先廷才恍然大悟了;团长交给第一营的任务,从来就没有过轻松的。

"现在,谈一谈我们的具体部署。"齐渊示意大家围拢地图,继续说下去,"第一连……"

万先廷全神贯注地听着、听着。齐渊仔细地讲到了每一个连的进攻位置、敌军的部署、火力的配备、进攻中要注意的情况,等等。万先廷竭力从他的声音中捕捉着"第六连"三个字,然而始终没有听到。他不觉又有些沉不住气了,可是想起这是在别的营,而且又是在齐营长面前,他竭力使自己冷静下来,听下去。

"你们第六连,"最后,齐渊总算微笑着向他说了,"担任我的预备队。"

万先廷脸一红,几乎要喊起来了。如果他不是熟知齐渊的性情的话,他真会以为这是个很不恰当的玩笑了。可是,齐渊却似乎并没有注意这些,他站起来道:

"就这样吧,同志们,大家赶紧回去准备。出发以前,各连的党员要开个会。要给全连的弟兄们讲一讲这次战斗的意义。"接着,他又宣布了出发时间和投入战斗的时间、行军的路线、次序、联络口令。各连的连长就都很快地告别回去了。

万先廷还闷闷地站在桌边,来时的那股委屈心情又重新出现了。他这时在犹豫着:是说好呢,还是不说好。

齐渊从门口走回来,似乎并没有理解他的心情,只是微笑着问:"还在委屈吗?"

"营长,我不敢回去。"万先廷有些激动地说道,"我倒好说话,只怕连里的弟兄们要说我不争气了!"

"所以你就先要向我争口气,对吧?"齐渊仍然微笑着,望着他道。

万先廷没有说话。齐渊走近他身边,说道:"我也喜欢争气的人,可是不喜欢争这样的小气。比方说,两个人比赛的时候,我们要给自己争气;两个国家比赛的时候,那又该怎么办呢?今天我们的对手是军阀,是那些等着看我们灭亡的人,我们就要跟全体革命军争气,跟我们的全团争气。你懂得我这话的意思吗?"

"营长,"万先廷惊异地望着他问,"你是说我想得太狭窄了?……"

"至少是让我看出了这么一点。"齐渊亲切地望着他说道,"我们都还年轻,可是我们担负的职务不算年轻了。弟兄们的眼睛都看着我们,指挥官的修养,决定了他要把自己的士兵培养成为什么样的人。当你每做一件事的时候,都常常这样想过吗?"

"没有。"万先廷惭愧地低声道。

"今天,我能够这样来要求你了。"齐渊亲切的语气中带着严肃地说道,"你已经不是一个刚穿上军衣的乡下小伙子,也不是一个带着老乡们向土豪劣绅斗争的农协领头人,你今天是一个革命军官了。军队是靠纪律生存的。我们应当先想到的是整个的战斗和胜利,而不只是个人和自己的那个连队。"

万先廷默默地听着,说不出话来。

"让弟兄们时刻渴望担负最艰巨的战斗,这是对的。但是还要让弟兄们懂得,为了保证战斗胜利,最重要的是服从命令,服从指挥官的意图。"齐渊望着他道,"你经过很多的斗争,可是你还太年轻了。你能够征服一切困难,可是有时候会忘记了征服自己。"他沉思地自言自语地说道,"是啊,征服自己,有时候是最困难的。"

"我懂了,营长。"万先廷内疚地低声说道,"你让我惊醒过来了。在家的时候,容大叔就常跟我说过:艰难的时候,容易忘记个人;可是顺利的时候,就容易忘记团体了。我没有记住他的叮嘱。"

齐渊感触地低声重复着这句话:"顺利的时候,就容易忘记团体;这句话说得真好。我羡慕你。要知道,我走的路比你更复杂啊。"

万先廷崇敬地望了齐渊一瞬,振作起精神,毅然地说道:"营长,我马上回去跟弟兄们讲清楚!"

齐渊微笑着问:"不为我刚才的决定委屈了吗?"

万先廷也不好意思地低头笑了,没有说话。

"会有仗打的。"齐渊喜爱地望着他道,"回去后先召集党员弟兄们讲清楚,让大家看到整个的战斗。告诉弟兄们,留着点劲头,准备把力量用在刀刃上!"

"是!"万先廷立正回答,敬了个礼。当他从第一营营部走出来的时候,心情感到格外舒畅;他想,这一趟来得真不错,就在刚才那短暂的一瞬间,他感到自己又向前跨进了一大步。

十七

坡地那边的战斗,已经进行好长时间了。进攻是在昨天傍晚开始的。枪炮声时而激烈,时而松缓;激烈的时候,从北洋军阵地上射出来的枪弹便呜呜地从坡地上面飞过,间或还有几颗误差太大的炮弹,落在坡地上面爆炸,腾起一团团浮动的烟雾,溅起的泥土也像雨点似的洒到坡地下面来。

第六连在坡地下面的一条小溪旁边休息待命。他们从昨天傍黑就来到这里,现在已经是早饭过后了。听着坡地那边传来的枪声,士兵们都感到焦急而又羡慕;但是没有长官的命令,他们仍然秩序严整地坐着,一班一排,谈笑风生,只要一声命令,他们顷刻间就能投入战斗。

在第一排的一个班里,刘大壮自然地是那里的中心人物。他正和全班的弟兄们热烈地谈论着什么事情。为了不暴露目标,他们禁止吸烟。因此刘大壮只能拿着那根磨得发亮的烟杆,时而在烟袋里搅一搅,时而往嘴上搁一搁,然后又像吸完了一袋烟似的磕磕烟灰。时不时地,他抬起手来,满有分寸地抹一抹他那嘴上的八字胡;这时候,士兵们便觉得他很像一个身经百战、威严而又慈祥的将军了。

刘大壮生长在北方农村的一个穷苦农人家里。他不知道自己的家乡究竟是哪府哪县,因为从他能记事的时候开始,他就已经到处流浪了。整整十年,他的足迹踏遍了黄河和长江宽广的两岸,带着爹妈留给他的那一个破篓和两只粗碗。漫长的十年啊,他做过短工、打过铁、拉过纤、进深山挖过煤、在湍流里淘过金……十年的经历,他的身体成长起来,他的心也成长了。走遍天下,他遇到的都是一样的世界:财主的皮鞭、老爷的大板,都是对着穷人。他的手脚磨起硬茧,皮肤被折磨得粗糙黧黑;他受尽饥饿与寒冷,可剩下的,还是那一个破篓和两只粗碗。他想寻找新的生活,辗转流离,又是几年过去了。有一次,他拉纤到了武昌,正遇着总督衙门招兵;那些兵,不背大刀,而是一色七响的洋造钢枪。他心一横,进了湖广总督张之洞创办的新军。

一九一一年十月十日,刘大壮和弟兄们一起,度过了兴奋而混乱的一夜。第二天清晨,十八颗圆星的白色义旗飘扬在硝烟未散的武昌城头;不幸的是,他在军营里结交的一个年轻的把兄弟——在父母死后他唯一的亲人——也在指挥激战中牺牲了。但他足以告慰这个共过患难的年轻兄弟:他们已经实现了推翻清朝,创立民国的誓言。

但是,刘大壮的兴奋并没多久,便又转为失望了。"革命军兴,革命党消。"不久南北议和,清朝的北洋大臣袁世凯做了总统。不少吃洋教的革命党也做了将军、都督;不愿做官的便出了洋。刘大壮也得了一顶纱帽:要他做一个营的管带。刘大壮不愿做官,他看到为革命流血拼命的弟兄和百姓们,依旧恢复了过去的老样子,他痛心疾首,他舍不得那些共过患难的兄弟,决定还是回营去当兵。可是这回谁还容他?给了他一笔钱要他去自谋出路。刘大壮把这些钱大都分给了受伤残废的弟兄,剩下的给把兄弟的坟前立了块碑,买些香纸哭祭了一场,便带着父母留下的那一个破篓和两只粗碗,又踏上了流浪的途程。

又是好些年过去了。艰辛的生活经历,在他的额上刻下了深密的皱纹。他在人生的道路上摸索、摔倒,又爬起来,他磨炼得更加沉默、稳重、老练了。繁重的劳动和生活道路的艰险,使他渐渐衰老、麻木了;但是,一次生活的转折,却使他重又回复了青春。那一年,他沿着铁路,一边做工一边流浪,终于到了南方一个产煤的地方,他想起自己挖煤的老行当,便进了设在那里的一座煤矿里做矿工。

就在这座煤矿里,刘大壮发生了自己一生中最巨大的变化:他懂得了无产阶级革命,并且秘密地成为了一个共产党员。他每天从矿井里爬出来,就精神焕发地到工人夜校去学习。在那里他听到了许许多多从未听到过的动人的真理,然后他又把这些真理变成自己的情感和语言,去告诉同他一起在地狱般的矿洞里做工的弟兄们。随着他们懂得的道理越多,工人弟兄们就变得更加齐心,团结得更加紧密,革命的火种也就在这阴湿的地底渐渐燃烧得炽热和旺盛起来。他们向军阀、帝国主义和资本家展开了一次又一次的坚决斗争。在这些斗争里,刘大壮总是扛着大旗,站在工人弟兄们的最前面。后来,他和好几个工友就被矿上借故开除了。靠着党组织和工人弟兄们的帮助,他们有的回到家乡去继续坚持斗争,有的通过关系到别的矿山和工厂里去做工;刘大壮同另一个无家可归的年轻的弟兄,带着大家给凑集的盘缠来到了广州。当时正遇着广东革命政府在组织北伐的军队,大批招兵;刘大壮就和年轻的同伴投进了那个队伍。不久,他们就成了保卫大总统府的警卫团的士兵。

就在这个团里,他遇见了担任着他们那一排排长的齐渊。他不知道这个相貌清癯文雅、有一双格外神采焕发的褐色眼睛的年轻长官是怎样特别引起他的注意来的。只是从第一眼里,他就觉得深深地喜欢他、信服他、崇敬他。当他再进一步在心中回味这些感情的时候,他就渐渐悟出了产生这种感情的原因;他觉得在这年轻的长官身上,有许多为他十分熟悉的东西:他那英武的长相和文雅的谈吐,那渊博的学识和聪慧的笑容,都多么像他那辛亥年间在武昌起义中牺牲了的把兄弟啊!这使他在有意无意之间,总想跟他一起搭几句话;甚至每天能多看他几眼,他的心都会感到一种说不出的满足和安慰。而这位年轻的长官,也似乎能从心底看出他的思想,常常同他在一起问长问短,并且那样真诚而关切地倾听着他的叙述。刘大壮那几十年艰辛悲惨的生活,是那样深深地激动着他。渐渐地刘大壮又觉察到,在这个年轻长官的身上,又有多少与自己那死去的把兄弟不同的东西啊!他觉得他的言谈举止和对许多事情的看法、做法,比起那个把兄弟来,还要显得更加聪明、老练和锐敏;他谈出的那许多革命的道理,是当年那个把兄弟还完全没有懂得的。后来不久,他在队伍里接通了党的关系,才知道这个年轻的长官也早已是一个共产党员。从此,他们具有了一个比把兄弟更加亲密、崇高和真挚的感情——同志的感情。

他们在一起经历了复杂艰苦的战斗的岁月。在革命遭受挫折的日子里,他们为着保卫革命的旗帜进行过英勇的战斗;他们出生入死,披肝沥胆,在斗争中建立了更加深厚的、血肉相连的友情。随着国共合作的新的革命高潮的到来,随着全国民众要求北伐的愿望越来越强烈,党和民众交给了他们一个新的伟大的历史使命;就在去年冬天,他和齐渊也跟许许多多这样的同志一起,成了这个团队的第一批士兵。

按照齐渊的意见,他要求任命刘大壮当连长;凭他的年纪,凭他的经历,熟悉这个职务并不是很难的。但是刘大壮却只愿当兵,他说自己就是个当兵的"材料"。最后说来说去,他终于当了班长。他是个踏踏实实的人,当了班长,这就是说,要担起全班十多个人的担子,真正把这十多个弟兄照顾得熨熨帖帖,那是含糊不得的,何况又是在战场上。他得让别人看看,"首义同志"① 带出来的兵,至少得有点根底。因此在全班弟兄们中间,只要有空,他就不厌其烦地为他们解答一切问题。

"班长,"这时,那个"最使他不放心"的新兵陈欢仔,紧挨着坐在他身边,有些性急地问道,"我们到什么时候才能上去呢?"

---

① 指一九一一年辛亥革命中首先在武昌参加起义的人。

"什么时候叫上,咱们就上。"刘大壮说。他接着挺有把握地抹了抹八字胡,"照我看,恶仗还在后头啦!"

"你怎么知道的?"陈欢仔好奇地问。

"听这枪炮声,北洋军少说也添了一个团。他想跟咱们在这儿大干呢。"他望着陈欢仔亲切地问:"怎么,这回还胆怯吧?"

"不啦!"陈欢仔不好意思地笑着,摇摇头。

"我看不准,"刘大壮半认真地摇头道,"光是跟着敌人屁股追出来的大胆,那不叫真本事。当兵的真本事,那是跟敌人个顶个,真刀真枪地拼!白的进去红的出来,那才到哪儿也吃不了亏!"

"班长,"陈欢仔自豪地说道,"拼刺刀我会,你教我的那些动作要领我全背得出来!"

"光背得出来不行。"刘大壮道,"打仗也得看人,别看一样都是新兵蛋子,到了战场上可有先有后。刚上阵有点胆怯,这是谁都经过的;可你要是不想做胆小鬼,就得靠在战场上逼出胆量来!"

"谁逼?"陈欢仔惊奇地问,"你不说:军阀队伍才有督战队,架着机枪在后头逼弟兄吗?"

"那是军阀。咱们——可有咱们的法子。"刘大壮说道,"你看连长,头回上阵,可谁看得出他是个新兵?那股虎劲叫我也看着伸大拇指头哩。你说他刚上阵不害怕?那是瞎说!谁不是两个肩膀扛个脑袋,不怕子弹头给磕碰着。可他那会儿没工夫去想这些,他是个连长,他一退,那可就糟了;再说他就是为着北伐才千里迢迢到咱们团来的哩,退下去,叫北洋军打上来怎办?这一想,豁出来了,冲吧!这一冲,胆量就冲出来啦!"

"这话不假。"旁边有个老兵插言道,"拼刺刀的时候我跟连长身挨身站着。等着敌人往上冲的时候,我看他手还在抖,脸发白,紧咬着嘴唇——可一跟敌人干上,他那股狠劲真像个小老虎,真是好样的!后来我仔细看看,他的嘴唇都咬破了哩。"

陈欢仔瞪着大眼,听完才松了一口气,难为情地说道:"可我当时就光顾听别人叫了,心里拿不定主意……"

"你还是经的事少,没受过什么大的磨难。"刘大壮开导地说道,"节骨眼上要有人给拿主意。我那时也光顾看敌人了——头回生了手。可后来齐营长一上来,不就把你们全给逼出来啦!"

"一看见齐营长那样子,不知怎么一下就把心里的害怕给赶跑啦!"陈欢仔憨实地笑着说道,"我还担心回来连长饶不了呢,可他还问我哪儿伤着了没有。"

"他那会儿急得心里冒火了。"一个士兵抢着说道,"亏得他心眼灵,那几声一喊,真把人心都喊震动了!"

"说的!要那么简简单单,会叫他当连长?"刘大壮充满着自豪的语气说道,"他呀,就像早几年的齐营长,不过性子更倔强,待人更直筒点。"

"从前光许少爷们当官,妈妈的,"一个士兵道,"说咱们干活出身的是老粗,没见过世面。可你看如今咱们连长,哪点儿不比那些驴屎蛋子强百倍!"

"这也是在咱们这个团。"另一个年纪大些的士兵感叹地说道,"要在别的队伍上,凭你多大本事,手里没个万儿八千的,又不会吹牛拍马,照样挂不上斜皮带!"

"要不,连长就跟咱们干活出身的争气了!"那个士兵兴奋地说。

"我每回半夜站岗的时候,"陈欢仔显得挺神秘地说,"总看见他房里的灯是通亮通亮的。"

"我也看见的!"好几个人都这样说。

"唉,年纪轻轻的,担子重啊!……"刘大壮赞叹地摇头说——突然,他腾地站起来,以老练而迅速的动作持枪立正,同时发出口令:

"起立!"

士兵们都很快地起身立正,抬头看时,连长万先廷已经走到了他们面前。

万先廷总是一刻也闲不住。此刻,他的面孔晒得发红,情绪显得很活泼。他还了礼,连连向士兵们道:

"坐下,坐下,弟兄们。大家随便谈吧。"

刘大壮这才发出了"坐下"的口令。他腾出一块地方,让万先廷坐下来。士兵们在万先廷面前,是不很拘谨的,他们都知道连长的脾气,喜欢大家推心置腹,随随便便。这时,陈欢仔和几个性急的新兵们都问:

"连长,前边怎样了?咱们什么时候上啊?"

"怎么,都憋不住了?"万先廷笑着向他们道。其实他自己比弟兄们更着急,但装着满不在乎地说道:"别愁没仗打,好戏在后头哩。现在两边都打得正热闹,一营的弟兄们打得很好,北洋军又从株洲调过好多兵来了。我们二营那边,现在还没有消息,一定也打过泗汾桥了。"

"他们要都打得好,我们还有什么仗打呀?"陈欢仔孩子气委屈地说。

他的话引起了大家的笑声。刘大壮庄严地教训他道:

"想打仗也不是这么个想法。光想让你打,就盼人家打败仗呀?咱们宁可打不上仗,也盼别连的弟兄们场场打胜。小家伙,都像你这么想可就坏了!"

陈欢仔难为情地伸了伸舌头。万先廷说道:

"对,这就叫大公无私。革命就是为这个。打了胜仗,都是全团的光彩,是全革命军的光彩。我们不是军阀队伍,不能跟别人争权夺利。我们要争的是全团、全革命军的气。懂这意思了?"

"报告连长,懂了!"陈欢仔大声回答。

大家都活跃地笑了。万先廷又问:

"你们都在谈些什么呢?"

"也没谈什么……"刘大壮微微笑着,在连长面前保持着庄重地说道,"大家伙凑在一块儿,扯扯上回的仗……"

"连长,"陈欢仔抢着说道,"班长在说你那天打仗的情形呢!"

"哦,"万先廷满有兴趣地问,"他怎样说了?"

陈欢仔兴高采烈,也没顾去看刘大壮投过来的阻止的目光,只是说下去,"他说你那天头回上阵,虽是有点胆怯,可一想到自己是连长,就把胆量给逼出来了!"

万先廷笑着问刘大壮道:"是这样说吗,老班长?"

"那全是瞎扯的,连长,"刘大壮难为情地笑着,支吾着说道,"我们一时说着玩玩……"

"你说得很好,老班长。"万先廷想起那天的战斗来,望着大家感触地说道,"可是那天'逼'我的不光是'连长',而且更要紧的还是敌人!"

"敌人?"陈欢仔瞪着大眼,不解地问。

"不错,是敌人。"万先廷说道,"那天我是头一回上阵,心里也挺胆怯;虽说平时练过打仗,可那滋味儿总还是不一样。当那么多北洋军端着刺刀,哇哇叫着冲上来的时候,我起先心里也发虚了。可是后来我突然一想:我是来这儿干什么的呢?是来革命的!为什么要革命?这时候,从前的那些事就全闪出来了:在家受过的苦,军阀跟财主的狠毒,北洋军做下的坏事……这么一想,我就觉着全身的血都烧起来了,恨不得一下子就把这些坏蛋全吞下去!我就想:多少亲人老小还在叫这帮坏蛋欺负,能让他们再逞威风吗?简直该为刚才的心虚害臊!再看那些往上冲来的北洋军,也全变了,变成了一群张牙舞爪的野兽。你说,"他向陈欢仔问,"要遇着豺狼扑上来了,你敢不敢打?"

"那当然!"陈欢仔听得很入神,蛮有劲地说。

"就是这样。"万先廷向大家道,"我们是革命军,要时刻想着革命的敌人不是人,是野兽。野兽总是要害人的,我们就得把野兽除尽!这么一想就什么全不怕了。"

大家都兴奋地松了一口气。这时,突然有个士兵低声而紧张地叫出来:"看,团长!……"

他们都惊讶地向那边望去,只见从高地的右侧,一群人正迅速地向高地中央走着。最前面,正是士兵们所熟悉的团长和齐营长的身影。团长仍然和平时一样,军容严整,姿势端正,大步流星地向前走着;他没有挂指挥刀,只是远远可以看到胸前挂着的长筒望远镜。齐渊紧跟在他身边,一面走,一面向他谈着什么,时而指一指坡地和远处。后面还跟着六七个军官和卫兵,有四个人牵着马。

这时,在高地下面休息的队伍几乎都发现了这个情况。士兵们看着,精神都更加奋发起来,一面小声议论着、猜测着团长来到前沿的意义,和战局即将发生的变化。

"班长,"陈欢仔向站在旁边的刘大壮小声道,"团长来这里,是要调我们上去了吧?"

"别瞎扯!"刘大壮望着那里,心里也在嘀咕,老兵的经验告诉他,这其中一定是有了什么重大的变化。他一面回答陈欢仔道:"当咱们这个团的团长,大事儿多着呢!哪会专门为咱们这个连跑来?"

万先廷看见团长的来到,比弟兄们想得更多,心情也更激动些。他知道在战斗开始以前,团长决定是由他亲自指挥中路向泗汾桥——醴陵的进攻,而这一边是完全交给齐营长指挥的。凭着团长对齐营长的了解和信任,如果不是这边的战局有重大的变化,他此刻决不会亲自到这边来。同时,根据最初的决定,主攻方向是在中路;团长指挥战斗时总是时刻跟着主攻部队,而现在,他却突然在他们左翼出现了。这一切征象,表明了这里的战斗任务要加重起来,这样便一定要加强兵力。万先廷觉得自己的判断是正确的。于是,他立即找到了三个排长,要他们命令队伍迅速做好一切战斗行动的准备,并且尽快地把这个命令传达下去,不许有丝毫的忙乱和惊动。

这时,士兵们都看到,团长和齐营长已经在高地中央一块最高的小山包上站下了。他们面向着高地那边正在激烈战斗的朱亭一线,背对着第六连士兵们休息的地方。后边跟随的那些人,只有一个——大约是副官——走上小山包站在团长旁边,别的人都散布在山包下面的坡地上。

朱亭阵地上的战斗正在激烈进行。枪弹和炮弹都呼啸着向坡地这边飞过来,但是,这时屹立在小山包上的叶挺和齐渊,却全然没有理会那些飞来的枪弹。他们正在聚精会神地思索、判断这场战局中北洋军方面所发生的变化,筹划着一场迅速推动全局胜利的战斗。

经过一夜的激战,情况已经完全像预料的那样发展了:在中间泗汾桥一线,北洋军把醴陵外围和右翼株萍铁路线上的部队集中过来,倚托泗汾桥的地形,负隅顽抗;左翼朱亭一线,北洋军在接触到革命军的猛烈火力后,以为这里也成了进攻的重点,赶紧把株洲方面集中的队伍调了过来,凭借着湘江的险阻,布置了一道坚强的防线。他们以为这样一来,醴陵——株洲——长沙一线就可高枕无忧了。

"情况非常明显,"齐渊向团长讲述了这一面敌情的变化,最后说道,"这样对峙下去,我们很难迅速得到胜利。而且从敌人向这里集中主力的行动看,他们是计算到我们远道进攻,力求速决,因此准备以逸待劳,等到我们相当疲乏后,再用捏紧的拳头打出来!"

叶挺默默点了点头。他的两眼仍然望着前方,深沉地思索着,听齐渊说下去:

"现在我的意见,是用一部分兵力在这里迷惑敌人,而以主力避开湘江的险阻,从朱亭和泗汾桥之间的空隙里插过去,奔袭敌人的要害——株洲。打下了这里,东面沿株萍铁路可以打击醴陵的侧背,北面沿粤汉铁路可以毫无阻挡地一直推进长沙。"

叶挺仍然沉默着。他虽然声色未动,可是在他的脑海里正交织着各种各样的思想,根据全局的情况,权衡着齐渊提出的这个大胆而机智的计划。

过了好一会,叶挺才突然向齐渊问:"株洲的兵力,掌握得确实吗?"

"已经有三组侦探从株洲赶回来,都报告株洲非常空虚。"齐渊迅速回答道,"据朱亭北面农协有人来报告,今天拂晓又有大批北洋军从株洲方面开过来。这就证实了侦探的报告。"

"假如敌人从株洲调主力到朱亭的同时,又从长沙调了部队到株洲,那怎么办?"

"这个情况可能很少。"齐渊回答道,"敌人的注意方向是在泗汾和朱亭一线,他们决不会想到我们会直接先打株洲,这是一。株洲、醴陵一线是唐福山的赣军,后面长沙一线是叶开鑫的湘军,他们没有直接的配合关系,这是二。第三,即使长沙有兵调到株洲,他们也是离心离德,不服调度,而且也不会想到在这样远的后方会突然受到袭击。"

"要是朱亭的敌人发觉了你们的行动,调头赶回株洲去呢?"

"这也很少可能。至少等他们发现,已经晚了。就算一开始行动就被他们发现,我们是快速奔袭,弟兄们都经过艰苦的锻炼,敌人的两条腿跑不过我们。"

其实这一切,叶挺也是已经想到过的。只是他有这样的习惯,在考虑一项计划时,总要尽可能把情况设想得复杂困难许多倍,并且要从执行这一计划的指挥官嘴里,得到满意的答复。他的问法是突然而迅速的,他要求指挥官的回答也是这样。只要你稍稍有某个问题考虑得不周到、不成熟,那就会在他这一连串的"为什么"面前弄得张口结舌、狼狈不堪。

"你预备什么时候行动?"叶挺看着齐渊,平静地问道。这就是说,他已经同意进行这个计划了。

"现在一切决定于迅速。"齐渊道,"我想半小时以后就出发。"

"需要多少人？"

"我预备把正面的一个营全抽下来。这里只留下第六连来坚持。"

叶挺想了一下，点点头说道："我把新兵营调给你，带两个营去。"

"让新兵营留在这里吧。"齐渊说道，"我估计在我们停止正面进攻后，敌人一定以为我们已经疲乏了，要开始组织兵力反扑。第六连的负担就太重了。"

"不，我再从特别大队调一些人来。"叶挺举起望远镜望了望朱亭那边，又拿下说道，"当然，他们人这样少，又要受到敌人全部压上来的打击，要吃很多苦头。这需要顽强，这是跟敌人比苦比硬的时候，谁能坚持谁就胜利。"

"我留下六连也是这样想的。"齐渊微笑着说道，"他们一定能坚持住。当然，这也决定于我们袭击的速度，现在用得着长途跑步了。"

"向导找好了吗？"叶挺看着地图问。

"由农协找好了。他对这里到株洲、醴陵的地形都很熟悉。"

"老百姓跑不动，要考虑到。"

"我预备让他骑着我的马走。"齐渊说。

"好，"叶挺从地图上抬起头来，果断地说道，"下达命令吧！"

当齐渊吩咐传令兵跑去叫各连连长后，最先来到的是第六连连长万先廷。一来他离得最近，二来从他那红红的脸色和兴奋的劲头上看，他大约跑得也最快最急了。他向团长和齐营长敬礼，作了报告，最后大声地说道：

"营长，我们都准备好了！"

叶挺同万先廷握过手，便专心地到一旁去看副官手中的地图；当下级布置任务的时候，他是从不插话的。

"很好。"齐渊向万先廷微笑道,"现在就要看你们的功夫了。"

"你命令吧,营长!"万先廷兴奋地说道,"叫我们上哪儿?"

"就在这里。"齐渊指了指脚下的高地,看看他,说道,"你们的任务,是要马上在这里修好阵地,准备阻击敌人。"

"什么?"万先廷像没有听懂似的惊问,"营长,怎么倒让我们防御起来了?!"

"你不是说过,为了打胜仗,叫你们看管俘虏也高兴的吗?"

万先廷一时没有话说了。齐渊走近他面前,说道:

"能攻能守,才是真有本事的队伍。光能跟着敌人追赶,还算不了勇敢;只有跟敌人面对面硬碰,才练得出功夫来。这次阻击,关系着整个战局的成败;队伍少,敌人多,这就是看一个部队有没有智勇双全的时候了。你们要是担待不了,我马上可以换一个连。"

"不,营长!"万先廷被营长这一激,急忙道,"你交给我们吧,我们一定能担待!"

这时,只见一骑马从坡地下面疾驰上来,在他们旁边勒住。瘦小的杨副官跳下马来,发红的脸上淌着汗,他匆匆跑到叶挺面前报告道:

"团长,二营冲过了泗汾桥!"

叶挺也匆促地向他面前走了两步。万先廷看到,团长虽是依然声色未动,可是目光中已闪露出了明显的兴奋。他向杨副官问道:"敌人呢?"

"敌人向第二道防线退守,他们把右翼的兵力全加过来了。"杨副官回答道。

叶挺迅速地往地图上看了一眼,又问道:

"战斗情况怎么样?"

"从拂晓到现在,二营又向大桥发动了十多次冲锋。"杨副官连汗也顾不得擦,匆忙地报告道,"可是敌人的火力太强,还是攻不过去。后来樊营长亲自到桥头组织火力,九连胡连长先带着敢死队往桥上硬冲,刚到中间就中了敌人的炮弹,胡连长牺牲了!这时樊营长急了,端着机枪大吼着就要往桥上冲,叫四连卢连长拖住了。卢连长和五连鲁连长马上带队伍接上去,冲过了敌人的火力封锁线。可是鲁连长负了重伤,一条腿叫地雷炸断了,他还是挂着一根步枪指挥队伍,两个连一齐冲上了敌人的桥头阵地。泗汾桥那边农协的老百姓也涌出来,敌人大部分被消灭在河边。可是,五连鲁连长流血过多,也在桥上牺牲了。"

叶挺的脸色变得十分阴暗严峻了,长久地没有说话。万先廷知道,这是团长在为自己同志而悲痛和对敌人充满强烈仇恨时的表情。万先廷这时的心中,也充满了这样的情感,牺牲的两个连长都是他所熟悉的,特别是五连长鲁兆生,就在昨天,他们还在一起欢悦地谈笑,而现在,他竟永远地离开他们团的行列了。万先廷不觉又想起刚到二营时,鲁兆生和卢德铭对他那些热情的帮助和照应,耳旁似乎又响起了鲁兆生那豪爽的笑声和说话时的山东口音……

"我到泗汾桥去了。"叶挺沉默了一会,果断地向齐渊道,"你们赶紧按计划行动,随时和我联络。"

"是。"齐渊立正回答。

"你们要小心。"叶挺走近万先廷面前,坚定地说道,"不管多大代价,一定要把敌人顶在这里。就是特别大队赶到了,你们的压力也还是很重的。现在是比顽强、比耐力的时候,必须要战胜敌人!"

"是,团长!我一定记住你的话。"万先廷立正站着,庄严地回答说。

叶挺那充满着爱抚和关切的目光,在万先廷身上停留了一瞬,然后握了握他的手,才跨上勤务兵牵来的白马上去。万先廷从团长那有力的手上,感到了一种说不出来的信心和勇气。

队伍整齐地排列好了,就在他们休息的高地下面。

万先廷陪着齐渊从队伍的排头上走过来。营长要亲自检查弟兄们的战前准备。

齐渊一面走,一面看着士兵们那兴奋的、期待的脸色。这种热烈的求战情绪,几乎成了这个团队里每一个官兵共有的标志。此刻,一场残酷艰苦的战斗在等着他们;也许,他们中间许多人不久就要英勇地倒下去,再也不能站到行列里来了。这一切,难道他们不知道吗?不,完全知道的!但是,他们想到的不是战斗中死亡的威胁,而是坚信着自己一定能消灭敌人;这种力量,就使他们敢于在死神的面前高视阔步!想到这里时,齐渊便感到一种无形的巨大力量充满了全身。

这时,他在刘大壮的面前站下了。每逢看到刘大壮时,他便有一种出自衷心的尊敬,过去那些珍贵的岁月又回到了眼前。尽管齐渊也已经是一个身经百战、久历风险的指挥官,可是在这个阅历得广的老兵面前,却常常觉到自己的年轻和无知。他的踏踏实实,他的任劳任怨,都对齐渊有着深刻的影响。想起当初推荐刘大壮当连长时,他始终婉言推辞,显然是怕自己挡住了年轻人的前进;可是当齐渊最后提出请他当班长,"带几个徒弟"时,他又是那样毫不犹疑地欣然答应了。这是一种怎样的朴实无私的品性啊!想起来,齐渊便久久地难以平静。

"怎么样,老刘?"齐渊亲切地望着他问,"带出了不少好徒弟吧?"他一面微笑着看看他的两旁。

"是,营长!"刘大壮以老兵熟练的姿态剽悍地立正站着,简短地回答;尽管他们从前那样地亲密,但此刻一个是营长,一个是士兵,军队的习惯使他们不能逾越本分。

"稍息吧!"齐渊轻轻地说。虽然此刻他觉得有很多话想向刘大壮说,但是职务的隔阂,使他想解脱刘大壮在长官面前立正答话的负担,便继续向前走去。

"你是新兵吗?"他走到陈欢仔面前,站下来问。

"报告营长:从前是!"陈欢仔挺起胸脯,大声回答。

"过去是?"齐渊笑了,又问:"碌田战斗你参加了吗?"

"报告营长:参加了!"

"打得怎么样?"

"……"陈欢仔难为情地低下头,一只手在裤缝上搓着,憋得通红的脸上露出尴尬的笑容。

"刚开头有点胆小,"万先廷代他回答道,"可后来打得很不错了。"

"这就是说,进步很快。"齐渊为他感到高兴地说道,"是刘班长带的徒弟吧?"

"报告营长,是的!"陈欢仔又自豪地挺起胸脯,大声回答。

"强将手下无弱兵。"齐渊点点头,向陈欢仔道,"今天的战斗,又要比碌田艰苦多了。"

"报告营长:我们什么艰苦也不怕!"

"为什么呢?"

陈欢仔望了望万先廷,回答道:"要不苦,我们就不来革命了!"

"'不苦,我们就不来革命了',这话说得好。这是你们连长教导的吧?"

"报告营长:是的!"陈欢仔老老实实回答。

齐渊若有所思地点了点头,又突然向陈欢仔问:"你看,艰苦跟死,哪一个更难受?"

陈欢仔开头有点摸不着头脑,犹疑了一下,望了望两旁的人;就像大学生被人问到一加一等于几似的。接着,仿佛不好意思地回答道:

"报告营长:死更难受。"

"不,不对。"齐渊出乎意外严肃地说道,"艰苦比死更难受。死,只不过是一瞬间的事;而艰苦,却是长时间的,时刻都会碰到的。弟兄们,"齐渊把目光转向大家,兴奋地说道,"如果你们能够

273

战胜艰苦,那么世界上还有什么东西不能够战胜呢!"

这时,一个戴眼镜的副官跑了过来,向齐渊报告道:

"营长,新兵营已经到达出发地点。正面的队伍除担负掩护的两个排,都全部撤出了战斗。"

"请梁营长和各连连长到那个小茶店里集合,我马上就到。"齐渊果断地说。

"是!"副官敬了个礼,又转身跑去了。

齐渊站在队伍前面。严峻的战斗即将开始,高地下面寂静无声;士兵们整齐地立正着,一动不动。三百双眼睛都坚定而信赖地射向自己的营长。齐渊看了旁边的万先廷一眼:他的目光里也似乎在要求着齐渊向弟兄们讲几句话。

"弟兄们!"齐渊望着三百名黑瘦、精神、钢铁一般凝结着的士兵,沉默了一下,接着说道,"我想起了一个故事。一头小山羊站在一处房顶上,看见有狼走过来,便骂它,嘲笑它。那狼非常生气,但又无法可想;只好说道:'啊,伙计,骂我的不是你,而是你站的那块地方。'"

谁也没有料到,在严重的战斗即将开始前,营长却讲起一个这样无关而又有趣的故事,士兵们的心情都活跃了。要不是队伍里的纪律,万先廷都几乎忍不住想笑出来。

"弟兄们,这故事是什么意思呢?"齐渊向队伍扫视了一眼,说道,"陈欢仔,你来回答!"

陈欢仔听见营长喊自己,忙答声"到!"挺直胸脯,涨红着脸,低声地,"报告营长,这意思……"费劲地想了一阵,又看看旁边的班长,提高声音道:"这意思是说,是说那只狼没法爬上屋顶,没法逮住小山羊……"

队列里的士兵们都差点扑哧地笑出声来。

"刘班长,你说说看。"齐渊望着刘大壮问。

"报告营长,"刘大壮郑重地立正,恭敬回答道,"这就是说,小山羊占住了好地势,连狼也敢欺负。完毕!"

"稍息。"齐渊欣喜而亲切地说道,"刘班长说得对,弟兄们。只要会利用好地势,小山羊连狼也敢欺负。"他接着又提高了声音,"可我们,并不是小山羊! 我们是敢从老虎嘴里拔出牙齿来的勇士,我们是用革命的思想武装起来的先遣团士兵。有我们在这儿,北洋军又能讨得了什么便宜呢?"他望着士兵们,坚定地说道:"你们的连长有一句口头语:要争气! 这就是说,人人要有志气。说得对,弟兄们,人活着就要有骨气! 我们今天,就要让敌人看看,让一切等着看我们笑话的人看看,我们能不能有顶在这里的骨气! 我们要为共产党争气,要为先遣团争气,要为全革命军争气! 让敌人在我们这里碰得头破血流! 弟兄们,有没有这样的志气?"

"有!"士兵们雄壮地立正,发出山摇地动的喊声,用目光向营长表示了全体的决心。

齐渊向队伍敬个礼,发出稍息的口令。他同万先廷向一边走去,一面低声叮咛道:"时间非常紧迫,不能从容召开党的会议了。你和排长分头召集党员们谈一谈;一定要使每一个同志都懂得,我们在这里坚持的意义。"

"是,营长。"万先廷送着齐渊,低声答应说。

齐渊站下来,止住万先廷道:"我们走了。"他又向坡地上望了一眼,深情地说道:"这里的担子,就要全压在你们身上了。"

"你放心吧,营长。"万先廷坚定地说道,"我们一定按你的部署去做!"

"最重要的是坚持。"齐渊说道,"等敌人的后边乱起来,那你们就完全胜利了。可这很难,万先廷同志,虽然你最不愿意听这个字,可是我还要说,很难。"

"我记住了,营长。"万先廷说道,"哪怕我们只剩下一个人,也要……"

"要都剩下,懂吗? 这些人都是我们党的财产,最宝贵的财产。"齐渊叮咛道,"一定要挖好坚固的阵地。进攻的时候我们从不弯腰,可是防御的时候就不能照老一套了。"

"是,营长。"

"正面的阵地上还有两个掩护排,"齐渊说道,"等这边防御阵地做好以后,就把他们撤下来,由你统一指挥。"

"不,营长,"万先廷急忙道,"我们人够了!……"

"执行命令!"齐渊用严肃而亲切的声调说道,"好,我们打回来再见吧。"

"不,营长,"万先廷目光炯炯地望着他,坚定地说道,"应当是,我们打上去再见!"

他们的一双手,紧紧地握在了一起……

十八

太阳升得更高了,天气也愈加炎热起来。高地上一片紧张忙碌的铁锹铲土的声音;士兵们个个汗透军衣,面色通红,弯着腰在已经挖了半人深的战壕里掘土。他们飞快地挥舞着军用铁锹,每当往壕沿上填土的时候,他们就抬头望一望远处那只隔一里多路的朱亭前线,唯恐不能抢在北洋军的前面。

万先廷忙碌地在阵地上巡视着。他的军衣全汗湿了,红红的脸上淌着汗,粘着泥土,他也顾不上去擦;他手里也拿着一柄军用铁锹,跟刘大壮一起,查看弟兄们挖的战壕是否合格。有时一面说,一面就帮着那里的弟兄干一阵;他的手、脚和嘴一刻也不能停息,他感到责任的重大。此刻只有一个唯一的思想:迅速!一定要在敌人进攻之前做好准备。刘大壮是特为被万先廷请出来做指导的,他从前是挖煤的能手,这时可以大显身手了。他虽然也累得满身是汗,可是举动还是那样的稳重,不慌不忙;查看起来他是那样认真细致、一丝不苟;教起要领来又是那样详细周到,扎扎实实。有时他也是严厉的。阵地上只有他一个人的声音,夹杂在铁锹叮叮当当响动的声音中。

"老弟,这不叫战壕,这叫蚂蚁洞。"看到不合格的地方,他批评道,"别说是颗炮弹,就是块大石头也挨不了!看,顶上少说得这么高。"

一会,他又出现在另一边:

"不成,这么挖到天黑也挖不出来。锹得这么拿,这么使劲!"他给那里的弟兄干一阵,直到他们都熟练了,这才跳上来,一面抹着八字胡,一面向万先廷道:

"放心吧,连长。这么干误不了事。再说,光有好战壕不成,还得看这些守战壕的是什么人。我看,有咱们在这儿,北洋军来多少也别想上来!"

"对,老班长。"万先廷高兴地说道,"团长常说:攻得猛守得硬才算真本事。我们今天不光不能让北洋军上来,还得让他们在这块阵地面前碰得头破血流!"

这时,勤务兵跑来报告,说特别大队已经奉团长的命令赶到了。这特别大队,是由侦探队、担架队和特务队组成的,这些队伍,在别的团里是不能担任正式战斗勤务的。但在这个团队里,他们也受到和步兵同样的训练;在战斗中除了担负各自的特殊勤务,拿起枪来便能同步兵一起进行战斗。万先廷听了这三个队的报告,侦探队和担架队除了担负特别勤务的弟兄以外,都只剩了一小半;特务队全部到了,但是这个队的士兵都是十五岁左右的孩子。尽管这样,万先廷也感到了团里对这个阵地的关心和给予的力量。他知道,全团担任着远远超出一个团队的战斗勤务,而兵力又只有这样多;团部的困难是比他们更为复杂繁重的。特务队本来是团长经常留在身边的警卫队伍,而现在却也全部派到了这里;这就足见团部那边现在的处境了。

277

万先廷把新来的兵力部署好,在侧翼挖好了阵地。他也记着营长的教导,还留了一点预备队。一切准备停当之后,便派人命令朱亭前沿的两个排迅速撤下来,预备着敌人趁势发起的反攻。

但是,当前面的两个排撤回来之后,朱亭的北洋军却长久地没有动静。战场沉寂了。

四周围一片寂静。再没有比长时间激战后的沉寂更叫人难以忍受的了。

万先廷站在正面主阵地中间的战壕里,两眼紧盯着前面,心里开始有些急躁了。为什么长时间没有动静?在那远远的,被树丛挡住的朱亭,敌人在策划着什么诡计?这样的沉寂还要延续多久?……一连串的问题从脑子里钻出来,一个接着一个。他想,这样的沉默真叫人受不了,倒不如带着队伍,一个冲锋打上去,干脆利索,什么也就全明白了!然而,他又立刻想起了自己的责任,想起齐营长临走时的叮嘱,他又使自己冷静了下来。为了不让那些急躁的思想在头脑里占上风,他竭力去想一些别的事情;任凭敌人怎样准备吧,反正他们是休想从这里通过的。

为了让士兵们也安下心来,万先廷沿着战壕走过去,一面谈笑风生地跟大家说话。他知道这时指挥官的情绪,对士兵们是有极大影响的;他从团长和齐营长的身上都看到过。果然,士兵们在连长的影响下,又都从难忍的沉默和紧张中活跃起来,开始了低声的谈笑和议论。

万先廷沿着战壕向前走去。在一个地方,他听到了这样的谈话:

"……这桩心事,我早就想跟你谈了。可是一出发,又老找不着工夫;这机密事又不能当着别人。我揣摸了好久,猜着你准是那里头的!"

"那为什么呢?"刘大壮的声音微笑着问。

万先廷看时,见是刘大壮和他们班的一个老兵——谢万发站在一起谈论。谢万发三十多岁,很壮实,行伍出身的人都是这样的。他这时脸色显得很庄严,说话时眼睛看着下面,似乎心里憋着很多的话,不知该怎么说得圆满。万先廷看这情形,已明白了大半;他便在旁边不远的一段战壕前站下,免得过去打扰他们。

"也说不上为什么,"只听谢万发笑着说,声音很低,"我总觉着你一定是。从前我对这些事还不大热心,可是听了连长的好几回演讲,心里头也像开了窗户了。前两年虽说也当的是革命军,可总还是糊糊涂涂的,看不清方向。如今我才知道,那么着真算白活了一生。往后这世道,是英雄好汉都得走你们这条路。"

"光这么想还不成。"刘大壮笑着摇了摇头,说道,"先别说我是不是吧,在咱们这个团,这也算不了什么大机密。你说的那里头,可不是光称英雄好汉的。"

"我这只是个比方。"谢万发不好意思地笑着说道,"我也知道光这么想不行的。早先在别的军里头当兵的时候,长官叫我参加国民党我也没参加过。我总觉着那是他们当官的党。可如今,看到了你们;我也是吃够了苦长大的,这才找着阳关大道了。这会儿临要打仗,心里头实在憋不住了;兴许,这一仗我就得当烈士——这我倒没什么怕的,只是这么大桩心事没吐露出来,死了也不闭眼!"

往下他们的谈话,万先廷没有再听得清楚了;这个朴实的老兵的愿望,也引起了他自己的深深的激动。他不觉又想起那次在开到韶关的火车上齐渊说过的话,他说得多么对啊!万先廷又仔细地回味着刚才谢万发说过的那些话,他觉得那些话里正包含着一个简单而又深刻的道理。人,为什么活着呢?什么才叫作幸福呢?……看起来,这问题似乎是简单而又简单的,可是人们的回答又会是多么不同。

活着,是为了更多的人斗争。这在万先廷看来,是天经地义的。永不休止的战斗和创造,这就是人生的真正涵义。当世界上还有千千万万的穷苦弟兄在苦难中啼饥号寒的时候,那些能够心安理得地关起门来享受幸福的人,难道他们也能够被称作为"人"吗?不,那样的人,只不过是一具具没有灵魂、没有情感的活尸!他们纵然能活上一千岁,生命对于他们又有什么意义呢?

万先廷清晰地记得,还是在广州的时候,他听见齐营长说过一句意义深刻的话:生命,就像大自然里的黄金,它只有在被人们承认的时候才是可珍贵的。是啊,那些被自私自利的吝啬鬼终生埋藏在地底的黄金,纵然永远完好无损,可是又会有什么价值呢?虽然此刻,谢万发的话是那样纯朴、简单,可是不也同样地说明了这个真理?

活着,是为了更多的人斗争。如果说,在刚刚入党的那一天,万先廷对这一切的认识还是十分单纯、狭隘的,那么在今天,他已经开始体会得更加深刻、更加广阔了。今天,他就是用这样的含义,来理解党的主义,来理解共产党员这个称号的。他也正是这样,在时刻不懈、严格而坚定地履行着自己的责任。他觉得这也是一个人生活的最高责任。此刻,他多么想走到谢万发的面前,亲切而诚挚地对他说:

"你做得对,好同志!一个人活在世上就应当是这样的……"

四周是多么寂静。谢万发和刘大壮的低声谈话也已经结束了,他们都各自站到了自己的岗位上。万先廷向远处的前方望去,朱亭那边的北洋军仍然没有丝毫的动静。他的心情有些焦急了,不觉摘下军帽,摸着头上发燥的头发——可是忽然,他又想起齐渊叮嘱的话:士兵们都会看着他的行动的。他便立刻把军帽戴好,竭力压制着内心的急躁不安。他又继续沿着战壕向前走去。

士兵们都一动不动地站立在自己的位置上,瞪大两眼紧紧注视着前方。战斗中突然的沉寂多么难忍啊!当万先廷走过弟兄们的身边时,他们都几乎不约而同地要把头转过来看看连长,向他投过探询的目光。万先廷这才深刻地感到,他的安然稳重的举止,镇定自信的笑容,此刻对于弟兄们有着多么巨大的意义啊。

这时候,弟兄们都在想些什么呢?

在繁重的忙碌之后突然空闲下来的时候,人的思想会展翅飞得多么遥远。此刻,在这战场上沉寂的期待中,万先廷的怀念又飞向了北方那山峦重叠的故乡的村庄。今天,他们离那里已越来越近了;那故乡一草一木的亲切温暖的气息,那亲人们的熟悉热情的面影,也更加真切地浮现在他的眼前了。他不觉又想起了那天在攸县的河边,不小心掉出了那件珍贵的荷包的事情,他下意识地摸了摸军服左上方的那个口袋:荷包还在那里装着。他在心底暗暗地为自己这过分小心的举动好笑了。大凤啊,你现在在哪里呢?是在故乡的山道上为革命奔走跋涉,还是在租种的田地里为着全家的生活劳累忙碌?也许,她此刻正站在他们分手的村头那座高高的山口上,怀着强烈的思念眺望着那条通往省城的大路吧。大凤啊,你们可曾听到,革命军从广东打出来这一路胜利的消息呢?你们可曾知道,在这支勇猛无敌的革命军行列里,也有着一个吃了山村的水长大的你们的亲人?也许她,此刻正带着因兴奋而颤抖的激动的声调,向母亲和妹妹低声讲着刚刚从外头听来的革命军的喜讯吧。大凤啊,你们可曾听见,这越来越临近的战场的炮声;你们可曾看见,这燃烧得越来越旺盛的革命的火焰?用不着多少日子了,故乡的黑暗就将永远过去;用不着多少日子了,你们就可以高站在革命的红旗下,高声地呼喊,高声地歌唱!……想到这些,万先廷的心就止不住一阵阵激动。一种强烈的幸福的情感,热乎乎地传遍了全身。

"咝……轰!"

在一阵尖锐的哨声中,一颗炮弹在阵地前面的山坡上猛烈爆炸开来;随着震耳的轰鸣声,腾起了一片像一棵大树的浓荫似的烟雾,一股热风般的气浪,混合着火药的淡淡的硝烟荡漾过来,弥漫在阵地上。万先廷前面的那丛灌木被震动得响了一阵,他的思想也被这炮声完全吸引到了眼前的战场上来。他感到如释重负地想:终于要开始了。

这一声猛烈的爆炸,对于在寂静中期待的士兵们似乎反而起到了兴奋提神的作用。他们都精神专注地把两眼转移向前方。万先廷站在战壕里,不觉向两旁望了一望:弟兄们个个都显得更加精神焕发,两眼闪着"终于等到了"的兴奋的光芒。他们沉着地移近了一下放在战壕上的步枪,一动不动地注视着远处敌人的动静。万先廷想起在碌田高地上北洋军开始进攻前弟兄们紧张的情形,这时不觉露出了满意的微笑。

不过,此刻让万先廷担心的,倒是左右两侧特别大队把守的阵地,特别是特务队的那些孩子们。他决定趁敌人还只刚刚开始炮火准备,没有发动正式的进攻之前,到那里去看看。他把这想法同几个排长商量之后,又交代了一下情况,连勤务兵也不带,便匆匆跑向两侧的阵地上去了。

两百多名孩子,最大的都不过十五六岁,他们可没有那些老大哥们沉得住气,阵地上一片叽叽喳喳的。万先廷来到后,他们才渐渐地肃静了下来。他们的敬仰万先廷,一来因为他是这里的指挥官;二来,他那些战斗的经历,也传到了孩子们的耳朵里,使他们受到了鼓舞。特务队的队长,也是娃娃头,他勉勉强强才够二十岁。起先,万先廷曾想把他们编开,跟第六连的大哥哥们一起防守,可是后来想想又不妥当:一则打乱建制,不便指挥;二则万先廷用自己的心情体会到:这些孩子们虽是年纪小,可自幼失去家庭,一个人四处谋生,都是极有志气的;要表露出对他们哪怕是稍稍的不信任,那也一定会严重地挫伤他们的心。如果相反,给他们的压力和担子加倍沉重,这样的孩子,他们会懂得怎样来回答别人的信任。而且,万先廷也曾实际地看到,在广东练兵中,他们所表现出来的吃苦耐劳的毅力。在一切课目中,他们也完全跟别的营连里的弟兄们一样,毫未示弱。经过仔细的考虑后,万先廷就按着眼前的这样部署了。

听他们的队长报告了这边的情况后,万先廷便沿着战壕从孩子们的身边走过去。他们穿着过大的军服,在大檐军帽下,脸显得格外小;可是一个个还是又精神又利索,一双双眼睛明亮有神。万先廷一面走,一面跟他们说着话,问他们头一次参加激战之前的心情。在好几个地方,他跟那些小弟兄们站在一起,跟他们讲述了在碌田战斗里新兵陈欢仔的经历。孩子们听过后,情绪变得更加活跃了,他们带着又是嘲笑又是赞扬的神气,保证自己决不会像那个大同志头一回那样地慌张。

当万先廷从特别大队的阵地回到第六连防御的中央主阵地上时,北洋军的炮火已经愈来愈密,炮弹的爆炸点也愈来愈近了。激烈的爆炸中不时掀起的一股股碎土,暴雨般地洒在阵地上;弟兄们一面拍打着军衣,擦拭着枪筒,一面望着远处愤愤地低声咒骂着。战壕上空,一团团腾起的烟雾飘动着,就像暴风雨前滚动的乌云。

北洋军的步兵也开始动作了。从朱亭那边的桥头上,一队打着黄蓝两色三角旗的北洋军走出来,接着又是一队……出来的队伍都排列在桥头那一边宽阔的平地上,远远看去,一大片军衣的黄绿色,像一块块将熟不熟的稻田。不大会,桥这边和桥那边先后响起了应和的军号声。接着,那些队伍里的黄蓝两色三角旗都招动起来,最前面的那一队北洋军排成预备冲锋的队形向高地前面走过来。

万先廷一面注视着敌人,一面沿着战壕走回自己的位置上去。不知为什么,这时他的心情反而变得比刚才要轻松多了。此刻,他担心的只是:齐营长他们的队伍走了多远?在路上会不会有什么意外的遭遇?……眼下,看到远处的进攻队伍时,他有一种如释重负的感觉;因为这样一来,一切都证明了齐营长的判断正确。要紧的是坚持,他想,就像齐营长再三叮嘱过的,在这里把敌人拖住,就是胜利。加在他们身上的压力越大,整个战斗胜利的结局也就会来得越快了。

他走回到自己的位置上,见他的勤务兵张小鹏正在一个一个地擦着那些柠檬形的小炸弹,像擦着心爱的玩具似的。他看见万先廷回来了,带着孩子气的委屈不满的声音道:

"连长,我要向营部报告你的错处了。"

"怎么?"万先廷惊讶地望着他问。

"你老是喜欢一个人乱跑,连勤务兵也不带。"小勤务兵认真地说道,"平时还不当紧,打仗的时候你也总这样!刚才听说你又一个人跑到特别大队那边去了……"

万先廷望着他认真的神情,便抱歉地笑道:"我本来想找你一起去的,可又知道你在这里忙着……"

"再忙我也应该去的!"张小鹏不容分辩地说道,"哪还有比这更紧要的事?"

万先廷知道,这个小家伙也是蛮厉害的,何况这件事本来也有错。便想出一件别的事来岔开道:

"看,北洋军上来了。你跑步到特别大队那边去,告诉那几个队长:听这里的枪声,一齐打!"他知道张小鹏原先是在特务队的,他最喜欢有机会去看看那些小伙伴们。

果然,小勤务兵愉快地答了一声:"是!"提起自己的小马枪,又指着摆在壕沿上的那一堆炸弹向万先廷道:"连长,这十个是你的,全在这儿了。"他说完,提着枪转身向战壕的一头跑去了。

万先廷专心去看敌人,只见前头的那一队已经走到离高地不很远了,可以看清楚他们那日本式肩章的红颜色;队形还算整齐。在后边,还跟着两队,队形拉开得远一些,看样子每一队大约有一百多人。

在等待中,万先廷听见旁边不远有人小声愤愤地说:

"哼,这帮军阀队伍就靠装样子,吓唬胆小鬼!"

另一个人笑着打趣道:"上回在碌田,你不也叫他们唬过一回啦?"

两边的人都笑了。那个"被唬过一回"的人大约不好意思,岔开话头问:"班长,什么时候开枪?"

"听命令。"

万先廷听着刚才的对话,不觉也笑了。他想,这会子陈欢仔和刘大壮大约也正在进行同样的谈话吧?他看着越来越近的北洋军,从武装带上抽出了驳壳枪,顶上子弹,一面向两旁的士兵们大声喊道:

"弟兄们,准备开火!"

北洋军的大炮不知在什么时候已经停息了。阵地上只听到越来越清晰的敌人脚步声。士兵们屏住呼吸,握紧步枪等待着。在距离高地大约八九十公尺远近时,尖利的冲锋号声响了,最前头的那一队北洋军,端着刺刀,哇哇喊杀着向阵地前冲来。

"打!"万先廷大喊一声。几乎与发出口令同时,他手里的驳壳枪也响了。

顷刻间,刚刚还是一片沉默的阵地上,爆发出了骤风暴雨般的枪声。

十九

太阳偏西了。像是经历了长途艰苦跋涉的旅人,阳光也显出了疲惫困倦的神色;大地沐浴在一层暗淡的、无精打采的阴影里。

又一场激烈的战斗刚刚过去,战场上暂时变得沉寂下来。

万先廷坐在战壕后面被炸弹炸开的一段洼地里。他的大檐军帽和军衣上都布满着弹片毁伤的痕迹,脸上显出过度劳累后的疲乏苍白、灰尘仆仆;他只觉得喉咙发干,两臂和挺直的腰身格外酸疼,全身的骨头就像快要炸开似的。他坐着喘了几口气,抓住旁边那根断了半截刺刀的步枪,用尽全力支撑着站起来,一摇一晃地向前面的战壕里走去。正靠在战壕边上的小勤务兵看见,慌忙跑过来扶住他道:

"连长,你肩上的……"

"别嚷!……"万先廷吃力地说,他觉得自己用了很大气力,可是传到耳朵里的声音还只是微弱到刚好听见。"你别管,让我来……"他丢开撑着的步枪,咬牙挺起身子,向战壕那边走去。

他们已经是第八次打退北洋军的进攻了。从第一次起,北洋军的冲锋一次比一次凶猛。看来他们可能发现这边的主力已经撤走,并且误认为革命军是把主力集中起来去进攻正面的醴陵,因此他们把株洲调来的队伍,全部投入向这块阵地的猛攻里,想打通这条道路,从后背迂回到革命军进攻醴陵的主力后面去。但是,他们却碰在钉子上了。尽管他们的炮火一次比一次凶猛,投入的兵力一次比一次多;可是至多只能上到阵地的顶部,便再也越不过那道一公尺宽的战壕了。

对万先廷和每一个守在阵地上的弟兄们来说,今天的战斗也是他们每个人——老兵或者新兵——经历的最猛恶的一场战斗了。最后的两次进攻,他们是用刺刀把敌人拼下去的。尽管他们的不少刺刀折断了,他们中间也有些人倒了下去,但是他们感到骄傲:他们这个团队的勇猛——刺刀见血的荣誉,是被他们夺得了。

在第一次拼刺刀时,万先廷刺倒了五个敌人。但是他自己的左肩也被敌人刺中了。他忍住痛把对面的敌人刺倒后,用力拔出了刺刀尖,他在当长工时知道过一种简单的止血办法,他用旁边的树叶止住了血,扯了块衬衣胡乱包扎了一下,又投入了战斗。但是,他受的伤还是被他的小勤务兵发现了。他答应了让小勤务兵用绷带替他包一下伤口,但严厉命令他不许告诉第二个人。他知道,这时候只有自己先坚持住,才能要求弟兄们坚持下去!

在北洋军的第八次进攻中,当阵地又出现危急情况的时候,万先廷觉得浑身又复充满了奇异的力量,他早已忘记了自己的伤口,忘记了刺骨的疼痛,他那因流血变得发白的脸激动得又变红了,他又高举着步枪第一个冲进了踏上阵地的北洋军中间……

可是,当这一战结束后,剧烈的疼痛使他再也支撑不住了;他用了好大力量,才没有使自己在战壕前面倒下。靠着那支折断了刺刀的步枪帮助,他回到了战壕里;后来,小勤务兵替他找到了这个僻静地方,让他靠下来休息一会。可是,他又怎能休息得住啊!强烈的责任感催促着他,共产党员的责任、指挥官的责任,使他感到又恢复了力量,他坚强地站起来了。

万先廷擦掉脸上沁出的汗珠,沿着战壕走过去。那一条整齐的战壕已经被炸得东弯西拐、大坑小洞了;阵地前面布满了弹坑,青绿的草丛和灌木丛在激战中被践踏得陷进了地里,到处是一片血迹,横七竖八地倒卧着北洋军的尸体,丢弃的枪支和扯碎的衣帽遍地皆是;一切都显出了激战后的凌乱和杂沓。

战壕里,士兵们都极端疲乏了。除了各班的监视哨,其余的士兵都靠着壕壁在休息。重伤的人躺在战壕凹进去的地方,轻伤的仍然坐在自己的位置上,头上或手臂上包着血迹斑斑的白绷带,怀里紧抱着刺刀上凝着血的步枪;他们的面孔,似乎都在突然之间变得黑了、瘦了、苍老了。

万先廷向一排长了解了情况,知道弟兄们都已从敌人手里补充了一批弹药后,又继续向前走去。他来到了刘大壮这个班。使他奇怪的是,刘大壮这一班里,除了三个人挂轻彩外,竟没有一个重彩或牺牲的。看到万先廷走过来时,刘大壮仍然以那特有的剽悍和敏捷站了起来,并同时发出了口令:

"起立!"

沿着战壕,全班像一个人似的刷地站起来。

"坐吧,坐吧。"万先廷说着,苍白的脸上露出笑容,趁势在他们中间坐了下来。他看着对面的陈欢仔问:"怎么样,今天够胃口了吧?"

陈欢仔自豪地笑了。他似乎突然老练了许多,脸上的汗和灰土混在一起,只有眼睛还挺明亮。他像个老兵似的说道:"连长,这回我算知道了:你越怕,他就越凶;可你要使出点厉害,那就该他怕你了!"

"我老担心,"谢万发在一旁笑着说道,"陈欢仔毛毛躁躁的,这回总得挂点彩哩!"

"我呀,"陈欢仔说起俏皮话来,"班长的话:想打中我的人还没生呢!"

士兵们都笑起来。万先廷看着这个年轻的士兵,心想,团队的战斗作风对一个新兵的影响多大啊。这时,刘大壮正在一边慢悠悠地往烟袋里装烟,一边教训地说道:

"可别说大话,这仗还长着哩。"

陈欢仔伸了伸舌头,低头笑了。

"连长,你是不是带彩了?"谢万发突然说,看着他的脸,"我看你身子虚得厉害。"

"我?"万先廷不觉一惊,赶紧挺起胸脯来强笑道,"你看,这像带彩的样子吗?"

"看,你胸前这大块血!"陈欢仔也注意地看着他,惊讶地说,"你真的受伤了,连长!"

"小家伙,"万先廷笑着说道,"眼力真好。我自己还没觉着伤哪儿,倒叫你先看出来了。"

周围的人都笑了。可是谢万发仍然疑惑地望着万先廷,那双老兵的眼睛还是厉害的。他向刘大壮道:

"班长你看看。你见得多,一看就准。"

刘大壮打量了万先廷一眼,摇头道:"不像。脸是白点儿,太累了。"

万先廷不觉松了一口气,一颗悬着的心落了下来。他暗想,要不就是自己装得好,要不就是刘大壮的眼力差了。他一面站起来,一面笑道:

"好吧,你们歇着。我再到那边去看看。"

"放心吧,连长!"士兵们都站起来,陈欢仔坚决地说道,"有我们在这儿,吴佩孚自己来也过不去!"

万先廷继续向前走去。在一段被炸塌了的战壕前面,他绕了过去,在拐角上,没留神左肩碰在一条伸出的树枝上,一阵剧痛使他跄跟了一下,恰好被后面一只壮实的手扶住,他赶紧站定,回头看时,却是刘大壮。

"没什么,我没伤……"万先廷慌忙掩饰着说。

"得了吧,连长。"刘大壮平静而疼爱地说道,"你别想瞒过我了。"

"怎么,你——"万先廷十分惊讶地问。

"我早就看出了。"刘大壮望着他的左肩,像个长辈似的问,"很疼吗?"

万先廷知道什么也瞒不过他的眼,老实地点了点头。

"听我说,连长,你再不能这样逞强了。"刘大壮慈祥而严肃地说道,"这儿离心口近,耽误了是一辈子的事。你得快回去歇息。"

"没什么,老班长。"万先廷感激地望着他道,"伤了一点点儿,不碍事。"

"你总是这么个脾气,连长。"刘大壮道,"可我看得出来,这不是小伤。这么着会坏大事。"

"我知道。"万先廷执拗地说,"别担心,老班长,我受得住!"

刘大壮摇摇头,他第一次变得这样固执,低声然而有力地说道:"听我说,连长。论官阶你是长官,可论年岁,说句不该的话——是个晚辈。你这回得听点话。"

万先廷望着他那真挚恳切的目光,再也说不出拒绝的话了,他点了点头,说道:"好吧,老班长,我听你的话。可是,你千万别告诉旁人。"

刘大壮笑了,说道:"要告诉,我就不会跟到这儿来说了……"

这时,只见小勤务兵从一边匆匆走来,看见了他们,兴奋地喊道:

"连长,连长!齐营长派人回来了!"

"在哪里?"万先廷兴奋地冲过去,他这时早把伤口、疼痛和刚才的一切话都忘掉了。

"在我们那边!"小勤务兵兴奋得上气不接下气地说,"有好几个老百姓还说跟你是乡亲,认得你呢!"

"老百姓?"万先廷又惊又喜,他再也顾不得多问,迈开急步就往那边走去。

万先廷刚走近连部所在的那一段战壕,便看见那里围了一大群人,把战壕后面的几块大洼地全占满了。里边有一营的弟兄,还有不少衣衫褴褛的老百姓。

"连长来了!"人群里有人说。

从那里走出一个军官来——万先廷认得,那是二连的一排长,他几步迎到万先廷前面,举手敬礼,报告道:

"万连长,我们奉营长命令,护送一批老百姓过这边来。营长命令我们,到这边后就接受你的指挥。"

"齐营长到了哪儿?"万先廷又兴奋又性急地走近他面前,用力地握着他的手问。

"现在恐怕早到株洲了。"一排长道,"我们是在过渌水时碰到这些老百姓的。他们是株洲敌人押往这边送弹药的,半路上大半都跑出来了。"

万先廷正待细问,只听前面一个熟悉的乡音喊道:

"先伢子!……"

万先廷抬头望去,眼里不觉发出惊喜的光,同时激动地冲过去,喊出来：

"五叔！……"

来人正是跟他一起办过农协的驼五哥。驼五哥其实并不驼,这名称大约是由他们的大哥引起的;那时似乎有这么个风气,如果老大驼了背,那么他的令弟们便也要叨光。驼五哥也有四十岁了,他姓张,身材矮壮,面孔和善。他冲到万先廷面前,笑得合不拢嘴,他说道：

"先伢子,凤姑也来了哩！……"

"在哪里?"万先廷一惊,浑身发了麻,急问。

"她在株洲,没往这边来。"驼五叔说,一面擦着汗,"这回军阀在我们那里抓的伕子可不少,凤姑怕她爹走了,农协的事支不住,就定要替她爹出伕来了。——这一路真亏了她,真是个花木兰啊！……"

这时,监视敌人动静的士兵喊起来：

"报告连长,北洋军又出动了！"

万先廷朝远远的朱亭望去,见一队北洋军正从桥头走出来。他顾不得再问,便向驼五叔道：

"五叔,北洋军又要冲锋了。我派人领你们到泗汾桥那边去吧！"

"那不行！"驼五叔道,"先伢子,你让我们在这里帮帮忙吧。不会放枪,我们拿石头也能助助威哩！"

"这不好,五叔。"虽然此刻万先廷多想留他们在这儿仔细问一问家乡的情况、大凤的情况……可是,他想到残酷的战斗,便坚持着说道,"这里太危险……"

"危险！这年月哪里不危险?"驼五叔颇有些愤然地说,他对万先廷用长辈的口气来说话了,"怎么,你是怕我们碍你的手脚了?"

"不是这样说,五叔。"万先廷为难地向旁边看时,想起什么来,忙道："你看,我们有好些弟兄挂了重彩,你们也好顺路把他们送到团部去。"

"那你怎不早讲!"驼五叔喜笑颜开地说道,"我们正好带得有绳子扁担,砍些树干就能编成抬子。"

"那就谢谢你们,五叔。"万先廷欢喜地说道,"你先去,我就派人来帮你们。"

驼五叔走了。万先廷向刚来的二连一排长道:

"刘排长,你们去加强特别大队那边的阵地,多照应一下那些小弟兄们。另外再请担架队派出些人,帮着刚来的乡亲们把重伤号送到团部去。"

"是!"刘排长敬了礼,向后转匆匆走开了。

万先廷靠近壕沿,这时才感到伤口的疼痛又加剧起来,整个左半部上身像是麻木了。他向远处望去,只见从桥头走出的队伍已经有两队,还有些在不停地往外走着。

"三队……四队……"有人小声地数着。

北洋军的炮弹又开始向阵地上轰击了。

"张小鹏!"万先廷向小勤务兵道,"跑步到各排和特别大队去,叫他们马上把重伤号扶到山坡下面去。你要催乡亲们快些动身,等他们走了你再回来。"

"是!"张小鹏敬了个礼,转身就跑了。

万先廷这才感到松了一口气。他拿出手巾擦掉头上的汗珠,轻轻摸了摸伤口,那里一阵阵火烧火燎,疼得穿心,似乎肿得很高了。他咬着牙暗暗警告自己:

"要坚持,坚持! 容大叔不是常说:共产党人火烧不皱眉,刀砍不眨眼。这点伤算不了什么!"

"五队……六队……"有人还在小声地数着。

一颗炮弹在万先廷面前不远的地方爆炸,掀起一股猛烈震动的气浪,一块土疙瘩崩在万先廷的额头上,把大檐军帽也打翻了。

"连长,你受伤了?"两旁的人急忙围上来问。

万先廷拾起军帽,打着灰土,向两旁的人笑道:

"洋鬼子送的炮弹,掺着假哩!就凭这个他们也该完了。"

士兵们都笑起来,回到自己的位置上去。

刚才那块土疙瘩,虽则没使万先廷受伤,可那分量也不轻,像被人打了一闷棍,头上火辣辣的;万先廷用巴掌轻轻揉着。

"七队……八队……"

万先廷向朱亭那边望去时,只见从桥头出来的北洋军,已经在那块平地上占满了一大片,旗帜招展,枪刺如林,满眼都是军衣的黄绿色,看来兵力比刚才还要多一倍;他们是决心要在这一回攻上来了。万先廷看了看两旁的弟兄们,只见弟兄们两眼都紧紧盯住敌人,看来心情都有些紧张;万先廷挺起胸膛来,向两旁的士兵们大声道:

"弟兄们,别看北洋军人多,他十个也不顶我们一个!齐营长正带着大队从株洲打过来了!坚持就是胜利。弟兄们,能不能争这口气?"

"能!"阵地上响彻了一片坚定洪亮的声音。

由于刚才声音过高,过于激动,万先廷的伤口又发出一阵刺心的疼痛,咳嗽起来;他拿起脚旁的水壶喝了两口,才觉平静了些。

远处,北洋军的第一队已经向高地走来了。

勤务兵张小鹏跑过来,红红的脸上流着汗,报告道:

"连长,老乡们把重彩号全送走了!"

万先廷转头向后面望了望——虽然那坡地挡住视线,什么也望不见,可他还是想着能多望故乡来的亲人一眼;他又想起驼五叔的话:大凤也来了。她现在在哪里呢?他的脑中不觉又浮起了大凤那美丽的面影、妩媚动人的笑容……

"万连长在哪里?"战壕后边的顶上传来一个声音。

"在这里!"旁边的弟兄都回答着。

万先廷回头看去,正是团部的杨副官。他的上衣全被汗湿透了,手里提着一根马鞭子,从壕沿上跳下来。万先廷觉得心中陡地一热,身上也平添了一股巨大的力量,感到全团都和他们站到一起了。他急忙迎了上去。

"万连长,"杨副官匆忙地同万先廷握了握手,说道,"团长命令我来这里了解一下情况。"

"敌人已经进攻了八次。"万先廷望了望远处说道,"现在要开始第九次了。"

杨副官的目光也朝那里望去,说道:"来势很凶。团长要我告诉你们:我走的时候,齐营长的队伍已经接近株洲。樊营长已经逼近了醴陵县城。现在敌人全盘混乱了。他估计,只要你们再坚持挡住北洋军两次到三次的进攻,就能够很快得到全局的胜利!"

"请你向团长报告,"万先廷果断地说道,"我们一定能坚持住。不管北洋军再攻多少次,我们也决不让他们跨过这里一步。"

"团长还要我问你们:有什么困难和要求。"杨副官望着他们那疲惫的面容和被炮火毁损的衣帽,说道,"我马上就要赶回去。"

"没有。"万先廷望着他,想了想,又似乎有些不好意思地用商量的口气微笑着说道:"杨副官,我想着,看你能不能沿着战壕走一遍,这就能给弟兄们……要是会耽误事情,那就算了。"

"不,不要紧。"杨副官也微笑着说。他从万先廷的目光里完全了解了他的用意,问道:"从哪边走?"

"小鹏!"万先廷向旁边的勤务兵道,"你领杨副官先到特别大队那边去。要好好保护杨副官的安全。"

"不,万连长!"杨副官制止道,"指给我路就行了,我自己去。"

万先廷抱歉地笑了笑道:"这里的阵地叫北洋军炸得乱七八糟了,走错了费时间。"

张小鹏提起小马枪,走在前面道:"走吧,杨副官。"

看着他们匆匆走去,万先廷转身向前面望去,北洋军的第一队走出了那一段开阔地段,第二队也开始行动了;他们的动作比刚才缓慢得多,看来是革命军的刺刀叫他们害怕了。炮声还在断续地响。

万先廷正在想着杨副官他们走到了哪里,担心他会碰上了进攻;这时忽然一个思想钻进他的脑子里来:为什么这回团部副官上前沿来,连个传令兵也没带?这么说,团部的人不多了。他想,这时候,团长该面临着多大的困难啊!正想时,忽听不远有个士兵叫起来:

"报告连长,后面发现一彪队伍!"

万先廷心中一惊,急忙转头望时,在后面山坡上警戒的一个士兵伏在壕沿上,神情有些紧张。

是什么队伍呢?万先廷想,援兵?不可能;现在团部派不出不说,即便能够派出来,刚才怎么杨副官连提也没提呢?敌人!……不,不,也不可能;团长决不会让他们在这里出现。

"看清是什么人吗?"万先廷问。

"看不清。"士兵道,"只是看他们跑得很急,队伍不大整齐。"

"你去告诉一排长,"万先廷向士兵道,"要他带一个班到后边看看。不要乱打枪。"

"是!"那士兵答应着,跳下壕沿跑过去了。

万先廷的心又加重了负担,这支奇怪的队伍占据了他的头脑。看看前面,北洋军正在向这里走着;后边如果真是敌人呢?他希望不是,然而他记得齐营长在跟他们上课时说的话,一个指挥官,往往应当把情况设想得更坏些,要做出应付最坏情况的打算。现在,他实在有点感到脑筋不大够用了,他越是羡慕团长和齐营长在复杂错综的境况里应付自如,他便越是有些急躁了。他用力地拍了拍自己的额头,心中提醒自己:冷静,要紧的是冷静!容大叔常说,天塌下来,共产党员要有用肩膀扛着的气概。就算那些是敌人吧,也没什么可怕的。这时,从战壕左边传过口令和脚步声,万先廷一看,见是一排长带着刘大壮那一班翻出战壕向山坡下跑去了。他看见刘大壮和士兵们,心中稳住了一大半;他想,只要他们能顶住一阵,打退了正面的敌人,就可以用充足的时间来对付后面了。

最前面的一队北洋军,离高地越来越近了;甚至能看到他们那怯懦迟疑的面容。大约后面有督战队跟着,这回到了比先前几次冲锋的距离远得多的地方时,冲锋号就尖厉地响起来了,这一队北洋军就端着枪,喊叫着往上面冲来,只是那声音里充满着虚张声势。

万先廷紧紧盯着敌人。他这时想着杨副官,他怎么还不回来?偏让他赶上战斗了,他简直有点后悔刚才那莽撞的提议了。他又想起了后面山下那一彪奇怪的队伍,现在遭遇了没有呢?为什么又没有听到枪声?

北洋军近了,更近了!……

万先廷举起驳壳枪,大喊一声:"打!"

冰雹般的枪弹和炸弹,从阵地上飞向敌人;阵地前面腾起了一阵爆炸的烟雾;北洋军连滚带爬,后面的人掉头就跑;几个侥幸冲到了最前面的人,回头看见后面的没上来,又慌忙回头跑去,不知是中了枪弹还是绊了跟头,在爆炸的烟雾中滚了几滚就不动了。

"打得好!"万先廷在心中暗暗称赞,他不由看了看两旁的士兵,一面想:"怪不得齐营长说战场就是学堂。我们人虽少了,可是力量反倒更强了。"

北洋军又跑远了。万先廷命令号兵吹了收兵号,阵地上不再射击了。透过正在消散的硝烟,可以看见跑到了远处的北洋军又在集合,准备组织新的冲锋了。

一静下来,万先廷反而又感到伤口的疼痛了;火辣辣地,使他感到头脑晕眩,全身似烧似冷,看东西总是恍恍惚惚地,他下意识地闭起眼睛。这时他感到的不是伤口疼痛的痛苦,也不是死亡威胁的恐怖,他只有一个思想:不要在战斗胜利之前倒下去!而以后,他没有也不愿再想下去了。

"万连长！"

一个兴奋的声音惊醒了他。不知什么时候,杨副官和张小鹏已经走到他面前了。

"打得真好！"杨副官止不住兴奋地说道:"我走到哪里,哪里的弟兄就要我代他们向团长报告,一定坚持到胜利。我在特务队参加了战斗,那帮小鬼真厉害,打起来连眼也不眨一下。看,这是他们要我带给团长的。"杨副官说着,拿起手上一根打满了结子的红布带子笑道,"他们每人都有一根,干掉一个北洋军就打一个结。这个小鬼已经干掉十三个了。"他接着兴奋地说道:"我再到那边去。"

"不,杨副官,"万先廷尽力地不使自己的嗓子变哑,急促地说道,"你马上回去吧。"

"怎么?"杨副官笑道,"你怕我受惊吗?"

"不是……"万先廷恳切地说道,"你有更紧要的差事。请你快回去,把我们的情况向团长报告。"

杨副官犹豫了一下,他的职务使他习惯了尊重指挥官的意见,便爽快地说道:"好吧,万连长,我就走。你还有什么事吗?"

"没有。"万先廷突然想起后面那支队伍来,便把刚才发生的情况向他讲了,最后问道:"这个情况你知道吗?"

杨副官想了想,突然兴奋地说道:"对了,是他们！这是安源煤矿上的工人纠察队。他们有好几百人来醴陵助战,这一定又是一路赶到这边来了。"

正说着,只听后面一阵嘈杂,几个人跳进战壕里来。万先廷转头看时,见前面是一排长,后面是刘大壮,中间是一个身材结实,面孔黑得放光的中年人,穿一套粗蓝布短褂裤。一排长走过来兴冲冲报告道:

"连长,是煤矿上的工人纠察队来支援我们了。这就是魏大队长。"

万先廷兴奋地迎上去,紧紧拉着他的手,激动地说道:"谢谢你们,魏大队长,太谢谢了。你们这真是雪里送炭啊!"

"别客气,万连长,我已经听老刘谈起你了。"老魏爽直地说道,"我们跟革命军本来是一家人,跟你们这个团就更是骨肉亲了。"

万先廷高兴地向刘大壮问:"老班长,你们都是熟人啊?"

"都是些老搭档了。"刘大壮站在老魏身旁,笑着向两旁的士兵们说道,"这里有不少都是熟人的。到新兵营那就是清一色的'老矿工'了。"

"连长,"老魏道,"我们来了一百多人,都有枪。你快给我们下命令吧。"

万先廷想了想,向一排长道:"还是请魏大队长的人到特务队那边去吧。他们今天可真不容易了。"

"是,连长!"一排长立正回答。

"好吧,魏大队长。"万先廷向老魏道,"北洋军又要冲锋了,我们打完仗再好好谈。"

"好,连长,"老魏点点头,"我这就把他们带过去。"

他说完,同一排长、刘大壮又跳出战壕走了。

"你回去吧,杨副官!"万先廷转头向杨副官道,"请你报告团长:我们这里很好,请团长放心。"

"好,"杨副官兴奋地伸出手来道,"万连长,祝你们最后胜利!"他跟万先廷握了手,就跳出战壕向后山坡下走去了。

万先廷长长舒了口气,去看前面。北洋军的冲锋又开始了。这回敌人的兵力似乎增加了很多,看着远远黄绿色的一大片,蠢蠢地漫坡而来。看来,一场更猛恶的战斗就要开始了。

这时,阵地上一片沉寂,只有偶尔传出的咳嗽声。

北洋军的冲锋队列近了,更近了,于是冲锋号响起来,他们端着枪蜂拥地向上冲来。

万先廷看着敌人来得越来越近了,他举起驳壳枪大喊一声:"打!"

阵地上,轻重火器一齐向冲来的北洋军射击起来。

前面的北洋军一排排倒下去,可后面的人还是源源不断地涌上来。大约敌人的指挥官下了决心,亲自来督战了,没有一个敢后退的。他们哇哇怪叫着,踏着倒下的尸体向上扑来。

突然,北洋军的炮弹开始猛烈地向革命军的战壕轰击了。炮弹疯狂地向阵地的四面八方飞来,激烈的爆炸声中,掀起一片烟雾和泥土。

敌人的火力快要压得阵地上的士兵们抬不起头了。万先廷愤怒地望着敌人,一个思想冲上来:只有接近敌人,让他们的炮火使不出威力。他毫不犹豫地冒着炮火跳出战壕,举起一条带刺刀的步枪大喊:

"拼刺刀,退子弹!"

一阵喊杀声中,士兵们纷纷提着上了刺刀的步枪从战壕里跳出来,扑进了冲上来的北洋军的行列;整个阵地上,开始了一场刀飞血溅的混战。

这时,北洋军的炮火还没有停止。他们冒着炸中自己人的危险,还在向阵地上轰击着。在激战的人群里不时响起一声声剧烈的爆炸。

万先廷同两个北洋军展开着肉搏。他的勤务兵张小鹏担心他的伤口,总在他的身边护卫着。其实,万先廷早忘记了伤口,也忘记疼痛了。只有一个思想控制着他:消灭眼前的敌人。当一个人为着某种目标不顾一切时,他的身上便会产生一种往往连他自己也难以相信的力量。这时的万先廷就正是这样。

两分钟激烈的搏斗,万先廷终于把两个北洋军刺倒了;他刚擦了擦头上的汗水,喘了一口气,只见又是一个敌人端着刺刀向他扑来。他退了一步,架开敌人的刺刀,趁势用力向他刺去——但是只听耳旁一声惊天动地的爆炸,震动的气浪把他推了一步,他感到一块灼热的铁片钻进了左胸,他向前跄跟了一下,赶紧用手中的步枪撑住;那个对手趁势向他猛力刺来——只听砰一声枪响,那敌人端着的刺刀在离万先廷只有半尺远的地方松开、落下,连人也倒在他的脚下了。

万先廷清醒过来。勤务兵张小鹏跑过来扶住他,痛切地问:"连长,你又挂彩了?"

万先廷看了看倒在面前的敌人,问道:"是你?怎么开枪了?"

勤务兵气呼呼地,理直气壮地说道:"狗娘养的,他们先开炮,我才开枪的!"他俯身看出万先廷胸脯上涌出来的鲜血,忙蹲下去道,"连长,快坐下!你身上全是血了!……"

"不要紧,"万先廷忍住疼痛道,"快走开,打完仗再说!……"

"不行,连长!"张小鹏抬头望望两旁,搏斗已经快结束了,只有不多的几个敌人还在做最后挣扎。他向万先廷道,"再说,北洋军也叫我们全干掉了!"

"他们马上还要进攻。"万先廷一面说,一面倔强地拄着步枪往回走去,刚用力迈了两步,两腿像断了似的颠踬了一下,他差点摔倒了。张小鹏赶紧扶住他,想用力把他背起来。

"别、别……"万先廷衰弱地说,"我能走……"

这时,张小鹏突然看见,正在回到战壕去的弟兄们忽然都站住了,并且都向远远的敌人那方望着。张小鹏也向那里望去,眼里同时放出兴奋的光芒,他狂喜地喊出来:

"连长,连长!北洋军在退了!……"

"怎么?"万先廷正在全力与疼痛和晕眩搏斗,他听见勤务兵的话,不知又从哪里出现一股力量,猛地转身向那边望去。

果然,聚集在桥头这边的队伍正在很快地向桥上撤退,他们的队形不齐,步伐混乱,显然是惊慌了。

"我们胜利了!齐营长打过来了!"万先廷刚喊了两句,那过度的兴奋、激动和靠毅力撑持着的疲乏、劳累、虚弱和疼痛,猛烈地、爆发似的向他袭来;他像一个负着重创的远行者,在坚持了那一段艰巨漫长的旅程后,终于再也撑持不住了,他像一棵砍倒的青杉似的,倒了下来……

"连长,连长!……"张小鹏慌了,急忙伏下去抱着他,望着他那苍白的脸、紧闭的两眼和牙关,叫起来。

这时候一排长、刘大壮和老魏也都围了上来,看这情况,都发了急。刘大壮以富有经验的果断语气道:

"快,扶他躺好。把衣服撕开!"

万先廷又睁开眼,望了望他们,待到认出一排长后,便吃力地说道:"追击……"说完,便无力地垂下头,合上了眼睛。

这时,在阵地上,雄伟激昂的冲锋号声响起来了……

二十

清晨,株洲还在热烈兴奋的忙乱中。革命军士兵、民伕、市民、俘虏,在街上川流不息地来往着。这时,光是革命军的就有好多部分:先遣团、广东军、起义湘军、广西军。先遣团的队伍攻下株洲后,一部分已经转向醴陵方面去了;剩下的一部分休息了半夜,正预备乘株萍铁路火车到醴陵去。他们的队伍都在郊区的车站上,只有些负有公务的军官和士兵在市内忙碌。广东军的人员大都是高级指挥部的军官和卫士,他们来处理前方的事务和跟友军联络。而起义湘军和广西军,才正是赶来接防的部队;他们并且预备着进攻长沙;不过据有消息传来说,省城长沙的军阀队伍在听到株洲失陷的消息后,昨天夜里就逃之夭夭了。

在这些来来往往的人群里,走着一个十八九岁的乡下姑娘。她的身材十分端正、健美,体态妩媚动人;身后一条长长的大辫子更增加了少女的风采。那张鸭蛋形的面孔上,有一双深湛明净的大眼,那眼睛深湛得像潭水,明净得又像水晶;额前有一排齐眉的"刘海",在那细而弯的两道黑眉中间,隐含着一种甜蜜的、温柔的乡村少女所特有的朴实情感。这一切和她那线条优美的鼻梁、鲜润饱满的小嘴配在一起,使人一眼看得出她是一个脉脉含情、然而情感坚贞的姑娘。她上身穿一件打了补丁的浅蓝布衫,虽然不很洁净,却显得十分合身,脚下那双带环的布鞋上满是灰尘;虽然她的面容显出了长途跋涉后的疲惫和困乏,但是从她的目光和脚步来看,却仍然可以看出这是一个在苦难中磨炼大的、倔强而充满自信的姑娘。如果读者诸君猜得不错,她就是我们前边多次提到过的女主人公——大凤。

大凤是昨天随着一百多名伕子来到株洲的。这些天来,他们几乎连一刻工夫也没有停歇过。因为前方吃紧,北洋军从后方急急忙忙地往前面调队伍;队伍上就抓住他们不分日夜地往前方挑送粮食和弹药。大凤的肩头也挑肿了,布鞋也走破了,可是一路上那些北洋兵还不住凶恶地催赶。他们每个人都挨了不少的辱骂和鞭打。有一次,还遇着一个满脸横肉的家伙,当着那些士兵们嬉皮笑脸地调戏她:

"好俊的一个小娘们啊!从哪里来的?看累得多遭罪。快来歇会,唱个小曲给爷们解解闷吧!……"

还说了一些叫人讲不出口的下流话,写出来也会弄脏了洁白的纸张。要在先前,大凤是只会气得发抖、羞得抬不起头的。可是现在,她不会这样。这些时来,在这群粗野横蛮的士兵们中间,每天都要听到多少不堪入耳的话;渐渐地,她也迫使自己磨炼得更加深沉和坚强了。她觉得:既然这些人说的都不是人话,那么又何必把他们当人看待呢?这时,她压抑着自己的屈辱和愤怒的感情,只是冷冷地、凛然不动地看着敌人,没有说话,也没有走开,她觉得自己的沉默中,有的是力量和勇气;以致敌人在一瞬间也为她这样的神态感到吃惊了。驼五叔远远地看到了这情形,急急忙忙赶过来,向大凤责备地说道：

"凤姑,你还站在这里做什么？那么些东西还放在那里没人挑,长官们都发脾气了,叫你快去哩！……"

大凤这才趁机抽身走脱了。可是那些凶横的士兵却把气都出在了驼五叔身上,他们拦住他怒骂着,不让他说话,狠狠地把他拳打脚踢了一顿。

在这世界上,有多少奇怪的事情啊！往往在弱者面前最善于作威作福的人,也正是在强者的面前最善于奴颜婢膝的。这些时候,大凤亲眼看到了多少这样的人；他们在手无寸铁的百姓面前狼虎般地凶恶,可是在比他们权势更大的长官面前却像巴儿狗般地俯首帖耳,而在能够打败他们的革命军面前,那样子又是多么的怯弱和可怜！她不能理解,在这样的人身上,长着的究竟是一颗怎样的心呢？……

不过现在,这一切都像做完了一场噩梦似的在突然之间结束了。那幸福来临得这样迅速,那黑暗消逝得这样突然,以致使她连感到惊喜也来不及。这一切变得多快啊！大凤拖着疲惫的脚步,在街上走着；头脑里乱糟糟的,还想着从昨天到今天所发生的一切。昨天,他们在株洲从火车上往下搬了大半天的弹药箱子。北洋军都说前方打了胜仗,他们就要反攻了,要赶紧送弹药上去。前头往南再没有铁路了,要靠伕子挑。驼五叔跟一些体质壮实些的人,连早饭也没让吃,就被北洋军押着挑了弹药往前方走了。大凤他们留下的,又忙着往车站上送了一阵伤兵——那些伤兵真不少啊,大凤暗想,这一仗打得好惨哪！——抬完了伤兵,连气都还没有喘过来,北洋军又传来命令,叫他们预备往朱亭那边挑送炮弹。可是炮弹箱还没捆好,街上就突然打进了革命军。这一下那些预备押送的北洋军可吓惨了,拼着老命就往火车站那边跑,哪里还顾得上他们。大凤亲眼看见身穿一色青灰布军衣、大檐军帽、绑腿草鞋、身背军毯和斗笠、颈子上扎着红领带的革命军从大街上冲过。

那些兵啊,专打北洋军,经过商店酒馆门口连望也不望,笔直就追到车站上去了。

大凤和那些民伕们惊喜兴奋得几乎发狂了。他们都没有跑开,预备着替革命军当伕子,还往前线送炮弹。可是不一会,过来了一伙人,看样子挂短枪的几个人都是当官的,衣着上却一点也分不出来。路过他们前面时,一个戴眼镜的军人向中间那个年纪很轻、十分精神利索的军人道:

"营长,这里是北洋军的军火库!"

营长!大凤实在惊奇,在北洋军那边营长是多么威风势派的老爷,可这个革命军的营长,这样年轻,又这样平常,在当兵的里头谁又分得出来啊?她又想起先廷哥临走时告诉她说,他决心要到革命军里头当兵吃粮,拿枪杆去。要是先廷哥能在这样的长官手下当兵吃粮,该多好啊……

她正想着,不知那位营长向那戴眼镜的军人说了几句什么话,便带着那一伙人又都匆匆走过去了。只有那个戴眼镜的军人领着两个背枪的兵走到他们这里来。他向大凤和民伕们和气地笑着,站在中间大声道:

"农友们,你们都可以回家去了!大家在军阀手里吃了苦,现在我们革命军已经把他们打跑了。为了让大家路上不为难,我们革命军现在就按各人路程的远近,给大家发一笔路费!"

听到最后那两句,大凤只觉陡地心一热,激动的泪水夺眶涌出来;她这时多么想冲到那革命军的面前说:

"老总,我们白天盼黑夜盼,到底把你们这些亲人盼来了啊!"

尽管民伕都坚决要求给革命军当伕子,把炮弹挑到前面去;可是那军人只是笑着向他们解释,并且说他们现在实在用不着炮弹;要民伕们快回家去跟自己的亲人见面。终于,又一个个给他们发了路费。大凤领了十多块龙头大洋,扛着自己的冲担绳子走出来;走过了一两条街,她还在仔细回味着刚才那场突然的变化,像孩子回味着幸福的梦境。

直到天黑,大凤还一直在株洲奔走。她在打听驼五叔的消息。本来,出门来时,父亲是托驼五叔照应她的,可是现在,驼五叔叫北洋军押上前线,生死未知,她怎能一个人回去呢?她请本乡的民伕带了个信回去,说她一切平安,一两天里就到家,然后便到处去寻找驼五叔了。

在天黑后好一阵,街上又到了好些队伍;这回可就乱起来了。街上电筒乱晃,人喊马嘶,到处拍门打户,还有嘈杂的吵架声和叱骂声,吵得热闹,骂得粗野。听那些兵的口音,有的是本省人,有的像是南边的广西人。接着拉伕的也出来了,端着枪到处找,见人就要。大凤在街上,也被拉伕的碰着了,那是一个很瘦小的广西兵,大约起着物理上的反作用,声音却吼得很大,而且还夹七夹八地骂着些下流话,那样的话,连猪八戒听了也会脸红的。一路走,大凤十分纳闷,忍不住向那兵问道:

"老总,你们是革命军吗?"

"怎么,你还盼着军阀来?!"那兵大声吼道,"丢那妈,快走!"他们那口气,是十分以劳苦功高自居的。

大凤替他们搬了大半夜东西。那全是些什么啊!除了没开封的弹药箱,还有当官的行李、皮箱、士兵的包袱、干粮、乱七八糟的用具……搬完之后,连碗开水也没让他们喝,就把他们赶走了。大凤出来时想:这又是个什么队伍啊?又不是军阀,也不像刚才打进来的革命军。她忽然想起来,这帮军队跟头回遇见的革命军有个最大的不同,那就是颈子上没有那根鲜艳的红带子。这些人,兴许是军阀队伍改编的,她疑心地想,心情又不觉有些沉重阴郁。

但是,不一会,她就被一件突如其来的大喜事振奋了。她在通往车站的那条路上碰见了驼五叔。大凤这一高兴,不觉把刚才的忧郁也全忘光了;夏天夜短,那时天已经快亮了。大凤性急地问他这一天的遭遇,驼五叔满面是笑,说他们在去朱亭的路上,趁押解的北洋军去喝酒,把炮弹扔下河里就跑了。后来又遇到革命军,把他们送到后方;那些革命军真客气,还请他们吃了饭。后来打开了醴陵城,他们就去帮革命军抬伤兵,抬完以后,革命军又派人给他们讲了革命道理,发足了路费,吃饱了饭,这才让他们坐上株萍路刚通行的火车,一直送他们到株洲。接着,他从扁担上搭着的口袋里拿出一包糖心饼子来,给大凤说:

"这是醴陵城慰劳革命军的,他们也发了我一份。我怕你在这边找不到饭吃,特为留着的。"

"五叔,你带了这样远,还是带回去给家里人吃吧。这又是革命军发的,那更是珍贵哩。"

"人是铁,饭是钢。我晓得你是不舍得花钱上馆子的。"驼五叔疼爱地说,"快吃吧。等革命军打到我们那块,我们要做比这个还大还甜的饼子来慰劳。"

大凤真是有些饿了,她虽是领了十多块钱路费,可这多半天来心情总是在复杂地迅速变化,使她忘记吃饭了。这时便不再推辞,拿出一个吃起来。一面吃一面问:

"五叔,你遇的革命军也是胸前挂着红带子的吧?"

"是的。听说这一路都是他们打前站,厉害着哩!"驼五叔兴奋起来,满面放红光地说,"凤姑,我还有件大喜事要告诉你,听了可别叫饼子噎着。"

大凤笑道:"你说吧,五叔。什么事才有这样大喜呢?"

"先廷就在这个队伍里头……"驼五叔刚说完这几个字,便看见大凤的脸顿时被一种过度的兴奋和惊喜交织的复杂情感笼罩了。她不觉怔了一刻,剩下的一半饼子也从手里落下来,过后她极度兴奋地张开嘴,两眼发亮,声音都有些发抖地问:

"五叔,这,这是真的?……"

"是我亲眼看见的!"驼五叔也兴奋地说,"我们还说了阵子话哩!可那会子他又忙着打仗,我也忙着抬彩号,就……"

大凤性急地不等他说完,忙问:"五叔,你来时他在哪里?"

"这可就难说了。"驼五叔皱起眉说,"那时炮火连天的,也没顾着问。"他看着大凤焦急失望的目光,又道:"我看他是属打株洲的这帮队伍上的……"

"他说的?"

"我看就像。他们队伍上的人,颈子上都有条红带子。"驼五叔说,"我们就是由打株洲的那个长官叫送到他那里去的。"

"五叔,我就找他去!"大凤把那包饼子塞给驼五叔,激动兴奋地说。

"这多的队伍,你怎么找得到?"驼五叔说,"总得商量个办法呀!"

"不,我找得到的,五叔!"大凤一边说,一边忙忙地转身就走。

"带上几个饼子。"驼五叔赶在后头喊道,"你要约个地点,我好等你呀!"

"我不饿,五叔。地点就还在这块!……"大凤一边大声回答,一边加快脚步跑远了。

从那时到现在,大凤的脚步一直没停过。她也不知跑过了多少路,碰见了多少队伍,可就是没有见着那个使她朝夕盼望的亲人。她这时才知道,开初是想得太轻易了;在这样兵荒马乱的时候,在这样多的人中间,要想找一个亲人真是谈何容易,那简直是大海里捞针啊!她起先幻想着在大街上一下就碰着了先廷哥:他穿着一身青灰布军衣,紧紧扎着皮带,颈子上围着红带子,肩上背一杆长枪,该是多么英武漂亮、威风凛凛啊!后来她又想着只要再碰见刚打进株洲来的那个营长和那个戴眼镜的军官就好了,他们一定会告诉她先廷哥在哪个队上吃粮的。可是,她现在却再也碰不到他们了。再后来,她又想着,就是能碰到一个系红领带的兵,那也很好啊!……然而这时她才发现,街上已经到处都是没有系红领带的队伍了。那些兵都到哪里去了呢?驼五叔说他们一路都是打前站的,莫非他们又打到长沙去了?先廷哥他究竟又在哪里呢?……她一路走,心里充满了失望和懊丧。她扛着的冲担,几次戳着了街上走路的人。唉,就这样,她拖着疲惫沉重的步子,漫无目的地往前走着。这时,在充满清晨阳光的街道上,前面忽然传来一个声音:

"老乡们,我们现在急要三十个伕子。要年轻力壮的,男女都行。谁愿去就请来报名,时间不长,做完了照发工钱!"

大凤猛一抬头,那士兵胸前的红领带最先映入眼帘,她的心中也陡地亮了,加快脚步就赶上前去。这时,自愿当伕子的人已经围上了好几十,大凤一面往前挤,一面兴奋地喊着:"我一个,我一个!……"不一会,那个革命军终于选定了三十人。大约他是为了鼓励提高女权,特别把其中的几个妇女都选上了。

一路走,大凤就想用这难得的机会向那革命军探问个信息。可是在那样多人眼前,又不好意思跑上前去问。终于到达了一座高大的房屋前,大凤想,这先前一定是个顶大的衙门。这时那门前插着一杆白底红十字的三角旗,有一些戴口罩挂红十字臂章的革命军忙碌地出进着。他们刚到门口,一个瘦小的革命军从里面走出来,他一边背个盒子炮,一边背个很大的皮包,看样子是个长官;他身后还跟着两个背枪的兵。那带他们来的革命军迎上去,向那长官敬了个礼,报告道:

"杨副官,伕子全找好了。这里的老百姓真好,一喊就来了这样多。"

"好。"那瘦小的长官匆忙地说,"你先去向何队长报告一下。有些彩号的伤情很重,要赶紧运走。团长命令:我们必须在三个钟头以内赶到。"

"是!"那带他们来的革命军立正回答。又向大凤他们这些民伕道:"老乡们,请你们稍等一下。"他又急忙地走进去了。

那瘦小的长官拿出一块怀表看了看,向两个兵中间一个年纪很轻的道:"小王,你等在这里,一会带着这些担架到车站上去。我跟小宋办完事,直接到车站上去。"

"是!"那叫小王的兵精神抖擞地立正,敬了个礼。

那瘦小的长官便向另一个兵道:"我们走吧。"他们便向着民伕们来的那条路匆匆走了。

那个叫小王的兵就站在门口。那些民伕们便都好奇地在一旁看他。一来是看他年纪小,二来是看他的服装:绑带、草鞋、红领带、臂章……那小王似乎被他们看得有些不好意思了,便故意装作若无其事地向一边走过去。

大凤这时也看他,她的心几乎比所有的同伴都激动得多。一个思想在她的脑子里催促着:问吧,快问吧,这是多难得的机会啊!而另一个思想又在旁边冒出来:当着这样多的人,去跟一个当兵的人讲话,多害臊啊!……这样的想法反复着、矛盾着,苦苦地折磨着她。她的心激动地跳着,脸也在发烧;可是后来她终于定下心来,一个思想鼓励着她:怕什么,跟豪绅军阀都敢斗,就不敢跟一个革命军讲话了?大凤啊,亏你整天还在跟别人讲妇女解放哩,可轮到你自己倒羞羞答答了。这时她把心一横,也不知是哪里涌来一股巨大的力量支持着她,使她不顾一切地走到了那个革命军面前。

"老总,你们就是打株洲的那个队伍吗?"大凤来不及多想,脱口就问。

那小王被她这突然的问话弄得怔了一下,莫名其妙地点了点头,疑惑地望着她。

"你们的队伍在哪里?"大凤越激动,心也便跳得越快,她慌不择言地问。

"这……"那小王也被她问得有些发慌了,反问道:"老乡,你问这个干什么?"

"我找个乡亲!"大凤抑制着激动地说,"他也在你们革命军里当兵吃粮!他姓万!"

"姓汪？我们团里姓汪的弟兄有好些个呢。"小王也被她的情绪感动了,微笑地说,"他是什么时间到队伍上来的？"

"日子不长！"大凤怀着希望急忙道,"去年腊月才去的……"

"那恐怕在新兵营了。姓汪……"那小王自言自语地说了句,又真诚地向大凤道:"老乡,我们的大队不住在这里。你要是找人,就到……"

这时,那个带他们来的革命军已经匆忙地走出来,大声向民伕们道:

"老乡们,快跟我进来吧！"

那小王的话被打断了,大凤来不及再问,便慌忙随着民伕们一起走进门里去。只见那一间大厅里全摆满了担架,上面躺着伤号,有的头上包满了纱布,纱布上满是血迹;有的用白被单盖着,大约伤得很重。大凤看着这一切,心中升起了一种难过而又崇敬的情感。她想,为了这里的黎民百姓,为了打倒军阀,这些革命军在战场上受了多少苦啊！那个带他们进来的革命军便给他们每两人指派一副担架,先抬重伤号。大凤和一个中年人被派去抬一个头上负了伤的革命军。那伤号的头和脸都叫纱布缠满了,只有两只眼睛和嘴还露在外边,他不时睁开那虚弱的眼睛看一看大凤,接着又无力地闭上;大凤看着,心疼得厉害,真恨不得自己能替他去受那痛苦啊！

这时,她听到旁边又传来越来越大的谈话声:

"你回去吧,张小鹏,我们会照应他的。"

"不,"一个稚气的声音倔强地说,"我要等连长醒过来！连长的性子只有我最清楚,你们不知道……"

大凤抬头望去时,见那谈话的人是在离她五六副担架远的地方,一个是带他们来的那个革命军,另一个是约摸十六七岁的小革命军——被叫作张小鹏的。那张小鹏也是全副武装,还背着一个帆布袋子,他那两只闪亮的大眼有些红肿,看来是哭过的。他蹲在一副担架旁边,只是不起来。大凤再看那副担架上,那伤号被一床白被单从头到脚盖着,一动不动;一定是昏迷着。大凤想,他的伤该多么重啊! 不知为什么,她的心又深深为这个躺在白被单里的不相识的革命军弟兄担忧了……

"你还是走吧,小鹏。"那革命军又劝道,"你这样老跟在旁边也不行啊。"

"谭医官,我怎么能走?"那小鹏的声音忽然激动起来,几乎要哭似的说,"要是连长有个三长两短,我拿什么回去见全连的弟兄们?"

这时,又过来了一个穿白外衣、戴眼镜的长官,他的动作文质彬彬。他低声向那个革命军问了几句,便弯下身子说道:"小兄弟,我们一定要把他治好。告诉你,不光你们全连的弟兄在关心他,就是全团也在关心他。齐营长临走再三向我嘱咐,要尽一切力量把他治好;要血要肉,齐营长情愿从自己身上献出来。团长也几次派人问过他的伤情,还说要什么尽管向团部报告。你看,这还不放心吗?"

小鹏感激地点点头,眼里含着泪站了起来,又难舍地望了望地上的担架,向那穿白外衣的长官请求道:"何队长,你再让我跟到车站吧。"

白外衣长官点点头,随即向那革命军做了个手势,那革命军便向民伕道:"走吧……"

那躺着连长的担架便第一个抬出去了。大凤看见,小鹏在担架旁紧跟着,一面小心地向两个民伕叮嘱着什么。不知为什么,大凤虽然跟那个躺在白被单底下的连长素不相识,而且连他的模样和身材也没见着,可在她的想象中,那位连长一定是一个异常坚强,异常神勇,就像传说里那样不怕一切的英雄……

在往车站的路上,大凤抬的担架隔前面那个连长的还是五六副担架远。一路走,想到那个连长,大凤就想起了自己的先廷哥。

他现在在哪里呢？他此刻是不是也正望着家乡的方向,在想念大凤和家中的亲人？他有没有在战场上受伤？是伤得轻还是伤得重？……她看着紧紧跟在那担架旁边的小革命军,又想:说不定这个连长就是先廷哥他们那一个连的连长吧？想到这点,她的心里便充满了骄傲。她想,先廷哥从小也就不是个含含糊糊的人,他要吃粮一定会到这样的连长手下去的……这些纷纭的思想一个接着一个,一路走一路想,不知不觉就到了车站。

　　运伤号的车是几节很漂亮的车厢,那里还有好些穿白外衣的革命军在忙碌着。大凤看见在车站远远的对面,还有好些系红领带的革命军队伍,整齐地抱着枪坐在那里,大约是正在等候命令。大凤想,这是哪一部分啊？先廷哥他们的队伍可真多！她想起刚才那个叫小王的革命军的话,先廷哥是决不会在这里的了。他们把这些担架在车厢里安置好后,又回去抬第二批。这样足足来回忙了四趟,才把伤号都送到车上了。在安置好了最末一批后,大凤又特意绕到中间那节车厢前,远远看了那个连长的那副担架一眼——他还是那样静静地躺在白被单下,一动不动。大凤看见,那个小鹏正从帆布包里拿出大包大包的水果和点心,交给那个守护在车上的穿白外衣的革命军。末后,他又难过地揭开被单,看了一会,说了几句话,大约也没得到回答,才又小心地把被单盖好,一步一回头地擦着眼睛走了。

　　大凤也怀着留恋难忘的感情走出来。那个带他们的革命军要先领民伕们去吃饭,还发工钱;大凤哪里还有吃饭的心思,她工钱也没领,便一个人信步走出车站了。

　　她走到跟驼五叔分手的那块地方时,却又没有看见驼五叔了。她仔细辨认了一会,看清并没有走错地方。她又在附近的几家人家问了问,也都说没有见这样一个人。她想,莫非是驼五叔等她好半天,见她还不回来,自己先回去了？她又想到这是不会的,驼五叔为人踏实稳重,不会这样。那么,他又到哪里去了呢？最后大凤想到,怕是驼五叔见她还不回来,又到街上找她去了?她想着,便决计再到街上去找一找驼五叔了。

大凤又走遍了大街小巷,可是没有见着驼五叔的影子。她这时已经是筋疲力竭了;加以舌干口燥,饥饿也开始来折磨她。多累乏啊,她这时真想痛痛快快地先钻到河里喝一顿,然后再饱饱地吃一顿饭,再倒在无论什么地方躺一会……可是这一切她都不能,在她前面还有遥远的途程。她正在一步一步地走时,忽听后面似乎有人在喊她。她转过头去看时,不觉惊喜地叫了出来:远远的正是驼五叔向她跑了过来。

驼五叔累得满面通红,大汗淋漓,可是神情十分兴奋。他跑到大凤面前,连汗水也顾不上擦,埋怨道:

"这半天你跑到哪里去了?叫我寻得好苦,两条腿也要跑断了!……"

"我也正在找你,五叔。"大凤欣喜地说。

"刚才我在后头喊了好几声,你只顾往前走。"驼五叔问,"打听到信息了吗?"

大凤苦笑着摇摇头。

"我倒打听到了!"驼五叔高兴地说,"凤姑,先廷他们的队伍过来了!……"

"啊?在哪里?"大凤急忙问。

"我遇见了送我们到朱亭的几个革命军,他们告诉我的。"驼五叔说,"他说他们的队伍都在车站上,就要坐车到醴陵去。要不我着急找你……"

大凤陡地明白了,她想起了在车站上看见的那些队伍,原来先廷哥就在那里头啊!她这么一想,便似乎觉得已经见到了先廷哥。她再也没问别的话,只是狂喜地向驼五叔说了句:"我知道了,五叔!"说完,转身便向车站那边跑去了……

大凤跑啊,跑啊,连她自己也不知道浑身又从哪里出来那样大

313

的力量。她用力地跑着:快些,再快些! 街上、行人,飞快闪过去;树木、房屋,飞快闪过去。终于,她看见了车站,并且越来越近,越来越近……

可是——生活中有多少这样的"可是"啊! ——她听见了汽笛的鸣叫,当她几乎飞一般地扑到站台外边的那些木栅栏上时,便只见一列满载着革命军的火车从面前奔驰过去,车上那些士兵的脸、青灰色的军服、红色的领带,在她的眼前闪过,闪过……

最后一节车厢过完了,远去了。只有那空旷的轨道,还留着远处列车传回来的震动声。

列车啊,列车,你带走了少女的心!……